Maria Murnane

Amore su carta da zucchero

Traduzione di
Lisa Maldera

GIUNTI

Titolo originale:
Perfect on Paper. The (Mis)adventures of Waverly Bryson

http://narrativa.giunti.it

Via Bolognese 165 – 50139 Firenze – Italia
Via Borgogna 5 – 20122 Milano – Italia
Prima edizione: luglio 2013

Ristampa	Anno
6 5 4 3 2 1 0	2017 2016 2015 2014 2013

Questo libro è dedicato a ogni donna che abbia mai vissuto un appuntamento disastroso o si sia accorta solo a metà giornata di avere la gonna al contrario.

E a mamma e papà... per tutto quanto.

Prologo

«Sta per succedere. Non riesco ancora a crederci.» Mi sporsi in avanti, verso l'immagine riflessa nel grande specchio verticale del salotto e tolsi un pallino di lanugine dal mio lungo abito bianco. E poi mi voltai verso le mie amiche Andie e McKenna, sedute sul divano dall'altra parte della stanza. «Sono già nervosissima. Non so come farò a percorrere la navata davanti a tutta quella gente» dissi.

McKenna si alzò e si versò un bicchiere di vino rosso. «Be', sarà meglio che inizi a pensarci, perché fra un paio di settimane avrai addosso gli occhi di trecento invitati in ghingheri che si aspettano il party dell'anno.»

Lisciai la lunga gonna di seta e con un gesto aggraziato posai le mani sulla vita. Emisi un lieve sospiro per allentare la tensione. «Non riesco a credere che sto per sposarmi.»

Anche Andie sospirò. «Non riesco a credere che la parata degli sfigati sia finita.»

Le puntai contro l'indice, cercando di non ridere. «Ehi, signorina Barnett, tenga a freno la lingua. Sa che non sopporto quella definizione, per quanto appropriata.»

Andie si sistemò le corte ciocche di capelli biondi dietro le orecchie. «Okay, okay, ma qui siamo di fronte alla fine di un'era, non so se mi spiego.»

McKenna annuì. «Già. Difficile da credere.»

«Grazie mille, Mackie» dissi, dandole una spinta. In realtà era proprio così. I miei annali narravano di appuntamenti che sfioravano il ridicolo, e anche se non ne avrei sentito certo la mancanza, mi sarebbe mancato poterne ridere. Avevo collezionato una tale quantità di disastri amorosi da convincermi che il destino avesse deciso di propinarmi anche la parte che sarebbe spettata a McKenna, ormai fidanzata da una vita. Andie era single, e quindi aveva il suo daffare, ma la regina incontrastata ero io.

«Ti ricordi del consulente finanziario che chiese al cameriere di togliere gli alcolici dalla ricevuta, così poteva mettere la cena sulla nota spese dell'azienda?» disse Andie.

Annuii. «Proprio al primo appuntamento.»

McKenna mi lanciò uno sguardo. «Non era lo stesso tizio che viveva ancora con i suoi genitori?»

Annuii di nuovo. «Proprio lui.»

«Che meraviglia» disse McKenna, sorseggiando il vino. «Adoravo quello spilorcio sfigato di un consulente.»

Sapevo già dove stava andando a parare la conversazione, perciò alzai una mano per bloccare la cosa sul nascere. «Per favore, ragazze, oggi no. Non so se ve ne siete mai accorte, ma non facciamo altro che parlare di quest'argomento.»

«Certo, è così divertente» disse McKenna, mettendomi un braccio attorno alle spalle. «Adoro rievocare i migliori momenti di vita "alla Waverly".»

«Anch'io» disse Andie, afferrando la mia mano ancora sospesa a mezz'aria. «C'è un sacco di materiale su cui lavorare. Ti ricordi quella volta in cui ti sei tolta il maglione al ristorante e ti eri dimenticata di mettere la canottiera?»

Mi misi a ridere, scuotendo la testa. «Ah, che bei ricordi...» dissi.

McKenna si voltò verso Andie. «E quando se la stava spassando sul divano con quel tizio, Tyler, e le è venuto quel tremendo crampo al polpaccio?»

«Quella è stata la *migliore* in assoluto» disse Andie, ridacchiando. «L'ho raccontata a tutti.» Si voltò verso di me. «Senza fare il tuo nome, ovviamente.»

Rabbrividii per l'imbarazzo e andai verso il divano, al momento sepolto sotto una montagna di riviste da sposa, il cui peso complessivo era superiore a quello del divano stesso. «Ehi, guardate che porta sfortuna parlare di queste cose quando si indossa l'abito bianco» dissi, cercando tra le riviste. «Sono sicura di averlo letto in uno di questi giornali.»

Ignorandomi completamente Andie si voltò di nuovo verso McKenna. «Ti ricordi quello che si è presentato al secondo appuntamento con i pantaloni della tuta da ginnastica?» disse.

Poco mancò che McKenna sputasse il vino. «Il tizio della tuta! Come dimenticarlo... E quella volta in cui si stava facendo togliere un callo dalla pedicure su Chestnut Street e il tizio con cui doveva uscire passò davanti alla vetrina del negozio insieme ai suoi amici?»

«Ah, è vero, quel gran figo di Nate Miller» dissi, facendo una smorfia. «Era il giorno del nostro primo appuntamento.» Fu anche l'ultimo. Terribile.

Andie ormai andava a briglia sciolta. «Credo che la mia preferita sia quella del tizio dell'Oktoberfest: non l'ha mai richiamata ma la inserì nella mailing list degli "amici stretti" a cui chiedeva un prestito di quindicimila dollari per il test d'ingresso alla Facoltà di legge.»

McKenna scoppiò a ridere e annuì. «Oddio, me l'ero dimenticata. Meraviglioso, davvero. Credo che la *mia* "waverlinata" preferita sia quella in cui si spalmò sei chili di autoabbronzante e si presentò alla festa aziendale di quel tipo, Mike, facendo la splendida; come se avere un'abbronzatura del genere a metà dicembre fosse normale.»

«Oddio, vi prego, non ricordatemelo» dissi chiudendo gli occhi e rivivendo per un attimo la mia infelice interpretazione dell'Umpa Lumpa.

«Certo che no, mia cara» disse Andie. «Te lo ricorderemo altre mille volte.»

Mentre loro continuavano a intrattenersi piacevolmente rivangando le mie leggendarie disavventure, io tornai allo specchio e mi persi nei miei pensieri. Era un tardo sabato pomeriggio di novembre, ed era trascorso poco più di un anno da quando io e Aaron ci eravamo conosciuti alla raccolta fondi per l'ospedale di San Francisco, dove il fidanzato di McKenna faceva il tirocinio. Aaron, che aveva deciso di seguire le orme dei genitori, entrambi avvocati di successo, era socio di un grosso studio legale del centro.

All'inizio non avevo dato grande importanza al nostro incontro; perché avrei dovuto? Lui era ricco, brillante, bello e di parecchi anni più grande di me. Era proprietario di una grande casa vittoriana in cima a Nob Hill e di un modernissimo cottage di legno sul lago Tahoe. Io non possedevo nemmeno un garage. Lui era cresciuto nella zona residenziale sulle colline di Tiburon, a nord di San Francisco, e i suoi genitori erano un'istituzione nelle serate di gala. Io ero cresciuta in un quartiere borghese nei pressi di Sacramento, e mio padre viveva in quello che io chiamavo "Giardino comunitario" della Valley Pines, quando la definizione che andava per la maggiore in realtà era "Campo caravan".

Aaron era considerato uno dei partiti più appetibili di tutta San Francisco. Io ero, be'... ero quella in piedi accanto a lui al tavolo del buffet.

I nostri gomiti si scontrarono di fronte al piatto dei gamberoni o – per meglio dire – feci una "waverlinata" e lo urtai mentre cercavo di infilzare lo stesso gamberone che aveva puntato lui, schizzandogli la salsa cocktail su tutta la manica. Mi scusai e prima ancora di accorgermene stavamo chiacchierando. Come sempre quando sono nervosa, iniziai a straparlare di cose senza senso, ma lui era simpatico, fu gentile, e iniziammo a fare conversazione. A dire il vero io mi aspettavo da un momento all'altro che pronunciasse il fatidico: «È stato un piacere» e tornasse dalla super top model con tre lauree che avevo dato per scontato fosse con lui. Ma – sorpresa – non era accompagnato. Ed era lì, a parlare con me.

Quando mi chiese il numero di telefono quasi mi strozzai.

Il nostro primo appuntamento fu in una piccola enoteca a North Beach. Il secondo una passeggiata in riva al mare seguita da un pranzo al Cliff House. Il terzo una cena romantica all'Aqua, dopodiché ogni dubbio venne dissipato. In due settimane eravamo diventati una vera coppia.

Sette mesi dopo, in cima alla Coit Tower, mi aveva chiesto di sposarlo. Sembrava una cosa un po' precipitosa, ma era tutto così eccitante e romantico che mi gettai fra le sue braccia e dissi di sì. Non riuscivo a crederci. Aaron Vaughn III voleva *me*, Waverly Bryson I, e aveva intenzione di firmare dei documenti per provarlo! Dopo ventotto anni di «che succederà se non riuscirò a trovare quello giusto?» finalmente l'avevo trovato.

«Buongiornooo... Waverly?»

La voce di McKenna mi tirò giù dalle nuvole.

La fissai sbattendo le palpebre. «Scusami. Hai detto qualcosa?»

Mi porse un bicchiere di vino. «Ho detto: come va con tuo padre adesso che il giorno del matrimonio si sta avvicinando?»

Sospirai. «Non saprei. Meglio, mi pare, ma credo ancora che, be', lui pensa sempre che Aaron sia fuori dalla mia portata. Quello è un bicchiere di *vino rosso*?»

«Ops, scusa, errore mio.» Si mise a ridere e tornò in cucina. «Ti porto del bianco.»

Andie prese la partecipazione dal tavolino. «Ragazzi, farsi impalmare al Ritz-Carlton nella Half Moon Bay. Quando sarai ufficialmente entrata a far parte dell'illustre famiglia Vaughn dovrai fare l'abitudine a questa vitaccia, poverina.» Il Ritz distava solo trenta minuti dal mio appartamento ma era lontano trent'anni luce dal mio conto in banca.

McKenna mi porse un bicchiere di vino e liberò la coda di cavallo dal fermaglio. «Sono certa che se la caverà. Allora, secondo te al matrimonio dovrei tenere i capelli sciolti o raccolti?»

«Sono certa che scatenerai un'epidemia di torcicollo in entrambi i casi, miss "bionda naturale uno e ottanta"» dissi. «E per la cronaca, si presume che non debba essere tu quella al centro dell'attenzione.»

McKenna annuì. «Vero.»

«È permesso guardare la damigella uno e sessanta bionda tinta?» disse Andie indicando le sue mèches. «Non mi dispiacerebbe trovare qualcuno per la serata.»

Scoppiai a ridere. «In questo caso va bene. Però sarà meglio ripassare le regole.»

Andie annuì. «La regola numero uno per essere damigella di Waverly Bryson è non cadere nel sentimentale facendo piangere la sposa prima delle foto.»

Anch'io annuii. «Esatto. E la seconda regola è?»

McKenna puntò il dito contro Andie. «Non menzionare "waverlinate" il giorno del matrimonio.»

«Giusto» dissi ridendo. Io ero una lingua lunga, ma a volte certe uscite di Andie erano da non credere. «E la regola numero tre?»

Andie bevve un sorso di vino. «Non puntare il padre dello sposo?»

«Andie!» dissi io. Eravamo alle solite.

«Ma sì, sto solo scherzando. Però devi ammettere che il padre di Aaron è carino carino. Ecco, *lui* sarebbe perfetto per il dopocena» disse.

Lanciai uno sguardo a McKenna. «Mackie, puoi darmi una mano? Vi giuro che a volte mi sembrate il diavolo e l'angioletto dei cartoni animati.»

«Sì, mi piace questa cosa» esclamò Andie, annuendo e fregandosi le mani.

«Fai la brava, su» le disse McKenna.

«Allora, qual è la terza regola?» chiese Andie. «Ho un vuoto.»

«Anch'io» disse McKenna.

«Voi due mi ucciderete» sospirai. «La regola numero tre, mie care amiche, è far sì che mai e poi mai mi ritrovi con una bottiglia in mano. Sono concessi solo bicchieri e calici di champagne, okay?»

«Ah, è vero» disse McKenna, guardando Andie. «Ti ricordi come rimase mortificata Whitney quando vide tutte le foto in cui beveva a collo nel suo abito da quattromila dollari?»

«Anch'io mi sentirei mortificata se il mio matrimonio sembrasse sponsorizzato dalla Bud» disse Andie.

Mi voltai di nuovo verso lo specchio, mordendomi il labbro. «Non vi sembra che questo vestito urli a squarciagola "io non ho frequentato una scuola privata"?»

McKenna mi cinse col braccio e mi strinse affettuosamente. «Wave, non importa che cognome abbia Aaron. Quell'uomo è innamorato di te perché sei adorabile e insieme avrete una vita stupenda.»

Sospirai. «Vorrei che anche papà fosse d'accordo con te.»

Il suono del campanello ci fece voltare tutte e tre contemporaneamente.

McKenna andò al citofono e premette l'interfono. «Chi è?»

Una voce profonda riempì la stanza. «Sono Aaron. Posso parlare con Waverly?»

Aaron? Adesso? Saltai a nascondermi dietro lo specchio.

McKenna mi guardò. «Lo stavi aspettando?» disse.

Scossi la testa. «Gli avevo detto che oggi ero impegnata con i preparativi tutto il giorno e dopo avrei cenato con voi. Chiedigli cosa vuole.»

«È una cosa urgente? Al momento la sposa sarebbe, ecco, impegnata con le prove dello spettacolo» disse McKenna.

La voce di Aaron echeggiò in tutto l'appartamento. «Ho solo bisogno di parlarle, okay? È importante.» Dalla voce non sembrava in vena di scherzi.

McKenna si voltò di nuovo a guardarmi, stavolta con le sopracciglia alzate. Le feci segno di aprire.

Io abitavo al primo piano perciò Aaron non impiegò più di dieci secondi a varcare la soglia.

«È decisamente strano questo tuo comportamento, Aaron, decisamente strano» disse Andie incrociando le braccia.

Aaron le passò di fianco senza rispondere. *Quello* fu decisamente strano. Ebbi subito la sensazione che i suoi passi pesanti sul delicato parquet di casa mia annunciassero cattive notizie. Andie mi lanciò uno sguardo, con espressione da "che diavolo sta succedendo?".

McKenna raccolse rapidamente le sue cose e uscì, spingendo fuori anche Andie. «Ci sentiamo dopo?» sussurrò.

Annuii e lei richiuse delicatamente la porta alle loro spalle; a quel punto mi voltai verso Aaron. «Ciao tesoro, che succede?» Ero ancora dietro lo specchio, spuntava solo la testa. «Sai che questa cosa porta sfortuna, vero?»

Si sedette sul divano e mi guardò afflitto. Non appena mi accorsi che aveva gli occhi rossi e gonfi, dimenticai all'istante ogni superstizione e gli fui immediatamente accanto.

«Ehi, va tutto bene? È successo qualcosa?» mi sedetti di fianco a lui, posandogli una mano sulla guancia.

Annuì piano. «Stanotte non ho chiuso occhio.»

Cominciai a supporre di tutto. «Si tratta di tuo padre?» Il padre di Aaron soffriva di cuore. «Sta bene?»

«Sì, lui sta bene.»

Gli presi le mani. Erano fredde e sudate. I suoi occhi nocciola sembravano concentrati su qualcosa che non si trovava dentro la stanza insieme a noi.

«Aaron, cosa succede? Va tutto bene?»

Il suo annuire si trasformò lentamente in uno scuotere la testa.

«Aaron, tesoro, parlami.»

Alla fine il suo sguardo tornò presente, e mi fissò. Ma non disse nulla.

«Tesoro?»

Nessuna risposta.

«Aaron?» gli strinsi delicatamente le mani.

«Io... io...» la sua voce era a malapena un sussurro.

Attesi per un lungo momento prima che si decidesse a parlare.

«Io... io non credo di poterti sposare» disse infine.

Il tempo si congelò in quell'istante. E anch'io. Le mie viscere diventarono di ghiaccio, tanto che l'aria nei polmoni mi faceva male a ogni respiro.

Rimase in silenzio per qualche secondo. E poi sospirò profondamente.

«Mi dispiace» disse. «Penso che abbiamo corso troppo, so che sono stato io a volerlo ma... temo sia stato un errore.»

Lasciai le sue mani. La stanza iniziò a girare vorticosamente, tremavo. Cercai di appoggiarmi al muro per sorreggermi, nonostante fossi già seduta.

«Un errore? P-perché sarebbe un errore?»

La mia domanda rimase sospesa in aria. Una frase così breve in attesa di una risposta che neanche altre mille frasi sarebbero state in grado di darmi.

Dopo un tempo che sembrò eterno, alzò gli occhi. «Non credo che siamo fatti l'uno per l'altra.»

Sostenni il suo sguardo. Sapevamo entrambi che avevo bisogno, e meritavo, una risposta migliore di quella.

Aaron si girò dall'altra parte, puntando le mani contro le ginocchia.

E io aspettai.

E aspettai.

Alla fine si decise a voltarsi e mi guardò. «Io non ti amo, Waverly.»

I miei occhi si riempirono di lacrime. Minuscole gocce di dolore che mi facevano pulsare la testa.

«Oh... oh...» le parole che avrei voluto dire rimasero imprigionate dentro di me, in un luogo profondo. Al loro posto arrivarono le lacrime, che silenziose presero a rigarmi le guance.

«Mi dispiace tanto. Non avrei mai dovuto lasciare che le cose arrivassero fino a questo punto...»

Una ad una le mie lacrime si trasformarono in singhiozzi.

La sua voce era quasi un sussurro. «È che all'inizio sembrava tutto così perfetto... mi sono lasciato trasportare...»

La voce gli si strozzò in gola e restammo seduti così per parecchio tempo.

Lui che non diceva niente, mentre io singhiozzavo.

Uno accanto all'altra, per l'ultima volta.

Quando alla fine si alzò per andarsene, era buio. Si avviò lentamente verso l'entrata, circondato da una nube di senso di colpa.

Si voltò a guardarmi.

«Non avrei voluto farti soffrire, Waverly» sussurrò.

Uscì, richiudendo piano la porta su quello che avevo creduto fosse il mio "e vissero per sempre felici e contenti".

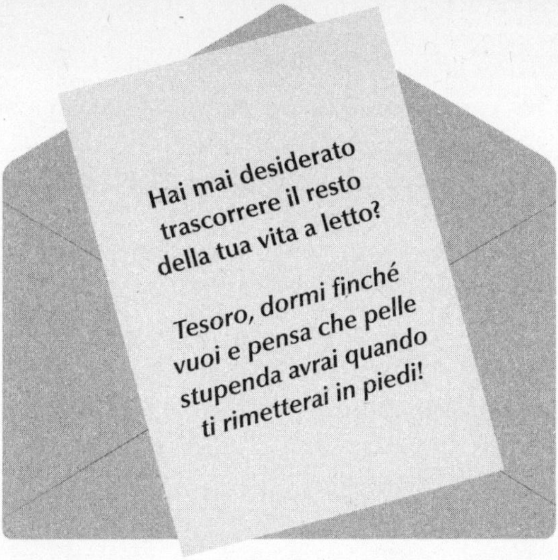

Tre mesi dopo

1

SABATO

14:07 «Ehi, sono Andie. Ho appena mangiato uno Snickers intero. Richiamami. Ciao.»

Elimina.

15:12 «Ehi, sono McKenna. Sei ancora a letto? Chiamami.»

Elimina.

17:40 «Ehi, sono Andie. Dove sei? Io e McKenna andiamo a mangiare una pizza più tardi, se vuoi venire. Chiamami.»

Elimina.

19:13 «Ehi, sono McKenna. Sono con Andie da Dino's. Qui ci sono un boccale di birra ghiacciata e una pizza fumante che ti aspettano. Raggiungici, okay?»

Elimina.

20:32 «Sei viva? Sono Andie. Stiamo andando a bere qualcosa al Blue Light. Chiamaci.»

Elimina.

22:35 «Dài, Waverly, ci manchi. Vieni a bere qualcosa con noi. Ci sono un sacco di bei ragazzi qui.»

Elimina.

23:15 «Ehiii? Dove sei finita? Waverly, non puoi passare il resto della vita a nasconderti.»

Elimina.

23:47 «Dài tesoro, levati quel pigiama e torna nel mondo dei vivi.»

Elimina.

Elimina. Elimina. Elimina.

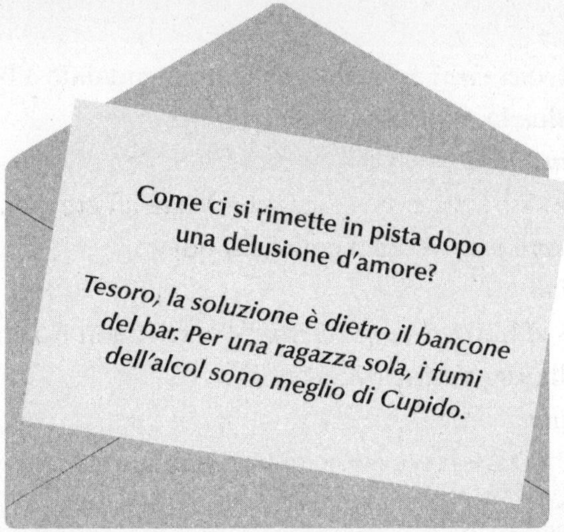

Tre mesi dopo

2

Per una ragazza sola, i fumi dell'alcol sono meglio di Cupido.

O perlomeno era quello che continuava a ripetermi Andie da quando Aaron mi aveva scaricata. Non che avessi seguito alla lettera il suo consiglio. Ma finalmente ero uscita dalla fase di isolamento ed ero al mio primo vero appuntamento dopo la rottura.

Okay, era un incontro combinato, ma era pur sempre un appuntamento.

Lo osservai all'altro capo del tavolo, quegli occhi marroni avevano un che di familiare. Era un ragazzo carino... ma...

No, nemmeno un'intera cassa di birra sarebbe bastata.

Iniziai a guardarmi attorno, studiando le pareti colorate del ristorante messicano in cerca di qualcosa – qualunque cosa – da dire per rompere il silenzio. Il locale era gremito, gli avventori erano immersi in conversazioni animate e si stavano divertendo molto più di me, non c'era dubbio. L'acustica rimbalzava le voci e le risate da una parete all'altra. Era come se tutti trovassero molto divertente il mio primo tentativo di uscire di nuovo con un uomo.

Afferrai la birra e buttai giù un bel sorso. «Allora, Rick, da quant'è che vivi a San Francisco?»

«Un paio d'anni» disse lui. «E tu?»

«Da quando ho finito il college, più o meno otto anni» risposi.

«Caspita, è un sacco di tempo.»

«Già, un sacco.»

E poi, di nuovo, era calato quell'imbarazzante silenzio. Come mai non riuscivo a trovare niente da dire? Prima di Aaron non ero capace di stare zitta due secondi. Quella sera sembravo una persona noiosa e monotona. Ero forse diventata noiosa e monotona?

Guardai Rick e mi domandai perché non mi sentissi per nulla attratta da lui. Era carino e rispondeva a tutti i miei canoni, che in verità si abbassavano di una tacca ogni venerdì passato davanti alla tele. Ma quegli occhi... e quel mento... c'era qualcosa di familiare in lui che mi disturbava. Ma non capivo esattamente cosa.

«Allora, so che lavori nel campo delle pubbliche relazioni. PR sportiva, giusto?» disse lui rompendo nuovamente il silenzio. «Dev'essere divertente. Sei un'atleta?»

Scossi la testa. «Direi di no. Non sono molto in forma. Trenta minuti di jogging per me sono anche troppi. Se proprio mi sento in vena di esagerare arrivo a trentacinque, trentasei forse.»

«Nessun vero sport, quindi?» disse.

«Uhm, dipende, una lezione di yoga al mese vale come sport?» feci una risatina non troppo convinta e sorseggiai la birra.

«Ma ti piace, lo segui? Football? Baseball?» Era alla disperata ricerca di un argomento di conversazione. Come me, del resto.

Scossi di nuovo la testa e cercai di riderci sopra. «Non è roba che fa per me» risposi.

Lui non parve trovarlo affatto divertente. «Allora come mai hai deciso di lavorare nel settore?»

Mi misi a stuzzicare l'etichetta della bottiglia di birra. «Ehm, be', mio padre era un giocatore di baseball professionista, in pratica sono cresciuta in quell'ambiente.»

Per la prima volta Rick parve interessarsi alla conversazione. «Davvero? In che squadra giocava?»

«Oh, uh, giocava nel triplo-A per i San Jose Giants.»

«Sul serio? In che ruolo?»

«Lanciatore.»

Rick sembrava molto più colpito dalla carriera di mio padre che da me. «Fenomenale. È mai stato chiamato da una squadra della Major League?»

Mi morsi il labbro. «Il piano era quello, ma purtroppo si è dovuto ritirare ancora giovane, dopo... un brutto infortunio.»

«Una lesione?»

«Qualcosa del genere» dissi. «È una lunga storia.»

Il suo sguardo si spense di nuovo. Avrebbe voluto indagare, ma era troppo educato per fare altre domande.

Bevve un sorso di birra. «E ha continuato a lavorare in ambito sportivo?»

«No» risposi, scuotendo la testa.

«Ah. Però hai portato avanti tu la bandiera. Dev'essere una professione eccitante.»

Strappai un altro pezzettino di etichetta dalla bottiglia e risposi al suo commento scontato con il solito: «Sì, è un bellissimo lavoro». Se solo mi avesse vista due giorni prima mentre toglievo una a una le m&m's verdi dalla ciotola della sala riunioni, perché la tennista che promuoveva il reggiseno del nostro cliente «non le poteva proprio soffrire»!

Di nuovo silenzio. Avete mai notato come sia assordante il silenzio in certe occasioni? Tremendo.

«Perciò, ehm, ti piace fare l'avvocato?» chiesi.

«Ha i suoi momenti» commentò lui, rispondendo automaticamente.

«Immagino.» Abbassai gli occhi e fissai il tavolo. Per qualche ragione ero convinta che tutti gli avvocati di San Francisco conoscessero Aaron e sapessero come mi aveva scaricata. Forse l'Ordine degli avvocati teneva un registro delle frequentazioni dei suoi iscritti, chi poteva saperlo?

Di nuovo silenzio.

Come se avesse intuito il nostro disagio, la cameriera arrivò con tempismo provvidenziale portandoci altre due Corona e un piatto di ali di pollo fritte, *nachos* e *quesadillas*. Io ovviamente mi avventai subito sulla birra. Perché nessuno aveva pensato di fare una Corona da sessantasei centilitri? Avrebbero potuto chiamarla *Appuntamento Disastroso Special Edition.*

Presi una *quesadilla*. «Sei sicuro che non ci siamo già incontrati prima?»

Lui annuì. «Sicuro. Di certo non avrei dimenticato un nome come il tuo. Waverly, come la marca di cracker.»

Anch'io annuii. «Già. Non ho ancora perdonato i miei genitori per avermi fatto questo. Fortunatamente non sono più in commercio. Quindi sei proprio, proprio sicuro che non ci siamo mai visti prima?»

«Sicurissimo» rispose.

Lo guardai strizzando gli occhi. «Sicuro al cento per cento o solo al novantanove?»

Sorrise ma non sembrava realmente divertito. «Sicuro.» E poi si allungò sul tavolo per prendere un'altra ala di pollo. «Mmm... le ali di pollo fritte sono in assoluto il mio piatto preferito. Mi piacciono da matti, anche più della pizza.»

«Incredibile» dissi. «È esattamente quello che diceva sempre Aaron.» Mi era sfuggito.

Lui mi guardò. «Chi sarebbe Aaron?»

Cavolo. Perché sono così idiota?

Abbassai gli occhi. «Oh, eh, Aaron è, il mio, ehm, è il mio ex fidanzato.»

Lui sembrò sorpreso. «Sei stata fidanzata?»

«Ehm, già.»

«Quando?»

«Uhm, lo ero fino a qualche mese fa.»

«Oh. E cos'è successo?»

Mi sentii avvampare. Ero in preda all'imbarazzo e sistemai nervosamente le lunghe ciocche di capelli castani dietro le orecchie. «Ehm, be', a essere onesta... abbiamo corso troppo e io non mi sentivo davvero pronta a sposarmi, e mi sono resa conto all'improvviso che non era lui quello giusto.» Sudavo freddo e mi sentivo sull'orlo delle lacrime. Mandai giù un sorso d'acqua, ma probabilmente quello che mi sarebbe servito davvero era una pinzatrice per la mia boccaccia.

«Oh» commentò lui.

«Già.»

Silenzio.

Posai il mio bicchiere sul tavolo e lo fissai.

Avevamo toccato il fondo.

Improvvisamente mi resi conto perché il suo volto mi sembrava tanto familiare. Come avevo fatto a non accorgermene prima?

Era vero. Non ci eravamo già incontrati, santo cielo: Rick era la copia carbone di mio padre. Con qualche decennio in meno e senza la pancia.

Coff.

Mi alzai da tavola. «Ehm, dovrei andare alla toilette. Torno subito, okay?»

«Uh, certo, sei sicura di stare bene?» chiese. Sembrava un po' preoccupato.

Passai una mano fra i capelli reggendomi alla sedia. «Tutto a posto, grazie.» Mentre andavo in bagno tirai fuori il cellulare dalla borsetta e chiamai McKenna.

Rispose al secondo squillo. «Ehi, non dovresti essere al tuo primo appuntamento?»

«Eh, sì, ma al momento sono nascosta in bagno» dissi.

McKenna si mise a ridere. «Sta andando così male?»

Mi guardai allo specchio e mi coprii gli occhi con la mano libera. «Dio, Mackie, non sono ancora pronta. Sono un disastro totale. E lui è uguale identico a mio padre.»

«Non ci credo! Davvero?»

«Davvero, sì. E ho anche infranto il nostro patto: ho tirato fuori Aaron e sono quasi scoppiata a piangere. Ma ti giuro che non l'ho fatto apposta. Devo assolutamente andarmene di qui. Come faccio?»

«Diglielo e basta.»

«Sì, brava, e cosa dovrei dirgli secondo te? "Sai, è stato bello conoscerti, ma questo è il mio primo appuntamento dopo essere stata praticamente mollata davanti all'altare, e non ce la faccio a reggere la situazione, diavolo non vedo l'ora di essere fuori di qui. Ah, a proposito, sei uguale identico a mio padre, il che rende tutto ancor più imbarazzante. Perciò grazie per il pollo fritto e le birre. Ci vediamo".»

La ragazza che si stava lavando le mani accanto a me sorrise e prima di uscire mi rivolse un «buona fortuna» muto, pieno di comprensione.

Mi appoggiai al lavandino. «Mackie, avresti dovuto sentirmi. Un pesce sarebbe stato più eloquente. Come faccio a uscire da questa situazione?»

«Mmm, di' che domani mattina hai un meeting e devi alzarti presto.»

«Sono solo le otto!»

«Mal di testa?»

«Mi prendi in giro?»

«È ora di dare le crocchette al gatto.»

«Okay, non sei per niente d'aiuto.»

McKenna scoppiò a ridere. «Allora dovrai resistere fino alla fine dell'appuntamento, temo.»

«Sarebbe questo il tuo consiglio? *Resistere?*» dissi.

«Mi spiace, Wave, non mi viene in mente altro. A meno che tu non voglia riesumare la scenetta dell'intossicazione alimentare.»

Alzai le sopracciglia. Un tempo era la mia mossa segreta. «Ecco, questa è una buona idea. Potrebbe funzionare.»

«Ehi... almeno ci hai provato» disse.

«Sì, ci ho provato. Grazie Mackie.»

Chiusi la conversazione e mi spruzzai il viso con l'acqua fredda. Mi detti un paio di schiaffi sulle guance e mi calai nella parte della "ragazza che ha appena vomitato". Maledetto pranzo al sushi bar...

Quando tornai al tavolo Rick se ne stava andando.

Afferrò il suo cappotto e mi tese la mano. «Mi spiace, Waverly, ma domattina ho una riunione e mi devo alzare molto presto, temo che la mia serata si concluda qui. Ma è stato un vero piacere conoscerti.»

«Oh, okay» risposi attonita, stringendogli la mano. Cos'altro avrei potuto dire?

Si infilò il cappotto. «Be', ci vediamo.»

«Eh? Ah, certo.» Non potevo crederci. Stava davvero andando via così? Be', in realtà non era poi tanto strano. Era stato un appuntamento terribile.

Mi allungò un biglietto da cinquanta dollari. «Questi dovrebbero bastare per tutto. Allora... buona serata.» Sorrise, si voltò e si avviò verso l'uscita del locale.

Lentamente mi rimisi a sedere e fissai l'enorme vassoio di cibo che avevo di fronte. «Addio. Spero che ti senta sollevato, ora» mormorai alle *quesadillas*, evitando di guardarmi attorno per non incrociare lo sguardo di nessuno, nel caso la gente stesse fissando la ragazza mollata nel bel mezzo di un appuntamento. Probabilmente Rick era già al telefono con un amico fuori dal ristorante, raccontando che razza di svitata gli fosse capitato di portare fuori quella sera.

Sollevai la mia birra e abbassai lo sguardo per dare un'occhiata ai vestiti che avevo scelto. Jeans scuri, un grazioso top rosso e ballerine nere. Era forse un look in grado di controbilanciare l'incapacità di fare conversazione? Raccolsi i capelli in una coda di cavallo e mi fissai il seno. Mi resi conto che per il prossimo appuntamento mi sarebbe servita qualche ripetizione. Ripetizioni e un push-up.

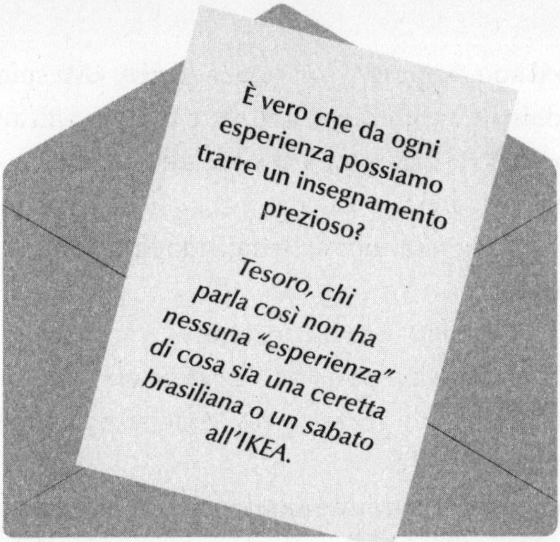

Un anno dopo la rottura

3

«Shane Kennedy, la stella dell'NBA?» disse McKenna.

Annuii e la guardai, soffiando aria calda sui pugni chiusi. «Già, proprio lui.»

«Hunter uscirà di testa» concluse lei. Il suo fidanzato non si dava pace all'idea che pur non avendo alcun interesse per lo sport fossi pagata per lavorare con atleti famosi... anche se, in realtà, la maggior parte di loro mi trattava come una domestica.

Era un freddo mattino di novembre e io e McKenna stavamo facendo una passeggiata prima di andare a lavorare. Era una nostra abitudine di lunga data e il percorso era sempre lo stesso. Ci incontravamo davanti al Peet's Coffee, all'angolo tra Fillmore e Sacramento, nel Pacific Heights, scendevamo la ripida Fillmore fino all'attracco degli yacht del Marina Green, arrivavamo al Palace of Fine Arts e risalivamo prendendo Lyon Street. Impiegavamo circa un'ora a fare tutto il giro, e alzarci così presto era sempre un trauma (da tempo avevamo rinunciato ad avere Andie con noi), ma ne valeva la pena. Durante le nostre passeggiate parlavamo di tutto, beneficiando degli effetti terapeutici (e gratuiti) del sole, una vera manna per me, dopo la rottura con Aaron.

«Be', se è come gli atleti con cui lavoro di solito, posso solo sperare che non sia un incubo» dissi. Il giorno seguente sarei andata ad Atlanta per il Super Show, la più importante fiera commerciale nel settore sportivo. Shane Kennedy presenziava per lanciare un nuovo modello di scarpe da basket e chiunque avrebbe tentato di intervistarlo.

«Hunter morirà d'invidia. Ancora racconta di quella volta in cui ha medicato Barry Zito al pronto soccorso.»

«Chi?» domandai.

«Appunto» rispose. «Allora, come va oggi?»

«Bene.»

«No, sul serio, come stai *oggi?*»

Fissai il cielo. «Di cosa stai parlando?»

McKenna mi dette una spinta al braccio. «Ieri hai tenuto il telefono spento tutto il giorno e non far finta di non aver ricevuto il mio messaggio.»

«Ieri? Che giorno era?» domandai, fissando a terra.

«Non sei brava a raccontare balle.»

«Cosa?» dissi, con lo sguardo al cielo.

«Wave, smettila.»

«Okay, okay. Uno schifo.» Il giorno precedente avrei festeggiato il mio primo anniversario di matrimonio. Se mi fossi sposata. Avevo trascorso la serata al cinema e poi in casa, sul divano, da sola.

«Vi siete sentiti ultimamente?» domandò.

Scossi la testa. «L'ultima volta che l'ho visto è stato mesi fa, quando sono andata a prendere la roba che avevo lasciato a casa sua.»

«Onestamente, non era poi un granché» commentò lei.

«Neanche tu sei tanto brava a raccontare balle» dissi sorridendo.

McKenna rise. «Okay, è vero. Era terribilmente carino. Ma non ha importanza. È finito il tuo anno di lutto?»

Sgranai gli occhi. «Anno di lutto? Non sono mica una vecchia vedova con il velo nero...» In quel momento indossavo un maglione nero, pantaloni della tuta neri e avrei tanto desiderato avere anche i guanti. Neri.

«Cerco solo di essere d'aiuto» disse.

Io gettai un'occhiata all'orologio. «Lo so, ed è anche per questo che ti voglio così bene. Ma ora diamoci una mossa, ho una montagna di lavoro da sbrigare prima di domani.»

Finimmo la nostra camminata a passo svelto e alle nove meno dieci ero davanti all'entrata della K.A. Marketing. I duecento dipendenti che affollavano gli uffici di San Francisco occupavano i quattro piani di uno scintillante edificio bianco, con soffitti alti, pavimenti di legno scuro, muri di mattoni e scarichi maleodoranti. L'agenzia si era trasferita due anni prima e aveva ristrutturato tutti i locali perciò, mentre l'architettura del complesso era moderna, il design ricordava un magazzino vintage.

Mi fermai al carrello del caffè nell'ingresso e presi un latte al cioccolato e – non contenta – un bagel con gocce di cioccolato. Ogni lunedì mattina il mio reparto – pubblicità e marketing – teneva una riunione di tutto lo staff e l'incontro era decisamente meno pesante da affrontare se accompagnato da una cospicua dose di cacao. Purtroppo da quando avevano trasferito Mandy Edwards dagli uffici di Chicago, le riunioni *pesanti* erano diventate la norma.

Salii al piano di sopra e zigzagai fra i cubicoli fino al mio ufficio. Le persone stavano arrivando alla spicciolata, raccontandosi com'era andato il weekend. Posai latte e bagel sulla scrivania, appesi il cappotto dietro la porta e andai alla finestra. A volte amavo più la vista dal mio ufficio che il mio lavoro. Ovviamente era un segreto.

«Ciao Waverly, com'è andato il fine settimana?»

Mi voltai e vidi sulla porta Kent Tanner. «Oh, ciao Kent. Bene, grazie, niente di che. Tu?»

Lui scrollò le spalle. «Solito. Quando hai dei figli i weekend si trasformano in maratone di cartoni animati, giocattoli sparsi, vomito e pannolini sporchi.»

Sorrisi. «Grazie, signor Tanner, lei sa sempre quando mi serve un'iniezione di realtà per cominciare al meglio la giornata. Sei pronto per il tuo primo Super Show? È molto diverso dalle fiere tecnologiche. Pensi di farcela a sopportare tutto quel caos?» Kent era passato al mio reparto un paio di mesi prima.

«Stai scherzando? Questo sarà un gioco da ragazzi rispetto a piazzare software alle aziende.»

«Perfetto. Dammi solo un secondo per controllare se c'è qualche aggiornamento importante prima che inizi la riunione.» Mi sedetti alla scrivania e aprii la mia e-mail. «Aah, c'è un messaggio di Mandy Edwards a tutto il reparto. Inviato domenica pomeriggio, ovviamente.»

«Ovviamente» commentò Kent.

Scossi la testa. «Ma cos'ha nel cervello quella ragazza? Non si accorge di quanto sia evidente che manda le mail da casa?» La maggior parte delle persone che lavoravano nella nostra agenzia possedeva un BlackBerry, ma di regola nessuno stava tutto il giorno attaccato al telefono a inviare mail di lavoro, soprattutto la domenica pomeriggio.

«È nuova. Imparerà.»

«Imparare cosa? Che fare la leccapiedi qui non attacca?»

Kent mi appoggiò una mano sulla spalla. «Lascia perdere.»

Guardai il monitor del mio computer. Ero certa che Mandy ci avrebbe reso partecipi della sua illuminazione domenicale anche durante la riunione. «Me lo dici dopo, leccapiedi.»

Elimina.

Kent si mise a ridere e uscì dall'ufficio. «Andiamo, la riunione sta per iniziare.»

«Un secondo solo, arrivo.» Mi ero accorta di aver ricevuto un'e-mail di Andie, diceva di richiamarla non appena fossi arrivata in ufficio. Era scritta tutta in maiuscolo, una cosa davvero insolita per lei.

Chiusi la porta e composi il numero del suo ufficio.

«Andie Barnett.»

«Ehi, sono io. Che succede?»

«Sei seduta?» mi chiese.

«Sì.» In realtà ero in piedi.

«Dico davvero, sei seduta?»

«Come fai a scoprirmi sempre?» Mi arresi e mi lasciai andare sulla sedia.

«Okay, sono seduta. Sgancia la bomba» dissi.

«Ambasciator non porta pena, ma...»

«Ma cosa?»

«Waverly, odio dover essere io a dirtelo, ma Aaron sta per sposarsi.»

Scattai in piedi.

«*Cosa?* E con chi?»

«Con una certa Stacy Long. L'annuncio è sulla *Nob Hill Gazette* di oggi. Volevo dirtelo prima che venissi a saperlo da qualcun altro.»

Aaron stava per sposarsi? Di già? Da quando ci eravamo lasciati io ero uscita solo con tre ragazzi, e nessuno mi aveva mai richiamata.

Prima che potessi dire qualcosa Kent bussò alla mia porta e fece capolino.

«Forza, Waverly, stiamo tutti aspettando te.»

Annuii e sospirai profondamente. «Devo andare, Andie. Ti richiamo dopo.» Misi giù il ricevitore e chiusi gli occhi. Mi occorse tutta la forza di volontà che possedevo per non correre a chiudere a chiave la porta e cercare subito su Google "Stacy Long". Mi alzai sforzandomi di assumere un'espressione professionale per la riunione, ma dubitavo fortemente che qualcuno se la sarebbe bevuta.

Jess Richards, il capo del nostro reparto, entrò in sala conferenze reggendo una tazza di caffè e una busta gialla.

«Buongiorno a tutti. Riassumiamo brevemente cosa ci attende questa settimana. Waverly, tu e Kent sarete al Super Show domani, vero?» disse.

Cercai di sorridere. «Sì, signore. Atlanta, stiamo arrivando.»

«Ho saputo che la JAG ha reclutato Shane Kennedy, è vero?» JAG era l'abbreviazione di Jammin' Athletic Gear, il mio più grosso cliente.

Annuii. «Già.»

«E immagino che la stampa stia già facendo la fila per strappargli un'intervista.» Shane Kennedy era uno dei giocatori più in vista dell'NBA e aveva appena firmato un contratto da centocinquanta milioni di dollari con i New York Knicks. Non riuscivo nemmeno a immaginare una tale somma divisa per mensilità. Settimane. Partite. Insulti sul campo da gioco. Figli illegittimi.

Sorseggiai il mio latte al cioccolato e annuii di nuovo. «Sarà una settimana impegnativa. Abbiamo già in programma trenta interviste, e dozzine di richieste in attesa. Davey è molto soddisfatto.» David Mason era il direttore del marketing alla JAG, ovvero l'uomo che pagava le nostre fatture.

Kent si sfregò le mani. «Sarà uno spasso.»

«Lo spero» dissi. «Perché non so se Waverly Bryson riuscirà a sopportare tre giorni di interviste con un tizio che parla di sé in terza persona.»

Jess rise. «Credo che per lui sarà facile come mettere a segno tre tiri liberi, invece. Ottimo incastro di interviste, brava.»

«Grazie Jess. È stato un lavoro di squadra» dissi.

«Immagino che non sia difficile fissare incontri per una stella dell'NBA» commentò Mandy Edwards.

Mi voltai a guardarla.

«Cosa?» dissi.

«Voglio dire, non avrai dovuto sforzarti molto per ottenere l'interesse della stampa...»

«Dove vuoi arrivare, Mandy?» La stampa era ovviamente più che interessata, ma avevamo lavorato sodo per programmare e organizzare al meglio le interviste.

Mandy sorrise. «Da nessuna parte. Sono nuova, sto solo cercando di imparare come funzionano le cose qui dentro. Dove lavoravo prima non avevamo celebrità da sbandierare, e dovevamo sforzarci di essere particolarmente creativi per fare in modo che la stampa si interessasse ai nostri prodotti.»

Io gettai un'occhiata a Kent, che alzò gli occhi al cielo. E poi mi voltai di nuovo verso di lei.

«Be', ti farò sapere com'è andata alla riunione di lunedì prossimo, okay, Mandy?» Stavo tagliando corto in maniera piuttosto brusca, me ne rendevo conto, ma non potevo proprio sopportarla, specialmente in quel momento.

«Okay, grazie Waverly. Sarà un piacere.» Sorrise di nuovo.

Odiosa.

Quella sera, quando tornai a casa, mi avventai sulla cassetta delle lettere. Erano diversi giorni che non controllavo e ovviamente era zeppa di pubblicità e volantini neppure indirizzati a me. La posta della mia ex coinquilina, Whitney, continuava ad arrivare nonostante lei si fosse trasferita, sposata e la sua stanza fosse ormai diventata da tempo il mio studio. Non avevo idea di come interrompere il continuo afflusso e francamente la cosa mi faceva impazzire. Una volta avevo persino provato a rinviare al mittente la busta con su scritto "deceduta", imbucandola nella cassetta della posta all'angolo. Ma non era servito a niente.

Mi sedetti sul divano e spulciai il groviglio di buste e fogli. Pubblicità, bolletta, pubblicità, catalogo IKEA, bolletta, catalogo IKEA, bolletta, pubblicità. Alla fine saltò fuori: la *Nob Hill Gazette*. Volevo leggerlo con i miei occhi.

Feci un profondo respiro e iniziai a sfogliare le pagine una ad una, lentamente. Era a pagina undici, proprio sopra l'oroscopo:

> Aaron Cristopher Vaughn III e Stacy Elizabeth Long, entrambi soci dello studio Vaughn, Miller & Hyde, celebreranno il loro matrimonio la vigilia di capodanno alle ore 19 presso la Grace Cathedral. Alla cerimonia seguirà un ricevimento al Fairmont Hotel...

Fu come se qualcuno mi avesse dato improvvisamente un calcio allo stomaco. Mi stesi sul divano e fissai il soffitto. Non riuscivo a crederci. Aaron stava per sposarsi. Sposato. Agganciato. *Casado.* E non si era preso nemmeno il disturbo di farmi una telefonata per avvertirmi di persona. Sapevo che era passato un anno, ma una parte di me soffriva come se mi avesse lasciata il giorno prima.

Ero riuscita a superare il dolore solo in minima parte, il resto era ancora lì.

Posai lentamente il giornale sul divano. Vi appoggiai la testa contro e piansi.

Il giorno successivo il nostro volo per Atlanta partì un po' troppo presto per i miei gusti, ma fortunatamente non era affollato e io e Kent potemmo occupare due file per avere più spazio. Il mio sogno sarebbe stato trovare un cliente che mi facesse volare in prima classe, ma per il momento l'unica speranza che avevo di sedere in prima classe era riscrivermi alle elementari.

L'aereo decollò e io appoggiai la testa al finestrino. Mi addormentai all'istante, ma pochi minuti dopo l'hostess interruppe il mio sonno per domandarmi se volevo qualcosa da bere. Ancora mezzo addormentata la fissai. «Mi ha svegliato per questo? Non poteva semplicemente lasciare una bottiglietta d'acqua qui accanto?» dissi. Non eravamo certo al *ristorante.*

«Ma cara, abbiamo un ampio assortimento di bibite e bevande calde a bordo. Non sapevo cosa volesse.»

«Okay, bene, allora prendo un caffè. Grazie» risposi. Non capirò mai certa gente.

Dopodiché non riuscii più ad addormentarmi, perciò tirai fuori il mio portatile e lo avviai. Chiesi un'altra tazza di caffè e gettai un'occhiata ai sedili dietro il mio. Kent dormiva profondamente.

Quando lo schermo si illuminò, i miei pensieri corsero ad Aaron e alla nuova vita che si era costruito. Non aveva avuto problemi a ributtarsi nella mischia, lui; per me invece era stato faticoso anche solo riuscire a respirare. Flirtare? Sedurre? Conquistare? Non ne ero proprio capace. Un giorno in cui tutto mi sembrava davvero assurdo avevo buttato giù qualche frase, pensieri di una neo-single.

All'inizio era solo un minestrone, un flusso di pensieri che si era poi trasformato in qualcos'altro: un'idea per dei biglietti. Aaron mi aveva sempre chiamata affettuosamente "il mio tesoro" e spesso gli lasciavo post-it sul cuscino, sul parabrezza, sullo specchio del bagno ecc. Perciò, nel debole tentativo di fare dell'ironia, avevo deciso di chiamare i biglietti "Dal tuo Tesoro". Non ne avevo mai parlato con nessuno, per paura di essere presa in giro.

Idee biglietti "Dal tuo Tesoro" by Waverly Bryson – da non far vedere a nessuno per non essere presa in giro

Fronte: Perché mi ha scaricata?
Retro: Tesoro, ma che t'importa? Meglio perderlo che trovarlo.

Fronte: Perché è così difficile non pensare a lui?
Retro: Tesoro, per certe domande non c'è una risposta, c'è il cioccolato.

Fronte: Come affrontare l'ennesimo appuntamento al buio?
Retro: Tesoro, affidati alla tequila: sarà il tuo faro nella notte.

Fronte: Hai presente quel senso di inerzia che provi appena pensi di alzarti e uscire per andare in palestra?

Retro: Tesoro, come mai non provi lo stesso senso di inerzia quando la meta è il frigorifero?

Fronte: È sconveniente portare i capelli lunghi dopo i trenta?
Retro: Tesoro, chiedilo a Raperonzolo.

(Non erano ancora trenta, ma mi ci stavo avvicinando.) Scrissi quest'idea:

Fronte: Il mio ex sta per sposarsi e io invece sono ancora sulla piazza...
Retro: Tesoro, pensa a te stessa come a un immobile: il tuo valore non farà che aumentare col tempo.

Scorsi il resto delle frasi e mi morsi il labbro. A volte era doloroso scriverle, ma mi sembrava un'idea divertente. Forse anche qualcun altro le avrebbe trovate divertenti. Chissà... mi mancava il distacco per un giudizio obiettivo.

Chiusi gli occhi per riposarmi un po', e prima ancora di rendermene conto l'aereo iniziò la discesa.

Rosa, rosa, rosa. Non sapevo chi avesse arredato la stanza, ma sembrava il set di una commediola romantica. Un vaso di fiori rosa sulla scrivania. Lenzuola bianche e rosa pallido. Carta da parati e tappeti a fiori rosa. In bagno sapone rosa. Ero circondata da tanto rosa che improvvisamente sentii la necessità di mangiare una nuvola di zucchero filato. Ma non potevo certo lamentarmi, la stanza era magnifica. La JAG si era davvero presa cura di noi.

Andai alla finestra e aprii le tende. Dodici piani sotto c'era un'enorme piscina, e improvvisamente desiderai l'estate. Quanto mi sarebbe piaciuto stendermi su un lettino accanto alle cascate artificiali, leggendo un buon libro con un Margarita in mano! Avevo frequentato gli hotel di lusso solo per lavoro o con Aaron. Quando lavoravo avevo ben poco tempo per godere dei comfort, e Aaron ormai se n'era andato.

Attraversai la stanza e aprii l'armadio.

Aah, eccolo lì.

L'accappatoio.

Morbido, bianco, costo approssimativo centocinquanta dollari.

Adoravo poltrire indossando l'accappatoio.

Mi guardai attorno. In cima al televisore c'era una cesto pieno di frutta fresca, frutta secca e caramelle, decorato con – sorpresa! – un fiocco rosa. Aprii il biglietto di Penelope French, la scoppiettante addetta alla logistica della fiera per la JAG.

Ciao Waverly!
Eccoti un po' di zuccheri per darti la carica durante questa folle settimana. Buona fortuna!
Penelope French e JAG

Incredibile. Ci saranno state almeno cinquanta persone a rappresentare la JAG alla fiera, e oltre ad aver organizzato il viaggio e la sistemazione di ciascuno, più centinaia di dettagli e piccole cose per far combaciare tutto, Penelope aveva trovato il tempo di mandarci dei cesti di benvenuto con bigliettini personalizzati.

Aprii un pacchetto di anacardi, mi tolsi le scarpe e cercai di convincermi che sarebbe stata una settimana divertente.

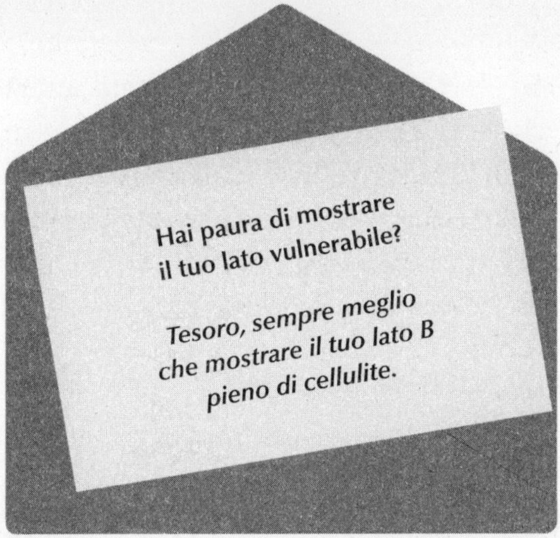

4

Il giorno seguente la sveglia telefonica squillò alle sette meno un quarto, che di per sé era già troppo presto, ma siccome il mio corpo credeva ancora di essere sulla West Coast, era come se fossero le tre e quarantacinque. Avrei voluto morire. Grazie a Dio avevo programmato la macchina per il caffè la sera prima, il suo profumo era l'unica cosa in grado di tirarmi giù dal letto.

Accesi la luce e la tv, e barcollai fino al bricco. Dopo una doccia bollente e due tazze di caffè forte ero pronta per affrontare la giornata. Vestendomi ascoltai Matt Lauer e Meredith Vieira elencare i loro siti preferiti per lo shopping online natalizio. E poi riconobbi la voce di Scott Ryan, un giornalista che conoscevo da anni. Faceva un servizio su un ottantenne di Dallas che possedeva più di cento gatti.

«Un reportage su un uomo e i suoi cento gatti? Quanto hai

sborsato per la scuola di giornalismo, eh Scotty?» dissi al televisore.

Arrivai al centro conferenze pochi minuti dopo le otto e attraversai l'enorme complesso fino allo stand della JAG. Non vedevo né Kent né Davey, ma il loro reparto vendite era già sul posto al completo. La fiera non avrebbe aperto i battenti prima delle nove, ma siccome ci aspettavamo grande affluenza volevamo tutti essere pronti in anticipo. Il primo giorno è sempre quello più frenetico.

Il Super Show contava centinaia di espositori e ogni anno le aziende si davano da fare per migliorare i propri stand, cercando di attirare l'attenzione del pubblico con qualche "extra". Questi extra variavano da ragazze in minuscoli costumi da bagno che offrivano beveroni proteici, a ginnaste che si esibivano sulla trave per promuovere i body che indossavano. La JAG non faceva eccezione. Il nostro stand era enorme. Avevamo diverse stanze private per le riunioni e le interviste, ma la ciliegina sulla torta era un enorme spazio espositivo centrale che sembrava un vero e proprio negozio di articoli sportivi, più mezzo campo da basket con tanto di palla e arbitro per partite improvvisate fra dipendenti e clienti.

Salutai tutti e mi misi in fila per il caffè al bar in fondo allo stand, dove notai immediatamente che la divisa dello staff del catering somigliava molto a quella che avevo indosso io.

Ottimo inizio.

«Mmm, vorrei un bagel al cioccolato e un caffè macchiato, grazie» dissi alla ragazza dietro il bancone mentre osservavo la camicia bianca e i pantaloni neri identici ai miei.

Mi porse il bagel e urlò. «Un macchiato in arrivo!»

Cavoli... calma, ragazza. Era un tantino troppo vivace per le otto di mattina.

«Buongiorno, Waverly.»

Mi voltai e vidi Gabrielle Simone, il nuovo capo del reparto vendite della JAG, un ghiacciolo di donna. Indossava un costoso tailleur pantalone blu, un filo di perle, e i capelli, corti e neri, erano sistemati perfettamente dietro le orecchie, in modo che non si muovessero di un millimetro.

Mi squadrò dall'alto in basso, dopodiché lanciò un'occhiata alla mia gemella dietro il bancone del bar.

Maledizione.

«Ehm, ciao, Gabrielle, come stai?» dissi.

Accarezzò il filo di perle con le sue dita affusolate. «Bene, grazie, non vedo l'ora di iniziare. Se vogliamo centrare gli obiettivi vendite del trimestre, dovremo tutti dare il massimo questa settimana.»

Annuii, afferrando il caffè che la ragazza del bar mi stava porgendo. «Eh, sì, ci sarà da lavorare sodo.»

Gabrielle sfiorò di nuovo le perle. «Be', mi aspetto che tu faccia un ottimo lavoro. David Mason mi ha informata del compenso mensile che versiamo alla vostra agenzia, e francamente mi sembra un po' alto rispetto alla pubblicità che siete stati in grado di procurarci.»

Non c'era una risposta giusta a quel commento.

Mi schiarii la voce. «Be', stiamo lavorando sodo. Abbiamo grandi aspettative per le interviste di Shane Kennedy di questa settimana.»

Lei annuì. «Bene, felice di saperlo. Non abbiamo certo intenzione di sprecare il nostro denaro.»

Di nuovo, non c'era modo di ribattere.

Sorrisi. «Certo che no.»

«Felice che tu ne convenga. Ora, se vuoi scusarmi, ho una riunione con la CEO.» Girò i tacchi e se ne andò.

Quando si fu allontanata abbassai gli occhi sul caffè. Tremava.

Appuntai mentalmente una frase per un biglietto:

Fronte: I miei clienti mi spaventano a morte...

Retro: Tesoro, sempre meglio che essere spaventata a morte dalle proposte dell'ufficio di collocamento.

Andai nella sala stampa e mi sedetti al tavolo. Stavo sorseggiando il caffè quando sentii bussare alla porta, che era già aperta. Alzai gli occhi. In piedi sulla soglia c'era Shane Kennedy.

«Salve, sono Shane Kennedy.» Come se non lo sapessi.

Alzandomi cercai di sorridere e apparire disinvolta. «Piacere di conoscerla, Shane. Sono Waverly Bryson.» Rimasi colpita da quanto fosse alto di persona. Mi tese la mano, grande tre volte la mia. Aveva occhi color nocciola e una pelle perfettamente liscia, dello stesso colore del caffè che stavo bevendo.

In quel momento entrarono anche Davey Mason e Kent.

«Buonissimo giorno, Waverly» disse Davey, squadrandomi da capo a piedi. «Potresti portarmi un doppio latte e una focaccina?»

«Non cominciare» dissi, puntandogli contro l'indice.

Lui rise. «Vedo che hai già conosciuto il nostro ospite d'onore.»

Annuii. «Già, appena prima che entraste. Ehi, come stava *the King?*» Davey e Penelope erano arrivati da San Francisco un paio di giorni prima dell'inizio della fiera per sovrintendere al montaggio dello stand, e Davey ne aveva approfittato per fare una salto a Graceland. Sì, Graceland. La tenuta di Elvis.

Si sedette accanto a me. «Da re, Bryson. Hai ricevuto il cesto di benvenuto in camera?»

«Sì, idea fantastica» dissi. «Ho già fatto fuori tutti gli anacardi. Dubito che rimarrà qualcosa quando sarò andata via.»

Lui si grattò la nuca e annuì. «All'inizio ero contrario, ma poi ho cambiato idea quando Penelope mi ha fatto notare che la stessa bustina di anacardi presa dal minibar ci sarebbe costata cinque dollari. Al discount venivano solo un dollaro.»

Feci finta di dargli un pugno sulla spalla. «È davvero uno spietato uomo d'affari, signor Mason. D'altra parte è per questo che lei possiede l'immobile e io pago l'affitto.»

Davey lanciò uno sguardo ai presenti. «Allora, siamo pronti? La stampa è già in trepidante attesa, sono tutti in fila come dei nerd a una prima di *Star Wars*; la giornata si preannuncia impegnativa» disse.

Mi voltai verso Shane. «Immagino che quest'assalto mediatico non sia niente di nuovo per lei. La infastidisce rilasciare interviste?»

Lui si allungò sullo schienale e posò le enormi mani sulle sue gigantesche rotule. «No, affatto. È un po' stancante ma se è per fare pubblicità alle nuove scarpe, per un paio di giorni si può sopportare.»

«Perfetto, questo faciliterà molto il lavoro di tutti» dissi. «Come le avrà già preannunciato Davey, io e Kent faremo a turno per gestire le interviste e Davey sarà sempre presente per rispondere alle domande sullo spot delle scarpe. Cercheremo di limitare ogni intervista a quindici minuti, per evitare che diventino troppo noiose. Questa è una copia del programma di oggi, se ci dovessero essere cambiamenti la terremo aggiornato. Spero non sia troppo impegnativo.»

«Sarà facile come un sottomano» disse Davey, simulando un tiro a canestro.

«Capito» disse Shane. «Grazie mille. E... per favore, diamoci del "tu".»

Ci stava ringraziando? "Diamoci del tu"? Sul serio? Gentile. Modesto. Non indossava catene d'oro e sembrava non avere tatuaggi. Davvero inusuale per un atleta professionista.

Alle nove in punto le porte della fiera vennero spalancate e fu subito caos. Il padiglione si trasformò in un'arena di tori imbizzarriti. Io e Kent osservammo la scena fermi di fronte allo stand della JAG, in attesa che arrivasse il primo giornalista in agenda.

«Ehi, vado un attimo in bagno. Arrivo subito» dissi.

«Non perderti» rispose Kent.

Mi diressi verso il fondo del padiglione e mi passai una mano sui capelli elettrizzati. Camminare sulla moquette delle fiere è come partecipare a un esperimento di fisica a scuola.

Tornando dalla toilette agguantai un paio di Milky Way omaggio dalla ciotola di un piccolo stand di attrezzi ginnici. Ne scartai uno e me lo infilai in bocca, cosa di cui mi pentii immediatamente perché quasi mi strozzai. Cominciai a tossire e a battermi il petto finché non riuscii a sputare mezzo Milky Way masticato. Mi guardai attorno in cerca di un fazzoletto o un cestino ma, non essendoci né l'uno né l'altro in vista, mi rimisi in bocca il mezzo Milky Way per finire di mangiarlo. Fu una cosa piuttosto rozza ma, ehi, il cioccolato è cioccolato.

Feci per tornare allo stand della JAG, sperando di non incrociare Gabrielle Simone. Avevo gli occhi lucidi e la faccia tutta rossa e gonfia. In quel momento mi squillò il cellulare. Quando vidi il numero sul display emisi un lungo sbuffo. Non era proprio il momento adatto per sostenere una conversazione con mio padre, che come sempre aveva dato la sveglia alle galline. Di solito, quando chiamava al sorgere del sole, avevo ancora il telefono spento. Deviai la chiamata alla segreteria telefonica e rimisi il telefono in borsa.

Quando alzai gli occhi vidi un ragazzo carino venirmi incontro.

Un ragazzo molto carino.

«Stai bene?» disse. Era alto circa uno e novanta, con capelli corti e scompigliati, la pelle abbronzata e gli occhi azzurri. E sorrideva. E un po' rideva sotto i baffi, anche.

Lo guardai, ma la cioccolata che stavo masticando mi impediva di parlare normalmente; non che in genere mi risultasse facile parlare normalmente con un estraneo tanto carino, in verità. «Ehm, sì, tutto a posto» biascicai. Mi aveva forse appena vista sputare e rimettermi in bocca un Milky Way mezzo masticato?

Ero talmente in imbarazzo che non mi fermai nemmeno. Continuai a camminare, passandogli di fianco senza osare guardarlo in faccia. Girai l'angolo e raggiunsi lo stand della JAG; Kent non si era mosso dal suo posto.

«Stai bene?» mi domandò. «Sembri sul punto di soffocare.»

Grandioso.

«Sopravvivò» risposi.

«Questa fiera è una bomba» disse lui. «Ho appena visto Mia Hamm e Normar Garciaparra, e credo di aver intravisto anche Wayne Gretzky, ma non ne sono certo perché portava un cappello.»

Notai un viso familiare tra la folla, alle spalle di Kent. «Ehi, c'è Scotty Ryan.»

«Chi?» disse Kent.

«Scotty, o Scott, Ryan. È un inviato del *Today* che lavorava su San Francisco. L'ho visto proprio stamattina alla tv. Vieni, te lo presento.» Alzai un braccio. «Ehi, Scotty!»

Scotty si voltò, disse qualcosa alla sua troupe e ci venne incontro. «Ma tu guarda, miss Waverly Bryson, che piacere vedere il tuo viso, anche se al momento mi sembra alquanto arrossato. Stai bene?» Mi salutò con un rapido abbraccio.

«Sì, benone, o perlomeno lo sarò dopo un tête à tête con il mio fondotinta» risposi. «Scotty, lui è il mio collega alla K.A. Marketing, Kent Tanner.»

«Salve, piacere di conoscerla» disse Scotty. Si strinsero la mano, dopodiché fu il turno di Kent per andare alla toilette.

«Non sapevo che saresti venuto. Il tuo nome non era sulla lista dei giornalisti» dissi.

«È stata una decisione dell'ultimo momento. Stiamo facendo un servizio su tutte le barrette proteiche in commercio. Vanno tremendamente di moda adesso, sai?» Ammiccò, con occhi più verdi che mai.

Gli sfiorai il braccio. «Ehi, dato che sei qui, ti andrebbe di intervistare Shane Kennedy? Promuove un nuovo paio di scarpe da basket.»

«Scusami, tesoro, ma non posso proprio» disse, facendo cenno di no con la testa.

«Sei sicuro? Sarebbe un bel colpo per noi ottenere un'intervista con *Today.*»

«Sai che per te farei qualsiasi cosa e, credimi, vorrei tanto, Skane Kennedy è talmente attraente, ma fra un paio d'ore ho un aereo, devo coprire una première a Los Angeles. E domattina devo rientrare a Dallas, alla base.»

«La première di un film? Cavoli, beato te» dissi. «A proposito, stamattina ho visto il tuo servizio sul tipo con i gatti. Grande inchiesta, amico mio, ottimo lavoro. Cosa ti direbbero i tuoi professori di giornalismo della Northwestern?»

Lui sogghignò. «Lo so, sono un venduto. Ma tesoro, se sapessi quanto mi hanno pagato per quella scemenza capiresti.»

«Credimi, io e il mio estratto conto crepiamo d'invidia»

dissi. «Quindi vai davvero via oggi? Speravo di poter almeno cenare insieme. La JAG ha organizzato un grande party per venerdì sera.»

«Temo che mi perderò tutto il divertimento, il mio volo parte a mezzogiorno. Ehi, devo proprio andare adesso, ho il servizio. Ma sentiamoci, okay?»

«Okay. Ciao, Scotty.»

Dieci ore dopo eravamo tutti in sala stampa, totalmente esausti e distrutti dalla giornata. Oltre ai media il nostro stand era stato preso d'assalto da acquirenti, capitani d'industria e impiegati delle altre compagnie presenti in fiera, tutti avevano qualche affare per la JAG e la speranza di riuscire a dare una sbirciata a Shane Kennedy in carne e ossa. Avevamo corso su e giù tutto il giorno cercando di seguire ogni cosa, e la giornata era stata a dir poco frenetica.

Kent si allentò la cravatta e si appoggiò allo schienale della sedia. «Mi sento come se mi fosse appena passato sopra un treno. Qualcuno di voi è riuscito a fare un giro in fiera per dare un'occhiata agli altri stand?»

«Stai scherzando?» disse Davey ridendo. «Ho a malapena trovato il tempo di andare in bagno.»

Spiaccicai il viso sul tavolo. «Ho bisogno di un Margarita. E di un massaggio. Ho già detto che mi serve un Margarita?»

«Non ho ancora visto le conigliette della fiera» disse Davey. «Che fregatura.»

Shane lo guardò. «Conigliette della fiera?»

«Hai presente le belle ragazze che servono ad attirare visitatori negli stand?» spiegò lui.

«Conosciute in certi ambienti anche come le "gattemorte" della fiera» dissi, con la faccia ancora premuta contro il tavolo.

Davey rise. «Nel *tuo* ambiente, vorrai dire.»

Alzai la testa e gli puntai contro l'indice. «Ehi! Qualcuno qui dovrà pur opporsi alla mercificazione del corpo femminile.»

«Oh, ti prego, non dirmi che non ti sarebbe piaciuto essere una cheerleader dei Dallas Cowboys quand'eri ragazzina» disse Kent.

Mi misi a ridere. «Okay, beccata.»

«Allora, a chi va una bella cena offerta dalla JAG per festeggiare l'ottimo lavoro di oggi?» disse Davey. «Sto morendo di fame.»

Alzai la mano. «Io ci sono.»

«Anch'io» disse Kent.

Shane annuì. «Mi sembra una grande idea.»

Mezz'ora dopo eravamo seduti dietro un ampio separé della Morton Steakhouse. Quando il maître si era accorto di chi ci accompagnava era stato tanto gentile da farci accomodare in un angolo in cui Shane non avrebbe dato troppo nell'occhio, sebbene fosse difficile non notare un uomo alto due metri. Mangiammo fino a scoppiare.

A un certo punto feci tintinnare la forchetta sul bicchiere per richiamare l'attenzione. «Bene, signori, vorrei fare un annuncio.»

«Sentiamo» disse Davey.

«Che sia messo agli atti: andrò in palestra tutti i giorni per un'intera settimana non appena sarò tornata a casa. Avete sentito tutti?» dissi.

Tutti annuirono.

Sorrisi. «Ottimo, sono felice di aver messo in chiaro le cose. Ora, per favore, qualcuno può passarmi la lista dei dessert?»

Il cameriere ci portò un menu che elencava tutti i dolci che si potessero desiderare al mondo: pasticcini, torte, gelati, crostate e biscotti. E io li avrei voluti tutti. Tutti! Ma cercai di controllarmi e ordinai una fetta di cheesecake... e un biscotto al cioccolato.

Mangiai un boccone della mia torta e chiesi a Shane. «Dimmi, Shane, come hai fatto a prenderti il tempo per essere qui? L'NBA non è in piena attività in questo periodo?».

Lui si tirò su le maniche scoprendo un metro di braccio. «In effetti giochiamo con gli Hawks di Atlanta sabato, perciò oggi avevamo il giorno libero, domani e venerdì ci alleniamo nel pomeriggio.»

«Lode al Signore» disse Kent.

Annuii. «Scherzi a parte, a chi importerebbe di quelle stupide scarpe da basket senza di te?»

«Ottima osservazione» disse Davey, puntandomi contro la forchetta. «Ma vedi di tenerla per te.»

«Ehi, Shane, per caso c'è anche Kristina in fiera?» chiesi.

Kent mi fissò. «Chi?»

«Sua moglie, Kristina Santana. Hai presente, la pattinatrice olimpica?» dissi.

«È sposato con Kristina Santana? Davvero? Non ne avevo idea» disse Kent a Shane.

Io alzai gli occhi al cielo. «Buonanotte! Come fai a non saperlo? Non guardi *Entertainment Tonight?*»

«Sul canale sportivo?» disse Kent.

«Gli uomini sono senza speranza» dissi. Kristina Santana era famosa tanto per bellezza e intelligenza, quanto per la sua abilità nel pattinaggio. Dopo aver vinto diverse medaglie alle Olimpiadi era diventata pediatra. Era anche la testimonial del profumo *Whisper,* la sua faccia era ovunque.

«È fantastica. Credo che voi due avrete dei figli bionici... figli bionici bellissimi e intelligentissimi» dissi a Shane.

Lui sorrise. «Viene in città venerdì per la partita, posso presentartela se vuoi.»

Io battei le mani. «Mi piacerebbe tantissimo! La porterai al party della JAG venerdì sera?»

«Non so se riusciremo a esserci, ma ci proverò» disse.

«Non dimenticarti di noi» disse Kent. «Cavolo, sposato con Kristina Santana. Immagina...»

Gli detti un pugno. «"Immagina"? Come ti permetti?»

«Calma, Bryson» disse, massaggiandosi la spalla. «Allora, da quant'è che siete sposati?»

Shane prese un cucchiaio di tiramisù. «Quasi cinque anni. Qualcuno di voi è sposato?»

«Quattro anni, due figli» disse Kent.

«Vivo nel peccato da cinque anni, ma niente bambini» disse Davey.

Tutti si voltarono a guardarmi.

«Puoi passarmi lo zucchero, per favore?» dissi.

Davey scosse la testa. «Waverly è una rubacuori» disse a Shane. «E dopo averli rubati ci cammina sopra.»

«Questo non è vero» replicai.

«L'anno scorso ha anche rotto il suo fidanzamento» disse Davey.

Kent mi guardò. «Eri fidanzata? Non lo sapevo. Cos'è successo?» chiese.

Io mandai giù il boccone e fissai il muro. «Ehm, è che, ehm, non ha funzionato» risposi.

«Gli ha spezzato il cuore» disse Davey. «Si è chiamata fuori dalla faccenda due settimane prima del gran giorno. Quel poveretto non ha avuto mezza chance.»

Misi un cucchiaino di zucchero nel caffè e sospirai. «Possiamo per favore cambiare argomento? Sono sicura che a Shane non interessa affatto la mia storia.»

«Sai, Waverly, dovresti abbassare i tuoi standard» disse Davey. «Per come la vedo io, incontrare persone è come stare nella giungla. E una relazione è come una liana, e quando le cose non funzionano è come se stessi appesa a una liana che non dondola più. A quel punto potresti voler saltare su un'altra liana, una liana più sana, più forte, o forse più eccitante, ma se nessuna delle liane è abbastanza per te, o se non trovi abbastanza energia per fare il salto da una liana all'altra, finirai per passare il resto della vita appesa a una liana morta per evitare di cadere nell'abisso sotto di te.» Accompagnò il suo discorso con mosse scimmiesche e un repertorio di suoni della giungla.

Eccola lì, la mia disfunzionale vita amorosa, messa in scena in un ristorante affollato da una scimmia di trentaquattro anni.

«Bravo! Ottima interpretazione.» Kent si alzò in piedi e si mise ad applaudire.

Davey fece un inchino. «Lascio la scatola delle offerte fuori da camera mia.»

«Grazie, Davey, ora puoi smettere di applaudire per favore?» dissi.

Shane mi guardò. «Perché lo chiami Davey?»

Lo indicai. «Guarda quel faccino da bimbo. Come potrei non chiamarlo Davey? E poi mi piace affibbiare soprannomi.»

Davey alzò gli occhi al cielo. «Grazie, Bryson. "Faccino da bimbo" è proprio quello che un uomo ama sentirsi dire. In ogni caso, Shane, penso davvero che Waverly dovrebbe diventare più docile. La mia opinione professionale...»

Alzai gli occhi dalla mia tazza di caffè. «La tua opinione *professionale?*»

Annuì. «Sì, la mia opinione professionale è che la signorina Bryson, qui, sia la presidentessa di quello che io amo definire il Circolo dell'Astio, che per secoli ha terrorizzato anche i single più coraggiosi.»

Shane e Kent posarono le forchette.

«Starai scherzando» dissi. «Il Circolo dell'Astio? Cosa sarebbe?»

«È l'aura di energia negativa trasmessa da milioni di donne attraenti sedute al bar. Hai idea di quanto sia terrorizzante per un comune mortale attraversare quel campo di forze? Cercare di attaccare bottone può causare anni e anni di disturbi emotivi.»

«Il Circolo dell'Astio?» disse Shane.

Dave annuì. «Altamente tossico.»

«Oh, Davey, hai veramente superato te stesso stavolta.» Mi presi il viso tra le mani.

«Bravo! Bis!» disse Kent.

Shane sorrideva, ma era chiaro che stava cominciando a realizzare di essere in un covo di matti.

Dopo cena, Shane tornava all'hotel e Davey e Kent andavano al party della Nelson Tennis. Contemplai brevemente l'idea di unirmi a loro, ma quando fu ora di andare non me la sentii.

Scossi la testa. «Scusate, ragazzi, ma le lenzuola rosa e la pay-per-view gratis mi stanno chiamando. Le preferisco di gran lunga a una stanza affollata.»

«Dài, Bryson» disse Davey mettendosi la giacca. «Non fare l'asociale.»

«Sei sicura?» disse Kent alzandosi da tavola. «Potresti conoscere l'uomo dei tuoi sogni...»

Sbadigliai. «Digli che mi dispiace molto di non essere riuscita a incontrarlo, *di nuovo.* Se voglio riuscire a stare sveglia domani in fiera, mi servono almeno quindici ore di sonno. Voi non siete stanchi?»

Davey scosse la testa. «No, voglio godermi la libera uscita.»

«Io nemmeno» disse Kent. «Non vedevo l'ora di avere una serata per me.»

Loro partirono e io mi diressi verso la toilette. Libera uscita? Era così che la chiamavano? Mi lavai le mani e scossi la testa. Mentre quei due non vedevano l'ora di passare una serata lontani dalle loro dolci metà, io sentii dentro di me una solitudine che non provavo da mesi.

Una serata libera? Io avrei solo desiderato avere qualcuno con cui accoccolarmi sul divano tutte le sere, qualcuno che avesse voglia di ascoltare com'era andata la mia giornata e farmi un massaggio ai piedi. Guardai a terra e cercai di ricordare se qualcuno mi avesse mai massaggiato i piedi. Di certo non Aaron.

Sospirai. Perché continuavo a mentire sulla fine del nostro fidanzamento?

Mi tolsi il fermaglio sciogliendo la coda e scossi la testa, passandomi le dita fra i capelli e stiracchiandomi il collo.

Buon Dio, un solo giorno in fiera e già mi sentivo cent'anni addosso. Ripensai a tutte le interviste, a tutte le persone con cui avevo parlato e al lavoro che ne sarebbe seguito una volta tornata a San Francisco. Dio. Passai di nuovo le mani fra i capelli e mi guardai allo specchio. L'aria di Atlanta era sempre gentile con la mia chioma, che nonostante il condizionatore dello stand era folta e voluminosa e... *cosa?*

Mi avvicinai di più allo specchio e tirai fuori dalla massa un unico capello.

Bianco.

Cosa?

Lo strappai e lo osservai alla luce. Era bianco e spesso e... ho già detto che era bianco e spesso? Era come se qualcuno mi avesse buttato un pezzo di filo interdentale in testa.

Signore benedetto.

Gettai il capello bianco nel cestino e mi guardai allo specchio. Non poteva essere vero. No, ma che diavolo... Dovevo assolutamente uscire di lì. Mi rifeci la coda e mi avviai a passo veloce verso il corridoio vuoto.

Il mio cellulare squillò, ma quando vidi sul display che era di nuovo mio padre lo ributtai in borsa. Mi appoggiai al muro e chiusi gli occhi. Un capello bianco? Ero già arrivata al giro di boa?

«Ehi, stai bene?» chiese una voce maschile.

Aprii gli occhi e vidi Shane uscire dalla toilette degli uomini.

«Ho appena trovato un capello bianco!» mi scappò senza volere, e immediatamente mi tappai la bocca con entrambe le mani.

«Oh Dio, ti prego, dimmi che non l'ho detto davvero» sussurrai.

Lui sorrise e scosse la testa. «Spiacente, troppo tardi.»

«Credevo fossi andato via» dissi.

Lui indicò il bagno. «Pit stop.»

«Dio, sono così imbarazzata, Shane. Ti prego, non dirlo a Kent e Davey! Mi metterebbero in croce.»

«Per un capello bianco?» disse.

«Per qualunque cosa mi avvicini anche solo di un micron alla zitellaggine.»

Annuì. «Gli piace prenderti in giro, ma sempre in modo amichevole, no?»

«Sì, ma, be', a volte... a volte esagerano. E questa settimana fa già abbastanza schifo così com'è.»

«Fa schifo?» sembrava sorpreso.

«Oh, non ha niente a che vedere con te e la fiera. È solo che, be'...»

Lo guardai. C'era qualcosa nei suoi occhi che mi diceva che

potevo fidarmi di lui. O forse erano i due bicchieri di vino che avevo bevuto a cena a consigliarmelo. Fatto sta che mi sentii improvvisamente sopraffatta dal bisogno di confidarmi con qualcuno che non facesse parte della mia vita a San Francisco. Proprio lì, di fronte alla toilette della Morton's Steakhouse.

«Posso essere onesta con te, Shane?»

«Certo.»

«Be', io, non ho mandato io all'aria il mio matrimonio all'ultimo minuto. È stato il mio fidanzato... e ho appena scoperto che sta per sposarsi con un'altra.» Non appena ebbi finito di pronunciare quelle parole mi pentii di aver parlato. «Oh Dio, mi spiace. Non so perché te l'ho detto.»

«Non devi scusarti» disse lui.

«Non sono stata per nulla professionale. Mi spiace.»

«Davvero, è tutto okay.»

Sentii le lacrime mettersi in fila per dare spettacolo. «È che non riesco a raccontare alla gente la verità. So che è stupido, ma mi sono sentita così umiliata. E ad ogni modo dubito che Kent e Davey capirebbero.»

«Ehi, potresti rimanere sorpresa dalla loro reazione. Tutti siamo stati lasciati da qualcuno.»

Aggrottai la fronte. «Ma essere mollata praticamente all'altare porta la cosa a un altro livello, non so se mi spiego.»

Lui rimase in silenzio, intuendo che non avevo ancora finito.

«E ora sta per sposarsi e io sono ancora sola e i miei capelli stanno diventando grigi ed è come se il tempo mi scivolasse via dalle mani e stessi perdendo tutti i treni e non riesco a capire dov'è che sbaglio...» le lacrime fecero il loro debutto. «Oh Dio, sto farneticando. Mi spiace, Shane, mi sto rendendo ridicola.» Mi asciugai gli occhi con il dorso della mano. «Non riesco a credere di essere scoppiata a piangere.»

Lui scosse la testa. «Tranquilla, Waverly. Davvero, è tutto a posto. Le cose andranno meglio.»

«Tu credi?» dissi.

Annuì. «Ehi, voglio farti provare una cosa, ti va?»

«Vuoi "farmi provare" una cosa?» lo guardai con gli occhi a fessura. «Suona un po' losco.»

Sorrise. «Ti assicuro, è del tutto legale. Il mio psicologo sportivo me lo fa fare quando mi vede troppo sotto pressione.»

«Quando senti la pressione di essere ricco e famoso? Sei matto?» dissi.

Shane si mise a ridere. «È solo un esercizio mentale. Ora chiudi gli occhi e dimmi cosa vedi.»

Chiusi gli occhi e mi sentii sbilanciata. Ottimo equilibrio. Mi appoggiai al muro, dopodiché fissai il nero delle palpebre chiuse. E vidi, be', non vidi proprio niente.

«Ehm, Shane? Io non vedo niente.»

«Continua a tenere gli occhi chiusi. Ora voglio che pensi a qualcosa che ti fa sentire felice.»

«Okay.» Provai ma non vidi nulla.

«È uno scherzo?» dissi.

«No, no. Continua a concentrarti.»

Provai di nuovo. Dopo poco nella mia mente si formò l'immagine di uno Snickers grande quanto un'automobile. Mi venne da ridere.

«Bene, dimmi cosa vedi» disse Shane.

«Vedo una gigantesca barretta al cioccolato.»

«Benissimo, perfetto. Ora continua a pensare a quell'immagine.»

Continuai a concentrarmi. Mmm.

«Okay, ora apri gli occhi» disse Shane.

Li aprii e lo guardai. «Be'?»

«Sai cos'hai appena visto?»

«Eh, non te l'ho appena detto?»

Sorrise. «Cerca di seguimi, Waverly. Quello che intendo dire è: conosci il significato di ciò che hai appena visto?»

«Mmm, che sono un pozzo senza fondo?»

«No. Be', anche, forse. Voglio dire, non ti conosco abbastanza per saperlo. Ma non è questo il punto.»

«Okay, quale sarebbe allora?»

«Significa che hai appena sorriso *a te stessa.*»

«E allora?»

«Non ti senti meglio?»

Ci pensai su. Aveva ragione. «Sì, mi sento un pochino meglio.»

«E perché ti senti meglio?»

«Perché sono un pozzo senza fondo?»

Sorrise. «No, ti senti meglio perché hai appena visto qualcosa che per te è speciale, qualcosa che nessun altro avrebbe mai potuto vedere.»

«E allora?»

«E allora questo ti dimostra che non puoi sempre contare sul mondo esterno per essere felice, Waverly. La maggior parte delle volte dipende solo da te.»

Aprii la bocca, ma non riuscii a dire niente.

«Pensaci, Waverly» disse. «La tua vita non è una partita di basket. Nessuno segna punti tranne te, perciò non stare a preoccuparti troppo di quello che fanno o pensano gli altri.»

Questo discorso stava uscendo dalla bocca di un giocatore dell'NBA? Un discorso sul rompere gli stereotipi? A quel punto mi aspettavo che si mettesse anche a danzare un balletto classico.

«Oh, non so cosa dire, Shane, sono davvero colpita.»

«Sei rimasta sorpresa, vero?»

Annuii lentamente. «Non immagini quanto. Grazie avevo bisogno di riprendere il controllo.»

«Se pensi che io sia tosto, dovresti conoscere mia moglie» disse.

Gli posai una mano sul braccio. «Ehi, ehm, apprezzo moltissimo i tuoi consigli ma potremmo, per favore, far finta che questa conversazione non sia mai avvenuta?»

Scosse la testa. «No.»

«Perché no?»

«Perché a parte l'allenamento, questa cena e una telefonata a mia moglie, è stato l'unico momento della settimana in cui non si è parlato solo di me. Hai idea di quanto sia noioso dover parlare di se stessi tutto il tempo?»

Incrociai le braccia. «Mmm, penso di non averci mai riflettuto. Perciò mi stai dicendo che la mia scenata sul morire vecchia, sola e canuta è stato un piacevole diversivo per te?»

Lui rise. «Direi proprio di sì.»

«Be', sono felice di esserti stata di conforto, Shane. Ma se ti rifiuti di dimenticare questa conversazione, puoi almeno promettermi che resterà fra noi?»

«Sì, resterà fra noi» disse.

«Me lo prometti?» Gli tesi la mano. «Abbiamo un accordo?»

Lui la strinse e sorrise. «Abbiamo un accordo.»

Quando tornai in camera, accesi il computer e buttai giù qualche idea per i miei biglietti.

Fronte: Ho trovato un capello bianco... aiuto!

Retro: Tesoro, pensa che c'è sempre chi sta peggio di te. Il tenente Kojak per esempio.

Fronte: I miei amici sposati mi accusano di essere troppo esigente...
Retro: Tesoro, non badarci: tutti quelli che si sono fatti incastrare cercano di rovesciare la frittata.

Fronte: C'è rimedio alla depressione da single?
Retro: Tesoro, su col morale. Butta giù un paio di shot e cercati qualcuno che sappia baciare.

Fronte: Nella mia vita non riesco mai a fare centro...
Retro: Tesoro, nessuno segna i punti tranne te, perciò rilassati.

Quella notte sognai di divorziare da Davey per sposare Shane e presi a pugni Kristina dentro la cappella di Las Vegas dove si svolgeva la cerimonia. Aaron celebrava il rito. Era vestito da Elvis e si dondolava da una liana.

Perlomeno mi svegliai ridendo.

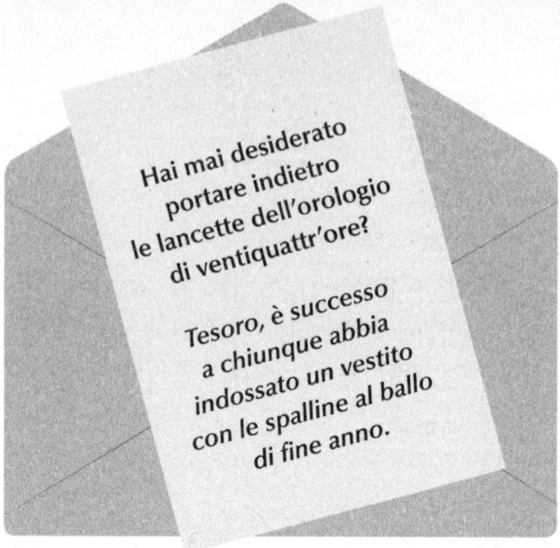

5

Alle sette di venerdì sera io e Penelope French eravamo le ultime rimaste dentro lo stand della JAG. La fiera aveva ufficialmente chiuso alle sei e la maggior parte delle persone, inclusi Kent e Davey, se l'erano filata subito per iniziare la serata con l'aperitivo.

Mi sfilai le scarpe e mi accasciai per terra a gambe incrociate. «Grazie a Dio è finita. Sono esausta.»

«Non me lo dire, cara.» Si toccò i vaporosi capelli rossi, che sembravano una parrucca tant'erano perfettamente immobili, e si sgranchì le dita. «Negli ultimi sei mesi ho lavorato come una schiava per mettere insieme tutto e non ho più diciott'anni. Appena arrivo a San Francisco giuro che vado dritta dritta nella spa più costosa che riesco a trovare. Voglio ogni trattamento e massaggio che esiste, e ovviamente a spese della JAG.»

«Un sogno» dissi.

Annuì. «Oh, ma diventerà realtà. E se qualcuno di quei taccagni in amministrazione si dovesse lamentare del conto, possono mettersi la prossima fiera su per il deretano.»

Scoppiai a ridere e proprio in quel momento Gabrielle Simone uscì da una delle stanze riservate alle riunioni.

«Ciao, Gabrielle» dissi, alzandomi e infilandomi velocemente le scarpe.

«Salve, Waverly» rispose con un lento cenno del capo. «Spero sia stata una buona settimana.»

«Ottima» dissi, con un po' troppo entusiasmo. «Abbiamo fatto delle buone interviste.»

«Felice di saperlo.» Guardò Penelope, ancora a terra. «E immagino che tu stessi scherzando quando hai detto di voler mettere la tua spa in conto spese alla JAG.»

Penelope guardò il pavimento. «Sì, era una battuta.»

«Bene. Be', ci vediamo a San Francisco. Buon viaggio di rientro.» Girò i tacchi e se ne andò.

«*Miao. Fft*» Penelope mimò un artiglio di gatto.

«Quella donna mi terrorizza» sussurrai.

«Secondo me il suo hobby preferito è cucinare bambini» disse Penelope, alzandosi e stiracchiando le sue braccia sottili. «Allora, che dici, *señorita:* mangiamo qualcosa e beviamo un bicchiere prima di andare alla festa? È stata una lunga settimana, e sarà una lunga notte. E io, per una volta, mi voglio ubriacare come si deve.»

Le feci cenno di farmi strada. «Dopo di lei.»

Un'ora e mezza dopo, io e Penelope arrivammo allo Zellerbach Center, il posto affittato dalla JAG per il party. La festa non sarebbe ufficialmente iniziata prima delle nove, perciò il salone era ancora semivuoto, eccezion fatta per lo staff, il catering, i baristi e la sicurezza.

La sala era addobbata a festa, ma con gusto. C'erano grandi palloncini bianchi e neri che volavano sul soffitto e un bar a ogni angolo, ognuno fiancheggiato da alti vasi neri pieni di rose bianche. Metà della sala era occupata da tavolini tondi di vario diametro, coperti da tovaglie a scacchi bianchi e neri e circondati da sgabelli neri. Appoggiato a una parete c'era il lungo e stretto tavolo del buffet, carico di stuzzichini e dolci. In mezzo troneggiavano tre lettere scolpite nel ghiaccio: JAG.

Dalla parte opposta della sala c'era la pista da ballo, sopra la quale pendeva una gigantesca sfera stroboscopica. La band si stava preparando su un palco montato al centro della parete più lontana.

«Si preannuncia una festa in grande stile» dissi. «Ho sentito che l'azienda ha ingaggiato i Big Bangs per suonare.»

Penelope annuì. «Già, quelli che si occupano di organizzare gli eventi si sono finalmente resi conto che ai party la gente vuole sentire cover anni Ottanta... perlomeno ai party dove la maggior parte degli invitati ha più di ventidue anni»

«Ottima scelta» dissi. Io adoravo la musica anni Ottanta. Madonna, i B-52, i Duran Duran, Prince. Avrei potuto ballare tutta la notte, l'importante era evitare Bryan Adams. Dio, Bryan Adams era insopportabile.

Ci dirigemmo verso il bar più vicino, dove un attraente ragazzo in smoking ci stava aspettando al bancone. Era davvero carino: alto, capelli e occhi scuri, nessun anello in vista. Sulla sua targhetta c'era scritto che si chiamava "Chad".

Dissi all'orecchio di Penelope: «Be', se non dovessi trovare nessuno di interessante con cui parlare, posso sempre trascorrere la serata al bar».

«Non scherza affatto» rispose lei a bassa voce.

Chad si voltò, allargò le braccia e puntò le mani sul bancone. «Cosa posso servirvi?»

Penelope sbatté le sopracciglia cariche di mascara. «Tesoro, con quel sorriso potresti rifilarci quello che ti pare. Io però voglio un Gin tonic.»

Penelope usciva sempre con ragazzi più giovani di lei e non aveva nessun problema a flirtare con uomini che avevano la metà dei suoi anni.

«Bene. E per lei?» mi guardò sorridendo.

«Uhm, che cosa mi consigli, Chad?» dissi.

«Le andrebbe un Rookie?»

«Cosa c'è dentro?» cercai di fare la carina. Ma non sapevo bene come riuscire nell'intento.

«Vodka, succo d'arancia, succo d'ananas e Red Bull. Lo bevono tutti, ultimamente.»

Drizzai le orecchie. «Red Bull? Caffeina?»

Lui annuì. «Sì.»

«Ottimo. Fammene uno.»

«Arriva subito, signora» disse, sorridendo di nuovo.

Un momento.

Signora? Perché allora non aggiungere anche un "che bei capelli bianchi, nonna!" come complimento?

Chad si girò di spalle per preparare i nostri drink, e io mi avvicinai a Penelope.

«Okay, mi ha appena chiamato "signora". Per il prossimo drink cambiamo bar.»

Lei mi dette una pacca sulle spalle. «Non preoccuparti, bellezza. Succede anche alle migliori.»

Ringraziammo Chad per i drink e ci voltammo. Erano quasi le nove e fuori si stava formando una gran folla.

«Guarda che fila» dissi. «Questo posto si riempirà in un batter d'occhio.»

In quel momento mi squillò il telefono. Guardai il display. Era mio padre... di nuovo.

Sfiorai il braccio di Penelope e dissi: «Ehi, devo rispondere. Ci vediamo fra poco.» Mi diressi verso la toilette più vicina e premetti il pulsante. «Ciao, papà.»

«Ciao, bimba, stai bene? Ti ho lasciato mille messaggi.»

Odiavo quando mi chiamava "bimba". Aprii la porta e mi sedetti su un divano di velluto viola. «Sto bene. Sono ad Atlanta per lavoro, è stata una settimana faticosa.»

«Atlanta? Cosa c'è ad Atlanta?»

«Una fiera.»

«Il Super Show?»

«Sì, papà.»

«Bello. Ci sono tutti i pezzi grossi?»

«Già.»

Non aggiunse altro, perciò capii cosa c'era in arrivo.

«Che c'è, papà?»

Mi rispose seccato. «Devo avere un motivo specifico per chiamare la mia unica figlia?»

Feci un profondo sospiro. «No, papà, è che al momento sarei impegnata. Come stai?»

«Sto bene, tutto bene. Il lavoro che avevo trovato in fabbrica non è andato, ma non è stata colpa mia.»

Certo che no. «Mi spiace» dissi.

«Quei bastardi della direzione mi hanno preso di mira sin dal primo momento. Non mi hanno mai dato una sola possibilità, veramente.»

«Mmm.»

«Ma sto già cercando altro.»

«Sì?»

«Già, ho pensato di lanciarmi nel mondo del marketing.»

«Marketing?»

«Sì. È un'ottima opportunità» disse. «Mi insegneranno tutto al call center.»

«Call center? Intendi dire pubblicità telefonica?»

«Marketing pubblicitario, Waverly. È così che si chiama adesso. Ehi, magari un giorno lavoreremo insieme alla K.A. Marketing!»

«Sì, magari un giorno.»

«Perciò senti, bimba, devo pagare per questo corso e se tu mi potessi dare una mano finché non arriva la prima busta paga, non che ne abbia davvero bisogno, ma se volessi farlo lo apprezzerei molto.»

Strinsi la mano a pugno. «Ti fanno pagare per il corso? Mi sembra un po' losca come cosa, papà.»

«Ehi, Waverly, questa è una grande opportunità per uno come me. Non tutti hanno la possibilità di andare al college, lo sai bene.»

Sospirai. Ecco che si giocava di nuovo la carta del college. «Non lo so, papà. L'ultima volta che ti ho mandato dei soldi mi avevi promesso che sarebbe stata l'ultima.»

«Be', ho avuto sfortuna. Non è colpa mia, lo sai. Dovresti saperlo meglio di chiunque altro, Waverly.»

Mi alzai, reggendomi la fronte con la mano. «Va bene, te li giro non appena rientro.»

La sua voce tornò a essere affettuosa. «Grazie, bimba, lo apprezzo molto. Allora, dimmi, ti vedi con qualcuno negli ultimi tempi?»

«No, al momento no.»

«Quell'Aaron è proprio fuori dai giochi?»

«Sì.»

«Non dovresti essere così esigente, capisci, mollare un uomo in quel modo. I ragazzi non crescono sugli alberi.» "Per quelle come te", sottinteso.

«Lo so, papà. Ascolta, adesso devo proprio andare, okay?»

«Certo, tesoro, goditi la tua serata.»

Chiusi la conversazione e anche gli occhi, cercando di ripetermi che era tutto a posto.

Quando alla fine li riaprii mi guardai attorno e rimasi colpita dall'abisso che c'era fra la bellezza della stanza in cui mi trovavo e la conversazione appena conclusa. Era una stanza che poteva definirsi regale. Il bagno aveva pavimenti di marmo, ma la zona relax era tappezzata da una morbida e costosa moquette dorata e impreziosita da una serie di divanetti in velluto nelle diverse sfumature del viola, e da poltrone viola scuro, verdi e gialle. Alle pareti erano appesi magnifici specchi, ognuno dotato di un tavolino rivestito di velluto viola.

Mi sedetti su una poltrona, guardandomi in uno degli specchi dorati. Posai il drink sul tavolo e aprii la borsa. Per cancellare, o almeno tentare di camuffare gli effetti di tre giorni di fiera coronati dalla splendida telefonata di mio padre, decisi di pettinarmi e truccarmi con un po' di mascara e di fard rosa. E poi scelsi di mettere un rossetto scuro. Chad poteva anche avermi chiamato signora, ma sapevo di non essere ancora un relitto.

Pronta per iniziare a divertirmi, tornai nel salone principale, che si era notevolmente riempito. Ci saranno state centinaia di persone, mi domandai se avrei mai ritrovato Penelope in mezzo a tutta quella gente. La band aveva attaccato, ma la pista era ancora vuota e gli invitati affollavano i bar e il tavolo del buffet.

Decisi di bere un altro drink e mi guardai attorno alla ricerca di baristi che non fossero Chad. Puntai l'unico in cui lavoravano tre ragazze. Almeno con loro non correvo il rischio di essere scambiata per la madre di nessuno. Aspettai in fila per alcuni minuti, in sottofondo la band suonava "Hungry like the wolf" dei Duran Duran. Quando arrivai davanti al bancone una barista bionda e minuta mi accolse con un largo sorriso e l'accento del sud. «Cosa posso servirle, signorina?»

«Un Rookie, grazie» dissi, sorridendole di rimando. Grazie a Dio esisteva il correttore.

Con il mio nuovo drink in mano, mi voltai per cercare un volto familiare tra la folla. Niente. La sala era gremita e mi domandai dove fossero finiti tutti quelli della JAG. Non riuscivo a vedere nessuno di mia conoscenza, a parte qualche atleta famoso. Avevo già scorto due giocatori dei Red Sox, un paio di ricevitori degli Steelers e una ginnasta olimpionica incredibilmente bassa, che non sembrava avere l'età né per guidare né tantomeno per bere.

Mi aggirai fra gli ospiti per alcuni minuti, ma la mia ricerca non diede frutti. Guardai l'orologio e mi accorsi che avevo quasi finito il drink. A quel punto, rendendomi conto che non avevo pranzato, mangiato poco a cena ed essendo già un po' brilla, decisi di dirigermi verso il tavolo del buffet. Scelsi di riempirmi un piattino di cracker e formaggio.

Mentre masticavo uno dei miei cracker, mi alzai in punta di piedi per dare un'occhiata in giro. Ancora niente. All'improvviso mi sentii a disagio, come se qualcuno mi stesse fissando. Arrossii. Quel po' di sicurezza che ero riuscita a mettere insieme svanì in un istante, rimpiazzato dalla sensazione che tutti i presenti si stessero chiedendo chi fosse la perdente con il rossetto scuro.

«Ehi, posso dirti che sei stupenda con quei jeans?»

Guardai alla mia destra e poi in basso, e incontrai lo sguardo di un uomo di mezz'età che sembrava avesse consumato ogni pasto degli ultimi venticinque anni da McDonald's. Sarà stato alto uno e sessantacinque, completamente pelato, a parte i ciuffi di capelli rimasti pettinati in un penoso riporto. Indossava una camicia chiusa fino all'ultimo bottone che lo strizzava a tal punto da far ricadere il grasso della nuca sul colletto, e sembrava avesse ingoiato uno pneumatico. Cercai di non guardare al di sotto della cinta, ma avevo come l'impressione che la sua camicia fosse infilata dentro a un paio di Levi's neri. La ciliegina sulla torta erano un paio di stivali texani di pitone.

Oh, ed era fradicio di sudore.

Immagino che non ci sia bisogno di esplicitare cosa stessi pensando in quel momento.

«Ehm, immagino di dover ringraziare» risposi. Cercai di escogitare un modo per svignarmela il più rapidamente possibile.

Dove diavolo erano finiti tutti quelli della JAG?

«Sono Chuck Jenkins. Qual è il tuo nome, bella signora?» Aveva addentato un'ala di pollo fritta e bisunta, ricoperta di salsa.

«Ehm, Waverly. Waverly Bryson.»

«Hai detto Waverly? Waverly come i cracker?»

Sospirai. «Sì, come i cracker.» Il mio nome poteva essere un argomento divertente per rompere il ghiaccio o una rottura di scatole enorme, tutto dipendeva dal soggetto all'altro capo della conversazione.

«Che diavolo! Waverly.» Si leccò la salsa dalle dita, pulì le mani sui jeans e mi tese la mano.

Stava forse scherzando? Sorrisi educatamente e gli feci vedere che purtroppo avevo entrambe le mani occupate. "Gesù santissimo, ti prego mandalo via". Ero brilla, ma non abbastanza per sopportare di interagire con un idiota del genere.

Addentò un'altra ala di pollo e mi squadrò da capo a piedi. «Sai, sei una donna fantastica Waverly. Con quel corpo lì, giocherai a pallavolo. Ho ragione? Beach volley? A chi fai pubblicità? Un'azienda che produce costumi da bagno?»

«Lavoro per la Jammin' Athletic Gear» dissi, sospirando di nuovo. «Sono un agente pubblicitario.»

«Un che? Per chi?»

Guardai di nuovo la folla. «Un agente pubblicitario, per la Jammin' Athletic Gear. Mi occupo delle relazioni con la stampa per l'azienda di articoli sportivi che dà questo party.»

«Ah, cioè, tu fai le conferenze stampa e quelle cose lì?»

«Sì, esatto» dissi. Quella parlata strascicata del sud stava davvero iniziando a darmi sui nervi. Speravo tanto che arrivasse qualcuno a salvarmi. Niente da fare.

Lo guardai e cercai di non pensare alle sue enormi maniglie dell'amore. «Ehm, e lei cosa fa, Chuck?»

«La mia azienda vende hot dog agli stand del centro convention.» Di nuovo si era infilato le dita unte in bocca.

Hot dog? Mi vennero in mente almeno dieci commenti inappropriati.

«Oh, perciò non si trova in città solo per la fiera?» dissi.

Lui scosse la testa. «No, no, tesoro. Io lavoro con tutte le fiere che passano di qui. Ma preferisco il Super Show per le belle ragazze come te che arrivano in massa. Sei sposata?»

Quell'omuncolo stava scherzando? Al diavolo l'educazione. Non ne potevo più di stare lì. Posai il mio piatto sul tavolo e decisi di filarmela.

«Ehm, è stato bello parlare con lei, Chuck, ma ora devo proprio andare, gli amici mi aspettano. Buona serata.»

Mi voltai per andare via, ma lui mi afferrò per un braccio

con le sue mani unte e paffute. «Ehi, tesorino, non scappare così! Ci stavamo appena scaldando. Sai, ci sono molti modi per godersi un cracker Waverly. Magari potremmo fare uno spuntino in camera tua?»

L'aveva detto davvero? Liberai il braccio con uno strattone e mi avviai a passo veloce verso la pista da ballo. «Mi spiace, Chuck, ma devo proprio andare.»

«Riservami un ballo!» mi gridò.

Bleah. Continuai a camminare senza voltarmi.

Mi nascosi dietro l'angolo in fondo alla sala e guardai di nuovo l'orologio. Dov'erano Kent e Davey? Dov'era Penelope? Finii l'ultimo sorso del mio drink e lasciai il bicchiere su uno dei tavolini tondi. Chuck aveva mandato all'aria il tentativo di riempirmi lo stomaco con qualcosa che non fosse alcol ed ero più brilla che mai.

Mi sembrava di sentire ancora la sua mano unticcia che mi tratteneva e mi domandai se in bagno ci fosse del disinfettante. Che ribrezzo! Con tutta la gente che c'era solo a me poteva capitare un Chuck in Levi's neri. Sembravo forse il genere di ragazza da Chuck? Aveva ragione mio padre?

Proprio mentre stavo per togliere il rossetto, mi sentii toccare la spalla.

«Waverly, sei tu?»

Mi voltai e mi ritrovai davanti agli occhi il terzo bottone di una camicia bianca senza la più piccola piega. Alzai lo sguardo e vidi Shane Kennedy.

Gli sorrisi felice. «Ehi, Shane! Sono così felice di vederti. Sembra che non ci sia nessuno che conosco a questa festa.» Sperai di non aver urlato; solitamente, dopo qualche drink, ho la tendenza ad alzare la voce più del necessario.

«Be', siamo in tre.» Indicò la persona accanto a lui e lo vidi.

No, non era possibile.

Si trattava del ragazzo che avevo incrociato il primo giorno, subito dopo l'incidente del Milky Way.

«Waverly, lui è Jake McIntyre» disse Shane. «Siamo stati compagni di stanza al college e ora è fisioterapista e allenatore degli Hawks qui ad Atlanta.» Poi si rivolse a Jake. «Waverly gestisce i contatti con la stampa per la JAG.»

«Salve, ehm, piacere di conoscerti, Jake.» Gli tesi la mano, sperando che non fosse sudata.

«Piacere mio.» La strinse e sorrise, e io mi sentii arrossire. Si ricordava di me? Non ero certa di volerlo sapere.

«Ehm, allora eravate compagni di stanza al college?» iniziai a giocherellare con un orecchino, sperando di aver infilato le mentine in borsa.

«Per quattro anni» disse Shane. «Gli anni più lunghi della mia vita. Ehi, ci sono anche Kent e Dave stasera?»

Io mi strinsi nelle spalle. «Non ne ho idea. È un'ora che cerco disperatamente qualcuno. Avete presente che razza di noia sia non conoscere nessuno a un party?»

Sperai non si fossero accorti che ero brilla, soprattutto dopo che avevo confessato di non avere compagnia. Che razza di sfigata si ubriaca da sola a una festa?

Jake rise. «A Shane non capita mai. È troppo famoso.»

Guardai Shane. «Troppi ammiratori, signor Kennedy?»

«Un tantino» disse Jake. «Stampa, fan, sanguisughe varie. È assurdo. Lo devo prenotare con settimane d'anticipo solo per poterlo battere alla Play.»

Shane tossì. «Come se avessi mai vinto...»

«Sanguisughe?» dissi a Shane. «Cosa ne pensa tua moglie delle sanguisughe di sesso femminile?»

Lui si mise a ridere. «Diciamo solo che non gli conviene mettersi a discutere con Kristina» osservò Jake.

«Ehi, verrà anche lei?»

Shane scosse la testa. «È rimasta bloccata in ospedale.»

«Oh no, ma come? Maledizione. Non vedevo l'ora di conoscerla.»

Lui mise un braccio attorno alle spalle di Jake. «Be', il mio amico qui non è bello come la mia signora, ma non è certo da buttare, no?»

Io dovevo essere diventata ancor più rossa perché Shane scoppiò a ridere e Jake gli mollò una botta in testa. «Sei un deficiente, Shane» disse. E poi mi guardò sorridendo. «Ignoralo, Waverly.»

Io non riuscii a dire niente. Mi sentivo una cerbiatta investita dai fari di un'auto guidata a tutta velocità da un cervo molto attraente. No, un secondo, i cervi non guidano... ad ogni modo, lui era uno schianto e io un disastro.

Lui e Shane stavano aspettando la mia risposta, ma non riuscivo a pensare a niente di intelligente da dire.

Niente.

Niente!

«Ehm, sì, sì» dissi alla fine, con un fil di voce. Se fossero state lì McKenna e Andie mi avrebbero strangolata per quella risposta patetica.

Mi segnai a mente un biglietto:

Fronte: Ti è mai capitato, davanti a un bel ragazzo, di sentirti come se ti avessero mangiato la lingua?
Retro: Tesoro, se non era coinvolta anche la sua, di lingua, la prossima volta cerca di darti da fare.

Alla fine riuscii a smettere di fissare Jake e mi rivolsi a Shane. «Allora, ehm... non avevi detto di avere una partita qui ad

Atlanta domani? È come se voi due giocaste l'uno contro l'altro, se ho ben capito.»

Annuì. «Già. Domani sera. Dave e Kent ci saranno, potresti venire con loro. Lascio un biglietto a tuo nome. Scusatemi, ho appena visto un paio di amici che giocano per gli Yankees. Devo andare a salutarli. Ci vediamo dopo.»

Si allontanò prima che potessi dirgli che il mio volo partiva domattina; scomparendo in mezzo alla folla si voltò per farmi l'occhiolino. O almeno così mi sembrò.

Avevo la vista troppo offuscata per esserne sicura.

«Ti va di bere qualcosa?» propose Jake.

Lo guardai sbattendo gli occhi. L'ultima cosa al mondo che mi occorreva era un altro drink. Ma per qualche ragione la mia bocca non volle dare ascolto al cervello, e sentii che diceva: «Certo, un Rookie mi andrebbe proprio» mentre le mie gambe già si muovevano in direzione del bar.

«Sai, quasi non ti avevo riconosciuta senza la barretta al cioccolato infilata in bocca» disse Jake, porgendomi il drink che subito feci cadere a terra.

«Stai bene?» Si riavvicinò al bancone e mi porse un pugno di tovagliolini, che usai per tamponare il cocktail dai miei jeans. E poi si affrettò a ordinarmene un altro, di cui sentivo il bisogno come di un buco in testa.

Lo guardai imbarazzata, speravo proprio non mi avesse riconosciuta. «Ah, te lo ricordi?»

«Ero già pronto a farti la manovra di Hemlich» disse ridendo.

Tossii e mi guardai attorno per non incrociare il suo sguardo. «Ehm, sì, non ne vado particolarmente fiera. Potremmo cambiare argomento?»

Sorrise e mi porse il drink. «Va bene, ma devi ammettere che è stato esilarante.»

«Okay, beccata» dissi, decidendomi a guardarlo di nuovo negli occhi. «Ma tu forse non sai quant'è difficile camminare e masticare un Milky Way contemporaneamente.»

Lui rise e bevve un sorso di birra. «Perciò tu ti occupi di relazioni con la stampa? Shane ha detto che l'hai messo sotto questa settimana.»

Non riuscivo a smettere di fissare i suoi occhi. Dire che fossero blu non gli rendeva giustizia. Erano più... più *blu*.

«Waverly?»

Mi scossi dallo stato di trance.

«Scusami, cos'hai detto?»

«Dicevo che Shane mi ha raccontato che l'hai messo sotto questa settimana.»

Annuii. «Sì, ma se l'è cavata benissimo. Notevole per un atleta. Allora, ehm, dimmi... tu cosa facevi in fiera?»

«Faccio consulenza alla BA Rocks e alla Adina Energy, sai, valori nutrizionali dei prodotti e cose del genere, perciò stavo dando un'occhiata alle novità uscite sul mercato.»

«Aah, la Adina Energy» dissi. «Scommetto che avrai apprezzato parecchio le nuove ballerine dello stand. Ho sentito dire che sono parecchio sostanziose.»

Lui rise. «No comment.»

«Sì, come no» dissi, sorridendo.

Ci fu un attimo di imbarazzo. Il primo attimo di imbarazzo *positivo* da un sacco di tempo.

«Tu dove vivi?» mi chiese.

Detti un sorso al drink. «San Francisco. Ci sei mai stato?»

Annuì. «Sì, ma solo per un paio di giorni, sempre per seguire la squadra. Mi piacerebbe molto vederla. È una città favolosa.»

«Sì, spettacolare. Promettimi solo una cosa: che non la chiamerai mai Frisco o Sanfra, ti prego.»

Lui rise. «Cercherò di tenerlo a mente.»

«Dico sul serio, Jake, ricordatelo. Unghie. Unghie sulla lavagna. Stesso effetto. Addio per sempre.» Indicai me stessa e poi l'uscita.

Lui rise di nuovo. «Okay, te lo prometto. Sai, ho sempre pensato che sarebbe stato bello vivere a San Francisco. Amo stare in spiaggia.»

Io sospirai scuotendo la testa. «In verità questa è una leggenda.»

«Una leggenda?»

Annuii. «Una leggenda.»

«Non ci sono spiagge a San Francisco?»

«Okay, ho un filo esagerato. Voglio dire che il tempo a San Francisco è ben diverso da quello che la gente si aspetta, dato che siamo in California eccetera eccetera.»

«Cioè?»

«Fa freddo, Jake, *f-r-e-d-d-o.*»

«Veramente?»

«Veramente. Durante il giorno è bella, non c'è dubbio, ma spesso c'è nebbia e la notte fa sempre un freddo polare. Si potrebbe quasi giocare a hockey su ghiaccio.»

«Caspita, non lo sapevo.»

Annuii. «Non sei l'unico. Ho notato che tutti quelli che si trasferiscono a San Francisco pensano di andare a tuffarsi in acqua ancor prima di aver disfatto i bagagli. E restano malissimo quando vanno in spiaggia e congelano. È una storia molto triste, in realtà, di aspettative deluse.» Aggrottai la fronte e feci finta di asciugarmi una lacrima.

«Fa davvero così freddo? Nei film sembra che ci sia sempre il sole.»

Scossi la testa. «Perché fanno i furbi, girano quando il sole splende, non quando la nebbia è talmente fitta che non si riesce a vedere nemmeno il Golden Gate Bridge.»

«Cavolo, non l'avrei mai immaginato.»

Mi misi una mano sul fianco. «Be', però abbiamo ottobre, quello è fantastico davvero. E ogni tanto ci sono giorni tiepidi, ma capitano sempre di martedì, mai nel weekend.»

Sorrise. «Accidenti.»

«Oh, sì. Sto ancora aspettando che arrivi il giorno in cui non sarò costretta ad andare a un barbecue con il cappotto.»

«A un barbecue con il cappotto?»

Annuii. «Ho notato che ogni ragazza di San Francisco ha nell'armadio un completo leggero per l'occasione ancora con il cartellino del prezzo. Fa sempre troppo freddo per indossare qualcosa che non abbia le maniche.»

«Un completo da barbecue?»

«Un completo *leggero* da barbecue. C'è una bella differenza.»

Si mise a ridere. «Perciò San Francisco è davvero così tremenda?»

Scossi la testa. «No! Non lo è affatto. Fa freddo, ma è il suo bello. Una giornata luminosa con le barche a vela che solcano la baia... niente di più spettacolare. Non vorrei vivere in nessun altro posto, nemmeno per tutto l'oro del mondo. E poi se guidi per quindici chilometri verso fuori, ovunque tu vada trovi il caldo, perlomeno in estate; volendo, ci si riesce a scongelare abbastanza comodamente.» Sorrisi e detti un sorso al drink.

Lui si grattò un sopracciglio. Forse pensava che fossi pazza. L'avevo bombardato di parole, era stato un tantino troppo anche per me.

«Io continuo a pensare che San Francisco sia meglio di Atlanta» disse.

«Perché? È così terribile Atlanta?» lo guardai, inclinando la testa di lato. Dio, quant'era carino.

«Atlanta non è male, ma non è il posto in cui avrei voluto vivere. Sono cresciuto in Florida e amo il mare, mi manca molto. È una delle cose che non mi piace del mio lavoro nell'NBA. Non hai molta voce in capitolo quando si tratta di decidere dove vivere.»

«Non ci avevo mai pensato. Visto da fuori sembra un lavoro entusiasmante» dissi. Mmm. Proprio come il mio.

«Sei cresciuta a San Francisco?» disse.

«Più o meno, diciamo nei dintorni» risposi, temendo la domanda che avrebbe inevitabilmente seguito.

«La tua famiglia ora dove sta?» domandò.

Fissai il pavimento. «Mmm, c'è solo mio padre... vive vicino a Sacramento. Mia madre è morta quando ero piccola.»

«Oh, mi dispiace tanto.»

«Grazie» risposi sommessamente.

«Dev'essere stato molto difficile per entrambi.»

Annuii, tenendo gli occhi incollati al pavimento. Tutt'a un tratto mi era passata la sbornia.

«Com'è morta?» chiese.

Lo guardai sorpresa. Nessuno aveva mai osato chiedermelo. A quel punto della conversazione il mio interlocutore faceva in modo di cambiare argomento.

«Cancro al seno» risposi a bassa voce, bevendo subito un sorso del mio drink.

«Quanti anni avevi?»

«Pochi mesi.»

«Oh, cavolo, perciò non l'hai mai conosciuta?»

Scossi la testa. «No.»

«Crescere senza una madre dev'essere dura.»

«Mmm...» osservai quegli occhi blu e mi sembrò di leggere un vero interesse, non solo un buon esercizio di educazione.

Buttai giù un altro sorso e annuii. «Già, mio padre ha fatto del suo meglio ma, be', non poteva essere una mamma, se capisci cosa intendo.»

Annuii. «Le mamme sono insostituibili.»

Era il momento perfetto per cambiare argomento e chiedergli della sua di madre – che ero certa fosse un angelo visto ciò che aveva appena detto – ma l'idiota che è in me volle continuare a parlare della mia.

«Sì, be'... è stata dura perché mio padre aveva appena iniziato a giocare nella Minor League quando sono nata io e sembrava avere una promettente carriera di fronte a sé, ma poi lei si ammalò e lui dovette abbandonare tutto...»

Annuì di nuovo ma non disse nulla, avvertendo che c'era dell'altro, proprio come Shane al Morton's. Gentile, sensibile, rispettoso. Straordinario.

Sospirai profondamente. «E dopo aver lasciato il baseball, non fu più capace di ricostruirsi una carriera né altro... sai... la situazione era difficile... finanziariamente... e noi... be'... siamo molto diversi e... perciò è stata... è ancora dura e... e... be', io a volte gli do una mano, perché lui ha ancora qualche difficoltà.» La voce mi si smorzò in gola, e di nuovo fissai il pavimento. Perché gli stavo raccontando tutte quelle cose?

«Mi dispiace» disse lui.

Mandai giù un altro bel sorso, con lo sguardo ancora fisso a terra. «Non so perché ti sto raccontando queste cose. Di solito non ne parlo.»

«Ti senti in colpa» disse. Non era una domanda.

Lo guardai e cercai di forzare una risata. «Sono così scontata, signor McIntyre?»

«Be', tu te la cavi piuttosto bene ora, mentre lui ha ancora delle difficoltà; è normale sentirsi un po' in colpa.»

Mi strinsi nelle spalle. «Immagino di sì. Di sicuro lui sa come farmelo pesare.»

«Sono certo che per lui tu sia molto più importante della carriera che avrebbe potuto avere, Waverly.»

Scossi la testa. «Sei molto carino, ma non credo.»

«Pensi davvero che per tuo padre il baseball sia più importante di sua figlia?»

Annuii. «A volte sì.»

«Sei seria?»

Feci un mezzo sorriso. «Okay, sono seria solo a metà, ma non so mai quale metà sia quella più realistica. E ora che ho ufficialmente rovinato la serata a entrambi, parliamo di te. Dove vivono i tuoi?»

Lui alzò le mani. «Okay, basta giocare allo psicologo. I miei genitori vivono ancora a Miami, abitano ancora nella casa dove sono cresciuto. Ho un fratello maggiore che vive a pochi chilometri di distanza e una sorella, anche lei più grande, che vive a Boston con suo marito e i loro figli.»

«Che bello» dissi, chiedendomi come fare a spostare l'argomento di conversazione lontano dal tema famiglia. Vidi due uomini della sicurezza accanto alla porta antincendio. «Ehi, hai mai notato che quasi tutti i poliziotti si fanno crescere i baffi?» dissi.

Sorrise. «Cosa?»

«E anche le guardie. Chissà perché.»

Lui scosse la testa. «Non mi sono mai soffermato a pensarci.»

Io scrollai le spalle. «È solo una cosa che ho notato. Piuttosto affascinante se inizi a farci caso. Mi chiedo quanti siano in percentuale su tutta la popolazione.»

«Sei una che nota parecchie cose» disse.

Io scrollai di nuovo le spalle. «Abbastanza. Oh, merda.»

«Cosa?»

«Scusami. Mi sono appena ricordata che ho dimenticato di registrare *American Idol* di questa settimana.»

Lui si mise a ridere. «*American Idol*? Davvero?»

«Oh, sì» dissi annuendo. «È il mio programma preferito.»

«Il tuo programma preferito? Scherzi?»

«No. L'anno scorso sono anche andata al concerto.»

Lui sorrise. «Farò finta di non aver sentito.»

Non potevo credere di avergli appena detto che ero stata al concerto di *American Idol*, subito dopo aver parlato del cancro di mia madre e della mia infanzia travagliata. Ero forse impazzita, o cosa? Ne rimasi talmente sconvolta che non sapevo più cosa dire. E l'alcol non era d'aiuto. Il mio cervello era annebbiato e mi ero già dimenticata la metà delle cose che avevo appena detto. Chuck Sudore era ormai un ricordo perso nei recessi della mia mente.

Mi sistemai i capelli dietro l'orecchio e ordinai a me stessa di ricompormi.

«Perciò, ehm, hai detto che non poter scegliere dove vivere è una delle cose che non ti piacciono del tuo lavoro. E le altre quali sono?» chiesi.

«Se te lo dicessi ti metteresti a ridere.»

«Vediamo.»

Lui si schiarì la voce. «Be', a volte è difficile...»

«Jake McIntyre! Sapevo che ti avrei trovato qui. Come stai, tesoro?»

Ci voltammo entrambi. Una donna alta e magrissima con un'acconciatura di capelli lisci e lunghissimi e la frangetta, saltò letteralmente in grembo a Jake, o perlomeno è quello che avrebbe fatto se fosse stato seduto.

Jake arrossì e la traballante sicurezza che avevo appena ritrovato crollò di nuovo.

«Ciao, Carolyn, come stai?» disse.

«Meravigliosamente, tesoro. Sono impegnatissima con la nuova collezione di Prada, ma va alla grande. Lunedì siamo a New York per cominciare con la stagione invernale.»

La donna mi lanciò un sorriso raggelante. «Salve, sono Carolyn Weller.»

«Waverly Bryson» dissi con un filo di voce, sentendomi improvvisamente come una sedicenne nello spogliatoio delle superiori. Come faceva una donna tanto magra ad avere un seno così grosso?

Tornò a rivolgere la propria attenzione a Jake e lo strinse cingendolo attorno alla vita. Gli sussurrò qualcosa all'orecchio e lui si mise a ridere. Colsi il momento per uscire di scena con grazia. Mi congedai con un sommesso "Piacere di avervi conosciuti", ma sembrò che nessuno dei due avesse sentito, perciò mi ritirai e tornai al bar sgattaiolando tra la folla.

Ordinai un altro drink e decisi che, dopotutto, ubriacarsi non era una cattiva idea.

«Quarantotto, quarantanove, cinquanta. Cinquanta. Cinquanta. Cinquanta.» Ero seduta a un tavolino tondo in un angolo della sala, appollaiata su uno sgabello, e contavo a voce alta quante rose ci fossero nel vaso alla mia destra. «Cinquanta rose. Cioè cinque dozzine di rose. No, sono sei dozzine. Diavolo, non ho idea di quante dozzine di rose siano.»

Guardai il bicchiere mezzo vuoto. Quanti drink mi ero scolata? Da quanto tempo mi trovavo lì? Non è mai un buon segno quando perdi il conto dei bicchieri e la cognizione del tempo.

Guardai la folla, ormai una massa indistinta e sfuocata. Che cosa mi ero messa in testa? A Jake non interessavo affatto. Perché avrebbe dovuto? Era solo stato gentile. Mio padre aveva ragione. Aaron aveva ragione. Io avevo ragione. Ero un articolo reso al negozio, destinato a rimanere sullo scaffale fino alla data di scadenza.

Scesi dallo sgabello e mantenni con un certo sforzo la posizione eretta. Afferrai il mio drink e decisi di andare a cercare Davey e Kent. Dovevano pur essere da qualche parte. Mi voltai e finii dritta addosso a una coppia che stava accanto al mio tavolino, rovesciando quello che restava del mio cocktail sul pavimento.

«Santo cielo, mi dispiace tanto» farfugliai.

«Non si preoccupi» mi rispose il ragazzo, che aveva il viso perfettamente rasato. «Sta bene?»

Mi pulii le mani sui jeans. «Sì, sto bene. Scusate.» Bene? Ci vedevo doppio!

«Ha un'aria familiare.» La biondina che era con lui mi osservò piegando la testa di lato. «Vive a San Francisco?»

«Ehm, sì» risposi.

Lei mi tese la mano. «Sono Kristi Benton. Lui è il mio ragazzo, John Callahan. Lavoriamo per l'agenzia pubblicitaria della Reebok. Lei come si chiama?»

«Amanda Woodward. Lavoro per la D&D Advertising» dissi, stringendole la mano.

«Salve, Amanda, piacere di conoscerla.»

Scossi la testa. «Stavo solo scherzando.»

Mi fissarono senza capire.

«Avete presente, D&D Advertising, minigonne, *Melrose Place?*» dissi.

Continuavano a fissarmi senza capire.

Okay, sono una vecchia. «Beh, sono Waverly Bryson. Lavoro alla K.A. Marketing.»

Kristi sorrise. «Ecco! Sapevo di averla già vista. Mandy Edwards, la compagna di stanza di mia sorella, lavora alla K.A.»

«Oh, sì, è nel mio reparto» biascicai.

«Ci siamo viste con Mandy nel suo ufficio giusto qualche settimana fa. Ha detto che è molto contenta del nuovo lavoro.»

Annuii. «È un bell'ambiente.» Se solo Mandy avesse saputo che nessun altro a parte lei era contento...

«Be', è stato un piacere conoscerla, Waverly. Dirò a Mandy del nostro incontro.»

«Bene» dissi. Ma che cavolo. «È stato un piacere parlare con voi.»

Mi voltai per fuggire via e finii di nuovo addosso a qualcuno. Buon Dio. Quello che mi serviva erano tre litri d'acqua e un letto.

«Ehi, eccoti qua. Credevo che te ne fossi andata.»

Alzai gli occhi e vidi Jake.

Cercai di appoggiarmi a uno sgabello con nonchalance. «Ehm, no, non ancora. Come va?»

«Stai bene?» mi chiese.

«Sì, sì, tutto bene. Perché? È successo qualcosa?»

Lui scosse la testa. «Sei scomparsa nel nulla. Dov'eri andata?»

«Ah sì? Oh, scusami. Dovevo andare in bagno. E tu, ehm, be' sembravi occupato.»

«Occupato? Ti sono sembrato occupato?» Sorrise e io sentii il mio cuore accelerare.

Iniziai a giocherellare con l'orecchino. «Be', voglio dire, con la tua amica eccetera, sai, sembrava aveste tante cose da dirvi e non volevo intromettermi...»

Mi guardò per qualche secondo senza dire nulla.

E poi mi chiese: «Waverly, ti va di ballare?»

Se volevo ballare? Stava scherzando? Sarei saltata sul palco e avrei pagato diecimila dollari perché la band suonasse un lento.

«Ehm, certo.»

«Dopo di te.» Ci dirigemmo verso la pista da ballo. Camminando mi posò la mano sulla schiena, per guidarmi in mezzo alla folla; mi sembrò che il calore del suo tocco stesse per bruciarmi. Ci facemmo strada tra le persone fino a raggiungere la pista, dove scorsi Kent e Davey ballare con due ragazze che non conoscevo. Ci fecero un cenno con la mano.

«Eccoti qua! Ti abbiamo cercata dappertutto!» Davey mi afferrò e mi presentò alle loro rispettive partner, due rappresentanti della Nike. Sentivo a malapena quello che mi stava dicendo, "Vogue" di Madonna sovrastava su tutto.

«Lui è Jake!» Mi sgolai per cercare di farmi sentire. «Jake, loro sono Davey e Kent!»

«Salve, Jake!» urlò Davey.

«Piacere di conoscerti» gridò Kent.

«Piacere mio!» disse Jake, urlando a due centimetri dalle loro facce.

«Vado a prendere un megafono?» biascicai con un tono di voce normale. Ma nessuno parve aver sentito.

Il piccolo spiazzo libero che si era creato si richiuse velocemente, e io e Jake venimmo inghiottiti dalla folla. E a quel punto, come se Dio avesse udito le mie preghiere, la band finì di suonare "Vogue" e attaccò con il lento numero uno di tutti i tempi, "Who's Crying Now?" dei Journey.

Jake mi guardò. «Pensi ancora che dovremmo ballare?»

Io alzai le spalle. «Ma sì...»

«Ma sì? Sarebbe questa la tua risposta?»

Sorrisi. «Sì.»

«Waverly, sei davvero fuori dal comune.» Lo guardai e lui si mise a ridere e mi cinse con le braccia. Io appoggiai la testa sul suo petto e tutt'a un tratto stavamo ballando.

Mi sentii pervadere da uno strano calore e un formicolio che dalla testa raggiungeva le estremità del mio corpo.

«Waverly?» sussurrò, guardandomi.

Chiusi gli occhi e sospirai. «Mmm?» Mi sembrava di volare.

«Posso chiederti una cosa?»

Stavo per alzare lo sguardo e rispondergli, ma l'aver chiuso gli occhi mi aveva riportata bruscamente alla realtà del mio stato di indicibile ubriachezza. Improvvisamente iniziò a girarmi la testa. E girava e girava...

Dovevo assolutamente uscire da lì. Dovevo trovare un bagno. Subito.

Mi staccai da lui e mi coprii la bocca con la mano, cercando di farmi largo fra la gente. «Devo andare.»

Lui mi afferrò. «Stai bene? Dove stai andando?»

Non sapevo cosa dire. Ero ubriaca fradicia. Vista e pensiero erano confusi e annebbiati, sapevo solo che dovevo allontanarmi il più in fretta possibile, da lui e da tutti i presenti. Strattonai via la mano dalla sua e mi aprii un varco in mezzo alla gente.

Quando mi ritrovai fuori dalla pista mi trascinai verso il lounge, e quasi finii addosso all'amica di Mandy Edwards per la seconda volta. La ignorai e spalancai la porta del bagno. Attraversai di corsa la moquette del salottino e mi precipitai verso l'ultimo gabinetto.

E lì vomitai. E vomitai e vomitai.

Al mio risveglio, sabato mattina, avrei giurato di avere la bocca piena di ovatta. Avevo il corpo tutto indolenzito e mi sembrava di avere la testa pressata dentro un gigantesco schiaccianoci. Rotolai su un fianco e lanciai un'occhiata all'orologio sul comodino.

Erano le sette e quattordici. A che ora ero andata a letto? Come ero rientrata in hotel?

Mi misi a sedere, reggendomi la testa che pulsava fra le mani. Guardai il letto. Avevo dormito sopra le coperte. Vidi il cappotto, la borsa e il cardigan appoggiati sulla sedia. Indossavo ancora vestiti e scarpe e orecchini, collana e orologio.

«Bene, l'unica cosa che ho perso è la dignità» dissi a voce alta. Ma c'era poco da ridere.

Mi tolsi le scarpe e gattonai sul letto cercando di arrivare alla busta appoggiata sopra il cassettone che conteneva il mio itinerario. La aprii e tirai fuori i fogli d'imbarco. Il mio volo per San Francisco partiva alle dieci, il che significava dover essere fuori di lì per le otto e trenta. Se non altro, almeno mi ero svegliata in tempo.

Molto, molto lentamente mi alzai e raggiunsi il minibar. Aprii una bottiglietta d'acqua da quattro dollari e la tracannai tutta d'un fiato. Poi mi tolsi i vestiti, li gettai sul pavimento e andai in bagno. Aprii la doccia facendo scorrere l'acqua fin quando non diventò bollente e mi infilai dentro. Il vapore era così denso che non riuscivo a vedere nulla di ciò che mi circondava, esattamente quello che volevo.

Appoggiai la testa al vetro, sospirando. Non ricordavo bene i dettagli della serata precedente ma gli eventi principali erano dolorosamente impressi nella mia memoria. Ubriacarsi e vomitare? Mi ero trasformata in un personaggio di *Jersey Shore*. E per di più a un party di lavoro. Nel campo delle pubbliche relazioni la figura che avevo fatto era equivalente a... investire due vecchietti in carrozzella per un istruttore di guida.

L'ultima cosa che ricordavo con chiarezza era che la stanza

si era messa a girare all'improvviso mentre ballavo. E poi un flash del bagno, mentre vomitavo, e nient'altro. Non avevo idea di come avessi fatto a tornare a casa. Jake mi aveva vista in quelle condizioni? E chi altro?

Se fosse stato possibile morire di vergogna, quel mattino avrebbe segnato la mia fine. Guardai la voglia sul mio piede sinistro. Se mi avessero trovata morta nella doccia il coroner avrebbe dichiarato "causa del decesso: umiliazione" e sarebbe toccato a McKenna identificare il mio corpo. Finalmente quella stupida voglia che avevo sempre odiato sarebbe servita a qualcosa.

Se prima si era trattato solo di congetture, a quel punto era ufficiale.

Ero la più grande perdente di tutti i tempi.

Alle otto le porte dell'ascensore si aprirono sulla hall, ma il mio stomaco non ne volle sapere di smettere di fare su e giù. Uscii tremante dietro un paio di occhiali scuri e un completo nero a tema con i postumi della sbornia e la sensazione di essere prossima alla morte. Registrai il check out, lasciai la mia valigia al concierge e mi diressi verso il buffet per bere una tazza di caffè e mangiare un uovo. Una delle poche cose imparate al college che ancora ricordavo era che le uova strapazzate al formaggio sono la cura migliore per i postumi di una sbornia.

Mi sedetti su un divanetto e ordinai una tazza di caffè, poi mi tolsi gli occhiali da sole per darmi un'occhiata intorno. La hall e il ristorante erano relativamente vuoti e pregai di riuscire ad andarmene da lì senza incontrare nessuno.

Gemetti prendendomi la testa fra le mani. Non ricordavo di essermi mai ubriacata tanto in vita mia, o perlomeno dal giorno in cui avevo conosciuto Aaron, che non era un gran bevitore.

A me piaceva godermi un buon drink, tanto quanto chiunque altro, ma... vomitare in un bagno pubblico? Santo cielo. Per la prima volta dopo Aaron avevo incontrato un ragazzo che mi piaceva ed ero riuscita a rovinare tutto prima ancora di finire il primo ballo. Complimenti.

Un'ora dopo ero sull'aereo e, nonostante la terribile emicrania e le tre tazze di caffè, crollai. Caddi in un sonno profondo e sognai che il comandante usciva dalla cabina di pilotaggio per venire a parlarmi. Diceva di avermi conosciuta la sera prima al bar. Si chiamava Chuck e mi avrebbe offerto un Rookie di benvenuto se gli avessi tenuto compagnia in cabina seduta sulle sue ginocchia.

Quando mi svegliai stavamo atterrando al San Francisco International Airport. Avevo dormito cinque ore filate. Prima che ci lasciassero uscire, rimanemmo fermi ad aspettare per un'eternità . Nonostante fosse ovvio che nessuno sarebbe andato da nessuna parte, appena l'aereo si era fermato tutti erano scattati in piedi. Io avevo il posto sul corridoio e il tizio seduto accanto a me era rimasto piegato sopra il mio sedile per qualcosa come cinque minuti. Non capirò mai certa gente.

Quando arrivai al mio appartamento erano quasi le due e, nonostante la siesta ad alta quota, mi sentivo ancora esausta.

Lasciai cadere la valigia sul pavimento della camera, lanciai via le scarpe e mi seppellii sotto le coperte, dove decisi di rimanere fino all'anno 2037.

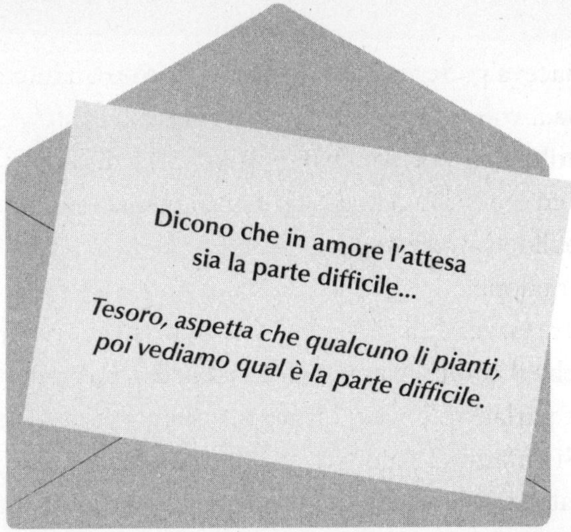

6

Quando aprii gli occhi la domenica seguente, non capii subito dove mi trovavo. Per circa sei secondi fui beatamente inconsapevole del mondo. Poi mi tornò in mente tutto. Misi la testa sotto il cuscino ed emisi un lamento.

Perlomeno mi erano passati i postumi della sbornia.

Mi trascinai in cucina in accappatoio e ciabatte per preparare il caffè. Mi appoggiai con il fianco al ripiano e rimasi a fissare l'acqua gocciolare nella caffettiera, domandandomi se sarebbe mai finita. Avete mai fatto caso che quegli aggeggi sembrano coscienti della vostra presenza?

Mentre aspettavo che il mio caffè fosse pronto, staccai un foglietto dal blocco per la spesa attaccato al frigorifero e mi sedetti al tavolo.

Fronte: Ti sei mai ubriacata tanto da perdere la dignità?

Retro: Tesoro, non preoccuparti. Pensa che almeno non eri a casa a guardare le repliche de Il tocco di un angelo.

Fronte: Perché non ne combino mai una giusta?
Retro: Tesoro, vedila in questo modo: nella vita le perfettine non si divertono.

Pensai a un biglietto ispirato ai licenziamenti – per essersi comportati come degli idioti a una festa aziendale – ma l'argomento era davvero troppo spinoso.

Alle due uscii di casa nel sole limpido di novembre. Faceva freddo ma il cielo era azzurro e terso. Mi raccolsi i capelli nella solita coda bassa e m'incamminai verso Dino per andare a mangiare una pizza con McKenna e Andie.

Andie mi salutò con la mano. «Ehi, bella, siediti e fatti una birra.» Gonfiò un pallone di chewing gum fino a farlo scoppiare. «Te ne verso un bicchiere» Erano sedute al solito tavolino con una caraffa di Bud Light e una gigantesca pizza al salame.

Scossi la testa, mi sedetti e presi un bicchier d'acqua. «Credimi, una birra è l'ultima cosa di cui ho bisogno in questo momento.»

«Mega party? Hai fatto la stalker anche quest'anno?» mi chiese McKenna. Al Super Show dell'anno prima avevo scattato una foto con il telefono alla pattinatrice Michelle Kwan mentre era in fila da McDonald's e l'avevo subito inviata a lei e a Andie. Non avevano ancora smesso di prendermi in giro.

«No, quest'anno no» dissi, il mio malumore ora evidenziato dalla loro allegria.

Andie si prese dalla bocca la gomma da masticare e l'appiccicò sul bordo del piatto. «Aaron non ti ha ancora chiamata, suppongo.»

Scossi la testa. «No.»

«Stai scherzando? Non posso crederci» disse McKenna. «Credi che lo farà?»

«Chi può saperlo» dissi. «Se ancora non l'ha fatto, immagino di no.»

«Hai assorbito il colpo?» mi chiese McKenna.

Mi morsi il labbro e cercai di sorridere. «Ci sto provando. Il vero problema, qui, è riuscire a salvare la mia autostima.»

Lei mi si avvicinò e mi sfiorò la spalla. «Tieni duro Wave, ce la farai.»

«Allora, te la sei spassata ad Atlanta?» chiese Andie.

Mi appoggiai allo schienale. «Spassata? No, direi proprio di no. Be', quasi, ma non è andata.»

«Per colpa di Aaron?»

«Non proprio.»

«Non proprio? Che razza di risposta sarebbe?» Andie immerse la sua fetta di pizza nella salsa ranch. «Vogliamo i dettagli.»

«Be', avrei incontrato questo ragazzo davvero carino alla festa, ma non è successo niente.»

«Un ragazzo carino?»

«Cosa vuol dire "avrei"?»

«Cosa vuol dire "non è successo niente"?»

«Quale festa?»

«Ti ha chiesto il numero?»

«Perché non è andata?»

«Come si chiamava?»

«Età?»

«Era bello?»

«Single?»

«Sposato?»

«Divorziato?»

«Etero?»

Le dovetti fermare. «Un attimo! Un attimo! Parlare con voi è come farsi mettere al muro da una macchina lanciapalle.»

«Quindi?» dissero all'unisono.

Mandai giù un sorso d'acqua e posai lentamente il bicchiere sul tavolo. «Bene, signore, visto che me l'avete chiesto tanto gentilmente, vi racconterò tutto.»

E così feci.

Quando ebbi divulgato anche l'ultimo dettaglio, addentai una fetta di pizza e le guardai.

«Quindi?»

«Dio del cielo» disse Andie.

«Davvero hai vomitato?» chiese McKenna.

Annuii. «Già. E non ricordo nemmeno come ho fatto a tornare in hotel. Per quel che ne so può avermici portato l'amministratore delegato della JAG.»

«Ops» disse Andie.

«Be', almeno ti sei sentita attratta di nuovo da qualcuno. È un grande passo» disse McKenna.

Io aggrottai la fronte. «Immagino di sì, ma non so quanto questo possa essere di consolazione, se verrò licenziata.»

«Non succederà. Credi che questo Jake proverà a contattarti?» mi chiese McKenna.

Puntai il dito sul mento. «Mmm... dal momento che sono letteralmente scappata dalle sue braccia per andare a vomitare la cena immagino di... no.»

«Ops» ripeté Andie. Era la prima volta che la lasciavo senza parole. Ma recuperò in fretta. «Be', ho un racconto che ti tirerà su di morale» disse.

Cercai di sorridere. «Ne dubito fortemente, ma sentiamo.»

Appoggiò una mano sul tavolo. «Okay, la storia è questa.

Lena, un'amica di mia sorella mi chiama la settimana scorsa per combinare un appuntamento fra me e un suo amico banchiere, un certo Jeff. Me lo descrive alto, di successo, carino perciò io penso, perché no?»

Annuii. «Non fa una piega.»

«Anche io la pensavo così» disse. «Allora, io e questo Jeff ci parliamo una volta al telefono e fila tutto liscio, perciò mi propone di andare al sushi. E qui io faccio l'errore di iniziare ad aspettarmi chissà che.»

«Ti aspettavi qualcosa da un appuntamento al buio?» disse McKenna.

Andie alzò gli occhi al cielo. «Lo so, lo so... uno pensa, a quest'età dovrebbe aver imparato. Ad ogni modo, quando viene a prendermi resto un po' delusa, diciamo che lì per lì non mi è sembrato molto prestante. Ma non era nemmeno uno scorfano, perciò decido di dargli una possibilità. Camminiamo per qualche isolato fino a questo ristorante giapponese su Fillmore e la cameriera ci dice che per il tavolo c'è da aspettare, ma se vogliamo possiamo sederci al bancone.»

«Aspetta un attimo.» Dissi. «Non aveva prenotato?»

«No.»

«E uno!» disse McKenna.

Andie bevve un sorso di birra e scosse la testa. «Niente prenotazione; a quel punto lui dice che non ha voglia di aspettare per un tavolo. Perciò la cameriera ci fa accomodare al bancone, illuminato a giorno, più il genere di posto in cui ti siedi a pranzo da sola, non a un primo appuntamento. Ma tant'è... Ci accomodiamo in questi sedili girevoli, scomodissimi per fare conversazione. E Jeff ha le gambe lunghe, perciò non riesce a trovare la maniera di sistemarsi comodamente. Si gira verso di me e in pratica inforca il mio sgabello.»

«Però» dissi. «Immagino il panorama...»

Andie mi indicò. «Bingo. E nemmeno un granché a dire il vero. A quel punto arriva la cameriera portandoci una pezzuola calda per pulirci le mani, e Jeff se la strofina... in faccia e sul collo! E quando ha finito mi guarda e dice: "Aah".»

«Ha detto "aah"?» chiesi.

«Ha detto "aah".»

«Mamma mia.»

«L'hai detto!» esclamò Andie. «E non è finita qui. Ordiniamo, cominciamo a chiacchierare, e io avevo già il torcicollo per la posizione che ero obbligata a tenere su quel cavolo di sgabello. Ma la cosa più penosa è stata la conversazione. Per tutta la cena non fa altro che parlare delle sue conoscenze e di quanti soldi ha e del suo successo e bla, bla, bla, bla, bla. Una noia mortale. Inoltre non mi ha chiesto assolutamente *niente* di me. Alla fine della serata lo odiavo.»

Presi un sorso d'acqua. «Va' avanti.»

«Finito di mangiare usciamo dal ristorante e passando di fianco alla cameriera notiamo che ha un piccolo tatuaggio sulla schiena, appena visibile sotto lo spacco fra la maglietta e la gonna.»

«E...?» dissi.

«E a quel punto Jeff appoggia la mano sul *mio* fondoschiena.»

«Non è vero, non l'ha fatto...» disse McKenna.

Andie annuì. «Oh, sì che l'ha fatto. Aggiungendo: "Per caso hai un tatuaggio come quello che ti piacerebbe mostrarmi più tardi?"»

«Oh Dio, ti prego dimmi che non l'ha detto.» Mi tappai la bocca con una mano.

«Oh, sì invece» disse Andie. «A quel punto mi sono allontanata con grazia e ho mentito dicendo che non avevo tatuaggi. Avrei voluto scappare in mezzo alla strada urlando, ma era ancora prestissimo e non sapevo come fare a svincolarmi educatamente da quell'appuntamento. Lui voleva rimanere fuori ma non aveva organizzato niente, perciò ho pensato che la cosa migliore fosse portarlo al Solstice, avete presente quel baretto carino fra California e Divisadero? Sapevo che quella sera ci sarebbe stata una mia amica insieme ad altre ragazze, così non sarei stata più sola con lui.»

«Bella pensata» dissi.

«Il Solstice è a soli cinque isolati ma lui dice che ha voglia di guidare, cioè di farmi vedere la sua macchina. Era una Porsche. Ah, e mentre saliamo ci tiene a sottolineare che ha dato venti dollari sottobanco al benzinaio per parcheggiare dove non poteva. Perciò attraversiamo cinque stupidi isolati con il suo *bolide.* Intanto io contavo i minuti che mi separavano dal momento in cui avrei finalmente potuto mollarlo e andare a casa.

«Ti capisco» dissi. «Poi cos'è successo?»

«Be', i miei pensieri di fuga sono stati interrotti da un fetore tremendo.»

«Fetore?» disse McKenna.

«Una scoreggia.»

A quel punto McKenna sbatté la fronte contro il tavolo.

«Non ci credo!» ormai anch'io ridevo come una pazza.

«Credici. Una puzzetta silenziosa, ma atroce. Lui ha fatto finta di niente. Siamo rimasti zitti immersi nel fetore. Avrei voluto abbassare il finestrino ma non volevo essere maleducata.»

«Quelle silenziose sono mortali. Comunque questa storia è davvero incredibile!» dissi.

«Oh, credici pure, invece... Insomma, parcheggiare in quella zona è un'impresa perciò ho dovuto respirare a bocca aperta tutto il tempo, mentre continuavamo a girare e girare attorno all'isolato alla ricerca di un buco. A un certo punto Jeff dice che gli sembra di aver visto un parcheggio dall'altra parte della strada; già sapevo che sicuramente si trattava di un parcheggio per disabili, ma lui non mi ha voluto dare retta e ha azzardato un'inversione a U in mezzo alla strada per tornare indietro. Ovviamente quando abbiamo accostato si è accorto che si trattava di un posto per disabili. E volete sapere cos'ha detto?»

Io presi un'altra fetta di pizza. «Non ne sono sicura.»

«Ha detto: "Maledetti handicappati. Hanno troppi parcheggi in città".»

«Non ci credo» dissi. McKenna aveva ancora la faccia appoggiata al tavolino e rideva a crepapelle.

«Credici. Alla fine, dopo quindici minuti spesi a cercare parcheggio, abbiamo avuto un colpo di fortuna e abbiamo trovato un posto libero proprio di fronte al Solstice. E sentite questa: quando siamo scesi dall'auto incamminandoci verso il locale lui ha cercato di prendermi la mano.»

«Ha cercato di tenerti per mano dopo averne mollata una in macchina cinque secondi prima?» dissi.

Andie annuì. «Già. Avrei preferito metterla dentro il cesso della metro piuttosto che tenere la sua, perciò ho fatto finta di non accorgermene. Finalmente siamo entrati al bar, ho visto le mie amiche a un tavolo e le abbiamo raggiunte. E credetemi, sedermi dalla parte opposta del tavolo è stata la cosa migliore che potevo fare.»

«Avrei fatto lo stesso» dissi.

«Così è andato al banco con questa ragazza che conosco, Bev, e ha offerto un giro a tutti; è stata una cosa molto carina ma, mi dispiace, io non avevo nessuna intenzione di rischiare il contatto fisico. Più o meno dopo un quarto d'ora si alza per andare in bagno e le mie amiche si avventano su di me per farsi raccontare. Dico che si tratta di un appuntamento al buio e riassumo brevemente i momenti salienti della serata.»

«E loro cosa ti hanno detto?» chiese McKenna, alzando la testa per respirare.

«Bev mi ha detto che aveva scoreggiato *di nuovo* mentre erano al bancone del bar.»

«Oh Dio, ti prego, dimmi che sei scappata prima che uscisse dal bagno.»

Lei scosse la testa. «So essere cattiva, ma non così cattiva, anche se davvero ero arrivata al punto di non poterne più. Temo molto il karma degli appuntamenti. Perciò, quando è tornato dalla toilette, ho fatto passare un altro quarto d'ora e gli ho detto che per me era tempo di andare a nanna, dato che il giorno seguente dovevo svegliarmi molto presto per andare in piscina. Gli ho detto che mi stavo allenando per una gara di triathlon.»

«Triathlon? Un grande classico» dissi. Andie odiava qualsiasi forma di esercizio e nei weekend non si alzava mai prima delle undici.

Lei rise. «Lo so. È probabile quanto vedere in tv una nuova stagione di *Beautiful*.»

Presi un altro sorso d'acqua. «Ti ha riaccompagnata a casa?»

«Sì, e credo che la macchina non fosse ancora ferma quando sono saltata giù. Non gli ho dato la possibilità di dire una sola parola. L'ho ringraziato per la cena e sono scappata.»

«Credi che ti richiamerà?» disse McKenna.

«Oh, Dio, spero di no. E sai qual è il top del top?»

«C'è dell'altro?» dissi.

Andie annuì. «Già, senti questa: ho raccontato la storia a mia sorella e mi ha detto che un paio d'anni fa Lena ha provato a organizzare un'uscita anche a lei con lo stesso Jeff; gli aveva dato il suo numero di telefono ma lui ha aspettato un anno e mezzo prima di chiamarla.»

«Un anno e mezzo? » dissi. «Stai scherzando?»

«Proprio un anno e mezzo. Perciò quando alla fine si è deciso a chiamarla, mia sorella gli ha risposto qualcosa del tipo: "Adesso sono fidanzata, razza di deficiente".»

«Oddio, che sfigato. L'hai raccontato a Lena?» disse McKenna.

Andie si rimise la gomma da masticare in bocca. «Non ancora. Ma credetemi, mi sentirà.»

«Buon Dio, questa sì che è una storia» dissi.

«Ha scalato le classifiche degli ultimi dieci anni» rispose lei.

«Allora, adesso ti senti meglio?» mi chiese McKenna.

Io sorrisi. «Sai, a dire il vero sì. È triste ma ammetto che ascoltare le disgrazie altrui mi tira sempre su di morale. È come se per un breve istante la mia vita non facesse così schifo, dopotutto.»

Andie si mise a ridere. «Ecco perché i reality hanno tanto successo.»

Dopo pranzo decidemmo di fare una passeggiata per guardare le vetrine. Entrambe vivevano vicino a casa mia nel Pacific Heights, un quartiere di case vittoriane con strade costeggiate da file di alberi. Adoravo abitare lì perché due isolati concentravano esattamente ciò che avevo sempre cercato: bei ristoranti, tre sale da tè, una banca, un supermercato, un negozio di bagel, una lavanderia caffetteria, una quantità di negozi pieni di vestiti che non mi potevo permettere ma che mi piaceva guardare, un negozio di dvd, la pizzeria Dino's e il Kilkenny, il nostro pub preferito della zona. Inoltre i vicini erano molto cordiali e raccoglievano sempre i bisogni dei loro cani dal marciapiede. Perciò nonostante il film *Uno sconosciuto alla porta* fosse ambientato proprio nel mio quartiere, mi ero sempre sentita al sicuro. E inoltre il mio affitto era bloccato, perciò niente al mondo mi avrebbe fatto muovere da lì. Grazie a Dio non avevo lasciato l'appartamento prima del "matrimonio", anche se mi ero resa conto solo dopo che, in verità, Aaron non mi aveva mai chiesto ufficialmente di trasferirmi da lui.

«Ehi, c'è Brad Cantor» McKenna indicò un ragazzo alto e allampanato che faceva jogging dall'altra parte della strada.

«Un avvistamento di Brad Cantor? Strano» dissi. Brad aveva fatto il college con noi, era un ragazzo simpatico, ma per qualche strana ragione lo vedevamo ovunque. Ovunque.

Andie mi toccò il braccio. «Ah, mi ero quasi dimenticata di dirvelo. L'ho avvistato anche l'altro giorno dopo il lavoro.»

«Ti ha invitato a uno dei suoi party a tema?» chiesi. Brad Cantor era il maestro degli inviti via mail.

Lei scosse la testa. «Non mi ha vista. Era dall'altra parte della strada, di fronte al mio ufficio. Io mi sono nascosta da Jamba Juice, dietro una pianta.»

Mi misi a ridere. «Ma San Francisco non ha più di ottocentomila abitanti?»

«In teoria sì» disse McKenna.

«In questo caso la percentuale dei nostri avvistamenti non va contro tutte le leggi della probabilità?» dissi.

«Probabilmente» rispose Andie.

Contai sulle dita. «Feste, mercatini, caffè, bar, ristoranti, autobus... Perché non c'è nessun altro che incontriamo così spesso? Perché sempre Brad?»

«Non chiederlo a me» disse McKenna.

«Be', sempre meglio che imbattersi in Aaron» fece Andie.

«Non c'è dubbio» risposi io. «Ti ricordi quella volta che eravamo da Pasta Pomodoro su Union Street?»

Andie si morse il labbro. «Dio, come potrei dimenticarlo?»
«È la mia preferita in assoluto» dissi.

Un paio di anni prima Andie stava letteralmente inondando la sua pasta di lacrime in seguito a una rottura amorosa, e Brad passò davanti al ristorante. Ci vide dalla vetrina, fece un cenno, entrò e venne dritto al nostro tavolo. Ci domandò di cosa stessimo parlando e noi gli rispondemmo che era una conversazione molto seria fra *ragazze*. A quel punto – senza scherzi – sorrise e disse: «Posso unirmi a voi?», si sedette e ordinò un bicchiere di vino.

Andie scosse la testa. «Ancora non ci credo.»

«Lo so. Una persona normale sarebbe sparita a tempo di record» dissi.

Quando ci salutammo un'ora dopo, io gridai da lontano: «Se domani mi fanno fuori vi chiamo!»

«Dacci un taglio!» mi gridarono in risposta.

Lunedì mattina mi sedetti alla scrivania e aprii la mia e-mail. Non sapevo bene cosa aspettarmi, ma da parte di Davey non c'era niente. Guardai l'orologio. Erano le otto e venticinque. Lui arrivava raramente in ufficio prima delle nove.

Decisi di batterlo sul tempo.

A: David Mason
cc: Kent Tanner
Da: Waverly Bryson
Oggetto: Chiusura Super Show

Buongiorno Davey. Spero che il tuo viaggio di ritorno sia andato bene. A quanto pare la fiera è stata un successo. Entro stasera ti faccio avere il comunicato della settimana.

A dopo,

Waverly

Potevo solo sperare che Davey, o chiunque altro contava qualcosa, non avesse visto niente.

Mezz'ora dopo entrai in sala riunioni e presi posto. Kent non era ancora arrivato. Tutti si stavano raccontando come avevano trascorso il weekend. Sorrisi, annuii e feci finta di stare a sentire le loro conversazioni, ma in verità avevo la testa da tutt'altra parte. Non riuscivo a credere di essere così nervosa.

Alle nove in punto Jess entrò nella stanza, seguito da Kent e dalla sua assistente, che reggeva una grossa scatola rosa piena di ciambelle. Immediatamente tutti scattarono in piedi avventandosi sui dolci. Dopo averne afferrata una alla mela, Kent venne a sedersi accanto a me.

«Ciao, Waverly. Che traffico stamattina, hai visto? Come va?»

Io mi contorsi sulla sedia, più in ansia che mai. «Bene, grazie. Tu?» Se sapeva qualcosa, stava facendo finta di niente.

«Bene, per quanto possa andare bene un lunedì, specialmente dopo una settimana di Super Show. Ehi, tutto okay il viaggio di ritorno?»

«Sì, tutto liscio. Ho dormito cinque ore filate. Com'è andata la partita di golf sabato?»

«Benissimo. La JAG ha pagato a me e Dave l'entrata all'Augusta Club. È stato incredibile. Non sono riuscito a fare il *putt* che mi avrebbe salvato, ma chi se ne importa. Voglio dire... eravamo all'Augusta!»

«Quanto costa giocare lì?» chiesi.

«Quattrocento.»

«Stai scherzando? Quattrocento dollari? Quattromila penny?»

Annuì. «Già. Quattrocento pezzi. Perché credi che io non giochi a golf?»

«Immagino di non essermi mai posta il problema.»

«Nemmeno io me lo pongo più. Se guardi i parcheggi delle zone "in" di San Francisco vedrai solo macchine che costano più di casa mia. Quando è arrivato il primo figlio ho dovuto lasciar perdere qualsiasi club, a meno che, ovviamente, non si presenti un cliente che paga.»

«Cavolo» dissi.

«Già.»

In quell'istante Jess si alzò in piedi e richiamò il silenzio, la riunione stava per cominciare. Io e Kent smettemmo di far chiacchiere e rivolgemmo a lui l'attenzione.

L'avevo scampata. Per il momento.

Quando tornai in ufficio mi sedetti alla scrivania e controllai l'e-mail. Nessuna risposta di Davey. Dov'era finito? C'era però un messaggio da parte di Cynthia Hopyard, uno dei capi del nostro ufficio di New York, che mi chiedeva di contattarla. Pochi mesi prima si era fidanzata con Dale Payton, uno degli agenti più importanti del nostro settore, e si era trasferita a New York per andare a vivere con lui.

Mi sistemai la coda e mi appoggiai allo schienale della sedia. Controllai che la porta fosse chiusa e composi velocemente il numero dell'ufficio di McKenna.

«McKenna Taylor» rispose.

«Ehi, sono io.»

«Ciao. Be'?»

«Be', sembra che qui nessuno sappia nulla del mio venerdì sera. Ci puoi credere?»

«Davvero? Nessuno ti ha vista?»

«Se qualcuno mi ha vista non ha detto niente. Aspetta, aspetta... mi è appena arrivata un'e-mail di Davey. Aspetta un secondo, la apro.»

Cliccai il messaggio col fiato sospeso.

A: Waverly Bryson
Da: David Mason
Oggetto: Re: Chiusura Super Show

Ciao Waverly. Sono contento di sapere che sei tornata sana e salva. Ti abbiamo cercata dappertutto alla festa ma ti abbiamo persa in mezzo alla ressa. Noi ci siamo divertiti. Attendo il comunicato con ansia.

A dopo,
Dave

«Be'?»

Mi appoggiai allo schienale con un sospiro di sollievo. «Sembra che non ci sia nessuna spada di Damocle.»

«Waverly Bryson, sei una ragazza fortunata.»

«Okay, fortunata magari è una parola grossa, ma nel caso specifico posso darti ragione» dissi.

Sentii uno squillo nel suo ufficio. «Scusa Wave, ma è appena arrivato l'appuntamento delle dieci, devo andare. Ci sentiamo dopo?»

«Okay, ciao.»

Mi alzai e andai alla finestra. Appoggiai la fronte al vetro e guardai fuori. Il mio respiro appannò un piccolo cerchio, e ci disegnai una faccina felice con il dito.

Grazie a Dio.

In quell'istante sentii bussare alla porta. Andai ad aprire.

«Ehi Waverly, hai un istante? Ho bisogno di parlarti.»

Avvertii una stretta allo stomaco.

«Certo, Jess, che c'è?»

«Puoi venire nel mio ufficio tra un paio di minuti?»

«Ehm, sì, certo.»

«Grazie.»

Mi appoggiai di schiena alla porta chiusa. Quella convocazione non faceva presagire niente di buono.

Cinque minuti dopo ero di fronte all'ufficio di Jess; bussai timidamente sullo stipite.

«Ciao Waverly, siediti.» Lui si alzò e richiuse la porta alle mie spalle.

Posai la tazza di caffè sulla scrivania e nascosi le mani in mezzo alle gambe, cercando di sembrare disinvolta. «Allora, che succede?» dissi.

Lui mi guardò dritto negli occhi. «Waverly, non ho intenzione di indorare la pillola.»

Io mi morsi il labbro.

«Mi è stato riferito che alla festa della IAG di venerdì eri ubriaca. Ubriaca fradicia.»

Tutto il sangue che avevo in corpo improvvisamente salì alle guance. Per un attimo pensai che stessero per esplodere.

Fissai il pavimento senza dire una parola.

«È la verità?» mi chiese.

Annuii lentamente.

Lui sospirò. «Speravo proprio che non l'avresti confermato. Okay, non voglio sapere i dettagli scabrosi, ma sappi che mi hai molto deluso, Waverly.»

Continuai a guardare basso. «Mi spiace, Jess.»

Rimanemmo seduti in un'agonizzante silenzio per qualche istante, prima che dicesse: «Waverly, so che alle feste a conclusione di un evento può capitare di lasciarsi prendere la mano, ma tu sei un account director e da te mi aspetto un comportamento professionale. Ho *bisogno* di sapere che non accadrà mai più o potresti danneggiare i rapporti fra la K.A. Marketing e la JAG. Lo capisci?»

Lo guardai annuendo. «Sì, capisco.»

«Non sopporterei che quest'incidente compromettesse la tua carriera. Ma la nostra è una grossa società e le voci corrono rapidamente. È assolutamente necessario mantenere sempre il contegno, okay?»

«Okay» dissi piano.

«Bene. Voglio sperare che non accadrà mai più.»

Scossi la testa. «Non si ripeterà, Jess. Te l'assicuro.»

«Bene.»

Seguì un altro silenzio imbarazzante.

«Ehm, Jess...?»

«Sì?»

«Chi te l'ha detto?»

«Non ha importanza.»

«È stato Davey?»

«No. E non risponderò ad altre domande in proposito.»

«Okay.»

Tornai a fissarmi le mani.

«Jess?»

«Dimmi.»

«Mi spiace.»

Mi alzai e uscii lentamente dal suo ufficio stringendo così forte la mia tazza di caffè che avrei potuto mandarla in mille pezzi. Mi voltai e guardandolo dissi: «Sono davvero, davvero dispiaciuta».

Lui annuì, ma non aggiunse nulla.

Andai a prendere un po' d'acqua. Le gambe mi tremavano tanto che dovetti aggrapparmi al ripiano per reggermi in piedi. Avevo la sensazione che l'iniziale intenzione di Jess fosse licenziarmi, e che avesse cambiato idea solo in seguito, vedendo la mia faccia. Come avevo fatto ad arrivare fino a quel punto?

«Ehi, Waverly, ho saputo che ti sei divertita parecchio al Super Show.»

Mi voltai e vidi Mandy Edwards sulla soglia.

«Cosa?» dissi.

«Mi hanno detto che il party di venerdì sera è stato una bomba. Mi dispiace essermelo persa.»

E se ne andò sorridendo.

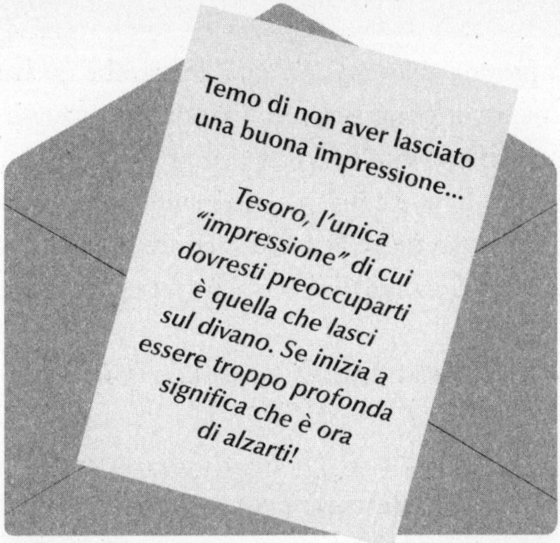

7

In qualche modo riuscii a superare le settimana, anche se non riesco a ricordare di aver combinato nulla. Evitai tutti quanti e trascorsi le giornate asserragliata nel mio ufficio, chiedendomi se qualcuno si fosse accorto che non uscivo mai. Quando finalmente arrivò il weekend decisi di passarlo chiusa in casa, continuando a domandarmi se qualcuno si sarebbe accorto che non uscivo.

«Andiamo, Waverly, vieni all'aperitivo» mi disse McKenna venerdì nel primo pomeriggio. «Vedrai che dopo ti sentirai meglio.»

«Preferirei andare a trovare mio padre» dissi. «Non so se mi sono spiegata.»

«Okay, okay. Ma domani ti chiamo.»

«Auguri» fu la mia risposta.

Quando arrivò sabato pomeriggio, decisi di alzare il fondoschiena e uscire a fare jogging. Dubito che al mondo esista un posto più bello di San Francisco per andare a correre in un frizzante pomeriggio d'inverno, perciò sperai che quell'uscita mi avrebbe tirato su di morale. Scendendo dal pendio verso il Golden Gate Bridge ammirai la vista spettacolare che si spiegava davanti ai miei occhi. Il mare era punteggiato di barche a vela e sul Marina Green in tanti si stavano divertendo a giocare a football o a calcio. Quando ero al college mettevo sempre le cuffie per andare a correre, ma dopo essermi trasferita a San Francisco l'abitudine era caduta in disuso. Il paesaggio che mi circondava era più che sufficiente a distrarmi, accompagnato solo dal suono del mio respiro. Spesso attraversavo il Presidio, una parte della Golden Gate Recreation Area; c'era qualcosa, nel rumore delle foglie che scricchiolavano sotto i miei piedi, capace di rinvigorirmi. Quel sabato era una tipica giornata di dicembre, fredda ma non gelida, e quando iniziai a scaldarmi fu un piacere sentire l'aria fresca accarezzarmi il viso.

Attraversai il Presidio dirigendomi verso il Golden Gate Bridge. Quando raggiunsi il vialetto che conduceva all'entrata del ponte diedi un'occhiata all'orologio. Avevo già corso i miei soliti trentacinque minuti, ma non mi sentivo ancora stanca, perciò decisi di continuare. Ma non riuscivo a procedere spedita in mezzo alla folla. Il marciapiede del ponte era sempre pieno di turisti, per la maggior parte riconoscibili dalle felpe *Fisherman's Wharf* o *Property of Alcatraz* che erano costretti ad acquistare, colti alla sprovvista dal clima gelido. A volte la nebbia era così fitta che non si riusciva a vedere né la struttura, né Alcatraz, ma quelle magliette erano impossibili da non notare.

Quando arrivai dall'altra parte, guardai di nuovo l'orologio. Avevo corso per cinquanta minuti, a quel punto ero già stanca morta e dovevo ripercorrere tutta la strada fino a casa. Bene. Ottima gestione delle risorse fisiche. Ma in fondo che importava? Era una giornata talmente bella, e io non avevo nessuna fretta, perciò decisi di godermi la passeggiata fino a casa. Il sole stava pian piano sciogliendo il mio cattivo umore.

Sulla strada del ritorno mi fermai a osservare i gruppetti di ragazzi che giocavano a football e a calcio sull'erba del Marina Green. Alcuni erano carini; avrei voluto essere capace di fermarmi e iniziare con disinvoltura una conversazione non appena un pallone fosse rotolato verso di me, proprio come accade nei film.

Ma la mia vita non era un film, perciò i miei piedi continuarono a camminare. Mi portarono fino al Coffee Roastery a tre isolati di distanza, su Chestnut Street, dove mi rallegrai di aver infilato un biglietto da cinque dollari in tasca. Era una giornata fredda e una cioccolata calda e un muffin alla banana erano proprio quello che ci voleva.

Sfortunatamente dentro il negozio mi aspettava anche altro.

«Ehi, Waverly, come va?»

Mi voltai e vidi Brad Cantor.

«Oh, ciao Brad, come stai?» Cominciavo a credere che avesse il dono dell'ubiquità.

«Bene, bene. Che bella giornata, eh?» mi si avvicinò fino a un centimetro dal viso, come al solito, e fui costretta a fare un passo indietro.

«Già» dissi, guardandomi attorno in cerca di un appiglio.

Lui si avvicinò, recuperando la distanza perduta. «Prendo solo qualcosa da sgranocchiare per merenda. Adoro la torta al cioccolato che fanno qui.»

Sorrisi e tentai di fare un altro passo indietro, e poi guardai il cassiere. «Può incartarmelo da portar via?» sussurrai.

«Allora, ti va di venire alla mia festa di Natale il prossimo weekend?» disse Brad.

Mi morsi il labbro. «Uh, una festa? Non ne sapevo niente.»

«Oh, ma ti ho mandato una mail di invito. E ho visto che non l'hai ancora aperta.»

Ops, beccata. Ovviamente avevo ricevuto la sua mail ma l'avevo cancellata immediatamente. «Sarà perso in mezzo alla posta in entrata. Devo andare a ripescarlo.»

«È sabato prossimo. Il tema sono gli elfi e le renne. Ti manderò un'altra e-mail per ricordartelo non appena torno a casa.»

Elfi e renne? «Okay, ci vediamo.» Buttai giù un sorso di cioccolato caldo e m'incamminai verso la porta.

«Aspetta. Vengo con te. Da che parte vai?»

Era una tipica domanda alla Brad Cantor. Qualunque risposta avessi dato, ero già fregata.

Corsi il rischio e dissi la verità. «Ehm, su per la salita nel Pacific Heights.»

«Grandioso, anch'io. Aspettami un secondo. Vado a farmi incartare la torta.»

Dannazione.

Quando finalmente fui da sola nel mio appartamento, mezz'ora più tardi, andai a sedermi sul divano maledicendomi per non aver detto subito a Brad che volevo godermi la mia passeggiata in santa pace. Avevo trascorso gli ultimi trenta minuti a sentirlo sproloquiare di tutte le strategie e le tattiche che avrebbe usato quella sera al torneo online di *Doom*.

Presi un blocchetto dal tavolino e buttai giù l'idea per un biglietto.

Fronte: È peggio essere falsa o maligna?

Retro: Tesoro, guarda in faccia la realtà. Se te lo stai chiedendo probabilmente fai parte di entrambe le categorie.

Più tardi, quel pomeriggio, indossavo ancora la tuta quando decisi di guidare fino al Marina Safeway, che aveva la reputazione di essere più un luogo di incontri che un supermarket. Avevo sentito dire che le ragazze si truccavano apposta per andarci. Bah. Di solito io me ne tenevo alla larga, ma il Mollie Stone's vicino al mio appartamento era chiuso per lavori. E l'unica cosa commestibile nel mio frigorifero che non fosse una salsa era un glosso blocco di formaggio; dunque ero veramente disperata.

Stavo andando a mettermi in fila alla cassa quando, girando l'angolo di una scaffalatura, andai a sbattere contro un altro cliente. Colpii talmente forte il suo carrello che dal mio schizzò fuori un pacco di tampax flusso intenso.

«Oh Dio, mi spiace moltissimo.» Mi piegai per recuperare la scatola. Ho per caso già detto che si trattava di tampax flusso intenso?

«Ciao Waverly.»

Il suono di quella voce mi congelò sul posto. No, no, no, no, no, perché, perché, perché, perché, perché?

Nel rialzarmi mi sistemai la coda, cercando di fare la disinvolta. «Oh, ciao Aaron, come va?»

«Bene, tutto bene. Tu come stai?»

«Bene, grazie» dissi... se "bene" significava avere un coltello infilato nella schiena. Situazione peggiorata dal fatto che non era solo.

Lui guardò la donna alla propria destra e poi di nuovo me. «Ehm, Waverly, lei è la mia fidanzata, Stacy Long. Stacy, lei è Waverly Bryson.»

Guardai la ragazza mora accanto a lui. Praticamente una modella.

«Oh, ciao, piacere di conoscerti, Stacy.» Il mio sguardo strisciò dai suoi stivali alla moda fino alle scarpe da ginnastica inzaccherate che indossavo io. Chi mai indosserebbe un paio di stivali con il tacco per andare a fare la spesa? E io non avrei potuto scegliere dei pantaloni un po' più larghi?

Lei sorrise. «Piacere mio.»

«Ehm, congratulazioni» dissi. «Ho visto l'annuncio sul giornale.»

«Grazie» disse Aaron. «Volevo dirtelo, ma siamo stati occupatissimi.»

Era stato *occupatissimo?* Per questo non si era neanche degnato di farmi una telefonata?

Cercai qualcosa di intelligente da dire, ma non mi venne in mente niente e rimanemmo tutti e tre lì impalati, in silenzio.

Un silenzio più che imbarazzante, lacerante direi.

Poi guardai il mio carrello e quasi scoppiai a ridere. Era pieno di pasti precongelati e scatolette. Niente diceva in maniera più esplicita "non faccio sesso da un anno!" di un carrello pieno di surgelati monoporzione.

Fissai Aaron, chiedendomi cosa potevo fare per fuggire da quella tortura. Dov'era Brad Cantor quando avevo bisogno di lui? Cercai di ripetere l'esercizio mentale che mi aveva insegnato Shane e pensare a qualcosa di divertente per evitare di scoppiare a piangere, ma l'unica cosa che mi venne in mente fu la scatola di tampax che volava fuori dal mio carrello. Ma che cavolo...

Inspirai profondamente. Al diavolo l'educazione, volevo uscire e basta. «Be', io devo andare» dissi. «È stato un piacere rivederti. Piacere di averti conosciuta Stacy.»

«Anche per me» disse Aaron. «Stammi bene!»

"Stammi bene?" Questo era quello che aveva da dirmi l'uomo che avevo quasi sposato? Mi allontanai con il mio carrello e giurai che la prossima volta, piuttosto che tornare al Marina Safeway sarei morta di fame.

Ero arrivata alla macchina e avevo iniziato a sistemare i sacchetti della spesa quando mi resi conto di essermi dimenticata di comprare lo zucchero, *l'unica* cosa senza la quale proprio non potevo vivere. Maledicendomi, tornai all'ingresso. Ero a quindici metri dalla porta quando vidi uscire Aaron e Stacey, incamminati nella mia direzione.

Non so cosa mi passò per la testa, ma senza riflettere saltai a sinistra e mi acquattai dietro una macchina. Mi nascosi rannicchiandomi, pregando che non mi avessero vista. Nel caso l'avessero fatto, pregai di essere in grado di trovare una spiegazione plausibile al mio giocare a nascondino.

Cercai di non fare alcun rumore e di controllare il respiro, che improvvisamente mi sembrava molto più sonoro di quello che avrebbe dovuto. Mi raggomitolai, seduta a terra. Non riuscivo a credere di aver fatto una cosa del genere. A quasi trent'anni suonati.

Circa quindici secondi dopo sentii il rumore di un carrello e dei passi che proseguivano oltre il mio nascondiglio. Feci capolino e aspettai finché non li vidi salire in macchina e allontanarsi; solo a quel punto decisi che potevo alzarmi in piedi. Pulendomi il didietro, mi guardai attorno. L'unica ad avermi vista era un donna che stava uscendo dalla propria auto, e mi guardava storto, ma per il resto l'avevo scampata.

Ho già detto che non tornerò mai più al Marina Safeway?

Quando arrivai a casa, buttai giù l'idea per un biglietto.

Fronte: Ti sei imbattuta in un tuo ex mentre eri conciata da fare schifo?

Retro: Tesoro, la prossima volta che lo incontri, abbattilo! E poi festeggia con un bel Margarita.

Dopo una bella doccia calda, rileggendo il nuovo biglietto, decisi che un Margarita era proprio quello che mi ci voleva. Era ora di finirla con i tentennamenti.

Chiamai McKenna, ma rispose la segreteria.

«Ehi, sono io. Ho bisogno di un Margarita prima di subito» dissi dopo il bip.

E poi chiamai Andie.

«Ehi, sono io. Ho bisogno di un Margarita prima di subito.»

«Dolcezza, fra un'ora sono da te» rispose.

Avere due migliori amiche a volte fa davvero comodo.

Due ore dopo io e Andie eravamo già al secondo drink al Left at Albuquerque su Union Street. Eravamo sedute a un tavolino alto nella zona bar, e avevamo quasi fatto fuori la seconda porzione di patatine e ketchup.

«Davvero ti sono volati fuori i tampax dal carrello?» disse.

Annuii. «Si sono letteralmente suicidati.»

«E lei era carina?»

Annuii. «Molto carina.»

«E lui stava bene?»

Annuii. «Molto bene.»

«Ma sembrava felice?»

Annuii. «Molto felice.»

«E tu facevi schifo?»

Misi i gomiti sul tavolo e nascosi il viso fra le mani. «Molto schifo.»

«Dannazione» disse.

«La mia vita è uno schifo» dissi, facendo cenno alla cameriera. «Possiamo avere un altro giro di Margarita e altre patatine, per favore?»

Due bevute dopo, eravamo in viaggio verso il "Farfuglistan".

«Sai una cosa» biascicai, alzando in aria il bicchiere. «Chi è che ha bisogno degli uomini? Alle migliori amiche!»

«Alle migliori amiche» biascicò Andie in risposta, alzando a sua volta il bicchiere. Facemmo il nostro brindisi e vuotammo i drink.

«Sai una cosa? Adesso chiamo Mackie e le dico quanto bene le voglio» dissi, tirando fuori il cellulare dalla borsa.

Proprio in quell'istante un ragazzo alto con una camicia azzurra e pantaloni kaki ci passò di fianco. (Scommetterei i risparmi di una vita che un buon quaranta per cento dei ragazzi del Marina sono sempre vestiti così, solo qualcuno con il gilet di pile, qualcuno senza.)

«Odio interrompere,» disse «ma io e i miei amici non abbiamo potuto fare a meno di sentire cosa avete appena detto riguardo agli uomini. Possiamo offrirvi un giro per farvi cambiare idea?»

Io e Andie ci guardammo e poi ci voltammo per ispezionare i suoi amici. Tre ragazzi alti e carini. Ci guardammo di nuovo con un sorriso. Perché no?

Il giorno seguente mi svegliai alle undici con un gigantesco mal di testa e una gran voglia di uova strapazzate al formaggio. Mi trascinai fuori dal letto e camminai per mezzo isolato fino al Noah's Bagels. Sorrisi al cassiere. «Un caffè grande e un bagel *Egg Mit* ai semi di papavero con formaggio, per favore.» Un bagel Egg Mitt era un bagel tostato farcito di uova strapazzate. Buonissimo.

«Arriva subito.» Il cassiere mi diede il resto e mentre aspettavo osservai le persone in fila alla cassa. Sì, rientravano tutte in una delle due categorie. Durante i fine settimana, al mattino il Noah's raccoglieva due tipologie di clienti. Prima delle dieci era pieno di gente mattiniera ansiosa di cominciare la giornata: bikers freschi freschi di cinquanta miglia lungo i Marin Headlands; coppie di yuppie vestite con felpe bianche e pantaloni color kaki e passeggino al traino, di strada per il mercato biologico; la squadra in allenamento, carica di entusiasmo gratuito dopo una corsa di quindici chilometri. Al secondo turno, invece, arrivavano i bradipi: assonnati, in tuta e cappellino, alla disperata ricerca di una cura per i postumi della sbornia. Non potevi sbagliare. Quando stavo insieme ad Aaron di solito facevo parte del primo turno, ma da single rientravo nell'ultimo giro del secondo turno. Guardai i pantaloni della tuta che avevo indossato e, tirandomi giù il cappellino, ridacchiai fra me e me. Quel giorno non faceva eccezione.

Quando tornai all'appartamento, lanciai via le scarpe, mi sedetti sul divano e scartai il mio bagel. E poi aprii il giornale alla pagina dei fumetti. Dato che i giornali sono spesso piuttosto deprimenti, ho notato che il modo migliore per leggerli è partire dalle vignette.

Dopo colazione chiamai McKenna. Rispose al primo squillo.

«Ciao» disse.

«Ciao» risposi io.

«Scusate se ieri sera non vi ho raggiunte. Com'è andata?» domandò.

«Voto alla serata sette e mezzo. Otto ai postumi. Ci sei mancata. Com'è stata la cena?»

«In ritardo. Ho aspettato Hunter per due ore all'ospedale.»

In quel momento mi accorsi di un biglietto da visita posato

sul tavolino. Lo presi e lo rigirai fra le mani. «Darren Anderson? Chi diavolo sarebbe?» dissi.

«Cosa?»

Portai una mano alla fronte. «Oh Gesù santo, Darren. Me n'ero completamente scordata.»

«Wave, di cosa stai parlando?»

«Oh, scusa. Ho appena visto sul mio tavolino il biglietto da visita del ragazzo che ho conosciuto ieri sera.»

«E...?»

«E non sono sicura di sapere chi sia.»

«Cosa?»

«Ieri sera abbiamo conosciuto due Darren, uno prima e uno dopo, e sono abbastanza sicura di aver baciato il secondo.»

«Eccellente. Com'era?»

«Quale?»

«Prontooo? Quello che ti sei fatta.»

«Eh, non me lo ricordo. Castano, forse?»

«Non ti ricordi?»

«No. Molti Margarita sono stati ingeriti.»

«Eccellente. E l'altro Darren?»

«Lui era molto carino.»

«Ma non ti ricordi chi ti ha dato il biglietto da visita...»

«No. Credo di aver preso il biglietto di tutti e due, ma qui ne ho solo uno.»

«Eccellente. Ecco la Waverly che conosco e amo. Senti, ora sto andando a fare un paio di commissioni, ci sentiamo dopo.»

«Okay, ciao.»

Appoggiai sul tavolino il biglietto da visita di Darren e mi rilassai sul divano, dove trascorsi la mezz'ora successiva leggendo il giornale. Dopodiché mi infilai a letto e dormii per il resto della giornata.

Martedì mattina Andie mi chiamò al lavoro.

«Stasera andiamo alla partita dei Warriors» disse.

«I Warriors? Stai parlando di basket?» dissi. «Noi odiamo il basket.»

«Ti sembra il caso di urlare una cosa del genere mentre sei al lavoro?» disse. «Voglio dire, non dovrebbe piacerti almeno per finta?»

«Ma noi odiamo il basket» sussurrai.

«Be', i Warriors giocano contro gli Hawks domani, perciò andiamo. Magari rivedere quel Jake ti aiuterà a toglierti dalla testa l'incontro ravvicinato con Aaron.»

«Togliermi dalla testa chi?» dissi.

«Waverly...»

«Ehi, credi che domani pioverà?» dissi.

«Waverly... basta. So che ci stai ancora male.»

«Okay, okay» dissi. «Ma sai che per me è più facile cambiare argomento.»

«Sono sul sito dei Warriors» disse. «Non c'è da discutere.»

Mi morsi il labbro. Forse rivedere Jake mi avrebbe davvero aiutato. Quegli occhi blu... Dio, quant'era carino.

«Okay, andiamo.»

Un paio di minuti dopo avevamo i biglietti per la partita. Erano verso le ultime file, ma nulla poteva fermarci.

Il giorno seguente mi stavo preparando per uscire un po' prima dall'ufficio, in modo da poter fare un salto a casa prima della partita. Sapevo che le possibilità di incontrare Jake erano di gran lunga inferiori a quelle di scoprire che Elvis era ancora vivo, ma ugualmente non vedevo l'ora di andare.

Stavo uscendo dal mio ufficio quando il mio telefono si mise a squillare. Appoggiai il cappotto e tornai alla scrivania.

«Waverly Bryson» dissi.

«Ciao Waverly, sono Darren.»

Mi pietrificai.

«Ah, il Darren di sabato...» dissi. «Come va?»

Non potevo far altro che provare a dargli corda. Mi misi a sedere e finsi di essere contenta di sentirlo.

«Ciao. Sto bene. Tu?»

«Tutto bene, grazie.»

Silenzio imbarazzante.

Si schiarì la voce. «Be', è stato bello conoscerti e io, be', mi stavo chiedendo se ti andrebbe di uscire a cena venerdì.»

Mmm.

Era troppo tardi per identificarlo in qualche modo? Per esempio chiedendogli: «La tua lingua ha mai incontrato la mia?».

Inspirai profondamente.

Ma sì. Perché non tentare?

«Okay, certo, mi sembra una bella idea» dissi.

«Grandioso, grandioso. C'è un ristorante nel Russian Hill che vorrei provare. Sei mai stata al Lola's?»

«No, non ci sono mai stata, ma mi hanno detto che si mangia bene» dissi. Perlomeno al misterioso Darren piaceva provare posti nuovi e di tendenza.

«Sì, anche a me hanno detto lo stesso. Allora, può andare bene se prenoto lì?»

«Sì, certo, mi sembra fantastico.»

Ci accordammo per andare a bere una birra al Kilkenny prima del ristorante. Ci salutammo e chiusi il telefono.

Mi alzai dalla sedia, indossai il cappotto e spensi le luci. Oh, be', perlomeno venerdì non sarei rimasta chiusa in casa sul divano da sola.

Alle sei e trenta uscii dal mio appartamento indossando un paio di pantaloni grigi leggermente a zampa d'elefante, un top nero senza maniche, una sciarpa rosa di seta coordinata con la fascia per capelli e una giacca di jeans. Una *mise* non del tutto appropriata al clima, ma quale look carino lo è?

Mentre camminavo verso il parcheggio, mi ricordai improvvisamente che quel mattino non avevo spostato la macchina. Dannazione. Non appena fui abbastanza vicina alla vecchia Saab verde, scorsi la multa infilata sotto il tergicristalli. Non c'era mese in cui non prendevo una multa per essermi dimenticata di spostare la macchina il giorno della pulizia della strada. Ma era davvero troppo complicato tenere a mente quali giorni fosse, da che lato della strada e a che ora.

Tolsi la multa dal parabrezza e la gettai sul sedile posteriore. Misi in moto e partii per andare a prendere Andie. Casa sua era l'edificio che preferivo di tutto l'isolato: una casa di mattoni rossi con infissi bianchi che sembravano sempre dipinti di fresco. Parcheggiai di fronte alla porta e la chiamai con il cellulare.

«Ehi» rispose.

«Sono qui fuori.»

«Arrivo.»

Due minuti dopo usciva di casa e balzava dentro la mia auto.

«Ehi, bellezza, come va?» disse.

«Bene. Hai notato che a San Francisco nessuno suona più i campanelli?»

«Cosa?»

«Ci si annuncia con una telefonata. Perché?»

Lei scrollò le spalle. «Non saprei. Immagino che sia più comodo rimanere seduti in macchina che parcheggiare due volte.»

«Ma non ti sembra strano che nessuno lo trovi maleducato?»

«Non credo di averci mai perso il sonno.»

«Oh, be', comunque sia... mi piace come ti sei vestita.» Andie aveva indossato una gonna lunga a costine marrone, stivali al ginocchio e una giacca di jeans gialla sopra una maglietta di Titti. «Non so come fai, ma riesci a metterti addosso cose assurde e farle sembrare fashion.»

Lei si guardò. «Questa roba? Ma è vecchissima.»

«Be', ti sta proprio bene, invece. Io non posso mettermi niente di giallo. Sembro un cadavere col giallo.»

«Immagino che sia uno dei vantaggi di essere bionda, ma tocca pagare centocinquanta dollari al mese per poterne approfittare.»

Mi misi a ridere. «Credo che McKenna sia l'unica bionda che conosco che non deve pagare per avere il privilegio di divertirsi di più.»

«Quella stronzetta» disse, togliendosi la giacca. Trovò la mia multa e l'afferrò. «Pulizia delle strade, eh?»

«Come al solito.»

«Lo sai, non è troppo difficile tenere un calendario» disse.

«Lo so, lo so. Ma mi secca troppo dovermene preoccupare. E poi a volte è più facile pagare cinquanta dollari che mollare un buon parcheggio.»

«Te lo concedo. Ho degli amici che abitano a North Beach che ogni mese spendono più di multe che di affitto» disse.

«È il giusto scotto da pagare per vivere a North Beach. Hai mai notato che è più facile andare in Cina che trovare un parcheggio vicino a Chinatown?»

Annuì. «*Questo,* amica mia, l'ho notato anch'io.»

Venne fuori che i nostri posti a sedere non erano quasi in fondo, erano quasi sul soffitto, e la cosa mi irritò enormemente.

Mentre salivamo sugli spalti, e salivamo e salivamo, fui costretta a togliermi la giacca. «Bene, scriverò una lettera al responsabile del marketing» dissi.

Andie mi guardò. «Il responsabile marketing? Perché non al servizio clienti?»

Scossi la testa. «No, meglio il marketing. Ho notato che sono gli unici del mio settore che si preoccupano davvero del servizio offerto dall'azienda. Inoltre hanno pieno potere di distribuire roba gratis per tenerti buono. Forse riuscirò a strappare dei biglietti a bordo campo per la prossima partita.»

Andie mi dette una pacca sulla spalla. «Fammi sapere come va.»

Alla fine arrivammo alla terzultima fila e appoggiammo le giacche. «Avremmo dovuto ingaggiare uno sherpa» dissi. «Bene, torno sulla terra a prendere un po' di birra e di noccioline. Vuoi qualcosa?»

Lei mi guardò con un'espressione da "ma sei matta"? «Stai tornando giù?»

Scrollai le spalle. «Cosa vuoi che ti dica? Ho fame.»

Scesi di nuovo la gradinata con grazia elefantina e quindici minuti dopo cercavo di farmi largo nel corridoio circolare dell'Oracle Arena con un vassoio di cartone carico di snack, nel tentativo di risalire per tornare al mio posto. Avevo già fatto i primi gradini quando mi voltai per guardare il campo. I giocatori di entrambe le squadre erano emersi dagli spogliatoi e stavano incitando la folla sulle note di una canzone hip hop che non ero abbastanza "figa" per conoscere. Scrutai il bordo campo finché il mio sguardo non si arrestò insieme al battito cardiaco.

Jake era seduto sulla linea laterale e stava parlando con uno dei giocatori.

Era ancora più bello di come lo ricordavo.

«Ciao Jake» sussurrai.

Ero a sole dieci file di distanza, perciò pensai bene di rimanere lì per un po' nel caso decidesse di alzare lo sguardo.

La folla mi sorpassava spintonando, ma io continuavo a tenere gli occhi fissi su di lui, cercando contemporaneamente di non rovesciare il vassoio. Magari avrei potuto fare un secondo tentativo alla fine del primo tempo. Mi voltai e controllai di essere nel settore giusto. Salii un gradino e mi voltai di nuovo verso il campo. In quell'esatto istante Jake alzò gli occhi e i nostri sguardi si incrociarono.

Sorrise, e il mio cuore si fermò.

Avrei voluto sorridergli anch'io, ma il mio stupido corpo continuava a voler salire le scale e prima di riuscire a realizzare cosa stesse succedendo inciampai in un gruppetto di ragazzini, persi l'equilibrio e caddi. Senza scherzi, faccia a terra. E due birre, un pretzel inondato di senape, un sacchetto di noccioline e uno di patatine fritte all'aglio mi si rovesciarono addosso ricoprendomi dalla testa ai piedi.

Gesù santo.

«Sta bene?» Il padre di uno dei bambini si alzò dal proprio posto per venire a darmi una mano.

Mi tolsi qualcosa come venticinque patatine dalla maglietta. «Oh, sì, sto bene. Grazie.»

Il signore mi aiutò a rialzarmi e, nel tirarmi su, afferrai un paio di tovagliolini dal vassoio ribaltato per cercare di pulire il disastro che avevo sui vestiti. «Non dovrei essermi rotta niente» dissi, sfoggiando l'imitazione di un sorriso.

«Mio figlio e i suoi amici dovrebbero stare più attenti. Mi spiace molto.»

Scossi la testa e mi tamponai la spalla con un fazzoletto per asciugare la birra. «Oh, no, no, è stata colpa mia. Non guardavo dove stavo andando. Mi scusi, vado in bagno a darmi una sistemata.»

«È sicura di stare bene? Se vuole può accompagnarla mia moglie.» Si voltò in direzione del suo posto a sedere. «Zucchina mia, potresti accompagnare questa signorina in bagno?»

Una donna bassa e tracagnotta, con un'acconciatura bionda anni Sessanta e una felpa blu e gialla dei Warriors, mi raggiunse e mi prese sottobraccio. «Tutto bene tesoro? Vuoi una mano a ripulirti?»

«No, davvero, sto bene, grazie.» Cercai nuovamente di sorridere. «Grazie mille, ma me la cavo, davvero.» Non volevo che la mia caduta si trasformasse in un evento, volevo solo andare via di lì il prima possibile.

«Okay, tesoro, ma sta' attenta. Se hai bisogno di qualcosa noi siamo qui.»

«Grazie, siete molto gentili.» Le toccai la spalla per terminare quella conversazione e mi voltai a guardare il corridoio circolare. Cercai di scorgere Jake, ma il campo si era svuotato, eccezion fatta per un esercito di cheerleader siliconate.

Mentre scendevo la gradinata le luci dell'arena iniziarono ad abbassarsi. La voce dell'annunciatore rimbombò potente a presentare i giocatori di entrambe le squadre. La partita stava per iniziare perciò, fortunatamente, i bagni erano semivuoti. Mi guardai allo specchio e presi una manciata di asciugamani di carta dal dispenser. Mentre li bagnavo sotto l'acqua corrente mi guardai bene allo specchio. Ero cosparsa di birra, pezzetti di noccioline e sale all'aglio, più una tonnellata di senape che era finita persino tra i capelli. Colpi di sole alla senape. Carini, davvero.

Quando riuscii a tornare da Andie con un nuovo vassoio di snack, avevo già speso più di cinquanta dollari e la partita era iniziata da tempo.

«Dove diavolo eri finita? Stavo per farti chiamare con l'altoparlante» disse.

Appoggiai il vassoio e indicai le chiazze su maglia e pantaloni. «Ho avuto un piccolo imprevisto.»

«Cavolo, ma che accidenti è successo?» mi chiese, addentando una patatina.

«Prima passami la birra per favore» dissi. E poi le raccontai tutta la storia.

Quando ebbi finito, lei diede un sorso alla sua birra. «Sai, sei davvero goffa, l'hai mai notato *questo*?»

Le mollai un pugno sulla spalla. «Credi?»

«Vuoi provare ad andare a parlargli dopo la partita?» disse.

Io guardai il campo e poi i miei vestiti e i miei capelli. «Dio, è così carino, ma... seriamente, secondo te posso andare a parlargli conciata *così?*»

Lei si mise a ridere. «Forse dovremmo pensare a un piano b.»

«Sono un disastro» dissi.

Andie rise di nuovo. «L'hai detto tu, non io.»

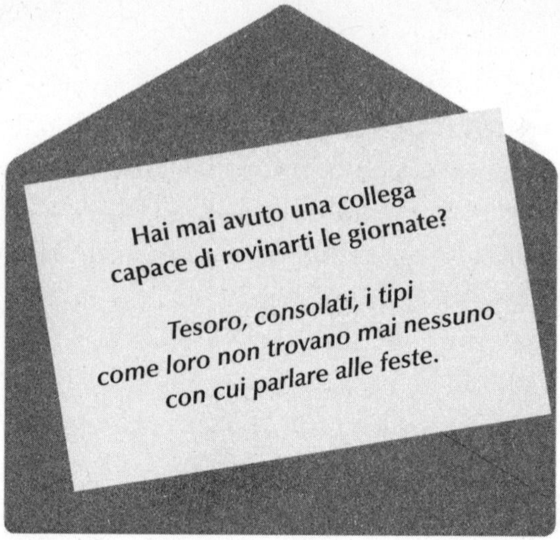

8

Il giorno seguente mi trovavo seduta al computer a lavorare sul lancio delle nuove mazze da hockey della JAG. Misi le braccia dietro la testa e chiusi gli occhi. Poi puntai le mani sui fianchi e decisi che era ora di mangiare qualcosa, perciò uscii dal mio ufficio.

«Ehi, Waverly, come sta andando la campagna di lancio?» Mandy Edwards stava venendo dritto verso di me.

«Bene, Mandy. Tutto procede secondo i piani.»

«Felice di saperlo. I clienti sono così esigenti a volte, non ti pare?»

La fissai. «Cosa intendi dire?»

Lei sorrise. «A volte quando pensi che siano contenti, improvvisamente scopri che non lo sono. Perlomeno, questa è la mia esperienza. Bisogna sempre essere un passo avanti, se capisci cosa intendo. È proprio quello che ho detto a Jess ieri a pranzo.»

Dissi a me stessa di non abboccare.

Ma capitolai immediatamente.

«Sei andata a pranzo con Jess?»

«Sì, ieri.»

«Perché?»

«Oh, solo per fare due chiacchiere.»

Alzai il sopracciglio. «E...?»

«Gli ho detto che sarei felice di aiutarvi con la JAG, se ce ne fosse bisogno. Uno sguardo nuovo e fresco può sempre tornare utile.»

«Mmm, okay, grazie Mandy. Ma a quanto pare ce la caviamo benissimo.»

«Be', se hai bisogno di me sono qui. Sono sempre disponibile quando si tratta di fare lavoro di squadra.»

Lavoro di squadra. Ecco un altro eufemismo in stile Mandy per dire *leccare i piedi.*

«Okay, grazie Mandy. Ci vediamo» dissi.

«Figurati. Ciao, Waverly.»

Lei si girò e io le sparai un finto colpo di pistola alla schiena.

Quando fui di nuovo seduta alla mia scrivania, controllai l'e-mail e i promemoria delle riunioni, per verificare che non ci fosse niente di importante da discutere con i miei clienti prima degli incontri. Mandy, stupida spiona.

Rivolsi l'attenzione allo schermo. In cima alla lista della posta in entrata c'era un messaggio di un collaboratore che non vedevo da anni ormai. L'oggetto era "aggiornamento del viaggiatore". Quando la aprii mi accorsi di essere finita dentro un'altra mailing list. Grandioso... altro spam vacanziero. Non riuscivo a capire perché a certa gente piacesse rendere partecipe chiunque dei propri viaggi inviando lunghe mail sconclusionate. E – per favore – non sfioriamo nemmeno l'argomento status di Facebook.

Cancella.

Mi misi a sedere dritta sulla sedia sforzandomi di concentrarmi sul programma che dovevo scrivere. Ma prima di rimettermi davvero al lavoro, tirai fuori un taccuino dal cassetto e buttai giù l'idea per uno dei miei biglietti.

Fronte: Cosa diavolo spinge una persona a mandare mail collettive senza capo né coda?
Retro: Tesoro, non chiederlo a me, sto ancora cercando di capire perché certa gente appende tutta quella roba allo specchietto retrovisore.

Alcune ore dopo diedi i ritocchi finali alla campagna di lancio per la JAG. Guardai l'orologio; erano quasi le quattro e trenta.

Il tempo era volato. Mi resi conto di non aver mangiato nulla a pranzo e improvvisamente sentii i morsi della fame.

Il mio snack di metà mattina non era più in circolo ormai. Mandai la campagna a Jess e Davey perché la visionassero e poi vidi un'e-mail di Cynthia Hopyard del nostro ufficio di New York che mi pregava di richiamarla; aveva bisogno di parlare con me.

Aveva bisogno di parlare con me? Uh oh. Mi tornò in mente l'e-mail della settimana prima. Dovevo averla cancellata per sbaglio, perché me n'ero completamente dimenticata.

Probabilmente non le avevo fatto una gran buona impressione non richiamandola.

Corsi di sotto a prendere un sandwich, e poi tornai a chiudermi in ufficio e composi il suo numero. Mentre aspettavo che rispondesse continuai a masticare e infilai la cannuccia nel brick di cioccolato al latte.

«Cynthia Hopyard» disse.

«Salve, Cynthia, sono Waverly. Scusami per il vivavoce ma sto mangiando un sandwich. Ti prometto di spegnerlo non appena ho finito.»

«Non preoccuparti» disse. «Se ben ricordo, non sei una grande fan del vivavoce.»

«Ah, lo detesto. Sono convinta che sia solo un modo per far credere agli altri che sei tremendamente occupato, mentre in verità te ne stai seduto in poltrona a far niente, non so se mi spiego...»

Si mise a ridere. «Waverly, mi mancano moltissimo le tue osservazioni. Come stai?»

Mi misi a tormentare l'orecchino sinistro, in attesa che scoppiasse la bomba. «Sto bene, sto bene, e... ehi, mi dispiace non averti richiamata subito la scorsa settimana. Tu come stai? Come stanno andando i preparativi per il matrimonio?» Guardai l'orologio. A New York erano quasi le otto. «E a proposito, cosa ci fai a quest'ora in ufficio?»

«Uff, non ricordarmi che ore sono. Questo matrimonio mi sta distruggendo. Ho passato metà pomeriggio a parlare con il catering e il fiorista e il fotografo, perciò adesso sono bloccata qui con gli inservienti a finire il lavoro che non ho fatto oggi.»

«Quand'è il grande giorno?» chiesi.

«Il trenta di gennaio. Gli inviti partono domani. E ce n'è uno anche per te, sappilo. Spero che tu ce la faccia. È per questo che ti ho chiamata.»

Questa era la bomba? Dannata Mandy, era tutta colpa sua se ero diventata così paranoica.

«Davvero? Grazie Cynthia. Sarò più che felice di venire. Dove si terrà?»

«Qui a Manhattan. I miei genitori non sono troppo entusiasti, ma visto che io e Dale siamo impegnatissimi con il lavoro è stato più facile pianificare tutto qui. La mia famiglia dovrà venire in massa da Seattle.»

«Hai una famiglia numerosa?»

«Non immagini quanto. I miei genitori si sono entrambi risposati con persone che avevano già figli a loro volta, e io ho cinque fratelli e sorelle sposati con figli, perciò facendo un rapido conteggio sono cinquanta persone solo fra i parenti più stretti.»

«Gesù santo, sono un branco! In quanti vengono?»

Lei rise. «Ecco il domandone. Continuo a dirgli che devono decidersi alla svelta, perché se aspettano in troppi a darmi la conferma all'ultimo potrebbe non esserci abbastanza torta.»

«Be', io ci sarò.» Aprii il calendario del computer e cliccai sul trenta gennaio per segnare l'evento. «Ehi, aspetta un secondo. Non è il weekend del Super Bowl?» I maschi sostenevano sempre che sposarsi nel weekend del Super Bowl fosse una cosa inammissibile, nessun uomo avrebbe mai accettato, per nessun motivo, di sposarsi in quei giorni.

«Sì, è proprio il weekend del Super Bowl, ma in verità l'abbiamo scelto di proposito a causa del lavoro. Dal momento che molti degli invitati lavorano nel mondo dello sport, abbiamo pensato che sarebbe stato carino fare un mega Super Bowl party il giorno dopo il matrimonio.»

«Forte. Sembra una magnifica idea. Adoro i Super Bowl party» dissi.

«Anch'io. E a questo parteciperanno un sacco di persone, te l'assicuro. Ad ogni modo, Waverly, so quanto sia costoso un weekend a New York, perciò ho pensato di programmare qualche appuntamento di lavoro durante la settimana, in modo da poter scaricare le spese del tuo viaggio sul conto dell'agenzia.»

«Davvero? Faresti questo per me?» Feci un rapido calcolo

mentale di quanti soldi avrei risparmiato. Più o meno una vagonata.

Stupendo.

«Ma certo. Ehi, è il mio matrimonio e ti voglio qui, e tecnicamente tu lavori per me. Perciò sono sicura che riusciremo a trovare un valido motivo di lavoro per giustificare il tuo viaggio. Se non posso tirare qualche filo, che senso ha essere un vice senior?»

Diedi un altro sorso al mio latte al cioccolato. «Fantastico, Cynthia. Grazie davvero.»

«Figurati. Presto ti arriverà l'invito. Okay, tesoro, devo scappare o farò tardi a cena con Dale. Stammi bene.»

«Ciao.»

Riattaccai il telefono con un sorriso.

Un viaggio a New York gratis? Evviva!

Quella sera andai alla prima lezione di spinning alla palestra Crunch, vicino casa mia. Il mio appuntamento con il Darren del mistero sarebbe stato il giorno seguente, perciò avevo pensato di rimettermi un po' in forma. Sudai per un'ora, domandandomi come fosse possibile che il sedere del mio istruttore fosse più piccolo del sellino della bici. Dico sul serio, era come una minuscola pesca noce. Ne rimasi affascinata.

Dopo la lezione fui costretta a restare seduta per una decina di minuti, aspettando che le mie gambe smettessero di tremare. A un certo punto pensai che non sarei mai più stata in grado di muovere un passo. Quando alla fine si decisero a fermarsi, andai a fare la doccia e mi concessi una sauna rilassante, dopodiché mi asciugai i capelli e m'infagottai per attraversare i quattro isolati che mi separavano dal mio appartamento. Sulla strada di casa notai che in molti avevano già fatto l'albero di Natale e appeso le lucine colorate fuori dalle finestre.

Anch'io volevo fare l'albero, pensavo di comprarlo nel weekend. Avevo un grosso scatolone pieno di decorazioni in cantina, che ora includeva un sacco di palline acquistate l'anno precedente in sconto al settantacinque per cento, dopo le feste natalizie. Per anni mi ero ripromessa di comprare le decorazioni in svendita a Natale passato, ma invariabilmente finivo per non avere più voglia di prendermi il disturbo per delle decorazioni. Ad ogni modo, alla fine, l'anno prima mi ero presa il disturbo di prendermi il disturbo, e lo dovevo a McKenna, che mi aveva trascinata fuori di casa per un giro di saldi nonostante la mia depressione. McKenna era una persona pragmatica fino al midollo, capace di farmi fare tutte le cose che io, da sola con la mia pigrizia, non avrei mai fatto. E non aveva perso tempo nemmeno quando si era trattato di disfarsi della robaccia vecchia, inclusi molti completi che intasavano il mio armadio.

Prima di andare a letto, aggiunsi un'idea per un biglietto alla mia lista.

Fronte: Forse sarebbe ora di fare pulizia nell'armadio...
Retro: Tesoro, se hai riconosciuto qualcuno dei tuoi vestiti nelle repliche di Friends, *precipitati da H&M più in fretta che puoi.*

Mi addormentai sognando Joey, Chandler e l'albero di Natale perfetto... finché la sveglia non suonò alle ingloriose sei e un quarto. Ma che...? Che diavolo stava succedendo? E poi mi ricordai di avere appuntamento con McKenna per una delle nostre passeggiate.

Quindici minuti dopo, mi trascinavo fuori dal mio appartamento indossando una felpa nera su una maglia a maniche lunghe e un paio di pantaloni grigi. Scorsi McKenna di fronte a Peet's, i suoi lunghi capelli biondi sciolti sotto il berretto azzurro che metteva sempre quando faceva freddo.

«Buongiorno bellezza, buon venerdì» dissi. «Posso metterti al corrente di quanto mi fanno male le gambe al momento?»

«Hai provato la lezione di spinning?» chiese.

Annuii. «E non ci tornerò mai più. Non hai idea di quanti muscoli di cui prima ignoravo l'esistenza ho scoperto di avere. Sono tutti incavolati neri e mi stanno implorando di concedergli un pisolino di ventinove ore.»

Lei si mise a ridere e si infilò un paio di guanti neri fatti all'uncinetto. «Muoviamoci. Sto congelando.»

«Ehi, allora come se la passa Hunter?» dissi, scendendo il pendio. «È da un po' che non lo vedo.»

Sorrise. «Sta bene. È solo molto impegnato con l'ospedale. Pensa di avere una possibilità per poter diventare primario, perciò sta lavorando come un mulo.»

«Primario? Davvero? Buon per lui.»

«Sì, è grandioso ma in verità sono un po' preoccupata, Wave. È talmente stressato che quasi non riesce a dormire. E con gli orari che gli toccano avrebbe davvero bisogno di riposarsi, nei pochi momenti in cui può farlo.»

Incrociai le braccia al petto per scaldarmi. «Quand'è che saprà qualcosa?»

«Venerdì prossimo. Ha fatto un sacco di colloqui con i dirigenti dell'ospedale, ora tutto ciò che può fare è attendere.»

«Aspettare è stressante» dissi.

«Credo che il vero stress, però, sia suo padre» disse. «Ci va giù davvero pesante. Se Hunter non riuscisse a seguire le sue orme, lo prenderebbe come un fallimento ai suoi occhi.»

Io la guardai. «Il padre di Hunter penserebbe del proprio

figlio che è un fallito se non diventasse primario come lui?» domandai.

McKenna annuì.

«Ma Hunter è un *chirurgo*, chi se ne importa di chi comanda?»

«Lo so» disse.

«Be', se suo padre è un tale idiota perché Hunter si preoccupa tanto di quello che pensa?»

Lei mi guardò. «Potrei farti la stessa domanda.»

Io mi fermai.

«Be'? Non è vero?»

«Hai ragione» dissi. «Immagino che al di là di tutto, un figlio desideri solo che i propri genitori siano fieri di lui.»

Lei mi cinse le spalle con un braccio. «Esatto.»

Riprendemmo a camminare. «A proposito di genitori, domani è il compleanno di mio padre» dissi. «Mi toccherà andarlo a trovare.»

«Hai bisogno di un supporto morale?»

Scossi la testa. «Grazie, ma preferisco fare solo un salto veloce.»

«Okay, chiamami se cambi idea. Probabilmente domattina sarò dai genitori di Hunter.»

«Hai fatto bingo con quel ragazzo, sai?» dissi.

Lei sorrise. «Credimi, lo so.» E poi come se avesse letto i miei pensieri, si avvicinò e mi toccò il braccio. «Non preoccuparti, Wave, verrà anche il tuo momento.»

Io pensai all'appuntamento imminente con il Darren del mistero e risi fra me. "Se mi ricordassi chi sono quelli che incontro, sarebbe già un passo avanti".

E poi cambiai discorso, come facevo di solito quando l'argomento in questione era mio padre. «Allora, tanto per parlare di gente orgogliosa di me, sarai orgogliosa di sapere che stasera ho un appuntamento.»

Lei s'illuminò e mi guardò con aria sorpresa. «Davvero? Ottimo! Con chi?»

«Eh, questa è una bella domanda.»

«Cosa vuoi dire?»

«Be', non sono sicura di chi mi aspetti all'appuntamento.» Dio, quando lo dicevo ad alta voce era ancor più patetico.

McKenna era confusa. «È un appuntamento al buio?»

«Non esattamente» dissi, grattandomi la testa.

«Sito di incontri?»

«No.»

«Be', allora cosa?»

Feci una smorfia, un po' imbarazzata. «Ehm, ti ricordi quando ti ho raccontato di quei due Darren che ho conosciuto al Lefty la settimana scorsa, la sera in cui io e Andie ci siamo bevute una piscina di Margarita?»

Annuì.

«Be', a quanto pare ho un appuntamento con uno dei due, ma non so con quale» dissi.

«Sei seria?»

«Serissima.»

«Non ne hai proprio idea?»

«Nemmeno la più vaga.»

«Ma com'è possibile?» disse.

Le tesi la mano. «Salve, ci conosciamo? Mi chiamo Waverly Bryson.»

Lei scosse la testa ridendo. «Ottimo. Non vedo l'ora di scoprire quale dei due è.»

«Anch'io, credimi» dissi. «Davvero non so chi sia. La sua telefonata mi ha preso alla sprovvista e non sono stata abbastanza veloce a indagare prima che mi chiedesse di uscire a cena.»

«Ne avevi baciato uno, se ben ricordo» disse.

Annuii. «Già.»

«Ma a te piaceva l'altro, vero?»

Annuii di nuovo. «Già. Ho parlato con quello carino solo un paio di minuti, insieme agli altri del gruppo; era proprio belloccio. L'altro... be', se l'ho baciato non doveva essere male nemmeno lui, no?»

«Mmm, non saprei. Ti ricordi com'eri prima di conoscere Aaron? Dopo un paio di drink avresti baciato anche mio nonno.»

Mi misi a ridere. «Ti ricordi che dicevo sempre di essere malata di AIBS?»

«Sì, la tua Sindrome da Induzione Alcolica al Bacio! Stupendo! Ragazzi, erano bei tempi quelli.»

«Sono proprio fuori forma» dissi. «Potevo risparmiarmi quella terrificante lezione di spinning. Devo tornare ad allenare il muscolo che serve per andare agli appuntamenti, altroché...»

«Be', spero per te che si tratti del Darren carino. E chiunque sia, se ti ha chiesto di uscire venerdì devi piacergli molto. È una cosa grossa per un ragazzo, chiedere un appuntamento nel weekend» osservò. Un primo appuntamento a San Francisco era sempre infrasettimanale o domenicale; si trattava di una specie di legge non scritta. A quanto pareva nessuno aveva voglia di rinunciare al proprio weekend, a meno che non si trattasse di una cosa seria. A mio avviso era un'idea ridicola, specialmente dopo tutti i venerdì e i sabati sera che avevo passato chiusa in casa, quando avrei preferito di gran lunga essere fuori con qualcuno.

«Vedremo, Mackie. Vedremo...» dissi.

«Domani voglio tutti i dettagli, inteso?»

Feci il saluto militare. «Sissignore. Tra parentesi, di' ad Hunter che secondo me è il migliore, chi se ne importa di quello che pensa suo padre.»

«Vale anche per te» disse. «Non dimenticarlo.»

Alle sette e trenta di quella sera ero davanti all'armadio con le mani puntate sui fianchi, in accappatoio e ciabatte. Dovevo incontrarmi con Darren alle otto e ancora non avevo idea di cosa indossare. Primo appuntamento. Venerdì sera. Pub e cena. Cinquanta per cento Darren giusto, cinquanta per cento Darren sbagliato. Perciò volevo essere carina, ma non troppo. Passai in rassegna le grucce come fossi da Bloomingdale's, alla ricerca di qualcosa da provare, scartando un articolo dopo l'altro. Mi ero quasi decisa per un paio di jeans scuri e stivali neri con il tacco alto, ma non sapevo a cosa abbinarli.

Arrivata quasi in fondo all'armadio, notai una camicetta che avevo completamente scordato di avere. L'avevo acquistata in saldo a Sausalito circa un anno prima, ma per qualche motivo non l'avevo mai messa. Era di cotone leggero, rosso scuro con piccoli vortici blu e verdi, senza maniche. Il colletto aveva due ampie punte che ricadevano con grazia, creando uno scollo profondo.

Tolsi la camicetta dalla gruccia e la provai con i jeans. E poi scelsi una cintura di pelle con fibbia argentata e optai per un paio di décolleté nere al posto degli stivali, che si addicevano molto di più alla camicetta. Mi guardai allo specchio voltandomi per controllare la visuale posteriore. Era una mossa azzardata indossare un top sexy a un primo appuntamento, ma nella possibilità che fosse anche l'ultimo, che importava? Sarebbe stata una buona palestra per il mio progetto di rimettermi in pista.

Alle otto e cinque entrai al Kilkenny e vidi il proprietario, Jack O'Reilly, dietro il bancone del bar. Quando mi avvicinai appoggiò il bicchiere che stava pulendo e sorrise. «Waverly, tesoro! Dov'eri finita?» Mi indicò uno sgabello. «Siediti.»

Mi accomodai di fronte a lui. «Ciao Jack. So di essere stata una pessima cliente negli ultimi tempi, ti prometto di farmi vedere più spesso dal prossimo anno. McKenna mi ha detto che a giorni farai la festa di Natale...»

«Sì, tesoro, tra una settimana esatta. Spero che tu riesca a venire.» Jack abitava a San Francisco da una vita, ma il suo accento irlandese era ancora così marcato che a volte facevo fatica a capire cosa stesse dicendo.

«Non mancherò. Promesso.»

Puntò le mani sul bancone e sorrise.

«Splendido. Ora, cosa posso darti da bere?»

«In verità sto aspettando una persona, perciò...»

Fui interrotta da un colpetto sulla spalla.«In verità sta aspettando me perciò, dal momento che sono arrivato, possono andare un paio di birre?»

Trattenni il fiato e mi voltai.

Dannazione.

Era Darren Anderson, il Darren che avevo baciato. E a quanto pareva quei Margarita erano davvero forti perché non era carino nemmeno un po'.

«Ciao Darren, come stai? Siediti.» Indicai lo sgabello accanto a me e guardai Jack, impegnato a studiare il Darren Sbagliato. Non mi vedeva con qualcuno che non fosse Aaron da secoli, perciò compresi la sua curiosità.

Darren si sedette e sorrise. «Stai benissimo, Waverly. Mi piace moltissimo la tua camicetta.»

Sigh. Si prospettava una lunga serata.

Tre ore dopo rientrai nel mio appartamento, mi appoggiai

alla porta e scossi la testa. Grazie a Dio era finita. Il Darren Sbagliato mi era parso un ragazzo gentile e, nonostante non fosse carino, avevo provato lo stesso a dargli una possibilità. Sfortunatamente era riuscito anche ad annoiarmi a morte. Al Kilkenny mi aveva raccontato tanti di quei dettagli sul suo lavoro che per poco non mi ero addormentata sulla birra. Era talmente impegnato a parlarmi di detrazioni fiscali, agevolazioni fiscali e scappatoie fiscali che non si era accorto che io non capivo assolutamente niente di quello che mi stava dicendo e, soprattutto, che non me ne importava *niente.* Come fa una persona a trovare interessante il mondo del fisco? E poi, a cena, si era lanciato in un monologo a proposito della casa che stava acquistando, parlando di ipoteche in gergo tecnico, proprio a me, l'affittuaria per eccellenza. Al termine della cena non mi aveva chiesto ancora niente della mia vita o dei miei interessi, ma ormai non me ne importava più, il mio unico desiderio era uscire di lì.

Infilai il pigiama e andai in cucina a rovistare nel freezer. Era vuoto. Così andai nel mio studio, mi sedetti al computer e tirai fuori la lista delle idee per i miei biglietti. Ne aggiunsi qualcuna.

Fronte: Ti è mai capitato di aver bevuto troppo ed esserti pentita di aver lasciato il tuo numero di telefono?
Retro: Tesoro, smettila di lamentarti e ringrazia che ti chiami ancora qualcuno oltre al servizio abbonati del New York Times.

Fronte: Ho perso le speranze di rivedere l'unico ragazzo che vorrei davvero...
Retro: Tesoro, almeno non corri il rischio di scoprire che invece lui sperava proprio di non rivederti.

Fronte: Cosa c'è di peggio di un primo appuntamento andato male?
Retro: Tesoro, accorgerti che hai finito il gelato quando torni a casa.

Forse, se fossi stata licenziata dalla K.A. Marketing, avrei avuto un futuro come pubblicitaria nel mondo dei dessert ipercalorici.

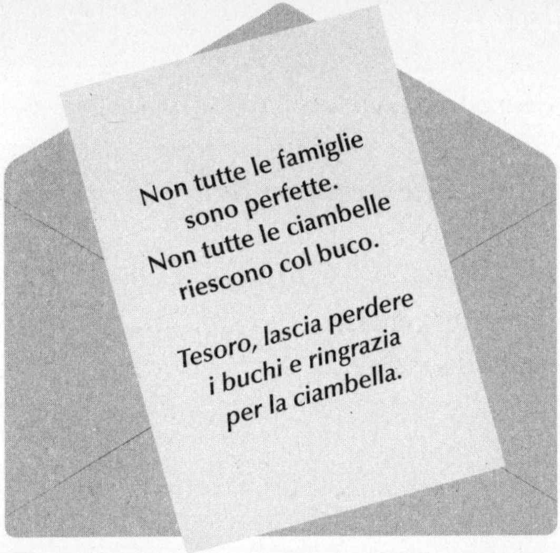

9

Sabato mattina mi svegliai presto e lessi il giornale mangiando due tazze di cereali Lucky Charms. Quando mi sentii finalmente pronta per affrontare la giornata – e mio padre – mi infilai un paio di jeans, una vecchia maglietta dell'Università di Berkeley e le scarpe da ginnastica; afferrai le chiavi della macchina e uscii di casa. Mentre mi facevo la coda, cercai di ricordare dove avevo parcheggiato. Dove diavolo era la mia dannata auto? Lo dimenticavo sempre. Una volta ero arrivata a credere che me l'avessero rubata e stavo per chiamare la polizia, per fortuna un lampo di memoria mi aveva fatto voltare l'angolo.

Rimasi impalata mezzo minuto ad occhi chiusi, cercando di concentrarmi. E poi mi venne in mente. Mi diressi due isolati a sud, all'angolo fra la Steiner e Pine e vidi la mia Saab verde. Saltai dentro, lanciando la borsa sul sedile posteriore, e imboccai la strada per Sacramento.

Cercando qualcosa alla radio, mi fermai su una stazione che trasmetteva gli U2. Avete mai notato che si riesce a trovare una canzone degli U2 in media ogni quattro minuti? Incredibile.

A metà di "Beautiful Day" mi squillò il cellulare. Cercai dentro la borsa e guardai chi era: Davey. Aprii il telefono e misi l'auricolare.

«Ehi, Davey, che c'è?»

«Waverly, "tu scuoti il mio mondo".» Praticamente stava urlando.

«Cosa?»

«Andiamo, Bryson, non essere crudele. "Ti prego, voglio essere il tuo orsacchiotto".»

«Davey, smettila di ascoltare il greatest hits di Elvis, cambia cd.»

«"Ora o mai più", lo sai.»

«Va bene, signor Mason, cosa posso fare per lei?»

«Okay, okay. Ti prometto di non rubare troppo tempo al tuo prezioso sabato» disse. «Volevo solo sapere se potevi inviare le ultime relazioni che hai compilato alla mia e-mail. Il server non funziona e da casa non riesco a entrare nella mia casella di lavoro.»

Sentii un nodo in gola. «Stai rivedendo le relazioni nel weekend? Perché?»

«Niente di grave. Devo solo mettere insieme una vostra presentazione per il reparto vendite, e devo farlo entro lunedì mattina.»

«Per il reparto vendite?»

«Sì, Gabrielle Simone li voleva venerdì pomeriggio, ma non sono ancora riuscito a venirne a capo.»

«Il reparto vendite vuole le relazioni degli agenti pubblicitari?»

«Cosa?» disse. «Non ti sento più.»

«Cosa?» risposi io. «Non ti sento più.»

«Cosa?»

«Cosa?»

«Mi senti adesso?»

«Cosa?»

«Ascoltatore, sei in linea? Waverly da San Francisco, sei in onda.»

Mi misi a ridere. «Ora ti sento. Dimmi una cosa, Davey. Perché la copertura telefonica della Silicon Valley, che dovrebbe essere la capitale mondiale della tecnologia avanzata, *fa così schifo?*»

«Non lo so. Ma se chiami il servizio clienti per un reclamo, sempre che non facciano cadere la linea dopo che hai aspettato due ore, sono certo che dall'India un ragazzo gentilissimo ti spiegherà che non c'è nulla che si possa fare in proposito.»

«Va bene, appena arrivo a casa le mando tutto. Ma sappia che glielo metto in conto, signor Mason.»

«Signorina Bryson, non chiedo di meglio.»

«Ciao Davey.»

Due ore dopo entrai nel complesso della Valley Pines e percorsi i sinuosi viali di terra battuta fino al prefabbricato dove abitava mio padre. Ripensai alla prima (e unica) volta in cui avevo portato anche Aaron. Era stato molto dolce, ma si era sentito chiaramente in imbarazzo, e l'immagine del suo cappotto da novecento dollari appeso accanto al giubbotto da caccia arancione di mio padre resterà per sempre scolpita nella mia memoria.

Quando parcheggiai la mia auto sul viottolo di ghiaia fui circondata da una nuvola di polvere. Una volta che si fu depositata, rimasi ancora un po' con le mani appoggiate sul volante, osservando i vasi di fiori allineati lungo il sentiero che conduceva all'ingresso. Violette e violaciocche, colorate e piene di vita. Ogni volta che le vedevo, mi domandavo com'era possibile che mio padre fosse capace di crescere fiori tanto rigogliosi quando sua figlia si chiedeva se a lei fosse riservato lo stesso amore.

Mi decisi a uscire dalla macchina e a incamminarmi verso la porta a vetri. Bussai leggermente, tenendo il suo regalo di compleanno nascosto dietro la schiena. Era una nuova versione di Scarabeo. Mio padre adorava giocare a Scarabeo, e quando era di buonumore anch'io adoravo giocare con lui. Scarabeo e Paroliere erano pilastri della mia infanzia, e probabilmente i voti alti che avevo preso all'esame di ammissione all'Università avevano più a che fare con quei giochi che con le lezioni di letteratura alle superiori; basti pensare che alla maggior parte dei miei compagni non è mai passato nemmeno per la testa di andare al college. A volte mi domandavo se mio padre avrebbe preferito che non ci fossi andata nemmeno io. «Il college non è per tutti», mi diceva quando io sostenevo di volerci andare.

Bussai di nuovo. Nessuna risposta. Aspettai un attimo e provai una terza volta.

E poi notai che il suo pickup non c'era.

Guardai l'orologio. Erano le due e cinque. Gli avevo detto che sarei andata alle due per portarlo fuori a pranzo a festeggiare.

Tirai fuori il telefono e lo chiamai. Sentii gli squilli dentro casa. Nessuna risposta, niente segreteria. E non aveva un cellulare, perciò fine della questione.

Lo aspettai seduta in macchina per mezz'ora, finché non decisi di lasciare il suo regalo davanti alla porta e andarmene. Mentre tornavo in macchina, la vicina uscì di casa e si sedette sul dondolo del portico.

«Oh, Waverly, come stai, cara? Vieni qui a salutarmi.» La signora Williams era la vicina di mio padre da quando si era trasferito, in pratica dal primo giorno in cui io avevo lasciato la nostra minuscola casa per andare al college. Erano passati più di dodici anni, ma lei era sempre uguale: grassottella, con le guance rosa e sempre sorridente, come la nonna preferita di tutti.

Sorrisi. «Salve signora Williams. Sto bene, lei come sta?»

«Bene tesoro. Cercavi tuo papà?»

Annuii. «È il suo compleanno. Eravamo d'accordo per andare a pranzo. Sa per caso dov'è andato?»

«L'ho visto un paio d'ore fa salire sul furgone. Ha detto che stava andando nella Thunder Valley a scaricare un po' di tensione... non ha detto perché.» Si mise a ridere. «Non sapevo che fosse il suo compleanno. Forse è arrabbiato perché sta invecchiando. Anche a me capita.»

«Thunder Valley?» dissi. «Cos'è?»

«Un casinò, tesoro, dentro la riserva indiana.»

«È al casinò?»

«Credo di sì, tesoro. Vuoi venire dentro a bere un caffè? Magari tuo padre torna fra poco.»

Scossi la testa e guardai l'orologio. «È molto gentile da parte sua, ma devo andare.»

Lei incrociò le braccia corte davanti al petto imponente. «È un peccato che tu non possa restare. Ti fai vedere troppo poco.»

«Eh» dissi, calciando la ghiaia. «Sono stata molto impegnata.»

«Tuo papà è tanto felice quando vieni a trovarlo.»

Io la guardai. «È felice?»

«Ma certo. Mi parla sempre di te e del tuo lavoro importante a San Francisco.»

«Davvero?»

Annuì. «Torna presto tesoro, eh...»

«Sì. Lo prometto. Arrivederci signora Williams.»

«A presto tesoro.»

Mi voltai a guardare i rigogliosi fiori di mio padre e poi me ne tornai a San Francisco.

Rientrai a casa verso le cinque e sistemai in salotto l'abete che avevo comprato sulla strada di casa. Ogni anno mi ripromettevo di andare a prenderlo in una delle aziende arboricole che costeggiavano le colline della Peninsula e provare l'emozione di tagliarlo con le mie mani, ma nella mia lista di "cose che si fanno da grandi", tagliare l'albero di Natale equivaleva a comprare una casa. Perciò mi ero fermata a comprarlo da Target, come sempre.

Andai in cantina e cercai nel mio armadio finché non riuscii a trovare il solito vaso e tutte le decorazioni, vecchie e nuove. Portai di sopra il bottino e lasciai cadere tutto sul divano. Poi andai nel mio studio e mandai a Davey i file che mi aveva chiesto; quando alzai il ricevitore per chiamare McKenna la segreteria mi avvertì che avevo un nuovo messaggio.

«Ehi, bimba, sono il tuo vecchio. Mi spiace di non averti aspettato oggi, ma avevo un cavallo vincente su cui puntare. Sai com'è, batti il ferro finché è caldo. Comunque, grazie per lo Scarabeo. Spero che torni presto così potrai insegnarmi quei paroloni che usate voi giù in città. Ciao bimba.»

Bah. Almeno, per una volta, non mi aveva chiamata per chiedermi soldi.

Cancellai il messaggio e chiamai McKenna.

«Ehi» disse.

«Ciao, sono tornata,»

«Com'è andata?»

«Non è andata.»

«Non ti sei presentata?»

«Oh, sì» dissi.

«Cosa?»

«Sono andata, ma non è andata.»

«Okay, mi sono persa.»

«Non c'era.»

«Cosa?»

«Non c'era. Ho guidato per due ore, aspettato un'altra mezz'ora e poi la sua vicina mi ha detto che se n'era andato al casinò.»

«Stai scherzando.»

«Credi che scherzi su una cosa del genere?»

«No, certo che no. Mi spiace, Wave.»

«Be', c'è poco da fare ormai. Allora, sei pronta?»

«*Yes*. Hai preso le caramelle?»

«Certo. E anche la playlist natalizia è pronta» dissi.

«Perfetto. Passo a prendere Andie. Arriviamo fra poco.»

Misi giù il telefono e guardai l'abete spoglio in sala. Da quando vivevo a San Francisco era tradizione che Andie e McKenna mi aiutassero a decorare l'albero e la casa. Mangiavamo After-Eight, ascoltavamo canzoni natalizie ed entravamo nello spirito natalizio, nella miglior tradizione kitsch. Era strano da ricordare, ma anche quando stavo insieme ad Aaron ci eravamo ritrovate a fare le stesse cose. Non credo fosse nemmeno presente quella sera.

Mezz'ora dopo ero sulla soglia a farmi passare ombrelli e impermeabili fradici.

«Piove? Grazie a Dio ho già portato l'albero in casa» dissi.

Attraversarono la sala e si sedettero al tavolo della cucina. Andie scrollò la testa come fanno i cani e si passò le dita fra i capelli. «È incredibile. Ho camminato per tre isolati con l'ombrello e guarda qua.»

«È così bello e confortevole qui. Hai qualcosa di caldo da bere?» disse McKenna mentre Frank Sinatra cantava "Have yourself a merry little Christmas" in sottofondo.

Appesi le giacche all'attaccapanni ed entrai in cucina. «Piovono cuccioli di gatto! Ebbene sì, ho qualcosa da bere. Caffè, tè o cioccolato caldo?»

«Un *vero* drink?» disse Andie.

«Ops» dissi. «Ma certo. Vuoi un po' di vino rosso?»

Andie annuì. «Così ti voglio.»

«Io un tè, grazie, con limone se ce l'hai» disse McKenna. «Scusa, hai detto veramente "piovono cuccioli di gatto"?»

Annuii.

«E cosa vorrebbe dire esattamente?»

«Gatti piccoli, cuccioli di gatto» feci la misura di un gattino con le mani.

«Cioè gattini?»

«Sì, esatto» dissi, annuendo. «Ho notato che la parola "cucciolo di gatto" rende meglio l'idea della parola "gattino". È più descrittiva.»

McKenna alzò gli occhi al cielo. «Non so neanche come risponderti quando te ne esci con certe cose.»

Iniziammo a tirare fuori le decorazioni dalle scatole appoggiate sul divano e ci mettemmo all'opera.

Afferrai un paio di forbici e tagliai le etichette dalle palline nuove. Ne alzai in aria una grossa e argentata. «Okay, parliamo di quanto sono orgogliosa di me stessa per aver comprato queste decorazioni. Questo sarà l'albero più bello di sempre!»

McKenna si mise in piedi su una sedia per appendere un filo di lucine sopra la libreria. «Ehi, non ci hai detto niente del tuo appuntamento di ieri sera. Quale Darren si è presentato?»

«Oh, sì, racconta» disse Andie, scartando una caramella.

Io risposi con una smorfia. «Mmm, non vale nemmeno la pena di parlarne. Darren Sbagliato, personalità sbagliata, tempistica sbagliata per un appuntamento di venerdì. Sbagliato, sbagliato, sbagliato.»

«Perciò immagino che non lo conosceremo presto.» disse McKenna.

Tirai fuori una pallina color vinaccia dalla scatola e la appesi all'albero. «Credo che ci siano maggiori probabilità che domani Aaron si presenti alla mia porta con una rosa rossa in bocca, insieme a mio padre che ci dà la sua benedizione.»

«Aaron ti ha più chiamata?» disse Andie.

Scossi la testa. «No. E ora che l'ho incontrato non credo proprio che lo farà.»

«Allora... semplicemente non vi parlerete mai più?» disse McKenna.

Puntai le mani ai fianchi con fronte accigliata. «Immagino di no. Non ne ho idea.»

«E il bel fisioterapista?» Andie bevve un sorso di vino. «Con lui hai intenzione di parlare?»

Alzai le sopracciglia. «Jake? Vorrei, ma non saprei come.»

«Non si sa mai cosa può succedere» disse McKenna.

Io sospirai. «È così carino. Quando mi ha sorriso alla partita, o perlomeno quando ho creduto che mi avesse sorriso, ho sentito dentro di me un'incredibile... sdilinquimento.»

«Sdilinquimento? Esiste questa parola?»

«Non ne ho idea» dissi.

«Perciò non parlerai più con nessuno dei due?» disse Andie.

«Non ne ho idea» risposi.

«Be' con *chi* parlerai allora?» disse Andie.

Io aggrottai la fronte. «Non lo so. Non ne ho idea.»

«C'è qualcosa che sai, miss cucciolo di gattino?» disse McKenna.

Io scartai un After-Eight e me l'infilai in bocca. «A quanto pare non so nulla.»

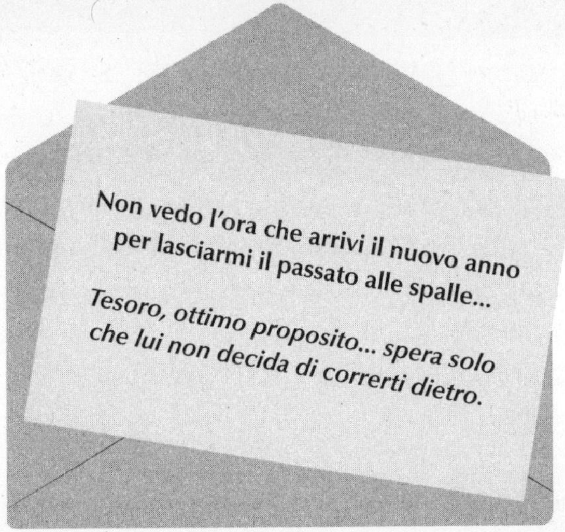

10

Il venerdì prima di Natale incontrai Kent nel cucinotto dell'ufficio. Mi afferrò bruscamente per il braccio e quasi mi fece cadere lo Snicker di mano.

«Ho un pettegolezzo incredibile, Waverly, è grandioso.» Gettò un'occhiata in corridoio per assicurarsi che nessuno lo sentisse.

«Evviva, adoro i gossip. Che c'è? Dimmi!» Riempii la tazza di caffè e mi misi a sedere al tavolo rotondo in mezzo alla cucina. «Be'? Non tenermi in sospeso.»

Lui andò a chiudere la porta e poi venne a sedersi accanto a me. «Ho sentito che Paige Beckerman farà un grosso annuncio dopo le feste.» Paige Beckerman era l'executive della K.A. Marketing. Lavorava negli uffici di New York.

«E...?»

«Se tutto va bene, annuncerà che la compagnia si è guadagnata un grosso cliente.»

«Un grosso cliente?»

Annuì. «Un cliente molto grosso, e nemmeno dovremo fare lo sforzo per accaparrarcelo.»

«No? E perché?» Accaparrarsi grossi clienti nel mondo del marketing e delle pubbliche relazioni senza alcuno sforzo era estremamente inusuale. I clienti di solito erano famosi per farti saltare attraverso cerchi di fuoco prima di farsi agganciare, e l'intero processo richiedeva mesi e mesi di sforzi.

Kent abbassò la voce. «Si dice che il capo del marketing della Adina Energy in persona abbia chiamato la Beckerman per dirle che vuole la K.A. Marketing a gestire pubblicità ed eventi per loro. Pare che siamo sulla cresta dell'onda, i numeri uno dei lanci sul mercato, e vogliono noi.»

Io mi appoggiai allo schienale della sedia e cercai di assorbire le informazioni. La Adina Energy? Incredibile. L'Adina Energy era uno dei più grossi marchi sul mercato sportivo e stava rapidamente allungando i tentacoli in ogni settore. Era ovunque, il Brad Cantor dei marchi.

«Stai scherzando» detti un morso al mio *Snicker*.

«No. Non scherzo affatto. La *partnership* dovrebbe iniziare alla fine di gennaio. E c'è dell'altro.»

«Cosa?»

«Ci sono buone probabilità che debba essere proprio il nostro ufficio a gestire la campagna.»

Lo Snicker mi cadde dalle mani.

«Davvero?» chiesi.

«Già. Il che vuol dire noi, Waverly. Sarebbe un salto di carriera enorme. Potremo iniziare a dettare le nostre regole, specialmente tu, visto che sei il capo.»

Quando tornai nel mio ufficio, presi un profondo respiro e ripensai a quello che avevo appena sentito, e cioè che, come aveva detto Kent, la mia carriera avrebbe potuto fare il salto di qualità. Iniziai a battere la matita nervosamente contro la scrivania. Avrei gestito io il cliente? Ero davvero io la persona più qualificata per farlo? Ma allora perché Jess non me ne aveva ancora parlato? Forse per l'incidente del Super Show? O era solo un pettegolezzo? Mmm... lo scoop del salto di carriera avrebbe aspettato fino a dopo le vacanze.

Ma mi sentivo ottimista al riguardo.

Diverse ore dopo ero alla festa di Natale al Kilkenny insieme a McKenna, sedute al bar di fronte a un piatto di stuzzichini e due birre. Il locale era gremito e, fra la musica alta e il sottofondo di chiacchiere, facevamo fatica a sentirci a vicenda.

«A che ora hai detto sarebbe arrivato Hunter?» chiesi.

«Poco dopo le nove.»

«Non riesco ancora a credere che diventerà primario. Sono davvero impressionata.»

Sorrise. «Lo so. Sono molto orgogliosa di lui. E anche sollevata. E sono fiera anche del *tuo* nuovo cliente! Dobbiamo festeggiare.»

Misi la birra sul bancone. «Ehi, non dire gatto se non ce l'hai nel sacco. La società non se lo è ancora accaparrato.»

«Ma se dovesse, sei sicura che sarà tuo, no?»

Annuii. «In teoria sì, ma nulla è ancora certo.»

«Ma hai un buon presentimento, vero?»

Io sorrisi e pensai all'ottimo lavoro che avevamo fatto per la JAG durante tutti quegli anni, specialmente dopo il lancio delle scarpe di Shane Kennedy. Avevo investito tempo e risorse in quella campagna, e ne andavo particolarmente fiera. «Sì, direi di sì.»

«Fantastico. E hai detto che anche quel Jake lavora per la Adina Energy, no? Così avrai l'occasione di rivederlo.»

«Ora, *questo* proprio non lo so. Ha detto che fa delle consulenze per loro, ma non so quanto il suo lavoro possa avere a che fare con il mio. Ma forse potrei architettare un piano per incrociarlo. Per puro caso, ovviamente.»

«Adoro i piani ben architettati» disse, e poi toccò la mia camicia. «Splendido questo top. Mi ricordo anche quando l'hai comprato, ma non te l'ho mai visto indosso. Perché non l'hai mai messo prima?»

Anch'io guardai la mia camicetta. «Non lo so. L'ho messa per la prima volta con il Darren Sbagliato, e me lo sono rimesso stasera nella speranza di non collegarla più a quella serata.»

«Be', ti sta benissimo. Ehi, ecco che arriva il primario.»

Hunter si fece largo tra la folla e diede subito un bacio a McKenna. «Ehi tu» le disse dolcemente nell'orecchio, il saluto che mi aveva sempre reso così gelosa e così felice per lei allo stesso tempo. Poi si girò verso di me e mi abbracciò forte. «Ciao Waverly, che bello vederti.»

«Tanti auguri *Mister Pr... i... ma... rio*» canticchiai, nella migliore imitazione che sapevo fare di Marilyn Monroe. «Congratulazioni, genio. Sono davvero impressionata.»

«Be', grazie» disse con un sorriso che andava da orecchio a orecchio. «Allora, cosa posso offrirvi da bere, ragazze?»

Quattro ore di festeggiamenti e danze più tardi, McKenna, Hunter e io eravamo seduti da Pizza Orgasmica sulla Fillmore, una pizzeria notturna piuttosto famosa che accoglieva tutti i festaioli mezzi ubriachi, noi inclusi.

«Allora, ci vieni al mio party di capodanno?» mi disse Hunter.

Io tesi la mano. «Salve, ci conosciamo? Sono Waverly Bryson.»

«Waverly vuole boicottare il capodanno» disse McKenna.

«Boicottare il capodanno?» domandò Hunter.

«Cosa?» risposi io.

«Perché vuoi boicottare il capodanno?»

«Scusami, hai detto qualcosa?»

«Waverly...» disse McKenna.

Posai la mia fetta di pizza. «Okay, ora vi dico perché. Posso anche aver dimenticato come si fa ad essere single, ma mi ricordo benissimo che essere single a una festa di capodanno è l'ultima cosa al mondo di cui un single ha bisogno.»

«Waverly, ne stai facendo un dramma» disse McKenna.

«Ah sì? Rispondi a questo allora: qual è quella sera in cui sei terribilmente sotto pressione e devi assolutamente trovare il vestito perfetto e il ragazzo perfetto da baciare a mezzanotte? È come il ballo di fine anno senza i capelli cotonati.»

«Ho visto le foto del tuo ballo di fine anno» osservò. «No comment.»

«Chiudi il becco» le dissi puntandole il dito contro. «Hai ragione, ma chiudi lo stesso il becco.»

«Dài, Waverly, sarà divertente» disse Hunter. «Forse rimedierai un bel bacio.»

«E forse questa volta riuscirai a ricordartelo» disse McKenna.

«Touché» risposi ridendo, e poi guardai in basso e mi accorsi di avere una grossa macchia di formaggio e pomodoro sulla camicia. «Cacchio.» Presi un fazzoletto e iniziai a pulire.

«Ciao Waverly. Ciao McKenna. Buone feste!»

Ci voltammo su e vedemmo Brad Cantor accanto al nostro tavolo, solo. Era sempre solo, non importava che ore fossero o dove si trovasse.

«Non ci posso credere» dissi sottovoce.

«Cosa?» fece Brad.

«Ciao Brad, ehm, mi stavo maledicendo per essermi sporcata» e indicai la grossa macchia sulla mia camicetta.

«Aah, ma si vede appena. E quel top ti sta benissimo, Waverly. Vi dispiace se mi unisco a voi?» Prima che potessi dire o fare qualcosa, si sedette accanto a me tutto sorridente. McKenna nascose il viso sulla spalla di Hunter e cercò di trattenere le risate.

Due strike e sei fuori. Quella camicetta sarebbe finita dritta nel cesto della carità.

Il pomeriggio del trentuno iniziai a dare di matto. Aaron si sarebbe sposato entro poche ore e io non avevo nessuno da baciare a mezzanotte.

McKenna stava aiutando Hunter a prepararsi per la festa, perciò chiamai Andie.

«Sto iniziando a dare di matto.»

«Respiri profondi e regolari, profondi e regolari» disse. «Se riesci a superare la nottata, domani ti aspetta un nuovo anno!»

Annuii. «Hai ragione, tutto quello che devo fare è superare la nottata. Posso farcela. Hai qualche consiglio?»

«Sai già qual è il mio consiglio per questo tipo di situazione» disse.

«La cosa dei fumi dell'alcol?»

«Sì, sai che è la verità. Sono davvero meglio di Cupido quando ti senti sola. Ti troveremo qualcuno con cui pomiciare per aiutarti ad alleviare il dolore. Te la caverai.»

«Tu credi?» dissi.

«Be', realisticamente parlando a un certo punto subirai un tracollo emotivo, probabilmente intorno alla mezzanotte, ma è totalmente comprensibile. Tu fa' quello che puoi e al resto pensiamo noi.»

Mi scappò da ridere. «Un tracollo?»

«Ehi, tesoro, quando hai deciso di chiamarmi sapevi che ti avrei detto le cose come stanno, senza peli sulla lingua, perciò non ti lamentare. Se vuoi la versione delicata e addolcita chiama McKenna.»

«Vero, vero» dissi. Andie era tutto tranne che delicata.

«Okay tesoro, devo scappare a farmi la ceretta. Ci vediamo alla festa» disse.

Misi giù il telefono e ridacchiai fra me. Sarebbe riuscita a farmi ridere anche se fossi stata in bilico sull'orlo di un cratere di lava bollente.

Per schiarirmi le idee decisi di andare a fare una corsa fino al Golden Gate Bridge. Correndo giù per il pendio verso il mare l'aria fredda e frizzante mi rinfrescò guance e fronte. Le strade erano praticamente vuote, immaginai che fossero tutti in casa a riposarsi per la grande serata.

C'era qualche barca a vela sparsa nella baia; mentre le guardavo muoversi in lontananza mi tornò in mente una gita sull'acqua che avevo fatto con Aaron, poco dopo esserci conosciuti. Ci eravamo tenuti per mano tutto il tempo e di tanto in tanto si era abbassato per darmi un bacio. Quella sera avrebbe dichiarato amore eterno a un'altra. Che schifo.

Avevo fatto del mio meglio per non pensare al suo matrimonio, ma quel pomeriggio non riuscii a ignorare la realtà dei fatti. Ancora non mi aveva telefonato, nonostante ci fossimo incontrati, e questo era la prova che semplicemente non facevamo più parte l'uno della vita dell'altra. E che non ne avremmo mai più fatto parte.

Avrei voluto smettere di pensarci. Perché continuavo a tormentarmi? Mi ritrovai a combattere con le lacrime, correndo veloce, sempre più veloce sull'erba verde e rigogliosa del Marina Green, e lungo il Crissy Field, sulla salita che conduceva all'ingresso pedonale del ponte. Mi asciugai il sudore dalla fronte con la manica della felpa, ormai avevo il fiatone.

Faceva male. Tanto. Ma sapevo che c'era qualcosa di più, oltre ad aver perso Aaron. Era ovvio che in realtà non l'avevo mai conosciuto veramente. Come avevo potuto non accorgermi che non era innamorato di me? Non era forse palese? Avevo forse desiderato provare a me stessa (o a mio padre) che anch'io ero una donna da sposare, fino al punto di nascondere la testa sotto la sabbia e ignorare cosa significasse davvero diventare la moglie di qualcuno? E oltre a questo, perché Aaron non si era innamorato di me? Forse non ero desiderabile?

Almeno un pochino?

Mi asciugai gli occhi risalendo il pendio fino al Golden Gate Bridge. Quando arrivai in cima, corsi per imboccare l'accesso pedonale a tutta velocità, finché mi sentivo in pieno sprint. Non sentivo la stanchezza. Non sentivo niente. Volevo solo continuare a correre. Volevo lasciarmi tutto dietro le spalle e correre, senza più fermarmi.

Improvvisamente mi accorsi che stavo andando a sbattere contro un grosso ramo caduto in mezzo al sentiero. E andavo talmente forte che non sarei mai riuscita a fermarmi, né avevo più il tempo per girargli intorno. Cercai di saltarlo, ma il piede mi rimase incastrato, e prima di capire cosa stesse succedendo, stavo rotolando in mezzo alla terra.

Ero arrivata al punto di non essere più certa di cosa sentivo. Ma quando caddi su quel ramo, una cosa la sentii chiaramente.

La mia caviglia spezzarsi.

Trascorrere la notte di capodanno in un pronto soccorso a San Francisco, anche in un pronto soccorso del Pacific Heights, è come stare al circo. Non ci sono altre parole per spiegarlo in maniera appropriata. Erano appena le sei quando mi ci portarono e la sala d'aspetto era già gremita di gente stramba. Era difficile distinguere chi stesse male da chi era sotto l'effetto di qualche droga. Già immaginavo che notte mi si prospettava.

Dopo essere caduta ero rotolata a lato del sentiero ed ero rimasta lì per circa dieci minuti. La caviglia mi faceva talmente male che non riuscivo nemmeno a immaginare di poter raggiungere la guardiola all'entrata del ponte. Perciò rimasi sdraiata lì, in uno stato di semi shock, in attesa che arrivasse qualcuno. Toccò soccorrermi a una coppia, marito e moglie, che faceva jogging; furono molto gentili e mi portarono fino alla loro macchina, parcheggiata sulla strada principale. Mi accompagnarono al pronto soccorso e mi lasciarono usare il loro telefono per chiamare McKenna, che uscì per venire a prendermi.

Guardai il tecnico dei raggi x. «È rotta?»

Mi aiutò a scendere dal tavolo di metallo gelato e ad accomodarmi sulla sedia a rotelle. «Mi scusi, ma solo il dottore ha il permesso di dirle se è rotta o meno.»

«Ah.»

Mi strizzò l'occhiolino. «Ma lei è giovane, si rimetterà in fretta.»

Oh, grazie per la dritta e... la riservatezza.

Trenta minuti dopo avevo un gesso che mi arrivava fino al ginocchio, due stampelle sotto braccio e un appuntamento con uno specialista per la settimana successiva. E indossavo ancora la tuta, sporca di terra e sudore. E pensare che due ore prima mi stavo scervellando su cosa indossare al party di Hunter. Dannazione.

Mi trascinai di nuovo nell'ingresso affollato, dove McKenna e Hunter mi stavano aspettando. McKenna mi corse incontro e mi abbracciò.

«Oh, tesoro, poverina. Stai bene? Com'è successo? Ti fa male? Per quanto devi tenere quella cosa? E come diavolo farai a farti la doccia?»

La guardai cercando di sorridere. «Sono inciampata su un ramo mentre facevo jogging. Non stavo facendo attenzione a dove mettevo i piedi e, *bum!* Sono caduta a terra come una pera.»

«Che antidolorifici ti hanno dato?» chiese Hunter.

«Non ne ho idea.» Tirai fuori la prescrizione dalla tasca e gliela porsi. «Mi hanno dato qualcosa anche in sala d'attesa e adesso mi sento terribilmente intontita.»

Lui guardò la prescrizione. «Vicodin. Bene, ti aiuterà a dormire. Lo prendiamo tornando a casa, ma prima voglio sentire dal dottore che cosa ti hanno somministrato qui. Arrivo subito.»

Ci lasciò sulla porta e andò al triage, mentre McKenna lo guardava con occhi sognanti; poi mi cinse con un braccio. «Bene, adesso ti portiamo a casa e ti sistemiamo. Pensiamo noi a tutto. Per quanto tempo devi evitare di appoggiare il piede?»

Mi sporsi in avanti, appoggiandomi alle stampelle. «Il dottore ha detto che devo stare una settimana ferma immobile, tenendo la gamba alzata. Se si dovesse gonfiare, inizierebbe a premere contro il gesso e a pulsarmi.»

«Ahia. È fastidioso solo parlarne. Appena torna Hunter ti mettiamo in macchina e ti portiamo a casa.» E così dicendo mi tolse un po' di terra dalla schiena. «Bisogna anche darti una ripulita. Ti aiuterò io a farti la doccia.»

«Posso guardare?» Un vecchio in tutù e parrucca rosa lunga fino a mezza schiena ci guardò dal suo posto a sedere e sorrise. Niente denti.

Splendido.

«Bene, hai *InStyle, People, US Weekly, Entertainment Weekly, Glamour* e *Cosmopolitan,* più i tuoi classici rosa preferiti: *Harry ti presento Sally, Ragazze a Beverly Hills, Un compleanno da ricordare, Notting Hill, La rivincita delle bionde, L'amore davvero* e *27 volte in bianco.*» McKenna mi sistemò la gamba su un cuscino e mi allungò il telecomando.

«Uh oh, ci siamo dimenticate *Top Gun*» dissi.

«*Top Gun* è un film rosa?»

Alzai le mani in aria. «Pronto? La scena del volley?»

«Ah, sì, certo. Te lo porto domani. Sei sicura che non vuoi che rimanga con te stasera?»

«No, no, no, vai alla festa di Hunter. È una serata speciale e non voglio che tu o Andie ve la perdiate per farmi da babysitter.»

«Sei sicura?»

Presi in mano *People* e lo usai per scacciarla. «Sì. Ora vattene. Devo aggiornarmi su tutti i gossip delle celebrità, ho molto da fare.»

«Va bene, va bene. Vado. Ma domattina per prima cosa vengo a vedere come stai.»

Sorrisi. «Grazie Mackie.»

Et voilà, la notte in cui il mio perfettissimo ex fidanzato sposava un'altra, ecco come avrei trascorso io il capodanno. Nessun party da favola, nessun vestito perfetto, nessun bacio perfetto. Solo io, il mio lettore dvd e il mio Vicodin. E non avevo nemmeno il gelato.

L'anno seguente la musica doveva cambiare.

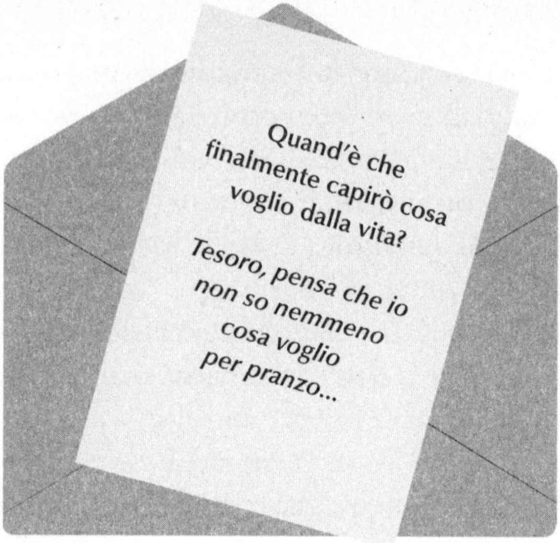

11

Il mio primo giorno di lavoro al rientro dalle feste fu una spina nel fianco. Muoversi con le stampelle era un delirio. Solo per farmi la doccia, vestirmi, "caffeinarmi", ed essere fuori di casa per le otto avevo sprecato tante energie da aver bisogno di tornare a letto.

Quando uscii in strada, l'aria frizzante di gennaio mi schiaffeggiò come l'ospite di un talk show di Jerry Springer. Avrei voluto non essermi legata i capelli, mi sembrava che le orecchie avrebbero potuto staccarmisi da un momento all'altro. Avevo un terzo dei capelli acconciati in uno chignon lento, fermati da un grosso fermaglio argentato, e gli altri erano sciolti dietro la schiena. Diverse ciocche mi sfioravano il mento; la mia speranza era che sembrasse fatto apposta, perché in verità ero semplicemente scarmigliata e troppo stanca per aggiustarmi.

Era una settimana che non mi vestivo né mi alzavo dal divano, e l'ultima cosa a cui avevo voglia di pensare erano i miei capelli.

Avevo uno zaino pieno di roba che normalmente avrei tenuto in borsa, e mentre camminavo con le stampelle, all'improvviso provai la sensazione di essere tornata alle superiori, con lo zaino e l'elastico per i capelli. Per un momento mi sentii incamminata verso l'armadietto prima della lezione di chimica. Iniziai a canticchiare "Tearin' up my heart" degli N Sync, ma poi realizzai che quando gli N Sync erano famosi gli attuali iscritti alle superiori portavano i pannolini. La cosa mi fece sentire un'ottantenne e mi scrollai immediatamente dai miei ricordi a occhi aperti. Cavolo.

Continuai ad arrancare con le stampelle giù per la strada e vidi una lumaca che mi superava da destra. Il percorso dalla Fillmore alla California era solo leggermente in discesa, ma lo stesso avevo paura di inciampare e rovinare a terra. Dopo quella che sembrò un'eternità, riuscii ad arrivare alla fermata del bus e salii sull'1, conosciuto anche con il nome di Chinatown Express, per il giro che faceva attraversando quella che un viaggiatore sprovveduto avrebbe pensato fosse un villaggio fuori Pechino. Sapevo che sarebbe stato meglio prendere un taxi, ma mi sentivo talmente ridicola per il modo in cui mi ero rotta la caviglia che ero determinata a compensare i miei complessi mostrandomi forte e indipendente.

Perciò mi rassegnai a usare i mezzi pubblici.

«Prego, si sieda.» Un ragazzo imberbe, vestito con un completo decisamente troppo grande per lui saltò giù dal proprio posto per farmi accomodare.

«Oh, grazie.» Non riuscivo a credere a quanto mi sembrava giovane. Cos'era? Una specie di tirocinante interno alla scuola superiore? Mi sedetti e sperai che nessuno venisse a sbattermi contro la gamba. E poi guardai il cielo scuro fuori dal finestrino. Sembrava molto, molto più scuro di quando ero uscita di casa. Pregai che non si mettesse a piovere.

Ma le mie preghiere non vennero esaudite.

Due minuti dopo la pioggia scrosciava, e mi domandai come diavolo avrei fatto a scendere dall'autobus una volta arrivati in centro. Decisi che il viaggio di ritorno sarebbe avvenuto sul sedile posteriore di un taxi. Punteggio: veri duri, 0; smidollati, 1.

«Lasci che la aiuti. Scendo anch'io.» Quando arrivammo alla fermata il prepubere in completo mi prese sottobraccio e insisté per accompagnarmi all'ufficio reggendomi l'ombrello.

«Sei veramente gentile. Grazie mille» dissi.

Lui sorrise. «Nessun disturbo.» Non credo che la sua voce fosse ancora cambiata. Gli detti il mio biglietto da visita e gli dissi di chiamarmi se gli fosse mai servito un falso documento d'identità per entrare in discoteca.

Quando alla fine riuscii a raggiungere il mio ufficio, usai una stampella per chiudere la porta e mi misi a sedere alla scrivania. Guardai fuori dalla finestra e vidi che stava ancora piovendo a catinelle. Ero arrivata al lavoro da circa tre minuti ed ero già esausta.

Gesù santissimo.

«Allora, come va?» chiese Andie.

«Molto meglio» risposi. «Ormai non uso quasi più le stampelle, e ho abbandonato le ambizioni da soldato Jane una settimana fa, adesso vado al lavoro in taxi. In caso di necessità estrema posso anche guidare.» Era una domenica pomeriggio di qualche settimana dopo l'incidente, e Andie, McKenna e io stavamo pranzando a Marin, una contea quindici minuti a nord di San Francisco, passato il Golden Gate Bridge.

«Vai a lavorare in taxi?» disse McKenna.

Annuii. «Mi sta costando una piccola fortuna, ma mi semplifica la vita da morire. E Jess ha detto che posso lavorare da casa se piove o sono troppo stanca per andare in ufficio, cosa che capita almeno un paio di volte la settimana.»

«Puoi stare a casa tutte le volte che sei stanca? Vorrei anch'io avere l'opzione» disse Andie.

«Allora, quand'è che ti tolgono il gesso?» chiese McKenna.

«Martedì. Se tutto va bene me ne mettono uno con cui potrò camminare.»

«Fico.»

«Non vedo l'ora. Il matrimonio di Cynthia è fra una settimana a partire da sabato e non vorrei andarci in stampelle. Sedersi al tavolo dei single è già abbastanza di per sé.»

«Credi che un gesso diverso da quello si abbinerà meglio al tuo abito da cocktail? Io no» osservò Andie.

«Grazie per averlo sottolineato, Andie cara.»

«Allora, si sa niente del vostro pesce grosso?» disse McKenna.

«Adina Energy? No, non ancora. Ma corre voce che faranno il grande annuncio la prossima settimana, quando sarò a New York.»

«Quindi sei ancora ottimista?»

Sorrisi. «Sì, decisamente. Potrebbe essere un bel salto di carriera, questo.»

Andie mi toccò la mano. «Felice di saperlo. Te la meriti un po' di fortuna.»

«Grazie tesoro» dissi.

«Ehi, a proposito di tesoro, hai combinato qualcosa con quei favolosi biglietti?» disse McKenna. Dopo essermi rotta la caviglia avevo deciso di accantonare le paure e avevo sottoposto il progetto “Dal tuo Tesoro” a lei e Andie. Con mio grande piacere, entrambe l’avevano trovata un’idea fantastica.

«Continuano a venirmene in mente. Volete sentire quello che ho scritto dopo che quel ragazzino sull’autobus mi ha fatto sentire una nonna?»

«Spara» disse Andie.

«Okay, il fronte dice: *Hai mai desiderato tornare adolescente?*»

Entrambe annuirono.

«E quando lo giri: *Tesoro, se parli così non sai cos’è l’acne tardiva.*»

Andie rise. «Stupendo. Ti ricordi quell’estate in cui ti venne quello sfogo sulla schiena?»

«Uh, intendi i miei brufoli ritardatari? Ti prego non ricordarmelo» dissi facendo una smorfia.

Mi appoggiò una mano sulla schiena. «Oh, continuerò a ricordartelo, mia cara. Contaci.»

Due ore dopo eravamo sulla strada di casa, serpeggiando sui viali di selciato di Mill Valley, forse la cittadina più graziosa di tutta la California del nord. Piena di ristorantini pittoreschi, caffè, gallerie d’arte e boutique. E il tempo era sempre perfetto. Noi tre insieme avevamo trascorso infiniti pomeriggi sedute nella piazza principale, sorseggiando cappuccino, osservando la gente che passava e sognando di poterci permettere una casa là.

«Ehi, avete sentito che Hillary Weston è incinta?» disse McKenna.

«Di nuovo?» dissi. «Siamo già a quota tre?»

McKenna annuì. Hillary era stata la prima compagna di college a sposarsi. Avevamo solo ventitré anni a quei tempi. Un momento prima apriva bottiglie di birra sullo stipite della porta del dormitorio, e un momento dopo sceglieva il servizio buono per casa sua. A suo tempo la cosa mi aveva terrorizzato.

«Non vorrò mai dei figli» disse Andie. «La gente con prole al seguito è una vera seccatura. Non voglio diventare seccante.»

Mi misi a ridere e guardai McKenna. «E tu? Tu vuoi avere dei bambini?»

Lei annuì e sorrise. «Un giorno sì.»

«E tu proprio no?» dissi a Andie.

Andie scosse la testa. «Non esiste.»

«E tu, Wave? Ancora incerta?» mi chiese McKenna.

Annuii. Mi domandavo come facessero a essere così sicure di ciò che volevano, quando ero io quella che era stata sul punto di sposarsi... e ancora non ne aveva idea.

«Tutte le nostre compagne dell'università adesso sono donne adulte» dissi. «Guardate me: ancora scaldo la cena nel microonde.»

Andie rise. «Adoro la tua allergia al cucinare. È come la mia allergia a impegnarmi. Sai, l'altro giorno mia madre mi ha detto che sente di aver fallito come genitore perché non è stata in grado di insegnarmi come accalappiare un uomo.»

«Accalappiare un uomo?» disse McKenna. «Stai scherzando?»

Andie scosse la testa. «Nessuno scherzo. Le sue parole esatte sono state "accalappiare un uomo".»

«Caspita» dissi. «E tu cosa le hai detto?»

«Le ho chiesto se voleva un altro Martini per finire la colazione.»

Io guardai fuori dal finestrino. «È terribile, secondo voi, che volessi sposarmi senza sapere nemmeno se volessi dei figli?» dissi.

«La vita è terribile» disse McKenna.

Io la guardai. «Questo mi sembra un tentativo palese di evitare la risposta.»

Lei rise. «Allora, la tua caviglia sta meglio?»

Anche Andie rise.

Strinsi forte il volante. «Per forza Aaron non ha voluto trascorrere il resto della vita con me. Davvero, ragazze, guardatemi. Ho bisogno di almeno nove ore di sonno. Non so cucinare. Prendo in giro le persone che guidano le familiari. Ho trentacinque paia di scarpe nere. Vi sembro il tipo in grado di allattare e infornare biscotti per beneficenza e andare alle riunioni genitori-insegnanti?»

«Io ne ho quarantacinque, di paia di scarpe nere» disse Andie.

«Sono un disastro.»

«Oh, smettila» disse McKenna. «Non sei un disastro, stai solo imparando a conoscerti. È una buona cosa.»

«Ma cosa succede se alla fine dovessi scoprire che non sarò mai capace di crescere?» dissi. «Sembra che tutti quelli che conosco siano diventati adulti e sappiano cosa vogliono dalla vita, mentre io a volte mangio ancora cereali per cena.»

«Tu *sei* adulta» disse McKenna. «Guarda dove sei riuscita ad arrivare dopo l'infanzia che hai avuto. Vincere una borsa di studio per l'Università non è una cosa da niente, Waverly. Dovresti dare un po' più di credito a te stessa.»

Sospirai. «Sì, ma non posso dare la colpa di tutto a mio padre. Anzi, se io non fossi mai arrivata avrebbe avuto la possibilità di fare carriera nel baseball. Invece guardatelo ora, amareggiato, sempre a rimuginare su ciò che avrebbe potuto fare se non fosse rimasto inchiodato da un disastro di figlia.»

McKenna mi strinse il braccio. «È stata una sua scelta diventare papà, Wave. E non è a causa tua se tua madre si è ammalata. Devi smetterla di darti la colpa per essere nata.»

Le sue parole mi fecero ripensare a quello che mi aveva detto

Jake la sera della festa. Davvero mi sentivo in colpa per essere nata?

«Cosa pensava Aaron?» chiese Andie.

«Di mio padre?»

«Di tua madre, di tuo padre, tutto.»

Scossi la testa. «Non ne parlavamo spesso. Non volevo che mi compatisse.»

McKenna sospirò profondamente. «Davvero, Wave, devi cominciare a fidarti delle persone che credono in te.»

Io guardai basso e mi morsi il labbro. «Di voi mi fido» dissi piano.

«Noi non contiamo» fece Andie. «Non siamo mai state sul punto di sposarci con te.»

Io le guardai. «Voi due siete sempre così razionali rispetto a tutto. Perché sono sempre io quella che dà di matto?»

«Ce n'è una in ogni gruppo» disse Andie. «Rende la vita di tutti più interessante.»

Mi sporsi in avanti e cambiai stazione alla radio, cercando una canzone degli U2. «Okay, adesso basta con voi due.» Pagai il pedaggio al Golden Gate Bridge e guidai fino in città. Passammo davanti al Marina Green, e al porto, e poi percorremmo le stradine perfettamente curate del Marina. La zona era ancora piena di gente che faceva jogging, lanciava aquiloni e giocava a volley, nel tentativo di prolungare il weekend il più possibile prima che il sole tramontasse cedendo il passo all'odiato lunedì.

Dopo aver scaricato le mie amiche, parcheggiai la macchina e mi diressi verso casa. Una volta arrivata, infilai pigiama e ciabatte e raccolsi i capelli in una coda. E poi mi preparai un toast con burro d'arachidi e marmellata e andai nel mio studio. Quando Whitney si era trasferita non avevo molto per arredare la stanza, perciò avevo comprato una bella scrivania di rovere, una sedia e una libreria. Per aggiungere un tocco di personalità, di recente avevo optato per un cassettone color senape, un tappeto ruggine e una serie di ritratti fotografici degli anni Quaranta. Usavo lo studio per tenere i conti, navigare su Internet e di tanto in tanto scrivere lettere, cartoline d'auguri o biglietti di ringraziamento. E ora che potevo lavorare da casa, il viaggio di cinque secondi fino all'ufficio mi piaceva parecchio.

Accesi il computer e aggiunsi qualche biglietto alla mia lista, che andava via via rimpinguandosi.

Fronte: Ho paura che la mia infanzia mi perseguiterà per sempre...
Retro: Tesoro, mal comune mezzo gaudio.

Fronte: Che seccatura dover sedere al tavolo dei single ai matrimoni...
Retro: Tesoro, per quanto ne sanno gli altri il tuo bellissimo fidanzato potrebbe essere un chirurgo impegnato in un'operazione a cuore aperto. E se c'è un tipo carino al tavolo, datti da fare...

Fronte: Mi domando se il sogno della casetta con la staccionata bianca faccia davvero per me...
Retro: Tesoro, non tutte devono essere per forza Marion Cunningham. E mentre ci pensi, goditi Fonzie.

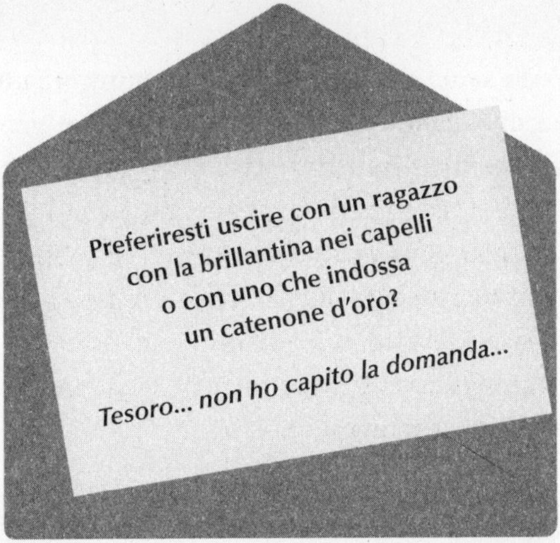

12

Una settimana dopo mi trovavo su un aereo diretto a New York. Il motivo ufficiale del mio viaggio era presenziare ad alcune riunioni del nostro ufficio di Manhattan, ma in realtà andavo solo per il matrimonio di Cynthia. E finalmente ero senza stampelle! Avevo sostituito l'ingessatura con un altro tipo di gesso con cui riuscivo a camminare, apparentemente identico all'altro ma molto più leggero. La grossa differenza stava nell'aggeggio che circondava il piede, che mi permetteva di appoggiarlo a terra. Il dottore mi aveva parlato dell'importanza di camminare normalmente per evitare di creare disturbi dovuti alla sovracompensazione, ma mi ero presto resa conto che non ero capace. Potevo impegnarmi fino allo stremo, ma non riuscivo a non zoppicare e ormai in ufficio mi ero guadagnata il soprannome di "La Gobba della K.A. Marketing". Proprio quello che le ragazze non vedono l'ora sentirsi dire.

Partivo da San Francisco martedì nel primo pomeriggio. Sembrava tutto uguale al solito, ma quando arrivai al banco del check-in accadde un miracolo.

«Uh oh» disse la ragazza. «Pare che la business class sia piena.»

Scrisse qualcosa al computer con una velocità di quattromila battute al secondo e fissò lo schermo.

«Cosa significa?»

Altre ventimila battute al secondo. Che diavolo stava scrivendo?

«Be', vediamo...» clic clic clic «ha un biglietto in economica...» clic clic clic «interamente rimborsabile...» clic clic clic «perciò sembra che...» clic clic clic «non ci siano problemi a passarla in prima».

Sgranai gli occhi. «Davvero?»

Mi allungò la carta d'imbarco e sorrise. «Davvero. Si goda il suo viaggio.»

Afferrai il mio biglietto e fuggii prima che potesse cambiare idea. In verità corsi via a passo di lumaca, ma funzionò lo stesso.

Trenta minuti dopo ero distesa sul mio comodo sedile di pelle, guardando quello vuoto accanto a me. «C'è qualcuno in questo posto?» domandai all'assistente di volo.

«Non oggi, signora Bryson. È tutto suo.»

Aah. Era davvero il mio giorno fortunato. Chiacchierare con qualcuno con il corridoio di mezzo era una cosa, ma, seriamente, chi ha voglia di farsi un viaggio internazionale accanto a uno sconosciuto? La mia amica Whitney aveva conosciuto suo marito durante un viaggio in aereo e lui le aveva anche chiesto di sposarlo durante un volo, nascondendo l'anello dentro un pacchetto di patatine. Ma era molto più probabile ritrovarsi vicino a una vecchia signora che ti descriveva nei particolari quanto fosse fastidioso avere la gotta.

Lo spazio in più era una mano santa per la mia gamba, e dopo il decollo le assistenti di volo mi portarono una specie di pouf su cui appoggiarla. Mi portarono anche una Diet-Coke e un sacchetto di noccioline assortite. Mentre mangiavo per primi tutti gli anacardi (un'abitudine che mi porterò nella tomba) scorsi il menu, felicissima all'idea di mangiare in aereo senza dover sborsare un cent. Dopodiché spulciai la rivista di bordo per scegliere un film da guardare sul mio schermo personale. Gettai un'occhiata all'orologio. Il volo sarebbe durato cinque ore e già non sarei più voluta scendere.

Guardai la tenda che divideva la prima classe dalla business, e ancora più indietro la tenda che divideva la business dall'economica. Ero stata promossa solo poche volte in vita mia, ma ogni volta mi sentivo pervadere da un irrazionale senso di superiorità rispetto ai passeggeri dell'economica. Era come se la parte cattiva di me saltasse fuori solo a diecimila metri d'altitudine. Era orribile, e lo sapevo, ma non potevo farci niente. Quando ero in economica non avevo problemi con nessuno, ma mettetemi in prima classe e vi farò vedere quanto posso essere snob. Speravo sempre che nessuno lo notasse.

Dovetti addormentarmi mentre contemplavo il mio lato oscuro, perché all'improvviso fui svegliata da un'assistente di volo.

«Mi scusi, signora Bryson?»

«Eh? Cosa?» Mi sedetti scuotendo la testa. Lo sapevo. Mi rimandavano in economica.

«Nulla d'importante, un passeggero della terza fila non si è sentito molto bene, possiamo spostare la signora che occupa il posto accanto vicino a lei, per dargli un po' di spazio?»

«Eh? Oh, certo.» Tolsi la borsa dal sedile vuoto accanto al mio.

«Grazie, signora Bryson.»

«Nessun problema.» Ehi, almeno ero ancora in prima classe. Iniziai a cambiare canale sul mio schermo, e pochi secondi dopo la mia nuova vicina di volo prese posizione.

«Mi scusi, mi sa dire l'ora?» chiese.

Guardai l'orologio. «Della California o di New York?»

«Uhm, ottima domanda. Be', quella di New York.»

Spostai l'orologio avanti di tre ore. «Sono appena le cinque e trenta. Credo che atterreremo alle dieci.»

«Grazie. Mi spiace averle occupato il posto. So che è sempre preferibile avere un po' di spazio in più.»

«Nessun problema. Sono stata trasferita in prima, perciò non ho niente di cui lamentarmi.»

La guardai bene e mi pietrificai.

Ero accanto a Kristina Santana, la moglie di Shane Kennedy.

Mi scappò un: «Oh Gesù». Che contegno, ragazzi.

«Si sente bene?» disse.

Mi sistemai una ciocca di capelli dietro l'orecchio. «Ehm, sì, sì. Solo non mi ero ancora accorta di chi è lei. Sono una sua grande fan, cioè sono una fan del pattinaggio. L'ho vista alle Olimpiadi.» Dio che patetica...

Sorrise, mostrando i denti più bianchi che avessi mai visto. «Grazie. Come si chiama?»

«Waverly, Waverly Bryson.»

«Waverly? Come i...»

Sorrisi e non le lasciai finire la frase. «Sì, proprio come la vecchia marca di cracker.»

Si mise a ridere. «Non è la prima volta che se lo sente chiedere, immagino. Piacere di conoscerla.» Si allungò verso di me tendendomi la mano.

«Sa, ho lavorato con suo marito pochi mesi fa» dissi. «Lavoro per la JAG.»

Lei mi guardò stringendo gli occhi. «Si è comportato bene?»

Annuii. «È stato favoloso. In effetti è stato un vero tesoro. Di solito lavoro solo con delle prime donne, lui è stato un'eccezione sorprendente. Mi ha anche portato il caffè un paio di volte.»

Lei rise di nuovo. «Non mi sorprende. Non avrei sposato Shane se fosse stato uno di quelli che si danno tante arie. Anzi, non gli avrei concesso nemmeno un appuntamento.» Bevve un sorso di acqua frizzante. «Ne ho conosciuti di atleti pieni di sé e – possiamo darci del tu? – credimi, mi hanno stufato da un pezzo.»

«Propongo un brindisi.» Alzai la mia Diet-Coke. «Una volta ho dovuto organizzare una campagna stampa per un giocatore di baseball che promuoveva una nuova linea di guantoni. Dio, era proprio un bel tipo, pieno di sé e maleducato all'inverosimile... solo quando le telecamere non riprendevano, ovviamente. Ad ogni modo, quando scoprì che il giornalista del *Today* non aveva mai sentito parlare di lui s'infuriò talmente che quasi lo piantò lì.»

«Davvero?»

Annuii. «E senti questa. Dopo l'intervista, quando lui se ne fu andato, il giornalista scoppiò a ridere dicendo che sapeva benissimo chi fosse, ma si era divertito un mondo a farlo arrabbiare.»

«Geniale» disse.

Sorrisi. «Già, lo penso anch'io. Sono quelle cose a cui vorresti aver pensato per primo. Finita la campagna fortunatamente non lo rividi mai più, mentre io e il giornalista siamo ancora buoni amici.» Il buon vecchio Scotty Ryan.

Kristina e io finimmo per chiacchierare tutto il tempo, partendo da come mi ero rotta la caviglia e poi parlando di lavoro, famiglia e medaglie olimpiche (sue, ovviamente). Lei e Shane si erano conosciuti sei anni prima a un evento di beneficenza a Chicago, dove entrambi erano cresciuti. Lei si destreggiava fra la scuola di medicina e le gare di pattinaggio, e Shane era una giovane stella nascente dell'NBA. Fu amore a prima vista, e dopo pochi mesi erano già fidanzati. Una coppia praticamente perfetta.

Si mise in bocca un pezzetto di torta al cioccolato. «E tu? Come va l'amore a San Francisco?»

La guardai inarcando le sopracciglia. «Mmm, da dove posso cominciare? Preferisci che ti racconti del mio ex fidanzato che si è appena sposato o che non faccio sesso da una decina d'anni?»

Quasi si strozzò con la torta. «Oh mio Dio, mi fai morire dal ridere.»

«Okay, sto esagerando» dissi. «Ma diciamo che al momento sono in un periodo di magra.»

«Ahh, adoro i periodi di magra. Non preoccuparti, tutto a suo tempo» disse, frugando nella borsetta. Tirò fuori il rossetto, se lo ripassò sulle labbra e buttò la borsa in mezzo ai nostri sedili. «Interrompere un periodo di magra è sempre stata la mia parte preferita dell'essere single.»

Scoppiai a ridere e mi distesi sul sedile. «Spero proprio che tu abbia ragione, perché al momento la parte che preferisco io è aprire una nuova confezione di gelato per cena, nonostante i miei jeans non siano mai troppo d'accordo.»

Poche ore dopo eravamo al nastro trasportatore delle valigie. Io afferrai la mia e le porsi un biglietto da visita. «Ci sono i miei numeri di lavoro e di cellulare, sentiamoci se passi da San Francisco, okay? E saluta Shane da parte mia. È stato un piacere conoscerti.»

«Non mancherò. È stato un piacere anche per me. Ciao Waverly.»

«Ciao.»

Mi infilai dentro un taxi per raggiungere le strade inondate di luce di Manhattan. Pochi chilometri dopo, entrando in città, vidi Kristina che mi sorrideva da un cartellone pubblicitario del profumo *Whisper*.

Alle undici entrai in hotel, salii in camera e aprii la valigia. Tirai fuori tutte le cose che potevano stropicciarsi e le appesi dentro l'armadio. Se possibile, volevo evitare di doverle stirare. Odio stirare. Mi faccio vanto di comprare solo cose che posso mettere così come escono dall'asciugatrice, perciò vedermi con in mano un ferro da stiro è probabile come vedere Sean Penn a una convention di Repubblicani. Ma non ci sono asciugatrici negli hotel e a volte ci si ritrova costretti a stirare i vestiti carini, perciò capitolai. Ma odio, odio, odio stirare.

Mi infilai il pigiama, mi feci la coda e ordinai un sandwich prosciutto e formaggio e un'insalata al servizio in camera. Per quanto il gesso me lo permettesse, mi sedetti a gambe incrociate sul letto e accesi la tv.

«Servizio in camera.» Il mio spuntino di mezzanotte bussò alla porta. Come il cane di Pavlov, sentii improvvisamente una gran fame. Scesi dal letto facendo molta attenzione e zoppicai fino alla porta. Il cameriere spinse dentro il carrello. «Posso portarle altro?» disse.

«Un fidanzato e una caviglia nuova?»

«Prego?»

«Scherzo, scherzo.» Gli detti la mancia e chiusi la porta. E poi guardai il conto: ventotto dollari e cinquanta per un sandwich, un'insalata e una bottiglia d'acqua. Grazie a Dio avevo le spese pagate.

Un'ora dopo stavo per spegnere la televisione e andare a dormire, quando decisi di controllare l'e-mail e lavorare un po' sui miei biglietti. Avviai il computer e, dopo aver cancellato qualcosa come settecento foto del figlio di Whitney che dormiva, buttai giù una serie di pensieri.

Altre idee biglietti "Dal tuo Tesoro":

Fronte: Che tipo di genitore invia centinaia di foto del proprio figlio che dorme?
Retro: Tesoro, lo stesso tipo di genitore che attaccherà quei ridicoli adesivi "Padre dello studente del mese" sulla sua auto quando il pargolo sarà cresciuto.

Fronte: Periodo di magra...
Retro: Tesoro, pensa a quanti soldi stai risparmiando in lingerie e cerette.

Buttai giù un sorso d'acqua e rilessi quello che avevo scritto. C'era un po' di amarezza in quelle righe.

Mmm. Ero davvero diventata una persona amara?

Cliccai sul documento e ne aggiunsi un altro:

Fronte: Ti senti mai sola e amareggiata?
Retro: Tesoro, esercizio di training autogeno: immagina un muffin gigante. Funziona.

Il mattino seguente, Paige Beckmann annunciò in videoconferenza la partnership con la Adina Energy all'intera compagnia. Disse che avevano firmato un contratto di un anno a sette cifre per il lancio dei loro prodotti e che il cliente sarebbe stato gestito dall'ufficio di San Francisco.

Sorrisi e guardai le persone attorno a me, chiedendomi se si fossero resi conto che sarei stata io la responsabile, che ero io quella che avrebbe mandato avanti lo show.

E poi Paige Beckerman aggiunse che la squadra sarebbe stata guidata da Mandy Edwards.

«Perciò, ehm, sai quali prodotti ha messo fuori l'Adina Energy quest'anno?» Un'ora dopo ero seduta nell'ufficio di Cynthia, ad aggiornarla sulla JAG e sforzandomi di non piangere, nella speranza che non notasse il mio stato d'animo.

Lei si mise a scartabellare con dei fogli appoggiati sulla sua scrivania. «Non ne ho idea. Ma sono stata talmente occupata con i preparativi per il matrimonio che anche se l'avessi saputo me ne sarei di certo dimenticata.»

«Già, immagino che tu abbia cose più importanti a cui pensare. Perciò, ehm, sai per quale motivo hanno scelto Mandy Edwards per il cliente? Voglio dire, perché non ha ancora molta esperienza, è nuova nel nostro reparto.» Ero solo io ad aver pensato di essere la scelta migliore per quel compito? Ero solo io a pensare di essere stata fregata?

Continuò a sfogliare le carte. «Jess dice che è stata lei ad esprimere il desiderio di lavorare di più. E ha fatto un ottimo lavoro con gli altri clienti, perciò sembra che questa sia la sua occasione per amalgamarsi meglio all'interno del settore sportivo dell'agenzia.»

«Oh.» Guardai il pavimento mordendomi il labbro. Quella scimmia. Ha espresso il desiderio di rubarmi il lavoro, ecco cosa. Ma perché anch'io non avevo insistito per farmi assegnare più lavoro? Avrei dovuto, forse? Non ero proprio capace di capire come funzionavano certe tattiche.

Mi schiarii la voce. «Perciò, ehm, è tutto pronto per il matrimonio?»

«Spero di sì, incrociamo le dita. Se Dale non mi tira un bidone all'ultimo momento andrà tutto bene.»

«Oh, ti prego. Sarà perfetto.»

Si alzò e si mise la giacca. «Spero che tu abbia ragione. Okay Waverly, scusami se vado così di fretta ma devo scappare. Ci vediamo sabato?»

«Okay.» Mi fissai le mani in grembo.

Lei si fermò e fissò me. «Tesoro, è tutto okay?»

«Sì, sì.»

«Sei sicura? Sembri un po' giù.»

Mi sforzai di sorridere e annuii. «Sì.» Non ero io la protagonista di quella settimana.

Sabato mattina mi svegliai presto, avvolsi il gesso in una busta di plastica e mi feci una lunga doccia calda. Quando riuscii a riemergere dal vapore che riempiva il bagno, mi misi "l'Accappatoio" e andai alla finestra che dava sulla strada. Cynthia aveva scelto il lussuoso Waldorf-Astoria per sposarsi e io ero alloggiata al più piccolo ma delizioso Hôtel Plaza Athénée. Era a pochi isolati da un Central Park ricoperto da una spessa coltre di neve, e le sue finestre incorniciavano il meraviglioso ritratto di un immacolato inverno a Manhattan.

Il piccolo e lussuoso hotel mi ricordava un po' Buenos Aires e lo stile architettonico europeo, tipico della capitale argentina. C'ero stata per qualche settimana dopo l'ultimo anno di college e mi ero letteralmente innamorata della città, di tutto, specialmente degli uomini. La mia AIBS Sudamericana (Sindrome da Induzione Alcolica al Bacio) era peggiorata moltissimo laggiù.

Dopo essermi asciugata i capelli scesi al piano di sotto. Il matrimonio non sarebbe iniziato prima delle cinque, perciò avevo tutto il tempo del mondo per divertirmi e andare in esplorazione, nonostante non avessi in programma chissà quali giri, a causa della mia zoppia. Ma volevo lo stesso dare un'occhiata nei dintorni dell'albergo. Adoro Manhattan: la sua atmosfera e il suo aspetto cambiano così all'improvviso, da un isolato all'altro, che ogni volta sembra di entrare in una città nuova. Il magnetismo e l'energia pura che emana non smetterà mai di riempirmi di meraviglia. Mi considero una donna di città e ho sempre detto di voler vivere a San Francisco finché non mi consegneranno in un sacco per cadavere alla periferia. Ma New York è un altro livello. A New York mi sento sempre come una campagnola con le lentiggini e un maiale sottobraccio, approdata tutta sola in una grande città per la prima volta.

Un'ora dopo stavo leggendo il giornale in un caffè, quando il mio cellulare squillò. Pescai il telefono in borsa e guardai il display, ma non riconobbi il numero.

«Pronto?»

«Waverly?» era una voce femminile familiare, ma non riuscivo a collocarla.

«Sì?»

«Ehi ciao, sono Kristina, del volo di ieri. Come stai?»

Kristina? Cosa? Incredibile.

«Oh, ciao Kristina. Sto bene, grazie. Sono in un caffè vicino al mio hotel. Come va?» dissi.

«Tutto bene, spero solo che non nevichi più. Ad ogni modo, so che è improbabile, ma per caso hai trovato un'agendina? Non salta fuori da nessuna parte e credo che potrebbe essermi caduta dalla borsa. Forse è finita nella tua?»

Aggrottai le sopracciglia. «Un'agenda? Com'è?»

«È molto piccola, verde scuro. Rilegata in pelle.»

Incastrai il telefono tra l'orecchio e la spalla. «Okay, fammi controllare. Un secondo... vediamo cos'ho qui... portafoglio...

rossetto... spazzola... burro di cacao... occhiali da sole... un altro rossetto... penna... penna... penna... penna... libretto degli assegni... Dio, c'è tanta di quella robaccia... aspetta! Sì, è qui. Un'agendina verde. Wow, mi spiace, non ho idea di come abbia fatto a infilarsi qui dentro. Non sono cleptomane, giuro.»

«Oh, non scusarti. Sono così felice che tu l'abbia trovata. Sembra che io non sia in grado di uscire dal medioevo e comprarmi un BlackBerry, perciò senza quell'agendina sono persa.»

«Be', considerala ritrovata. Come faccio a ridartela?»

Lei rimase un attimo in silenzio. «Mmm, io oggi sono libera perciò va bene per te se vengo a prenderla adesso? Devo uscire a far compere in ogni caso. Ehi, ti va di venire con me? So che te lo sto chiedendo all'ultimo momento, ma per caso sei libera?»

«Stai scherzando? Ma certo che mi va! Non conosco nessuno a New York tranne la sposa, e oggi è piuttosto impegnata. E il matrimonio sarà solo più tardi, perciò non ho nessun programma tranne finire la mia terza tazza di caffè.»

«Anche tu sei una caffeinomane?»

«Di tanto in tanto. Anche tu?»

«Oh sì, sono diventata tossicodipendente quando studiavo medicina. Shane sa che la mattina non mi deve rivolgere la parola prima che io abbia bevuto il mio caffellatte. Ti saluta, fra l'altro. Gli ho detto che ci siamo incontrate. Va bene se ti vengo a prendere all'hotel fra quarantacinque minuti? Ti può andare?»

«Kristina, sei proprio il mio tipo. È perfetto, ma devo avvisarti che, se stiamo andando a fare shopping, il mio sprint è andato perso quando mi sono spezzata la caviglia.»

«Non preoccuparti, penserò io a te. Ci vediamo fra un attimo.»

Io feci caso a com'ero vestita. Avevo un appuntamento con Kristina Santana! Indossavo abiti adeguati? Avevo i jeans e un dolcevita color crema con le maniche a campana e un fiore verde e azzurro ricamato sulla sinistra. Ero passabile? Triste a dirsi, ma era l'appuntamento a cui ero più felice di andare da molto tempo, perciò non volevo rovinarlo arrivandoci vestita da studente delle superiori.

Più tardi quel pomeriggio, io e Kristina eravamo sedute nelle confortevoli poltrone del lounge del mio hotel, a bere tè verde, soddisfatte dai risultati del nostro shopping compulsivo. Mi era venuta a prendere in taxi e mi aveva portata in mille negozi di SoHo alla moda e alla portata delle mie tasche. Avevo comprato talmente tanta roba che ero stata costretta ad acquistare un borsone per riuscire a trasportare tutto in aereo.

«Kristina, sei fantastica.» Guardai la massa di buste di acquisti che ci circondavano e scossi la testa. «Credevo di essere brava a trattare, ma tu sei la regina.»

Sorseggiò il suo tè. «Sì, lo so. Adoro fare shopping, ma non riesco a comprare cose che costano chiaramente molto più di quello che valgono, non so se mi spiego...»

«Anch'io la penso così, ma compro solo quando trovo un affare che non mi potrei permettere altrimenti. Mentre tu...»

Lei alzò una mano. «Lo so, lo so. Ma la mia famiglia era molto povera quand'ero piccola e ricordo ancora com'è doversi preoccupare dei soldi. E ora che ne ho tanti, preferisco darli a quelli che ne hanno realmente bisogno. E in genere i proprietari di negozi alla moda non rientrano nella categoria.»

«Ehi, non ti sto assolutamente criticando. Se mi avessi portata nei negozi frequentati dai ricchi e famosi di Manhattan, non avrei potuto comprare neanche un paio di calzini.»

Lei alzò la tazza. «Brindiamo.»

«Al mio nuovo completo per il matrimonio.» Avevo portato

tre vestiti da San Francisco, ma Andie aveva ragione: esisteva un vestito che stesse bene con il gesso? Purtroppo, la risposta era no. Perciò Kristina mi aveva aiutato a trovare qualcosa di meglio: un paio di pantaloni sfilati di crêpe leggermente larghi in fondo, con una sottile bordatura color crema che sottolineava due ampie tasche dietro. Sopra, un top a spalline sottili con la stessa bordatura di seta che correva sotto il busto e due spacchi ai lati della vita. Era semplice, elegante e grazioso. E nascondeva perfettamente il gesso.

«Davvero vuoi aiutarmi con trucco e capelli?» dissi.

«Certo, sono ben felice. Quando non lavoro e Shane è via, mi annoio sempre, mi dai una mano a riempire il sabato.»

«Davvero non hai una première o una premiazione a cui andare? O qualche vita da salvare?»

Lei gesticolò. «Ragazza, la tua idea di come sia la mia routine è talmente fuorviata che non mi fa neanche ridere.»

«Perciò non è tutto feste e lustrini?»

«Nemmeno un po'. Viaggerò in prima classe, ma lavo io la biancheria a casa.»

Mi misi a ridere. «È stato divertente uscire con te. Vorrei che tu fossi il mio accompagnatore al matrimonio. Non faccio proprio i salti di gioia pensando che dovrò sedere al tavolo dei single.»

«Non sarà così male. E forse incontrerai qualche bel ragazzo.»

«E forse no.»

«Dài, non essere così pessimista.»

«Lo so, lo so. Solo non mi esalta l'idea di girare con addosso la lettera scarlatta.»

«Waverly, ne stai facendo un dramma.»

Incrociai le braccia con un sospiro. «Forse sì, ma è questo il superpotere dei single.»

«Non essere ridicola. Non ti sei sposata... e allora? Vorresti esserlo?»

Io la guardai e mi morsi il labbro. «Be', io, è quello che tutti...»

«Non dovresti preoccuparti di "tutti". Dovresti preoccuparti di te.»

«Ma...»

«Ma niente.»

«Ma...»

Mi afferrò il polso. «Waverly, so che non ci conosciamo da molto, ma voglio che tu mi stia a sentire.»

La fissai a bocca aperta.

«Niente mi dà più fastidio di una donna che cerca negli altri conferme del proprio valore, okay?»

Chiusi la bocca.

«Se vuoi sposarti, bene, è grandioso. Credo che il matrimonio sia una cosa meravigliosa. Ma se anche solo per un attimo hai creduto che ti avrei guardata *con più stima* se fossi stata sposata, allora mi hai decisamente sottovalutata.»

«Be', io...»

«Non ho finito. Tu mi piaci, Waverly. Davvero. Ma non riesco ad avere a che fare con donne che si preoccupano troppo di ciò che gli altri pensano di loro. Non ce la faccio.»

«No?»

«No. E quando inizio a pensare male di qualcuno è la fine.»

Sorrisi. «È la fine?»

«Già, perciò non sciupare tutto.» Mi sorrise anche lei.

Io mi misi a ridere. «Mi stai minacciando?»

Lei alzò le spalle. «Preferisco usare il termine "amore brutale", ma se la vuoi mettere su quel piano allora sì.»

«Diavolo, Shane non mentiva quando mi ha detto che eri tosta.»

Lei mi sorrise di nuovo. «Ragazza, non sai quanto.»

Portammo le nostre buste in camera mia, appesi il mio completo per il matrimonio dentro l'armadio e abbandonai tutto il resto in un angolo. Accesi la piastra e mostrai a Kristina i trucchi che avevo preso con me.

Lei ispezionò la mia trousse. «Credo che dovresti lasciare i capelli sciolti e lisci, smokey eyes e rossetto color prugna.»

«Mi sembra un buon piano» dissi. «Dopo il discorso che mi hai fatto, sento che è meglio fare le cose a modo tuo.»

Si mise a ridere. «Bada...»

Io accesi la televisione e cambiai canale fino a che decisi di mettere su MTV che stava trasmettendo una maratona di video di Madonna. «Uh, adoro Madonna» dissi tornando in bagno. «I suoi pezzi mi ricordano quando mi preparavo per andare alle feste delle superiori. Che cosa strana i balli. Hai notato che al terzo anno le persone smettevano di andarci? O era solo la mia scuola?» Mi appoggiai al lavandino, mentre finivo di selezionare i miei trucchi.

Kristina mi applicò un sottile velo di fondotinta sul viso con un batuffolo di cotone. «Ehi, è vero. Anche nella mia scuola è stato così. Improvvisamente smettemmo tutti di andarci. Non so perché.»

«E hai mai notato che prepararsi per un ballo è molto più divertente che la festa in sé?»

Lei fece un passo indietro e mi sorrise. «Waverly, da dove le tiri fuori tutte queste osservazioni?»

Io scrollai le spalle. «Sono una donna single senza animali domestici. Ho un sacco di tempo libero.»

«Waverly...»

«Okay, okay, basta lamentarsi di essere single. Ehi, posso farti una domanda?»

«Certo.» Si piegò su di me e mi applicò il correttore sotto gli occhi.

«Ehm, be', mi stavo solo chiedendo, tu conosci l'ex compagno di stanza del college di Shane, Jake McIntyre?»

Mi passò un grosso pennello sugli zigomi, e poi mi fece chiudere gli occhi e applicò ombretto e eyeliner. «Jake? Certo che lo conosco. Era al nostro matrimonio. Perché?»

«Oh, be', Shane me lo ha presentato la sera del grande party della JAG, alla fine di quella fiera a novembre. Mi è sembrato molto carino.»

«È un tesoro» disse, poi mi voltò la testa a sinistra e aggiunse del blush. Mi alzò il mento ed esaminò il proprio lavoro. «Okay, ho finito, ma voglio farti anche le sopracciglia, dare un po' di forma. Ti spiace?»

Frugò dentro la sua borsa e tirò fuori un paio di pinzette, un pettinino e un paio di forbicine. «Nient'affatto, prego, fai pure.» Chiusi gli occhi. «Alle mie amiche bionde piacciono le mie sopracciglia perché sono folte e scure, ma per me sono un incubo.»

«Lascia che ci pensi io. Ho sempre pensato che se non fossi diventata un dottore, avrei aperto un salone di bellezza. Adoro questa roba. Ora non muoverti.»

Trattenni il fiato. Lei finì il sopracciglio destro e poi si distanziò ed emise un gridolino. «Perfetto. Ora rimani immobile mentre faccio anche l'altro.»

Chiusi di nuovo gli occhi e ascoltai Madonna cantare "Like a virgin" in sottofondo. Mi persi nella canzone e la immaginai saltellare per le vie di Venezia col vestito da sposa. Diavolo, io ero proprio come una vergine con tutti i miei propositi e le mie intenzioni. Da quando? Dio mio. Ero una vergine convertita.

Il suono della voce di Kristina mi strappò ai miei pensieri.

«Okay, ho fatto con le sopracciglia. Ora lasciami stirare i capelli e abbiamo fatto.» Prese la piastra in una mano e una ciocca di capelli nell'altra.

«Kristina?»

«Sì?»

«Be', ehm, mi stavo solo chiedendo cosa sai di Jake. Voglio dire, ha una fidanzata?»

Lei prese un'altra ciocca e passò la piastra. «Una ragazza? Mmm... non ne ho idea. È da un po' che non lo vedo. Ma posso chiedere a Shane.»

«*No!* Voglio dire no, non devi. Ero solo curiosa, ecco tutto. Lavora per gli Hawks, avrà un milione di ragazze che gli girano intorno.»

Anche lei mi fece il giro attorno, per lavorare dietro la testa. «Probabile, ma scommetto che nessuna è carina quanto te in questo momento.»

Prese una piccola quantità di cristalli liquidi e mi passò le mani fra i capelli. E poi puntò le mani in vita e sorrise. «Hai una bravissima stylist, se posso dirlo.»

Mi voltai per guardarmi allo specchio e fui costretta ad ammettere che stavo davvero bene. Mi avevano fatto trucco e parrucco in maniera professionale solo un paio di volte, quando avevo fatto la damigella, ma non ero mai stata così graziosa. E la nuova forma delle sopracciglia faceva davvero risaltare i miei occhi.

«Wow, Kristina, mi hai fatto diventare uno schianto!»

«Waverly, ma tu lo sei sempre. Ora però sei al massimo della forma.» spense la piastra e iniziò a rimettere a posto i trucchi.

Mi misi a ridere e alzai la mano per un cinque. «Tavolo dei single, trema: sto arrivando.»

La chiesa che Cynthia aveva scelto per il suo matrimonio si chiamava St. Luke's. Immaginai che sarebbe stata fantastica, perché avevo notato che la maggior parte dei ragazzi che si chiamavano Luke lo erano. E non rimasi delusa. Era alta e slanciata verso il cielo, con splendide vetrate che andavano dal pavimento al soffitto.

Non riuscivo a credere a quante persone occupassero le panche. Saremo stati in cinquecento. Non avevo chiesto a Cynthia il numero degli invitati, ma mi resi conto che un matrimonio in grande aveva senso in base a chi erano la sposa e lo sposo. Dale Payton era un importante agente sportivo e Cynthia era vice senior in una società di marketing di fama internazionale. Avere successo in quei campi significava avere delle doti ed essere pagati profumatamente per questo.

Mi infilai in silenzio in una panca e mi guardai attorno. Scorsi il programma del matrimonio e cercai di sembrare disinvolta, mentre aspettavo che la cerimonia avesse inizio. Il lato irrazionale di me mi faceva sentire come se avessi un grosso cartello sulla testa che diceva: "lasciata all'altare l'ultima volta che è stata in chiesa". Il lato razionale di me mi diceva che McKenna, Andie e ora anche Kristina, mi avrebbero presa a calci in culo se avessero saputo a cosa stavo pensando.

La cerimonia fu breve e piacevole, grazie a Dio. Cynthia e Dale avevano voluto così, tagliando corto e arrivando al "Lo vuoi? Sì, lo voglio. E tu lo vuoi ? Sì lo voglio", il che a me stava benissimo. Ci alzammo tutti e battemmo le mani per i neo sposini che percorrevano la navata verso l'uscita. Quando anche le damigelle e gli amici dello sposo furono usciti, la folla abbandonò le panche e si diresse verso l'hotel, dove tutti attendevano che avesse inizio il party.

Io zoppicai verso un taxi e indirizzai l'autista al Waldorf-

Astoria, a pochi isolati di distanza. Normalmente avrei camminato, ma faceva un freddo cane e io ero una tartaruga con il gesso. Quando il taxi mi scaricò, controllai capelli e trucco nella toilette e ripassai il rossetto prugna. E poi mi diressi verso il salone principale. Il posto si riempì rapidamente con un milione di ospiti che non conoscevo. Mi feci strada fino alla lista dei tavoli e presi il mio segnaposto.

Signorina Waverly Bryson
Tavolo 53

«Tavolo cinquantatré? Chi ha cinquantatré tavoli al proprio matrimonio?» mi chiesi.

«Prego?» l'addetto alla lista mi guardò.

«Oh, mi perdoni, stavo solo pensando a voce alta.» Ops. Ma davvero, dove ci saremmo stipati tutti quanti? Come avrebbe fatto la coppietta di sposi a trovare il tempo di salutare tutti?

Mi diressi verso la sala principale, ma l'addetto mi indicò il corridoio e sorrise. «I cocktail vengono serviti nell'Astor Salon. La cena sarà servita fra un'ora qui nella Grand Ballroom.

«Uh, okay, grazie.» Mi voltai e seguii la folla. Conoscevo solo poche persone della K.A. Marketing che sarebbero intervenute e mi domandai se qualcuno di loro sarebbe stato seduto al mio tavolo. O forse mi avrebbero fatta sedere vicino a qualcuno di famoso. Avevo già scorto diversi atleti e personalità tra la folla.

La Sunrise Ballroom era attrezzata con una serie di tavolini sopra cui venivano serviti antipasti e drink da tutto il mondo: sushi, tapas, involtini primavera, taco, birre tedesche. Non appena varcai la soglia una sorridente donna del servizio catering, con i capelli grigi e la divisa bianca e nera, mi si avvicinò e guardò il mio gesso.

«Salve, posso esserle d'aiuto?»

Ed ecco che sfumava il mio piano "nessuno noterà il gesso con questi pantaloni".

Sorrisi. «Tutto a posto, grazie. Ma potrebbe dirmi dove potrei prendere un bicchiere di vino?»

Lei indicò il bar sulla destra. «Si goda la serata, e se le serve qualcosa chieda pure.»

Mi diressi verso i vini della Napa Valley island e ordinai un bicchiere di Peju Merlot. Poi mi trascinai fino al sushi bar e presi qualche boccone con il salmone e qualcuno con il surimi. Mi voltai e vidi un tavolino vuoto, con alti sgabelli, alla mia destra. Appoggiai il bicchiere e mi sedetti, e poi di nuovo ispezionai la sala. Dopo una serie di tentativi falliti di trovare una faccia conosciuta, iniziai a chiedermi se fossi al party giusto.

Lasciai perdere e mi concentrai sul mio piatto. Buono. Stavo per attaccare il salmone dopo essermi ingozzata di surimi, quando i miei occhi si bloccarono al centro della stanza. Proprio là, accanto al tavolo dei tacos, c'era Jake McIntyre. E credo che mi stesse guardando.

Mi voltai rapidamente e buttai giù un sorso di vino per cercare di mandare giù il salmone col quale mi stavo soffocando. Jake era lì? Jake quello carino? Jake dagli occhi blu? Non ci potevo credere. Cosa ci faceva lì? Ed era solo?

Feci un respiro profondo e mi voltai verso di lui, con un sorriso nervoso stampato in faccia.

Ma lui era scomparso.

«Ehi, raggio di sole, mi sembrava fossi tu, infatti.»

Mi girai e vidi Scotty Ryan del *Today*.

Mi alzai in piedi e lo abbracciai. «Ehi, Scotty! Non sapevo che saresti venuto. Che bella sorpresa.»

«Posso dire la stessa cosa» rispose lui. «Come stai?»

«Tutto bene, grazie. Sai proprio l'altro giorno stavo ricordando quella volta che hai preso in giro quell'orrendo giocatore di baseball, facendo finta di non sapere chi fosse.»

Sorrise. «Una delle mie interviste preferite.»

«Sei amico di Dale o di Cynthia?»

«In verità li ho conosciuti separatamente l'uno dall'altra... non potevo perdermi questa festa.»

«Dài, siediti.» Gli indicai lo sgabello vuoto accanto a me. «Sono così felice di averti incontrato. Non conosco nessuno qui e mi stavo già chiedendo se sarei riuscita ad arrivare in fondo alla serata da sola, perciò mi hai appena salvata.»

«Felice di essere d'aiuto.» Si sedette e immediatamente notò il gesso sotto i miei pantaloni. «Ehi, cosa ti è successo alla gamba?»

«È la caviglia. Vorrei poter raccontare di essermela rotta facendo qualcosa di interessante, ma sono inciampata su un ramo. Dolorosamente noioso, dolorosamente imbarazzante... doloroso, insomma.»

Lui mi appoggiò una mano sulla spalla. «Be', nonostante il gesso sei stupenda come sempre. Davvero sei sola? Difficile da credere.»

Sorseggiai il mio vino e sorrisi. «Be', grazie per il complimento, gentile signore, ma... sì, viaggio da sola. Anche lei?»

Lui annuì e si guardò intorno. «Già.»

«A dire il vero è il primo matrimonio a cui partecipo da un po'» dissi, sentendomi improvvisamente coraggiosa.

«Davvero?»

Annuii. «Sì, e a dire il vero l'ultimo matrimonio a cui avrei dovuto partecipare era il mio.»

Lui incrociò il mio sguardo. «Eri fidanzata? Quando? Cos'è successo?»

Io mi morsi un labbro e poi presi un profondo respiro.

Posso farcela. Ora glielo dico.

«Ehm...» balbettai.

Immaginai Kristina battere il cinque a McKenna e Andie.

Potevo farcela.

«Lui, ehm... noi, mmm...»

Scotty alzò un sopracciglio.

«Io... eh, non mi sentivo pronta perciò ho mandato tutto all'aria» dissi infine.

Dannazione. Fare un piccolo passo per volta era più difficile di quanto credessi.

«Cavolo, mi dispiace» disse.

Alzai il bicchiere. «Anche a me, ma, ehi, cosa ci vuoi fare? Se non è quello giusto non è quello giusto.» Almeno una cosa l'avevo capita.

«L'amore è una fregatura» disse, e poi abbassò la voce e si avvicinò. «Anche se non sono cose da dirsi a un matrimonio.»

Mi misi a ridere e guardai attorno al tavolo. «Questo è il matrimonio più strepitoso al quale sia mai stata. Mi domando quand'è che spunterà il fotografo di *InStyle*.»

Lui annuì. «Sì, infatti. Questo posto brulica di atleti professionisti.

«Già, il mio amico Hunter venderebbe l'anima al diavolo per essere qui ora» dissi. «Che scena.»

Lui mi prese la mano libera e la strinse delicatamente. «Quando il party inizierà sul serio dobbiamo scovare quelli più carini, e poi dividerceli e conquistarli.»

«Ai ragazzi carini.» Alzai il calice di vino rosso per fare il brindisi. «In verità c'è un ragazzo al quale sarei interessata, ma l'ho perso tra la folla a quanto pare. Puoi aiutarmi a ritrovarlo?»

«Ma certo, lascia fare a me. Informazioni, *please.*»

Io mi avvicinai, tenendogli ancora la mano, e abbassai la voce. «Okay, ma dobbiamo essere scaltri, perché tendo a cadere ai suoi piedi, e quando dico cadere ai piedi intendo letteralmente.»

Lui mi rispose sussurrando. «Vuoi essere Starsky o Hutch?»

Io feci una smorfia buffa. «L'ho visto qualche minuto fa, ma poi l'ho perso.»

Glielo descrissi, e lui mi si avvicinò e mi sussurrò all'orecchio: «Piatto ricco. Possiamo lanciare una monetina, per lui?»

«Mi chiedo se sia qui con qualcuna» dissi. «Devo riuscire a parlargli di nuovo, Scotty. L'ultima volta ho fatto un casino.»

«Ci penso io, tesorino, ci penso io. La notte è giovane e ci sarà da divertirsi.»

Trascorremmo il resto del cocktail ad aggiornarci sulle rispettive vite e a scambiarci dicerie su tutti gli ospiti famosi. Scotty aveva un sacco di gossip succulenti.

«John Shasta, il battitore degli Yankees? Davvero?» dissi.

Annuì. «Batte per l'altra squadra.»

«Ma fa sempre quelle pubblicità di macchinoni...»

Mi accarezzò una guancia. «Ma tu non vivi a San Francisco? Svegliati e guarda che bell'arcobaleno che c'è fuori, cara.»

Ripensai all'uomo massiccio che beveva nero da un bicchiere. Intendo Guinness.

«Ma, John Shasta?» dissi.

Scotty si allungò verso di me e mi prese il naso. «Tesorino, dovresti vedere le lettere d'amore che mi mandano le donne di questo Paese che non hanno la più pallida idea dei miei gusti. Si tratta solo di proiettare una certa immagine a una certa fetta di pubblico. Dovresti saperlo, tu che sei la regina del marketing e tutto il resto.»

Immagine. Quale sarebbe stata la mia immagine se fossi diventata la moglie del signor Aaron Vaughn III? Il signor Aaron

Vaughn III avrebbe avuto il coraggio di rendere noto l'indirizzo del padre della sua sposa? La mentalità conservatrice del signor Aaron Vaughn III, cosa ne pensava della mia amicizia con Scotty Ryan?

Presi la mano di Scotty e osservai la sua manicure perfetta. Perché non riuscivo anch'io a tenere le unghie così in ordine? Alzai gli occhi e la folla dietro di lui si aprì. In quell'istante scorsi Jake nell'angolo in fondo. Era al bar dei Margarita.

Strinsi la mano di Scotty. «Oh mio Dio, è qui.»

«Dove?»

«Margarita bar, ore cinque. Completo grigio, cravatta gialla.»

Si alzò e finì il suo drink. «Hai detto Margarita bar? Due Margarita in arrivo. Come lo vuoi?»

«Forte. E per favore, sii discreto.»

«Tesoro, sono sempre discreto. Non muovere un solo muscolo. Torno subito.» Posò il bicchiere vuoto sul tavolo e si allontanò.

Lo guardai farsi largo tra la folla. La stanza era gremita e il bar era in fondo, perciò facevo fatica a vedere cosa stesse accadendo senza allungare il collo come una giraffa e farmi notare. Perciò lasciai perdere e continuai a cercare di immaginare quali altri atleti fossero gay.

Cinque minuti dopo Scotty riemerse dalla calca portando due Margarita. Si sedette, posando i drink sul tavolo.

«Be'?» dissi.

Aggrottò le sopracciglia. «È con una mora.»

«E?»

«E sfortunatamente sono quasi sicuro che sia venuto con lei.»

Mi colpii la fronte a mano aperta. «Con lei? E come faccio a sedurlo se è venuto con una?»

Lui si mise a ridere. «Sedurlo?»

Arrossii. «Sedurlo, o come si dice adesso. Non sono sul mercato da un po'. Sei sicuro che sia con lui?»

«Sì, ne sono sicuro. Li ho visti tenersi per mano. Mi spiace tesoro. Se ne sta con lei, con te qui così carina.»

Io ero distrutta. «Ma lui è l'unico che mi fa sentire "sdilinquita"» dissi piano.

Scotty mi accarezzò la mano. «Dài, andiamo a cena. Ma "sdilinquita" esiste sul dizionario?»

Prendemmo i nostri Margarita e seguimmo la folla avviata verso la Grand Ballroom. Un salone immenso. «Mi sento come all'intervallo di un musical di Broadway» dissi.

Entrando nel salone, tirai fuori il mio segnaposto dalla borsa. Come la maggior parte delle minuscole borse nere che si portano alle feste, era troppo piccola per contenere qualsiasi cosa di utile, come un portafoglio, o un telefono o uno Snickers d'emergenza.

«Ehi, Scotty, a che tavolo sei?»

Lui tirò fuori il suo segnaposto e lo guardò. «Trentacinque. Tu?»

«Cinquantatré. Sei sicuro che il tuo non sia di un vecchio matrimonio di Elizabeth Taylor?»

Lui scosse la testa. «Troppo piccolo.»

«Ehi, se riusciamo a ritrovarci dopo cena riservami un ballo, okay?» Indicai il mio gesso. «La Macarena e la Scossa sono fuori questione con questo coso.»

«Contaci, tesorino.» Mi strizzò l'occhio e si diresse verso il suo tavolo.

Il tavolo cinquantatré era un tavolo di single. Ma fortunatamente non era *il* tavolo dei single. Diavolo, a quel matrimonio c'era così tanta gente che, per quanto sapevamo noi, poteva esserci un'intera sala dedicata. La stanza era talmente enorme che non riuscivo nemmeno a vedere dove fossero seduti Cynthia e Dale, né tantomeno Jake. Mi concentrai sul mio bicchiere di vino.

Dalla mia panoramica iniziale degli elementi maschili presenti al tavolo, il bicchiere sarebbe stata l'unica cosa che le mie labbra avrebbero toccato quella notte. Ci presentammo e passammo subito alle solite chiacchiere di circostanza:

«Allora, come hai conosciuto la sposa?»

«Veramente? Allora conosci (inserire nome)?»

«Allora, come hai conosciuto lo sposo?»

«Veramente? Allora conosci (inserire nome)?»

«Di dove sei?»

«Davvero? Allora conosci (inserire nome)?»

«Che scuola hai frequentato?»

«Davvero? Allora conosci (inserire nome)?»

«Avete mai notato che le chiacchiere si trasformano inevitabilmente nel gioco dei nomi?» dissi senza rivolgermi a nessuno in particolare.

Una cosa un po' irritante del nostro tavolo, e degli altri trecento nella stanza, erano i fiori, bianchi, bellissimi, sparsi ovunque. E ovunque significava anche al centrotavola, dove troneggiava una grossa sfera con un diametro di mezzo metro piena di boccioli bianchi. Era così enorme che mi impediva di vedere le persone all'altro capo del tavolo, e viceversa. Dato che non era stata fatta certo economia a quel matrimonio, mi domandai come potessero non essersi accorti di un dettaglio così importante.

Ad ogni modo, mi concentrai sulla cena. Gli antipasti erano spettacolari: una scelta fra aragosta, pollo o controfiletto, accompagnati da riso basmati e un mix di verdure glassate alla cannella, e dal pane più buono e croccante che avessi mai mangiato. Lucidai il piatto. Il vino scorreva a fiumi, l'ideale per socializzare a un tavolo di sconosciuti. Perciò, nonostante l'impedimento del centrotavola, riuscimmo a intavolare una conversazione che vagò dallo sport, ai libri, ai film, agli scandali politici.

E poi la serata mise il turbo, e iniziò il vero divertimento.

Hank Fishman, un collega tracagnotto e pelato di Dale, si alzò in piedi e levò il bicchiere. «Signore e signori del tavolo cinquantatré, propongo di cambiare argomento e mettere un po' di pepe a questo party.»

«Cos'hai in mente?» Una signora con i capelli ricci di nome Dawn si sporse oltre il centrotavola per vederlo in faccia.

Hank bevve un sorso di vino e posò il bicchiere. «Be', dal momento che abbiamo sfiorato l'argomento appuntamenti, suggerisco di approfondire il ben più divertente tema delle squalifiche a priori, in maniera onesta, semplice, diretta.»

«Squalifiche?» dissi, sporgendo la testa di mezzo metro verso sinistra.

«Già, cose che escludono a prescindere l'eventualità di uscire con una certa persona; e più superficiali sono meglio è.»

«Sembra interessante» disse Cristopher Henson, un amico brizzolato di Cynthia, sfregandosi le mani. «Chi inizia?»

«Do io il calcio d'inizio» disse Hank. «E voi, signore del gruppo: sono consapevole di essere basso e pelato, due qualità che spesso rientrano nella lista delle squalifiche femminili. Non mi offendo, ma per amore dell'originalità, cerchiamo di tirare fuori qualcosa di nuovo, okay?»

Io alzai il calice. «Hank, io sono la regina dell'autosvalutazione. È un vero peccato che non potremo mai uscire insieme perché basso e pelato sono due elementi della mia lista di squalifiche.»

«Ahh, così mi uccidi.» Finse di essere stato pugnalato al cuore. «E tra parentesi, signore, ho anche un tappetino sulle spalle, perciò cerchiamo di tenere i peli superflui fuori dalla lista, per evitare che stanotte decida di buttarmi giù dal tetto.» Batté le mani. «Che il gioco abbia inizio!»

Tutti lo fissammo, o cercammo di farlo.

«Per quanto riguarda me,» disse «devo ammettere che il mio elemento di squalifica numero uno è essere stata una cheerleader. Non m'importa quanto tu sia attraente. Se scopro che nel tuo armadietto delle superiori c'erano i pom-pom, sei fuori.»

Il gruppo fece partire un piccolo applauso. Hank fece un inchino. «E tante scuse a chi di lor signore è stata cheerleader, ma non credo vi importi molto, probabilmente non vorreste mai uscire con un ometto pelato che ha i peli sulla schiena.» Prese il bicchiere e lo alzò omaggiando la tavolata, e poi si sedette.

«Chi è il prossimo?» disse Cristopher. «Andiamo in senso orario?»

«Ottima idea» rispose Hank, e tutti guardammo la bionda alla sua destra. Si chiamava Lisa.

Sorrise. «Allora tocca a me, ed è facile.» Alzò due dita in aria. «Due parole: targhe personalizzate.» bevve un sorso di vino e posò il bicchiere sul tavolo.

«Uuh, scelta eccellente.» La indicai, annuendo compiaciuta.

La lista s'infittì man mano che i giri di tavolo procedevano, e alla fine del gioco mi stavo asciugando le lacrime dal ridere. Oltre alla cheerleader e alle targhe personalizzate saltarono fuori:

Matt: coperte di Laura Ashley o qualsiasi tipo di letto ad acqua.

Dawn: pantaloncini di jeans.

Kevin: ex debuttanti o partecipanti a concorsi di bellezza.

Amanda: qualsiasi ragazzo che pesasse meno di lei.

Greg: chi ha frequentato un'università della Ivy League e lo rende noto infilandolo casualmente in una conversazione.

Eileen: sandali con i calzini.

Io: cravatta con i Levi's neri e adesivi sull'auto.

Tutti concordammo che il vincitore del gioco fosse Cristopher, che se ne uscì con: animali di pelouche in macchina.

Dopo altre discussioni, decidemmo che i ragazzi con gli anellini, catene d'oro e gel nei capelli erano gli squalificati in vetta alle classifiche, così come le ragazze con pantaloni strizzati e la pancetta di fuori o con la foto del loro gatto nel portafoglio. Altri che si avvicinavano ai primi posti erano uomini con la pancia da birra, monociglio o baffi, e ragazze con le mani da uomo, unghie quadrate o finte, o risate fastidiose.

Dannazione, eravamo proprio una tavolata di superficiali.

Hank rivolse un cenno a una cameriera che si affrettò a riempirci di nuovo i bicchieri a velocità di record. Poi Hank alzò il suo calice e disse: «Tavolo cinquantatré, siete i migliori. Un brindisi al dannatissimo tavolo dei single!»

«Al dannatissimo tavolo dei single!» Alzammo i bicchieri e facemmo un brindisi, provocando lo scompiglio generale.

«Potremmo eternare meglio di così lo spirito dei single ubriachi?» commentò Dawn.

Io mi misi a ridere. Nonostante i miei ripetuti sforzi per rimanere sobria avevo miseramente fallito. Facevo schifo.

«Diavolo, anche noi dovremo pur divertirci in qualche modo, no?» risposi. «Tavolo cinquantatré: l'isola felice dei disadattati!»

«L'hai detto, sorella» esclamò Hank.

La band iniziò a suonare e ancora prima di rendercene conto, il testimone dello sposo aveva fatto il suo discorso, gli sposini avevano tagliato la torta, l'open bar aveva riaperto (se mai aveva chiuso, non me n'ero accorta) e gli invitati si dirigevano verso la pista da ballo. Il party aveva preso il via.

Mi alzai in piedi e arrancai fino alla più vicina toilette per rinfrescarmi. Era splendida, con ampi lavandini di marmo e fiori freschi sparsi ovunque. Mi parve ci fosse un leggero sottofondo di musica classica, ma la band swing in sala mi confondeva.

Fissai la bionda con il vestito rosso che si stava lavando le mani accanto a me. Eravamo le uniche due persone là dentro.

Aprii la borsetta. «Grazie a Dio chiunque ha progettato questo posto ha avuto il buonsenso e la lungimiranza di inserire più di una toilette per le signore. Non c'è niente di più brutto a un matrimonio che una lunga fila di donne ubriache e ben vestite che aspettano di poter fare pipì.»

Lei rise. «Non me lo dire. Tra parentesi, tesoro, mi piacciono un sacco i tuoi capelli. Sono così lucenti e lisci naturalmente?»

«Mi piacerebbe.» Mi guardai allo specchio. Diavolo, Kristina sapeva davvero il fatto suo. Non avevo un solo capello fuori posto. Il mio make-up era perfetto e gli smokey eyes e il rossetto prugna mi davano un'aria esotica ma senza esagerare.

Riapplicai solo un tocco di rossetto e lo misi via, e sorrisi di quanto fosse inutile la mia minuscola borsetta. Dio proibiva che ci mettessi dentro qualcosa di più grosso di un bigliettino segnaposto.

Salutai la bionda e arrancai fuori dal bagno, incerta sulla percentuale di zoppia imputabile al gesso rispetto a quella dei Margarita e del vino.

Intravidi Scotty a quello che doveva essere il tavolo trentacinque, e gli andai incontro. Quando mi vide, si fece notare con ampi gesti delle braccia, come un padre imbarazzante parcheggiato dentro una station wagon all'uscita di scuola del figlio.

«Waverly, sono qui, sono qui!»

Alzai gli occhi al cielo. «Gesù, Scotty, non ti avrei mai visto se non ti fossi provocato un attacco epilettico. Grazie mille.»

«È stato un piacere, tesorino. Ora lascia che ti presenti. Waverly, questo è il tavolo trentacinque. Tavolo trentacinque, lei è Waverly.»

Fece un ampio gesto indicando tutti i presenti e i miei occhi incrociarono lo sguardo di altri tre adulti nient'affatto divertiti dal suo entusiasmo.

«Piacere di conoscervi» dissi. Annuirono e tornarono rapidamente alla conversazione che avevano interrotto.

Scotty si voltò verso il biondo alto e slanciato che sedeva accanto a lui. «E lui è... Tad.»

«Salve, Tad, piacere di conoscerti» dissi.

«Piacere mio» rispose.

Ci stringemmo la mano, Ma Tad non mi prese nemmeno in considerazione, concentrato com'era a guardare Scotty. Per quanto i miei capelli potessero essere lucidi, non ero io il pubblico a cui ambiva.

Chiacchierammo un po' di quanto fosse straordinario quel ricevimento e a un certo punto la band attaccò un lento.

«Ehi, signor Ryan, il ballo che mi aveva promesso?» dissi.

«Principessa, ma certo.» Si alzò e mi prese per mano, e poi si voltò e posò l'altra sulla spalla di Tad. «Mi aspetti qui?»

«Ci puoi scommettere» disse Tad con un sorriso. Notai che le sue ciglia erano più lunghe delle mie. Non era giusto.

Scotty e io camminammo mano nella mano fino alla pista da ballo, mescolandoci alle altre coppie che si godevano il jazz. Mi abbracciò e ci mettemmo a ondeggiare seguendo la musica.

Appoggiai la testa sulla sua spalla. «Be'?» dissi.

«Be', cosa?»

«Pronto? Il biondino del tuo tavolo.»

«Trentanove, agente sportivo, no figli, non gli piacciono i cani. Jackpot!»

«Oh, cielo, sono così gelosa! Voglio dire, sono felice per te, ma volevo fare finta che tu fossi il mio accompagnatore per la serata. Adesso con chi parlo?»

Mi accarezzò i capelli. «Su, su, Waverly, non metterti già sulla scialuppa di salvataggio. Ora balliamo e poi lavorati un po' la sala, e se dopo hai ancora bisogno del tuo Scotty basta che tu me lo dica, okay?»

Sorrisi. «Okay, va bene, va bene. Grazie Scotty. E poi stasera è la festa di Cynthia e Dale, dopotutto...»

Lui mi strinse forte. «Questo è lo spirito giusto, bellezza, questo è lo spirito.»

Dopo il nostro ballo, Scotty mi circondò con il braccio e mi riaccompagnò al mio tavolo prima di andare alla toilette. Mi ci volle un po' per trovare il cinquantatré perché non riuscivo più a vedere nessuno che conoscessi. Niente Hank, niente Cristopher, nessuna ragazza che non sarebbe mai uscita con qualcuno che pesava meno di lei. E alla fine mi resi conto che il mio tavolo era vuoto. La band aveva cambiato genere e aveva attaccato con le cover anni Ottanta, e tutti si stavano scatenando sulla pista da ballo.

«Favoloso» dissi, puntando le mani ai fianchi. «Una fantastica band sta suonando musica anni Ottanta e io sono bloccata qui perché sono inciampata su uno schifosissimo ramo!» La musica era talmente alta che io stessa quasi non riuscivo a sentire quello che dicevo, perciò immaginai che neanche gli altri riuscissero a farlo e iniziai a gridare, divertita. «Ma tanto non fa una gran differenza perché anche se potessi ballare, non avrei nessuno con cui ballare, e l'unico ragazzo con cui vorrei essere in questo momento è qui con un'altra. È proprio tutto uno schifo!»

«Waverly, stai bene?» Una voce familiare alle mie spalle mi fece rizzare i capelli.

«Oh, merda.» non lo dissi ad alta voce, lo mimai soltanto con le labbra, ma la mia faccia era sufficientemente eloquente. Mi voltai ed eccolo là.

«Jake! Ciao, come stai?» cercai di fare la disinvolta.

«Sto bene, grazie. Mi sembrava fossi tu. Non credevo di vederti qui. Sei amica di Dale?»

Iniziai a tormentarmi l'orecchino. «Ehm, no, lavoro con Cynthia. Lavoravo, prima che si trasferisse a New York. Tu come fai a conoscerli?»

«Anch'io per lavoro. Dale ha rappresentato tanti giocatori degli Hawks in questi anni.»

«Com'è piccolo il mondo» dissi.

Silenzio imbarazzante. Sperai che non stesse ripensando alla scena del vomito.

«Sei molto carina stasera. Mi piacciono i tuoi capelli.»

Sentii le guance diventare paonazze e guardai il gesso. «Ehm, grazie.»

Anche lui guardò il gesso. «Ehi, cosa ti è successo?»

«Oh, niente di grave, mi sono solo rotta una caviglia.»

«Come hai fatto?»

Mi schiarii la voce e cercai di sorridere. «Uh, hai mai notato quanto è difficile correre dritto davanti a te quando incontri un grosso tronco caduto sulla tua strada?»

«Oh, cavolo, mi dispiace. Ti avrà fatto un gran male.»

«Sì, ma mi rimetterò presto.» Mossi le dita dei piedi paonazze che spuntavano dalla fasciatura. «Credo che fra tre settimane si sarà sistemata. Non è certo un granché come accessorio per un matrimonio elegante, ma credo sia sempre meglio dell'alito pesante o di un accompagnatore sfigato.» Alito pesante o accompagnatore sfigato? Avevo detto sul serio quelle cose?

«Ehm, sì. Allora, come te la passi?» chiese.

Afferrai la sedia accanto a me. «Bene, bene... sono molto impegnata con il lavoro eccetera. Sai, il solito. Abbiamo l'Adina Energy fra i nostri clienti adesso. Anche tu lavori con loro, se ben ricordo.»

Sorrise. «Sì. Hai una buona memoria. Allora avete pescato voi il pesce? È grandioso.»

Non risposi subito, ma quando mi decisi pensai bene di mettermi quasi a urlare.

«Sì, ma non sarò io a gestirlo. Pensavo di sì, ma poi l'hanno affidato all'unica collega che odio.»

«Oh» disse lui. «Che peccato.»

Ma che diavolo mi era preso? La prima volta, al Super Show, avevo blaterato raccontandogli i problemi economici di mio padre e ora quello. Perché davanti a lui non riuscivo a tenermi dentro niente?

«Perciò, ehm, tu cosa stai facendo?» dissi. «Sei occupato con la squadra?»

Lui guardò dietro di me, probabilmente la ragazza che lo accompagnava. «Be', la stagione quest'anno sta andando alla grande, perciò me la passo piuttosto bene. Sai, quando la squadra vince, vinciamo tutti.» E poi si grattò un sopracciglio. «Ehi, mi è sembrato di averti vista alla partita di Oakland il mese scorso, quando abbiamo giocato contro i Warriors...» reclinò la testa di lato e sorrise, e io strinsi fortissimo la sedia a cui ero aggrappata.

«Uhm, una partita dei Warriors? No, non credo.»

Il suo sorriso svanì. «Davvero? Ero sicuro di averti vista.»

Mi voltai per evitare il suo sguardo, domandandomi se il mio naso si stesse allungando pian piano. «Oh, aspetta, sì, sono andata a una partita dei Warriors lo scorso mese, mi ci ha trascinato un cliente. È terribile quando ti fanno fare per forza qualcosa e tu non ne hai per niente voglia, non so se hai presente...»

Lui non rispose e io continuai a guardarmi attorno evitando il contatto visivo. Perché ero così fredda?

«Oh» fu il suo unico commento.

Sapevo che era solo questione di tempo prima che tornasse dalla sua accompagnatrice, perciò decisi di stringere il nodo per prima.

Allungai la mano e mi sforzai di tirare fuori un sorriso. «Be', Jake, è stato bello rivederti, ma sono sicura che la tua accompagnatrice si starà chiedendo dove sei finito, perciò ti lascio. Divertiti stasera!»

«Ehm, sì, è stato un piacere anche per me rivederti, Waverly.»

Mi strinse la mano – la trattenne solo un istante più del necessario – e poi si voltò e andò via.

Io mi lasciai cadere sulla sedia, sentendomi più sola che mai.

Presi il mio bicchiere di vino e lo fissai intensamente. «Signor Merlot, sembra che stasera tu sia il solo amico che ho.» E poi mi voltai e guardai Jake attraversare la sala, sedersi accanto alla ragazza mora e circondare con il braccio lo schienale della sua sedia. Era lontana ma da quello che riuscii a vedere, era bellissima, perfetta.

«Merda» sussurrai sottovoce.

All'improvviso mi venne in mente un'idea per uno dei miei biglietti. Tirai fuori il mio segnaposto e mi guardai attorno per trovare qualcosa con cui scrivere (la mia borsetta era troppo piccola per inserire qualcosa di simile a una penna). Vidi una matita sul tavolo vuoto accanto al mio e la presi.

Fronte: Quand'è che ti rendi conto che un ragazzo ti piace davvero?
Retro: Tesoro, quando non riesci a pensare a una sola cosa intelligente da dire, sappi che sei nei guai.

Misi il cartoncino dentro la borsetta, chiedendomi se sarei stata in grado di decifrare la calligrafia anche da sobria e se non fosse arrivata l'ora di affidarsi agli alcolisti anonimi. Poi mi alzai in piedi e zoppicai fino alla vetrata sulla parete in fondo all'enorme salone. Mi avvicinai al vetro e rimasi ad osservare la neve in quella notte d'inverno. Che vista spettacolare. Arretrai di qualche passo e vidi riflessa l'immagine del party alle mie spalle, come se lo stessi guardando da fuori. La pista da ballo, il bar, gli ospiti, tutti che facevano conoscenza e si divertivano. Osservai la scena dall'altra parte del vetro, dal punto di vista di uno spettatore, e mi sembrò di assistere a quello che avrebbe potuto essere il mio matrimonio perfetto. Cos'aveva detto Scotty a proposito dell'immagine?

Mi voltai e appoggiai la schiena alla finestra, ascoltando la musica. Rimasi lì per alcuni attimi che mi parvero ore, ma che probabilmente furono solo pochi minuti, perdendo completamente la nozione del tempo. Chiusi gli occhi per qualche istante e poi li riaprii.

Dopo aver scorso brevemente la pista da ballo, vidi i miei commensali al centro della folla. Dovevano aver bevuto diversi shot in mia assenza perché erano scatenati. Hank e Amanda si stavano baciando. Matt e Lisa ballavano in maniera scandalosa. Greg si era tolto la camicia e la stava facendo roteare sulla testa, come se avesse appena segnato un gol ai mondiali. Erano l'anima della festa e desiderai disperatamente essere nelle condizioni fisiche e mentali per unirmi a loro.

«Waverly, stai bene?» Una mano si posò con delicatezza sulla mia spalla.

Mi voltai e vidi Scotty.

«Ciao, Scotty» sorrisi stancamente.

«Ciao, principessa. Come stai?»

«Bene, credo.»

«Sei sicura?»

Io sbattei lentamente le palpebre. «Be', in verità non tanto. Questa scena mi fa pensare un po' troppo al mio non-matrimonio.»

«Vuoi parlarne?» chiese.

Scossi la testa. «Grazie, ma non c'è molto da dire.»

«Hai visto il tuo lui?»

Annuii. «Sfortunatamente sì. Abbiamo parlato un po' ma, non so perché, sono stata fredda e anche un po' stronzetta e in pratica l'ho spedito via. Non ero me stessa, Scotty. Che cos'ho che non va?»

«Tesoro, non c'è assolutamente niente in te che non va. L'unica cosa che non va, qui, è che una splendida donna stia sola in un angolo quando ci sono miliardi di uomini in questa stanza che ucciderebbero pur di stare con lei.»

«Scotty, ti prego...» mi asciugai una lacrima dagli occhi e cercai di sorridere. «Apprezzo molto, ma cerchiamo di essere realistici.»

«Waverly, devi darti una scrollata e respirare un po' di testosterone.» Mi fece l'occhiolino e mi cinse le spalle.

Io appoggiai la testa su di lui. «Grazie, Scotty. Sei un buon amico. Sei bugiardo, ma un buon amico.»

«Signorina Bryson, non sto mentendo. Ora, normalmente ti trascinerei in mezzo alla pista e ti farei muovere un po' il bacino, ma vista la tua caviglia passiamo al piano b. Ti va una fetta di torta nuziale? Ci faccio mettere sopra un po' di cioccolato fuso extra, se vuoi. Conosco il tuo amore per il cioccolato.» Mi accarezzò i capelli e mi spinse dolcemente verso gli altri ospiti.

«Cioccolato fuso? Hai detto cioccolato fuso? Di certo tu sai come arrivare al mio cuore, gentile cavaliere. Conducimi orsù.» Sorrisi e lo seguii al suo tavolo.

Quando il giorno dopo mi trascinai fuori dal letto e tirai le tende, ciò che vidi fuori fu... be', niente. Tutto era bianco, bianco, bianco, una bufera come non ne avevo mai viste. Era come se il gigantesco centrotavola del matrimonio si fosse incollato alla finestra dell'hotel.

Accesi la tv e cambiai canale finché non trovai un notiziario locale. Sì, una tempesta di neve si stava abbattendo su tutto il nordest. E i voli da New York erano cancellati fino a data da destinarsi.

Dannazione. Ecco che il mio progetto di fare un giro di vetrine prima del Super Bowl party sfumava.

A quel punto mi domandai dove avessero organizzato la festa e come si sarebbe svolta. Non mi ricordavo esattamente cosa mi avesse detto Cynthia in proposito, se non che il luogo deputato era un bar vicino all'hotel. Dovevo controllare l'invito.

Scotty non sarebbe venuto. Stava trascorrendo la domenica con il suo nuovo amico, Tad, che mi aveva gentilmente lasciato fare da terzo incomodo per il resto della serata, finché non mi levai dai piedi dopo aver mangiato altre due fette di torta.

Be', almeno avevo dormito bene. Una buona cosa dal momento che avrei dovuto trascorrere l'intera giornata barricata in camera mia, no?

Andai in bagno e mi sciacquai il viso. Se la brutta notizia era che la tempesta mi teneva bloccata, quella buona era che i miei capelli avevano ancora un aspetto fantastico. Decisi di non lavarli, e indossai la cuffia per fare la doccia. Perché non approfittare di un altro giorno di look perfetto?

Dopo la doccia indossai un paio di pantaloni a costine marrone scuro che avevo comprato il giorno prima insieme a Kristina. Avevano una gamba ampia perciò non fu difficile metterli con il gesso; coprii anche le dita che spuntavano con un calzettone marrone scuro. Come top scelsi un maglione di angora color crema, che aveva ricami a fiorellini blu attorno al collo. Ammirai il mio look allo specchio e mi misi a ridere. Una cosa che avevo dimenticato di comprare nel mio giro di shopping folle era un tendone a prova di intemperie per proteggere me e il mio gesso dagli elementi. Davvero, come avrei fatto se avessi deciso di uscire? In quanto orgogliosa proprietaria di un guardaroba "non piove mai in California", cappotto di lana e sciarpa furono il meglio che riuscii a mettere insieme.

Al piano terra, nella saletta da caffè, mi accoccolai su una poltrona verde accanto al fuoco scoppiettante e ordinai un cappuccino e un croissant al cioccolato. Scorsi i giornali posati sul tavolino accanto a me e tirai fuori il New York Times. Stavo leggendo la recensione di un resort a Cabo San Lucas quando il cameriere arrivò con la mia ordinazione. Alzai gli occhi per ringraziarlo e in quell'istante esatto si aprirono le porte dell'ascensore.

Ne uscirono Jake e la ragazza mora.

Mi nascosi dietro il giornale. «Oh, che cacchio, ma stiamo scherzando, non ci posso credere...» dissi all'inchiostro sulla pagina.

«Prego?» il cameriere parve confuso.

«Oh, Dio, mi scusi. Non stavo parlando con lei» dissi.

«Nessun problema, signorina.» Lui sparì nel giro di un secondo, esempio perfetto di cameriere modello.

Alzai il giornale tenendolo ben aperto a coprirmi, sperando

che Jake non mi avesse già vista. Lo stesso hotel? Quanti miliardi di hotel c'erano a Manhattan?

Dopo qualche minuto, abbassai il giornale per dare una sbirciatina. Lui e la ragazza mora erano alla reception e sembrava stessero facendo il check-out. "Oh, Dio, ti scongiuro, mandali via da qui".

Il cameriere tornò per chiedermi se volessi altro. Guardai la tazza mezza piena posata sul tavolino di fianco a me, intimamente felice, date le circostanze, di non aver visto la tazza mezza vuota.

«In effetti un altro cappuccino mi andrebbe, grazie. E, mi scusi, sa niente della situazione meteorologica? Voglio dire, i voli sono stati cancellati tutti?» Stavo praticamente sussurrando, nonostante Jake fosse lontano mille metri.

Annuì e sorrise con aria comprensiva. «Sì, signorina, gli aeroporti sono tutti chiusi. Molti dei nostri ospiti hanno prenotato anche per questa notte. Può rivolgersi alla reception se volesse farlo anche lei.»

Sì, era proprio il momento adatto per andare alla reception. «Grazie, provvederò dopo il cappuccino» dissi.

Mi voltai verso Jake e non vidi bagagli. Dannazione. Stavano prenotando un'altra notte? Sarei rimasta intrappolata in quell'hotel con loro? Non potevo crederci.

Continuai a spiarli come un agente segreto governativo del Dipartimento Persone Patetiche. Jake si voltò un attimo, e io mi coprii con il giornale, svelta come un lampo. Non sapevo se non volevo farmi vedere per come mi ero comportata la sera prima, o per il Super Show, sapevo solo che non volevo ci fosse un terzo atto.

Lasciai passare qualche altro minuto e sbirciai sopra il giornale. Jake era andato.

Uhm, che fare? Non potevo nascondermi dietro il *New York Times* tutto il giorno. Guardai l'orologio. Erano le undici e il Super Bowl party non sarebbe iniziato prima delle diciassette e trenta. Guardai il mio telefono e pensai a chi conoscevo a New York a parte Cynthia. Nessuno. Perciò decisi di chiamare Kristina.

«Pronto?»

«Ciao, Kristina. Sono Waverly.»

«Ehi, ciao. Com'è andato il matrimonio?»

«Sontuoso è l'aggettivo appropriato. Credo di aver messo su due chili solo con gli antipasti. Ma i miei capelli sono ancora stupendi. Ehi, per caso oggi sei libera?»

«Che succede?»

«Sono bloccata qui per la neve e mi farebbe comodo una compagna di giochi.»

«In effetti sì. Mi piace l'idea.»

Venne fuori che aveva l'intera giornata libera, perciò decidemmo di andare a vedere un film per evitare la tempesta di neve. In qualche modo attraversò la bufera e mi venne a prendere in taxi, e trascorremmo l'intero pomeriggio mangiando popcorn, bevendo Diet Coke e guardando una commedia romantica che ci fece piangere e ridere allo stesso tempo. Perché le commedie romantiche mi assorbono sempre completamente nonostante siano *totalmente* prevedibili?

Dopo il film ci avviammo verso il Blondie's Sports, un bar dell'Upper West Side che Cynthia e Dale avevano affittato per la festa. Nonostante il mio timore di incontrare di nuovo Jake, non vedevo l'ora di andarci per poter finalmente salutare Cynthia. Al matrimonio, in mezzo a diecimila invitati, non ero riuscita a parlarle nemmeno per due minuti.

«C'era tutta questa gente al matrimonio?» chiesi, togliendomi il cappotto. Il bar era gremito.

«Dimmelo tu. Eri tu quella presente» rispose Kristina.

«E allora come mai non riconosco un solo volto? Voglio dire, c'era un sacco di gente, ma pensavo di ritrovare qualche faccia nota.»

«Non riconosci *nessuno*?»

«Non uno. Davvero, Kristina, a volte credo che la mia memoria breve non si sia sviluppata a dovere; e non solo quella, purtroppo.» Indicai il seno.

Lei rise e mi toccò il braccio. «Cosa vuoi da bere? Cerchiamo di accaparrarci un tavolo.»

Il dio delle umiliazioni mi aveva risparmiata. Jake non c'era. O perlomeno non lo vedevo, il che era sufficiente. Io e Kristina ci godemmo cibo, birra, folla e la nostra conversazione. Oh, e quasi dimentico la cosa più importante: le pubblicità!

Dopo la partita, finalmente riuscii a salutare Cynthia.

«Sai quanto ho dovuto aspettare per ottenere udienza?» le dissi, e l'abbracciai. «Sei come Reese Witherspoon a una prima, e io sono un povero giornalista di una minuscola rivista che cerca disperatamente di intervistarti.»

Lei si scostò una ciocca di capelli biondo fragola dal viso. «Lo so, mi dispiace. È stato un delirio con tutte quelle persone. Ti sei divertita, almeno?»

«Certo che sì! Era tutto perfetto. E tu eri incredibilmente bella. Sei radiosa! Grazie mille di tutto. Mi sono divertita tantissimo.»

Lei sorrise e mi strinse le mani. «Sono felice di sentirtelo dire. Potevi anche portare qualcuno con te, lo sapevi?»

«Sì, e grazie, ma non c'era nessuno che volessi portare. E il mio tavolo era fantastico. Sapevi che un copriletto floreale o un paio di calzini sporchi possono uccidere tranquillamente il romanticismo?»

«Cosa?»

A quel punto arrivò Dale, e la prese a braccetto per presentarle degli amici, così decisi di defilarmi. Avrei potuto aggiornarla sugli elementi squalificanti al suo ritorno dalla luna di miele.

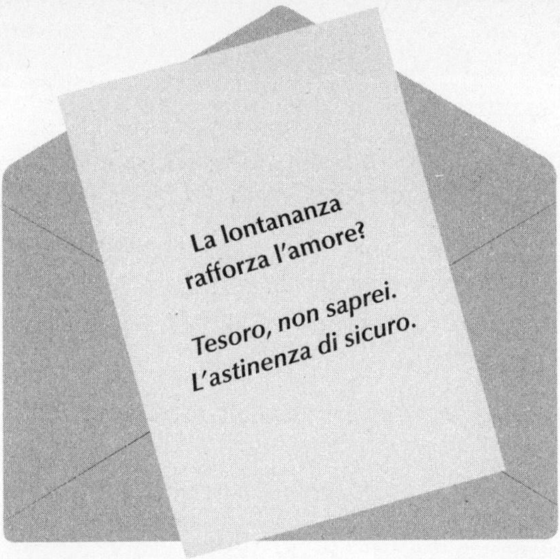

13

Un paio di settimane dopo il Super Bowl, il mio telefono squillò proprio mentre stavo uscendo per andare a togliermi il gesso. Il numero sul display mi era familiare, ma non riuscivo a collegarlo a nessuno.

«Waverly Bryson» risposi.

«Ciao, Waverly.»

Riconobbi subito la voce, e sentii un calcio allo stomaco arrivare direttamente dall'etere. O almeno quella fu la sensazione.

Dovetti sedermi. «Aaron» dissi piano.

«Come stai?»

«Sto... sto bene. Tu come stai?»

«Bene» disse.

«Bene.»

«Ho saputo che ti sei rotta la caviglia. Come va?»

«Oh, sto bene. Sto proprio per andare a togliermi il gesso» risposi. Come faceva a sapere della mia caviglia?

«Sono contento.»

«Grazie.»

«Ehm, senti, mi stavo chiedendo se potessimo vederci più tardi per un drink. Vorrei parlarti di una cosa» disse.

Voleva parlarmi di una cosa?

Di che cosa voleva parlare? Che volesse chiedermi scusa per non avermi detto del matrimonio non era possibile. Era passato troppo tempo, e poi si era già mezzo scusato al Marina Safeway.

Forse... forse gli mancavo? Voleva tornare con me? Il suo matrimonio era stato tutto un errore?

Era una chiamata inaspettata davvero.

«Waverly, ci sei?» mi chiese.

«Oh, sì, scusa, mi ero persa un attimo. Sono qui.»

«Allora, sei libera stasera?»

Lo ero, ma lui non doveva per forza saperlo, no?

«Veramente avrei già dei programmi per stasera» dissi. Avevo in programma di ossessionarmi sul perché di quella telefonata.

«Ah, okay, domani sera invece sei libera?»

Mi morsi il labbro. *Domani sera. Domani sera.*

Rimasi seduta lì, senza dire nulla.

«Waverly?»

Aprii la bocca per parlare, ma non ne uscì niente.

«Waverly, sei ancora lì?»

Morsi il labbro ancor più forte.

«Okay, domani sera dovrei esserci» dissi infine.

«Perfetto. Dove ti è più comodo?»

Mi coprii gli occhi con le mani. «Mmm, Kilkenny alle sette e mezza?»

«Perfetto. Ci vediamo là. Ciao.»

«Ciao.»

Riattaccai il telefono e rimasi impalata a fissarlo, già scorrendo mentalmente il guardaroba.

«Ehi, Waverly, hai un secondo?»

Alzai gli occhi e vidi Mandy sulla porta del mio ufficio.

«Ehm, sì certo, che c'è?»

Sorrise. «Volevo solo farti un paio di domande su come gestisci la JAG. Pensavo che potrebbero essermi d'aiuto con la Adina Energy. Ti dispiace?»

Se mi dispiaceva? Voleva che *io* le dicessi come fare il lavoro che mi aveva soffiato? Era pazza, forse?

Mi alzai in piedi e indicai il gesso. «In verità ora dovrei andare dal dottore. Magari un'altra volta?»

Lei sorrise ancor di più. «Okay, facciamo un'altra volta. Tutto sta andando a gonfie vele ma, be', lo sai è un cliente talmente importante... e ho pensato che sarebbe proficuo mettere insieme più teste per studiare le cose da ogni prospettiva.»

«Okay.» Annuii e afferrai la mia borsa. "Ne parleremo subito dopo che avrò mandato a Brad Cantor un invito via mail al mio saggio di pattinaggio artistico che avverrà durante una festa sul ghiaccio a tema Inferno Gelato."

«Davvero credi che voglia tornare con te?» disse McKenna al telefono, quella sera. «Anche se si è appena sposato?»

Io ero distesa sul letto a fissare il soffitto. «Lo so, lo so, ma non potrebbe essere secondo te? Voglio dire, perché mai dovrebbe volermi parlare di persona?»

«E tu *vorresti* tornare con lui?» chiese.

Chiusi gli occhi. «Non lo so.»

«Lo ami ancora?»

Non dissi niente.

«Non lo so. Voglio dire, lo amavo ma...» la voce mi si smorzò in gola.

«Ma cosa?»

«Ma mi domando se l'ho mai conosciuto realmente, capisci? Mi domando se conoscevo realmente me stessa quando stavamo insieme. Mi domando se mi conosco persino adesso.»

Lei si mise a ridere. «Sembra che tu abbia finalmente iniziato a darmi ascolto.»

Mi sedetti sul letto. «Davvero, Mackie, forse ero talmente felice che un uomo così perfetto volesse proprio me, che non mi sono soffermata a pensare a cosa volessi realmente *io*. Capisci? E questo probabilmente non mi ha resa una persona molto interessante con cui stare.»

«Waverly, datti un po' di credito. Sei grandiosa. E nessuno è perfetto, nemmeno Aaron.»

«Grazie» dissi. «Ma sai cosa intendo. E adesso mi sto facendo davvero delle domande. Capisci? Credo di essere stata una specie di camaleonte con Aaron, modellando la mia vita su ciò che *lui* voleva, non su quello che volevo *io*.»

«E *tu* cosa vuoi?» disse.

Mi morsi il labbro. «Spero di capirlo quando lo vedrò.»

Alle sette e quaranta della sera dopo, entrai al Kilkenny col fiato sospeso. Mi guardai attorno e vidi Aaron seduto al bar, che mi aspettava di fronte a una Newcastle. Era come se fossi tornata indietro nel tempo. In quel momento Jack O'Reilly probabilmente stava controllando il calendario.

Mi avvicinai e gli diedi un colpetto sulla spalla. «Ehi, tu» dissi.

«Ehi, *tu*» disse, alzandosi e abbracciandomi forte. «Cosa vuoi da bere?»

Mi resi conto solo in quel momento di quanto fossi nervosa. «Ehm, un Blue Moon con limone, grazie» dissi.

«Un Blue Moon con limone per la signora, qui» disse Aaron a Jack.

«Eccoti, tesoro» disse Jack pochi attimi dopo, lanciandomi uno sguardo interrogativo mentre mi passava il drink.

«Non chiedere» sussurrai, prendendo il bicchiere e voltandomi per seguire Aaron.

Attraversammo il bar e ci accomodammo in un tavolino in fondo. «Be',» dissi togliendomi il cappotto e sedendomi di fronte a lui «eccoci qua».

«Eccoci qua» disse. «Stai benissimo.»

Sorrisi. «Grazie. Mi sono allenata molto.»

«Davvero?»

Mi misi a ridere. «Certo che no. Anche tu stai bene.» E, dannazione, stava bene davvero.

Lui indicò la mia gamba. «Niente più gesso?»

«Sono libera da ieri» dissi, alzando le braccia in aria in segno di vittoria.

«È una bella notizia.»

«Sì, lo è, grazie.» Alla vista dell'anello sul suo dito persi l'uso della parola.

«Allora, come stai? Come va il lavoro?» chiese.

Scrollai le spalle. «Tutto bene.»

«Lo odi ancora, vero?» disse.

Io lo guardai con gli occhi a fessura. «Odiarlo? Perché dici così?» non gli avevo mai detto di odiare il mio lavoro. Non l'avevo mai detto a nessuno. Odiavo il mio lavoro?

«È solo una sensazione che ho sempre avuto.» Lui guardò

verso il bancone. «Fa strano essere qui stasera, non trovi?»

Annuii. «Abitudine, immagino. Probabilmente avrei dovuto suggerire un altro posto.»

«No, no, va bene. È solo familiare e strano allo stesso tempo, non ti sembra?»

Sì. «Mh-mh.»

Quand'è che sarebbe arrivato al punto?

Mi morsi il labbro e sparai. «Allora, che c'è? Hai detto che volevi parlarmi di qualcosa.»

Lui sorseggiò la sua birra. «Ehm, sì, be' io... ehm, lo so che sono fuori tempo massimo ma volevo solo scusarmi con te per non averti detto che mi sarei sposato.»

Per *quello* aveva voluto vedermi?

Fissai il pavimento. «Oh, non fa niente» dissi.

Lui scosse la testa. «No, non è così. Avrei dovuto dirtelo. E poi ti ho incontrata così, e be', rivederti... è solo che, be'... c'è anche qualcos'altro.»

«Sì?» dissi, rialzando lo sguardo.

Annuì, e poi mi prese le mani e le strinse forte.

Chiusi gli occhi.

Dio...

Eccoci. Ma io cosa provavo? Cosa dovevo dire? I miei pensieri stavano facendo l'autoscontro.

Aprii gli occhi, ma lui non disse niente.

«Be'?»

Lui prese un profondo respiro. «Io e Stacy avremo un bambino.»

"Io e Stacy avremo un bambino"?

«Cosa?» ritrassi le mani.

Sorrise. «Diventerò padre.»

«Ma se ti sei appena sposato?»

«Lo so, ma è una cosa che entrambi desideravamo.»

"Una cosa che entrambi desideravamo. Ci conosciamo e ci capiamo. Siamo perfetti l'uno per l'altra. E facciamo anche tanto tanto sesso."

«Perché me lo stai dicendo?» dissi, avvertendo improvvisamente le lacrime che stavano per presentarsi in un momento molto scomodo.

«Perché stavolta non volevo che venissi a saperlo da qualcun altro.»

«Oh, ehm... allora... congratulazioni» dissi piano, fissando il pavimento. Io non ero felice per lui, ma ovviamente lui sì.

Lo guardai. Stava sorridendo. Non avevo mai visto quella luce nei suoi occhi quando stava con me.

Mai.

Il suo sguardo era tenero e appassionato allo stesso tempo. Sua moglie e la sua nuova vita lo facevano sentire... "sdilinquito".

«Grazie» disse. «Potrai non crederci, ma detto da te significa davvero molto.»

Entrambi fissammo i nostri drink, lui che sapeva che non era il caso di stare a raccontarmi tutto nei dettagli, e io, che non volevo saperli. Stava cercando di essere corretto. Perché era così gentile? Rendeva tutto così confuso. Un'altra cosa da aggiungere alla mia lista di cose da adulti: "sai di essere cresciuto quando smetti di vedere le cose in bianco e nero".

Dopo un lungo silenzio, prese la sua birra e bevve un sorso. «Allora, ehm, come sta tuo padre?»

Io guardai di nuovo il pavimento. «Sta bene, sempre uguale immagino.»

«Mi ha chiamato, lo sapevi?»

Lo guardai. «Cosa?»

«Un paio di settimane fa. È da lui che ho saputo della tua caviglia.»

«Non ti avrà chiesto dei soldi, vero?»

Scosse la testa. «Mi ha chiamato per sapere come stavi.»

Mio padre aveva chiamato Aaron per chiedergli di me? Ma se a mio padre Aaron non piaceva nemmeno! A mio padre non piacevo nemmeno io in verità.

Mi raddrizzai e misi i capelli dietro le orecchie. «Aspetta un attimo. Mi hai chiamato perché hai avuto pietà di me dopo che mio padre ti ha detto che sono incasinata? È per questo che siamo qui?»

Sembrò sorpreso. «No, no, volevo solo dirti del bambino. Tutto qui. Niente pietà.»

«Perché sto benissimo, io» dissi. «Davvero, sto bene.» *Ah!*

«Waverly, non ho mai pensato il contrario.» Dicendolo, mi fissò intensamente. «Mai.»

«Davvero?»

«Davvero.»

«Cento per cento vero o solo novantanove?» dissi.

Si mise a ridere e stava per dire qualcosa, ma proprio in quel momento il suo cellulare squillò.

E sapevo chi era.

La sua libera uscita era giunta al termine. E così la nostra storia.

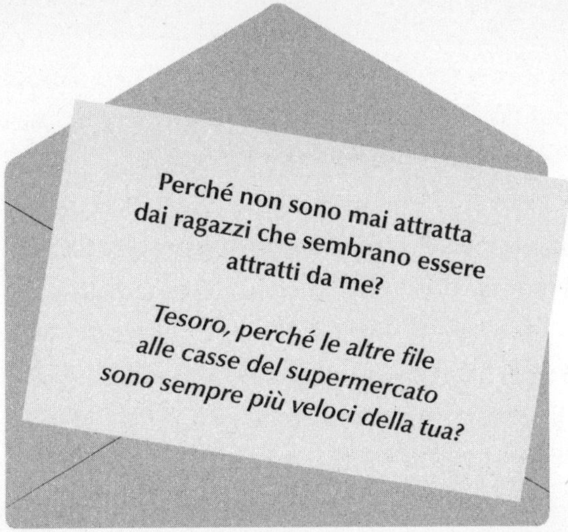

14

Il giorno seguente, fresca di due ore di sessione di pianto al telefono con McKenna, iniziai a lavorare sulla mia di creatura. Alla fine presi coraggio e spedii i biglietti "Dal tuo Tesoro" a diversi editori, e farlo mi diede una soddisfazione che non avrei mai immaginato di provare. Il pensiero di vedere qualcosa che io stessa avevo fatto venire alla luce mi faceva sentire, be', orgogliosa come una madre. Una madre orgogliosa, ma senza levatacce e senza auto familiare.

Dopo averle inviate, continuai a scriverne di nuove, usando la riunione di reparto per scarabocchiare ed evitando così il tedio di Mandy Edwards che, a sentire lei e i suoi rapporti, si stava divertendo come al luna park con la gestione della Adina Energy. Non aveva più tentato di arruffianarmisi per rubarmi le idee, perciò almeno non dovevo aver a che fare con lei al di là delle riunioni settimanali.

Fortunatamente (o sfortunatamente) avevo sempre nuovo

materiale su cui lavorare per i miei biglietti; c'era poco da fare, a ogni appuntamento mi sentivo come se fossi l'unica studentessa del liceo che non si sarebbe mai diplomata.

Un giovedì sera incontrai un ragazzo carino al Kilkenny. Si chiamava Pierce e all'inizio pensai che fosse super dolce e completamente normale. Era alto uno e novanta, con i capelli castano chiaro, gli occhi azzurri e un bellissimo sorriso. Lavorava nel campo dell'investment banking, era andato a Princeton e poi alla Stanford Business School, giocava a rugby nei weekend e aveva un senso dell'umorismo sarcastico. Non parlammo a lungo, ma quando mi chiese il numero di telefono fui più che felice di lasciarglielo. Evviva!

Il nostro primo appuntamento filò liscio. Mi portò in un ristorantino italiano a North Beach un lunedì sera, e fra pasta e vino chiacchierammo dei nostri rispettivi lavori, hobby e amicizie. Il primo passo era andato alla grande ed ero scampata a tutti i cartellini rossi del caso, né mi erano usciti dalla bocca strani racconti sul mio fidanzamento o sulla mia infanzia. All'inizio non ero certa di essere fisicamente attratta da lui, ma mi piaceva stare in sua compagnia e quando mi riaccompagnò a casa a mezzanotte, ci lasciammo con un bacio sulle labbra che accese molto il mio interesse. Era da tanto tempo che qualcuno non mi baciava, e un bacio così poi!

Preparate i cannoni, ero tornata in campo!

Ma poi la mia squadra iniziò a perdere.

Ben presto.

Il giorno seguente arrivai in ufficio alle otto e trenta. Avevo sonno, ma era una mancanza di sonno positiva, cioè il tipo di stanchezza che non ti dà fastidio perché sei stata fuori fino a tardi con qualcuno, non perché hai fatto le ore piccole guardando la tv da sola.

Mi sedetti alla scrivania, sorseggiai il mio caffè, addentai il mio bagel al cioccolato. E poi avviai il computer e vidi un'e-mail di Pierce nella mia casella. L'orario di invio era le cinque e zero due del mattino.

Cinque e zero due?

Poi mi ricordai che lui lavorava quando aprivano i mercati, perciò le sue cinque erano come le otto per una persona con un lavoro normale. Potevo solo immaginare quanto fosse stanco dopo la serata, dovendosi alzare così presto. Cliccai sul messaggio per aprirlo.

A: Waverly Bryson
Da: Pierce Jansen
Oggetto: Dolcissima ragazza

Buongiorno Waverly!
Volevo solo dirti che ieri sera ho passato una serata fantastica. Non riesco a smettere di pensarti e vorrei sapere quando possiamo rivederci. Era da tanto che non mi sentivo così. So che con te potrei vivere la vita che ho sempre sognato, se non di più. Non vedo l'ora di sentirti.
Con amore,
Pierce

Dopo aver letto la mail rimasi basita a fissare lo schermo. E poi la rilessi. Chiusi il messaggio senza rispondere e mi guardai nervosamente attorno, come se avessi appena assistito a una scena che non avrei mai dovuto vedere. "So che con te potrei vivere la vita che ho sempre sognato"? Dopo il primo appuntamento? Non era più una mail adatta a seguire il *ventinovesimo* appuntamento? O una proposta di matrimonio?

Decisi di rimandare la risposta fino al consiglio di guerra con McKenna e Andie; avevamo programmato di andare a pranzo in una gastronomia equidistante dai nostri uffici. Scorsi le altre e-mail e ne vidi una di un giornalista di *Sport Illustrated* che voleva intervistare il presidente della JAG per un articolo sulla credibilità degli atleti pagati per sponsorizzare dei prodotti. (Mi ero sempre fatta la stessa domanda, in realtà!). Alzai il telefono per chiamare Davey e la segreteria mi avvertì che avevo un nuovo messaggio. Inserii la mia password e rimasi in ascolto. Il messaggio era delle otto e venticinque di quel mattino:

«Ciao Waverly, sono io, Pierce. Ti ho mandato un'e-mail quando sono andato al lavoro, ma non so se l'hai ricevuta, così ho pensato di chiamare. Ad ogni modo volevo solo salutarti e dirti quanto mi sono divertito ieri sera. Non vedo l'ora di rivederti e mi chiedevo se sei libera stasera. Potrà sembrarti strano ma non riesco a smettere di pensare a te. Ma tu lo sai quanto sei bella? Ad ogni modo, mi sono divertito un sacco. Chiamami. Ciao.»

Mi appoggiai allo schienale della sedia.

Ma che...?

Davvero, ma che...? Sapevo che dovevo ancora abituarmi a uscire con delle persone nuove, ma non avevamo passato il segno stavolta? Non sapevo cosa fare. Chiusi la segreteria e cercai di non pensarci. Avevo un sacco di lavoro da sbrigare, perciò tirai dritto per la mia strada.

Dopo aver chiamato Davey mi incontrai con Nicole e Kent in sala riunioni per fare il punto della situazione sui nostri clienti. Dopodiché parlai con diversi giornalisti per programmare delle interviste e lavorai sulla campagna di lancio di una nuova linea di palline da tennis. Normale amministrazione.

Verso le dieci e trenta, andai in cucina per farmi un caffè. Con mia grande gioia qualcuno aveva abbandonato un'inconfondibile scatola rosa sul ripiano. Mi sentivo proprio in vena di zuccheri, perciò presi una ciambella con la glassa, riempii la mia tazza e tornai in ufficio.

Quando mi sedetti alla scrivania vidi un'altra e-mail di Pierce nella mia casella di posta. E non era nemmeno passata l'ora di pranzo!

A: Waverly Bryson
Da: Pierce Jansen
Oggetto: Ciao di nuovo!

Ciao Waverly!
Ti ho lasciato un messaggio in segreteria un paio d'ore fa. L'ai ascoltato? Non ti sei ancora fatta sentire, immagino che tu sia molto impegnata oggi. Be' volevo solo salutarti e dirti che mi sono divertito tantissimo ieri e volevo sapere se eri libera anche stasera. Lo spero tanto. Per favore richiamami.
Con amore,
Pierce
p.s. Non vedo l'ora di sentirti!

Okay, stava diventando una cosa ridicola. E quell'"ai" senz'acca era la ciliegina sulla torta. Mentre me ne stavo lì a fissare lo schermo a bocca aperta, vidi che avevo quattro chiamate perse nel cellulare, ma nessun messaggio. E poi notai che erano tutte chiamate dallo stesso numero.

Era forse...?

Tirai fuori il biglietto da visita di Pierce dalla mia scrivania e lo confrontai con il numero sul mio telefono... era lui.

Santa ingiunzione restrittiva. Avevo vinto la lotteria degli stalker.

In quell'istante il mio telefono squillò. Guardai il numero sul display.

Non scherziamo.

Gettai un'occhiata all'orologio. Erano solo le dieci e tre quarti. Sperai che si facesse presto ora di pranzo per parlare con McKenna e Andie.

«Ma tu giuri che ieri sera ti è sembrato normale?» disse Andie.

«Ed era normale quando l'hai incontrato?» McKenna s'infilò in bocca una forchettata d'insalata.

Annuii con veemenza. «Sì! Lo giuro! Avevo il mio radar antipazzo ben all'erta e non ha captato niente. Una volta ero capace di vedere le bandiere rosse sventolare. Ho perso anche questa capacità?»

McKenna annuì e bevve un sorso di Sprite. «Potrebbe anche essere. Sei fuori allenamento. Ora, ricapitoliamo com'è andata. Non ti ha parlato di relazioni precedenti in nessuna delle vostre conversazioni?»

Scossi la testa. «No. Affatto. Ma d'altronde è un argomento che anche io cerco di evitare quando conosco qualcuno. Voglio dire, chi è che ha voglia di sentir parlare di Aaron e di suo figlio a un primo appuntamento?» dissi.

Lei bevve un altro sorso di Sprite e la posò sul tavolo.

«Ora, normalmente sarei d'accordo con te» disse. «Ma in questo caso poche domande strategiche piazzate nei punti giusti avrebbero potuto evitare l'intera faccenda.»

«Per esempio? Una domanda tipo "sei uno stalker, per caso?"» sospirai. «Che peccato. Sembrava così promettente. Non posso credere che si sia rivelato il tizio di *Swingers*.»

«Amore su carta da zucchero» disse Andie.

Io la guardai con aria interrogativa. «Cosa?»

«La carta da zucchero è tinta di azzurro solo per far sembrare più bella una carta in realtà scadente. Ma se la guardi da vicino ti accorgi subito che non è un granché.»

«Ah...» dissi. «Esatto.»

«Da come ce lo hai descritto sembrava fantastico» disse McKenna.

Annuii. «Anche a me era sembrato fantastico.»

«Perciò immagino che si possa passare al prossimo» disse Andie.

Sospirai. «E adesso cosa faccio?»

«Per evitare il cattivo karma degli appuntamenti, devi essere onesta con lui» disse McKenna. «Sii risoluta e digli che non t'interessa.»

Annuii. «Okay, credo di poterlo fare.»

Andie mise la sua mano sulla mia. «Ma non essere stronzetta, okay? Sai che a volte lo fai, non intenzionalmente» disse.

Annuii. «Lo so, ma ti giuro che ci sto lavorando su.» Sorseggiai il mio tè freddo e sorrisi debolmente.

«Togli il cerotto, ma con delicatezza» disse McKenna.

«Non potrei semplicemente non rispondere alle e-mail e alle chiamate? Non è quello che fanno tutti?» dissi.

«Io faccio così» commentò Andie.

«Non sei affatto d'aiuto» le disse McKenna, e poi mi guardò. «Be', a volte fa schifo essere una persona corretta, ma tu lo sei. Ora va' e fai quello che devi.»

«Devo proprio?»

Annuirono all'unisono.

Guardai Andie. «Tu lo faresti?»

Lei si mise a ridere. «Io non sono gentile come te.»

Feci una smorfia. «*Uff.*»

Più tardi, quel pomeriggio, assicuratami orologio alla mano

che fosse uscito dal lavoro, riposi alla e-mail di Pierce dicendo che quella sera ero impegnata. Cercai di sembrare disinteressata alla cosa, ma a quanto parve non funzionò. Nei tre giorni successivi mi scrisse alle quattro e cinquantanove, alle cinque e zero uno e alle cinque e zero tre, continuando a tampinarmi per vederci nel weekend. Probabilmente entrava nel suo ufficio e mi scriveva senza nemmeno accendere la luce; o quello o dal suo BlackBerry ancor *prima* di andare al lavoro. Non aveva amici che gli impedivano di fare certe cose quel ragazzo?

Cancellai tutte le e-mail senza mai rispondere. Mi chiamò anche diverse volte al giorno. Ma grazie al mio fidato display fui in grado di evitarlo.

Il lunedì seguente trovai un'altra e-mail; questa era stata spedita alle cinque e zero due. Mi decisi a rispondere.

A: Pierce Jansen
Da: Waverly Bryson
Oggetto: Re: Weekend?

Ciao Pierce,
grazie per le tue chiamate e le e-mail. Mi spiace averci messo così tanto a risponderti ma la verità è che ho rivisto il mio ex e questo weekend abbiamo deciso di tornare insieme. Mi dispiace. Sei un bravissimo ragazzo, ma non ci siamo incontrati al momento giusto.
Buona fortuna,
Waverly

Sperai che non conoscesse davvero il mio ex, perché ero piuttosto sicura che non saremmo tornati insieme.

Non ricevetti mai più posta o chiamate da Pierce lo stalker, ma fu una manna per i miei biglietti. Una settimana dopo, mi telefonò la mia vecchia coinquilina, Whitney. Voleva organizzarmi un incontro con un ragazzo che lavorava con suo marito, Bryan. Si chiamava Ben e faceva il contabile nello studio legale di Bryan.

«Un contabile?» dissi, sospirando al telefono. «Non vorrei sembrare influenzata dagli stereotipi ma... un contabile?»

«Ti giuro, Waverly, che è un ragazzo davvero a posto. Ed è anche carino. E di sicuro rientra nei tuoi standard.»

«Ma non sarà un tipo noioso?»

«No, non è noioso. Credimi. È davvero carino, e ha la nostra età ed è single.»

«Non è biondo, vero?» Da quando Barry Winters mi aveva ricoperta di bava al ballo delle medie, il pensiero di baciare un biondo mi dava i conati. Era più forte di me.

Sospirò. «Davvero, Waverly, smettila di fare la difficile. Quand'è stata l'ultima volta che hai avuto un po' d'azione nel tuo letto?»

Scoppiai a ridere. "Un po' d'azione" era un classico di Whitney. Lo diceva sempre quando vivevamo insieme.

«Okay, okay, fammi chiamare» dissi.

Ben telefonò il giorno dopo e ci accordammo per un drink il martedì successivo, dopo il lavoro. Mi sembrò innocuo, perciò decisi di tentare.

Il giorno dell'appuntamento, quando rientrai dal pranzo trovai un messaggio di Ben in segreteria:

«Ciao Waverly, sono Ben Herman. Mi dispiace tantissimo ma devo annullare il nostro appuntamento di stasera. Mi sento una schifezzina perciò vado a casa presto. Ti chiamo domani per metterci d'accordo su un altro giorno. Mi dispiace tanto ma mi sento troppo indisposto per uscire.»

Salvai il messaggio.

Schifezzina e indisposto? Aveva appena detto "schifezzina" e "indisposto"?

Riascoltai il messaggio. E, sì, aveva pronunciato entrambe.

Purtroppo per tutti non avevo alcuna intenzione di andare a un appuntamento al buio con un uomo fatto che usava un vocabolario da scolaretta.

Cancellai il messaggio, quel giorno, e anche quello che mi lasciò il giorno dopo. Whitney rimase arrabbiata con me per settimane, ma chi se ne importava. Si abbassavano di giorno in giorno, ma avevo ancora i miei standard.

Un paio di settimane dopo conobbi un certo Eric. La scena del crimine fu il Mollie Stone's, il supermercato dietro l'angolo di casa mia. Entrai un lunedì sera dopo la lezione di Yoga per un'insalata. Il Mollie Stone's aveva un fantastico bar dove facevano insalate ridicolmente costose, ma finivo per mangiarci lo stesso almeno tre volte la settimana. Era troppo comodo, troppo vicino e troppo buono.

Stavo cercando di non sfracellare le uova sode con le pinze quando Eric attaccò bottone. Io indossavo una canottiera tutta lisa e scolorita di Berkeley, pantaloni neri da yoga, una felpa legata intorno alla vita e i capelli tirati su, legati in un concio scompigliato. Perciò era ovvio che fossi appena uscita dalla palestra. O questo o ero una sciattona. Ad ogni modo mi chiese che cosa avessi fatto in palestra e iniziammo a chiacchierare. Quando finii di comporre la mia insalata, mi chiese se poteva chiamarmi, perciò gli dissi di sì e gli diedi il mio numero di cellulare. Dopo Pierce lo stalker avevo deciso che non ce l'avrei fatta a sopportare altre chiamate di pazzi in ufficio. Perciò pensai che fosse meglio lasciare solo il mio numero di cellulare.

Fisicamente Eric non era il mio tipo, ma sembrava simpatico e divertente, quindi mi dissi: "Perché no?". Aveva i capelli radi ed essendo alto uno e settantacinque non raggiungeva i miei standard di altezza, ma avevo deciso di smetterla di fare così la difficile. E poi che cosa credevo? Di essere una reginetta di bellezza? Per favore.

Eric mi chiamò un paio di giorni dopo chiedendomi di uscire a cena. Organizzammo per andare al Godzila Sushi (Godzila con una sola elle, non so perché), un locale rinomato su Divisadero Street, a circa dieci isolati dal mio appartamento. La sera dell'appuntamento, uscii di casa indossando un paio di jeans, una canottiera bianca e una stola nera. Avevo stirato i capelli e li avevo tirati su da una parte con una molletta. Camminando verso il ristorante mi resi conto che era il dodici marzo, il che significava che il giorno dopo sarebbe stato il tredici marzo.

Mi bloccai.

Il tredici marzo era il giorno in cui io e Aaron ci eravamo fidanzati.

Ai tempi avevamo riso del fatto che il nostro matrimonio fosse destinato al fallimento perché ci eravamo fidanzati di venerdì tredici. A quanto pareva, invece, avevamo azzeccato la previsione.

Guardai il cielo stellato e chiusi gli occhi, dissi a me stessa di farla finita e continuai a camminare verso il ristorante. "Piccoli passi, procedi a piccoli passi". Continuai su California e quando voltai a sinistra su Divisadero vidi l'insegna del Godzila Sushi un paio di isolati più avanti. C'era una fila di gente fuori e mi domandai quanto avremmo dovuto aspettare per un tavolo. Godzila Sushi era sempre pieno e fastidiosamente rumoroso. E non accettava prenotazioni. Era un buon posto per un primo appuntamento? Non ne ero certa e mi domandai perché mai

Eric avesse scelto proprio quello. Da una parte, il sottofondo e il locale informale alleviavano la pressione del romanticismo a tutti i costi, ma dall'altra era difficile riuscire a chiacchierare in una stanza rumorosa.

Quando arrivai davanti al ristorante il marciapiede era affollatissimo e non riuscivo a vedere Eric da nessuna parte, perciò infilai la testa dentro per dare un'occhiata.

«Waverly, sono qui!»

Mi voltai e lo vidi farmi cenno dal bancone in fondo. Mi feci largo tra la gente e andai a salutarlo. Si alzò e mi abbracciò forte, così forte che quasi mi mozzò il fiato. Mi distaccai da lui per sorridere e dirgli "ciao", e quando feci un passo indietro mi accorsi che, giuro su Dio, indossava una canottiera gialla infilata dentro un paio di pantaloncini di jeans neri.

«Ciao, Eric.» Cercai di mascherare il panico che di sicuro mi si era stampato in faccia. Era forse uno scherzo?

Sorrise. «Ho già dato il nome per il tavolo, dovrebbero chiamarci fra qualche minuto. Fra parentesi, sei fantastica.»

«Oh, grazie» dissi, concentrandomi più sul suo abbigliamento che sul complimento.

E poi notai che aveva ordinato una bottiglia di birra da settantacinque centilitri, di quelle che si prendono quando si è in compagnia. E notai anche che era quasi vuota.

«Sei qui da molto?» dissi.

«No, non troppo. Una mezz'ora.»

Mezz'ora? Guardai l'orologio. «Oh Dio, mi dispiace. Credevo che l'appuntamento fosse alle otto. Sono in ritardo?»

«No, non sei in ritardo. Ho solo pensato di venire prima a farmi una bevuta. Vuoi qualcosa?»

«Ehm, okay. Una birra light va benissimo, grazie.» Ehilà. Vibrazioni di stramberia ovunque.

Versò quello che restava della sua Sapporo in un bicchiere e ne ordinò un'altra. Il barista portò anche una Bud Light e un bicchiere gelato per me.

Eric mi versò la birra e accennò un brindisi. «Al bar delle insalate e alle ragazze carine con i pantaloni da yoga.» Sorrise e mi dette una manata sulla coscia.

Alzai il mio bicchiere e gli rivolsi un sorriso finto. La cosa stava diventando violenta.

In quell'istante mi sentii toccare lievemente la spalla. «Ciao, Waverly.»

Guardai alla mia destra e vidi Mandy Edwards.

Mandy Edwards mi aveva appena vista a un appuntamento con un uomo in canotta gialla e pantaloncini di jeans. Nientemeno che pantaloncini di jeans neri, forse l'offesa sartoriale massima, battevano anche quelli blu.

Lei era in compagnia di un uomo alto con i capelli castani, un ragazzo molto carino dall'aspetto vagamente familiare. Mi alzai e sorrisi imbarazzatissima. «Ciao, Mandy. Come stai?» E poi mi voltai verso Eric. «Ehm, Eric, lei è Mandy. Lavoriamo insieme.»

Mandy gli tese la mano. «Salve, Eric, piacere di conoscerti. Lui è il mio fidanzato, Darren.»

Fidanzato? Chi aveva il coraggio di sposare Mandy Edwards?

Lo guardai bene e per un istante smisi di respirare.

Gesù benedetto.

Era il Darren Giusto, il Darren carino che aveva preso il mio biglietto da visita pochi mesi prima, ma non mi aveva mai richiamata. Guardai il grosso diamante al dito di Mandy. Almeno ora sapevo perché non aveva alzato il telefono.

Darren strinse la mano sia a me che a Eric. «Hai un viso familiare» disse. «Ci siamo già conosciuti?»

Buttai giù un sorso di birra e scossi la testa. «Uh, no, non credo.» E poi guardai Mandy. «Quando vi siete fidanzati?»

«Qualche giorno fa, durante una degustazione di vini su a Napa. Siamo appena tornati.» Sorrise a trentadue denti.

«Caspita, congratulazioni» dissi.

«Grazie» rispose lei. «Non vedo l'ora di iniziare a pianificare il matrimonio.»

Darren continuava a fissarmi. «Sei sicura che non ci siamo già conosciuti? Potrei giurare di sì.»

Prima che potessi dire qualcosa, Mandy lo prese a braccetto. «Be', ora dobbiamo andare. È stato un piacere, Eric. Ciao Waverly.»

Rientrarono tra la folla e io li seguii con lo sguardo. Si sposava con il Darren carino? Wow. E poi mi voltai a guardare Eric, che sembrava uscito fuori da un poster della NASCAR, e potei solo immaginare cosa stesse pensando Mandy. Aveva visto la sua *mise*? O ero solo io una stronzetta superficiale? No... ma chi volevo prendere in giro? L'aveva notato di certo. Qualunque persona normale l'avrebbe notato. Ma ero anche una stronzetta superficiale.

Mi voltai verso Eric. «Perciò, ehm, stavi dicendo che sei venuto un po' prima?»

«Sì eh, questo posto è una figata per stare a guardare la gente. Entrano un sacco di bellone il giovedì.»

«Ah, bene.»

Dopo quell'inizio promettente, le cose andarono sempre migliorando. Venne fuori che Eric era un fissato della palestra, e dal momento che mi aveva vista in uno dei miei rari momenti sportivi e siccome lavoravo come agente pubblicitario sportivo, aveva dedotto che lo fossi anch'io. E il fitness era *l'unica* cosa di cui volesse parlare.

«A che palestra vai? Io alla Gold's.»

«Quante volte vai alla settimana? Ti piace lo spinning?»

«Qual è la tua tabella di marcia? Io mischio un po', sai, per non annoiarmi.»

«Hai mai fatto una gara di triathlon? Io faccio Fuga da Alcatraz in giugno.»

E ancora...

E ancora...

E ancora.

Raggiungemmo la vetta quando la cameriera ci portò un piatto di sushi al surimi.

«Che attrezzi usi?» disse.

Attrezzi? Poco mancava che non sapessi nemmeno il significato della parola.

Immersi un pezzetto di sushi nella salsa di soia e mi domandai se il suo sedere fosse più piccolo del mio. «Ehm, una volta ho usato una cosa per gli adduttori, ma non so come si chiama. E le mie gambe il giorno dopo erano distrutte, perciò ho deciso che non l'avrei mai più usata.»

Stavamo affondando rapidamente.

«Io vado in palestra sei giorni la settimana» disse. «È la mia passione.»

«Sei giorni? Caspita. Sono un sacco» dissi.

«Sì, sei giorni a settimana, pioggia o sole, non importa.»

«Forte.»

E poi sprofondammo nell'oceano.

«Tocca, senti che muscoli.» Si piegò verso di me e fletté i suoi bicipiti scoperti, proprio nel bel mezzo del Gozila Sushi.

Io storsi la bocca e mi guardai attorno. Non sono religiosa, ma in quel momento pregai Dio che nessuno ci stesse guardando, specialmente Mandy. Toccai incerta con la punta dell'indice il suo bicipite e lo ritirai immediatamente come se avessi sfiorato un serpente a sonagli.

«Sì, ehm, è un discreto muscolo» dissi. sos... sos...

Quando Eric mi riaccompagnò a casa più tardi, mi dette un altro abbraccio da orso e si allungò per darmi un bacio. Ma io lo schivai dandogli la guancia.

«Posso chiamarti?» disse.

«Ehm, certo.»

Mi chiamò due giorni dopo per chiedermi se volevo andare a correre, ma mentii e dissi che sarei stata fuori città per lavoro per tre settimane.

Dopo un silenzio imbarazzante, mentii di nuovo dicendogli che l'avrei richiamato al mio rientro. Era cattivo karma che si accumulava fuori dalla mia finestra, ma un altro appuntamento con lui e dalla finestra mi ci sarei gettata io.

Un paio di settimane dopo conobbi un ragazzo che mi *piaceva* davvero. E non potevo crederci, perché anch'io gli piacevo! Si chiamava Reid e lavorava alla mia banca. Io ci andavo solo quando mi serviva un rotolino da venticinque cent per la lavanderia ed era un'operazione che eseguivo sempre allo stesso sportello, perciò non avevo mai fatto caso a tutte le altre persone che lavoravano là dentro. Un'altra cosa per la mia lista di cose da grandi: "sai che sei davvero un adulto quando hai un appuntamento con uno di quei tizi che lavorano in banca dietro una scrivania".

Andai un sabato mattina per i soliti quarti di dollaro e uscendo notai Reid in piedi, dietro la sua scrivania. Stava parlando a una signora più anziana, una signora più anziana di circa novant'anni, e aveva un sorriso così bello che mi fermai e mi immobilizzai a guardarlo, impalata nel bel mezzo della stanza, osservando come sorrideva a quella minuscola vecchietta.

Dopo dieci secondi, alzò lo sguardo e mi colse in flagrante.

«Le serve aiuto?» disse.

«Ehm, no, volevo solo un rotolino da venticinque cent per la lavanderia» risposi, schiarendomi la voce.

«Be', ha bisogno d'aiuto per piegare le lenzuola?» chiese con un sorriso.

«Aah» fece la vecchina.

Per due settimane ci vedemmo spesso. Era così divertente! Era affascinante, simpatico, bello, alto e intelligente. E aveva anche un buon profumo. Ed era affascinato dal mio lavoro. "Vieni pagata per chiacchierare con Shane Kennedy?" ripeteva all'infinito. "Sai quanti tizi conosco che pagherebbero per chiacchierare con Shane Kennedy?"

Sfiorava quasi la perfezione.

Il problema era che non ero l'unica a pensarlo.

Un sabato sera andammo a una grande festa di beneficenza nel Marina, e durante una sfortunata dimostrazione della densità di uomini e donne degni di un appuntamento in quella zona di San Francisco, a un certo punto cercai di prenderlo per mano ma lui non ricambiò. Lo guardai confusa ma lui continuò a non prendere la mia mano.

Seguì un'epica "waverlinata".

Inizialmente lo guardai e sorrisi. «Ehi, tu, non vuoi tenermi per mano?» dissi scherzosamente.

Lui scosse la testa.

Sorrisi di nuovo e inclinai la testa. «Davvero?»

Lui scosse la testa di nuovo.

Smisi di sorridere e chiesi: «Perché no?»

Nessuna risposta.

E poi, come uno di quei topi di laboratorio che continuano

a sbattere contro la trappola, cercai di raggiungere il formaggio ancora una volta.

«Reid, puoi dirmi perché non vuoi prendermi per mano?»

Alla fine lui mi guardò e disse: «Perché sto uscendo con altre tre donne che sono a questo party.»

«Oh» dissi.

Non mi sorprende non averlo mai più risentito.

Ma sono sicura che prima o poi lo incontrerò per caso al Marina Safeway.

Perciò io ero sempre alla ricerca, ma le "waverlinate" e i miei biglietti erano l'unica cosa che riuscivo a tirarne fuori.

Fronte: C'è una cosa che vorrei tanto sapere...
Retro: Tesoro, forse che cosa passa per la testa degli uomini che indossano le canottiere?

Fronte: Mi sono accorta che il sedere di lui è più piccolo del mio...
Retro: Tesoro, scappa, e in fretta anche. Non vale l'umiliazione e sappi che il tuo non farà altro che allargarsi.

Fronte: Come evitare di spingersi troppo oltre al primo appuntamento?
Retro: Tesoro, semplice: non depilarti. E per sicurezza metti anche le mutande della nonna.

Fronte: Mi piace da morire, ma non so se andarci a letto o aspettare ancora un po'...
Retro: Tesoro, di cosa stiamo parlando? Sei ancora qui?

Fronte: I miei appuntamenti sono una delusione dietro l'altra...

Retro: Tesoro, è sempre meglio un appuntamento deludente che rimanere in casa a pulire il forno che non usi.

Fronte: Ho scoperto che il ragazzo con cui esco vede anche altre...
Retro: Tesoro, vediamo che aspetto avrà tra dieci anni. Non sarà facile reggere questo ritmo.

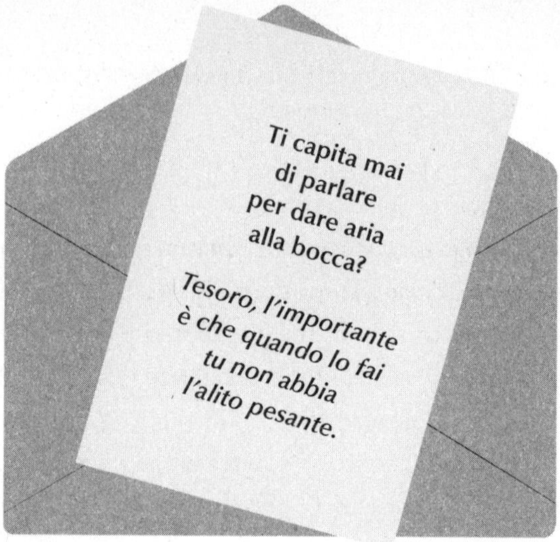

15

A volte, maggio a San Francisco sa imitare ottobre, e quell'anno aprile fece una fantastica imitazione di maggio che imita ottobre. Le giornate erano stranamente miti e soleggiate, la luce si intensificava di giorno in giorno. (Ma non fraintendetemi. La notte faceva sempre un freddo cane.)

Un mercoledì mattina, Scotty Ryan mi chiamò inaspettatamente.

Sorrisi, rispondendo al telefono. «Ehi, Scotty, che bella sorpresa. Come stai?»

«Sto bene, bellezza. Non posso lamentarmi.»

«Come te la sei passata dopo il matrimonio di Cynthia e Dale? Vedi ancora quel tizio, Tad?» dissi.

«In effetti sì. Ci credi? Sono già tre mesi. Alla mia età devo andarci cauto con le parole, ma penso di essere innamorato» disse.

Lanciai la mia pallina antistress in aria. «*Ora* le ho sentite proprio tutte. Allora, a cosa devo il piacere di questa telefonata signor Ryan?»

«In verità pensavo di rubarti un paio d'ore a pranzo.»

«Oggi? Sei in città?»

«Esatto. Devo intervistare Bono prima del concerto degli U2 a San Jose, perciò, dato che sono qui, ho pensato di fare un salto alla partita dei Giants e speravo che la mia PR preferita volesse accompagnarmi. Un amico mi ha regalato due biglietti con dei posti fantastici, nell'area vip.»

Mi raddrizzai sulla sedia. «Aspetta un secondo. Devi intervistare Bono, gli U2 sono il mio gruppo preferito di *sempre,* e mi inviti alla partita dei *Giants?* I Giants, che l'anno scorso erano ultimi in classifica, se posso permettermi?»

Si mise a ridere. «Lo so, sono un amico orribile. Ma come al solito i produttori hanno deciso di concedere l'intervista solo all'ultimo minuto, perciò non sono riuscito a farmi dare altri biglietti per il concerto. Mi dispiace tanto, cuoricino. Mi farò perdonare, okay? Te lo prometto.»

«Sarà meglio per te, Scotty Ryan.»

«Lo farò, promesso. Allora, quando posso passarti a prendere? La partita inizia all'una e un quarto. Puoi mollare il lavoro per qualche ora?»

Sorrisi di nuovo. «Ehi, se trascorro qualche ora con un giornalista importante del *Today,* non è marinare il lavoro, è aggiornamento professionale. Non ti ho insegnato niente del mondo delle pubbliche relazioni?»

«Ah, ma certo» disse. «Allora, le dodici e trenta può andare?»

«Perfetto. Ci vediamo dopo.»

Riattaccai e vidi Mandy Edwards sulla soglia.

«Ehi, Waverly, hai appena detto che vai alla partita dei Giants con un reporter del *Today* oggi?»

Annuii. Beccata.

Sorrise. «Forte. Credi che potrebbe essere interessato alla presentazione della nuova linea di barrette energetiche della Adina Energy? Sono buonissime.»

«Uhm, probabilmente no. Ha già fatto lo stesso servizio lo scorso anno.»

Il suo sorriso rimase fisso. «Oh, okay, era tanto per chiedere. Perché la Adina Energy è talmente importante che ci servono media con un profilo altrettanto alto per fare pubblicità, sai, perciò pensavo che il *Today* potesse essere interessato. Perciò tu vai a vedere una partita oggi pomeriggio?»

Annuii di nuovo. «Già, ti serve altro? Sono piuttosto occupata.»

«No grazie, volevo solo farti un saluto. Sono davvero impegnatissima con questa campagna.» "Perché ha un profilo talmente alto, sai".

«Già, immagino.»

Si voltò per andarsene. «Be', divertiti alla partita» disse a voce un po' troppo alta mentre si allontanava dal mio ufficio.

«Grazie Mandy, lo farò» dissi alla matita che avevo in mano e che avrei tanto voluto spezzare in due.

Appena se ne fu andata corsi da Jess per chiedergli il permesso di andare alla partita, prima che Mandy gli comunicasse i miei programmi. Grazie a Dio disse di sì. E grazie ai nostri clienti che avrebbero fatto di tutto per pubblicizzare i loro prodotti davanti ai milioni di telespettatori di *Today.*

Tre ore dopo, io e Scotty eravamo nell'area vip mezza vuota all'AT&T Park, a guardare i Giants che le prendevano dai Padres. Ma a noi non importava affatto della partita perché avevamo... l'open bar!

«Dimmi, è una cosa seria con questo Tad?» gli domandai

mentre mi passava una birra e le famose patatine all'aglio.

«Potrebbe, tesoro, potrebbe. Ma solo il tempo lo dirà. La distanza ci obbliga a prendere le cose un giorno alla volta.»

«Lui vive a New York, vero? Saresti disposto a trasferirti?» Agguantai una manciata di patatine. «Non sarebbe più comodo anche per il tuo lavoro?»

Lui sorseggiò il suo drink e annuì. «Ci ho pensato e, certo, sarebbe meglio che stare a Dallas, ma vedremo. E tu? Come va la vita sentimentale?»

«Ehi, il battitore ha colpito la palla» mi sporsi verso il campo e indicai uno dei giocatori.

Scotty mi guardò ridendo. «Stai evitando la mia domanda?»

«Quale domanda?» presi un'altra manciata di patatine e me le infilai in bocca.

«Waverly?»

Mi alzai in piedi, lisciando la gonna. «Ehi, faccio un salto in bagno. Vuoi un altro drink? Ci penso io.» Indicai il bar accanto alla porta.

Lui scosse la testa sorridendo. «Okay, okay, niente più domande. Ma quando sarai di ritorno portami una birra.» Mi allungò un biglietto da dieci dollari. «E prendi anche altre patatine, visto che queste te le sei praticamente sniffate.»

Presi i soldi e gli mandai un bacio all'aglio. «Okay tesorino, ci penso io. Arrivo subito.» Uscii dalla zona vip e m'incamminai lungo il corridoio immacolato diretto alla toilette privata e al bar senza fila. Essere nell'area vip era un'esperienza totalmente diversa che starsene a guardare la partita in tribuna. Era un po' come essere in prima in aereo: free drink, nessuna coda per il bagno e voilà, la snob che è in me apparve dal nulla.

Cinque minuti dopo tornai dal bar reggendo un largo vassoio di patatine all'aglio. L'odore era piuttosto forte e immaginai che alito letale avrei avuto dopo aver mangiato anche quelle. Ma, ragazzi, erano davvero troppo buone. Ne presi tre e me le infilai in bocca. Per fortuna ero con Scotty, che mi aveva dato un bacio in corridoio andando in bagno e aveva fatto finta di svenire. Voglio dire, immaginate di essere a un appuntamento e spazzolare un'intera montagna di patatine all'aglio e...

Mi pietrificai.

A tre metri da me c'era Jake McIntyre.

Jake McIntyre e i suoi meravigliosi occhi blu.

Erano passati mesi da quando l'avevo incontrato l'ultima volta al matrimonio di Cynthia, ma vederlo mi faceva ancora tremare le ginocchia. Avrei voluto salutarlo ma per qualche ragione le mie stupide gambe non vollero darmi retta. Perciò continuai a camminare.

«Waverly?»

Le mie stupide gambe continuarono a camminare.

«Waverly?»

Alla fine il mio cervello riprese il controllo del sistema nervoso.

Mi voltai verso di lui. «Oh, ciao Jake. Io, ehm... non ti avevo visto.»

Sorrise e mi venne incontro. «Che ci fai qui?»

«Oh, sto solo guardando la partita.» Cercai di deglutire la patatina che stavo ancora masticando, avvolta in una nube tossica d'aglio.

«Con chi sei venuta?» disse.

Io sorrisi e di colpo dimenticai ogni singolo ragazzo con cui ero uscita nell'ultimo anno. «Non dovrei essere io a farti questa domanda, dal momento che questa è la mia città?»

Lui indicò la porta dell'area vip dietro di me. «Oh, no, scusami. Intendevo dire con chi sei per essere nella zona vip? Con chi sei all'evento?» Sulla porta c'era una targa con su scritto BA ROCKS VIP ROOM.

Scossi la testa. «Non sono qui per nessun evento. Sono solo venuta a mangiare patatine.»

«Oh, scusa, credevo che fossi qui per lavoro... be', ad ogni modo... come stai?»

Avevo paura di parlare troppo, l'ultima cosa che volevo al mondo era fargli sentire il mio alito. «Sto bene, bene, grazie. Tu che ci fai qui?»

«Sono solo ospite di un amico sponsorizzato dalla BA ROCKS.»

«Oh, forte, sembra divertente» dissi. «Ehm, allora come va?»

«Bene, grazie. Be', non troppo a dire il vero. Ci hanno appena fatto fuori ai playoff, perciò le vacanze per me cominciano in anticipo quest'anno.»

«Oh, mi dispiace. Cosa fai ora che la stagione è finita?» Ero determinata a essere carina con lui, a dispetto del mio nervosismo. Sorrisi e avvertii una goccia di sudore freddo che mi colava sulla fronte. Sudore aromatizzato all'aglio. Un bijou.

Lui indicò di nuovo la porta. «Un paio di partite di baseball e poi andrò a trovare i miei in Florida, e dopo ad Atlanta un paio di mesi a insegnare basket in un campo per bambini svantaggiati.»

«Caspita, ti piacciono le cause perse» dissi. «Anche a me. E anche quel campo estivo per ragazzini sembra forte.» Dio, quant'era carino. Quegli occhi... "ce la puoi fare... ce la puoi fare".

Lui rise. «Già, sarà un'estate divertente. Ma credo che prima di iniziare farò un viaggetto in Sudamerica. Ho sempre desiderato andare in Brasile o in Argentina.

Da solo? Andava solo?

Morivo dalla voglia di chiederglielo.

Avrei dovuto?

Forse potevo.

Che male avrebbe fatto?

Improvvisamente mi resi conto che era passato un sacco di tempo e io non avevo detto ancora niente.

"Di' qualcosa, Waverly!"

«Sono stata in Brasile e in Argentina qualche anno fa.» E senza pensare aggiunsi: «È sempre una festa laggiù. Non ho mai baciato così tanti ragazzi in vita mia.»

O mio Dio!

Lui scoppiò a ridere. «Cosa?»

Il rossore sulle mie guance era ancora più impietoso del mio alito. «Oh, hai notato quanto fanno schifo i Giants?» dissi a bassa voce.

In quel momento un uomo in giacca e cravatta si avvicinò a Jake e gli mise una mano sulla spalla. «Signor McIntyre, c'è una chiamata per lei.»

Jake si voltò verso l'uomo e poi di nuovo verso di me.

Alzai le sopracciglia. «"Signor McIntyre?" Sei più importante di quello che immaginavo?»

Lui sorrise. «È solo per gentilezza. Be', farò meglio ad andare. È stato bello rivederti, Waverly.»

Lo salutai. «Anche per me, *signor McIntyre.* Ciao.»

Lui si girò e seguì quell'uomo. La porta si richiuse dietro di loro e io rimasi lì impalata.

"Non ho mai baciato così tanti ragazzi in vita mia?"

Ero la persona più idiota sulla faccia della terra.

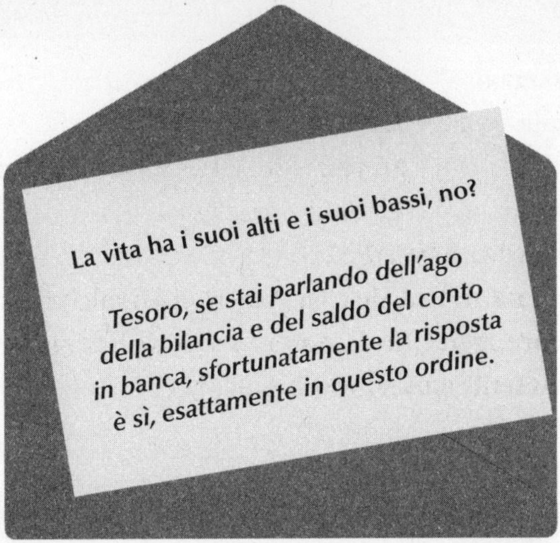

16

Un paio di settimane dopo, tornai presto dal lavoro. Avevo mal di gola e mal di testa e non vedevo l'ora di stendermi. Entrai nel palazzo, presi la posta dalla buchetta, aprii la porta e puntai il letto. Buttando la posta sul tavolo vidi tre buste provenienti da case editrici. Tre buste molto sottili.

«Grandioso» dissi. Mi misi a sedere sul letto e lessi tre lettere di rifiuto. Cavolo. Chi s'immaginava che fosse più difficile entrare nel mondo dei biglietti augurali che ad Harvard? Tutte più o meno dicevano così:

> Gentile Sig.na Bryson,
> grazie per aver inviato la sua proposta a (inserisci nome della casa editrice). Nonostante riteniamo che la sua idea sia (inserisci aggettivo che esprime tiepido entusiasmo) al momento non ci sembra che possa rientrare in nessuno dei nostri contenitori

editoriali. Buona fortuna e grazie per aver pensato a (inserisci nome della casa editrice).

Era forse un modello di lettera in Microsoft Word?

Mi stesi sul letto e chiusi gli occhi. Era veramente più difficile che entrare al college. Perlomeno quando facevi richiesta d'ammissione sapevi che qualcuno ti avrebbe preso, prima o poi, perché alle università occorrono le rette degli studenti per tirare avanti.

Tenendo gli occhi chiusi, mi addormentai ancor prima di essermene resa conto. Un'ora dopo fui svegliata di soprassalto dallo squillo del cellulare. Ancora mezzo addormentata mi misi a sedere e per un attimo non fui in grado di capire dove mi trovavo. Scossi la testa e cercai di uscire dalla nebbia.

«Pronto?»

«Ehi, bimba.»

Mi maledii per non aver guardato prima il numero sul display.

Tornai a stendermi sul letto. «Ciao, papà.»

«Ti ho svegliata?»

«Oh, no, no.» Cercai di dissimulare ma era ovvio che mi avesse svegliato. Perché nessuno lo ammette?

«Come stai?» disse.

«Tutto a posto, a parte il fatto che sono tornata a casa un po' prima perché non mi sentivo bene.»

«Sei sempre di corsa eh? Non riesci a rallentare un po' il ritmo?»

«Immagino di no» risposi. «Allora, tu come stai?»

«Be', ho delle buone notizie» disse.

Buone notizie? Da mio padre?

«Davvero?» dissi. «Cosa?»

«Ho trovato un nuovo lavoro.»

«Sul serio? Ma è favoloso, papà. Dove?»

«Qui» disse.

«Qui?»

«No, qui, non da te» disse. «Qui, cioè in casa. Lavorerò da casa.»

«E cosa fai?»

«Vendo vitamine» rispose.

«Vitamine?»

«È una grande opportunità. Se lavoro sodo posso fare anche duecento dollari alla settimana.»

«Vitamine? Da casa?»

«Già, sono stato a un seminario e ho imparato tutto quello che c'è da sapere. Adesso devo solo comprare le vitamine e incominciare.»

Chiusi gli occhi e sospirai. «Devi comprarle tu le vitamine?»

«Sì, vogliono assicurarsi che prendiamo l'impegno seriamente, perciò dobbiamo comprare prima le cose che venderemo. Dopodiché sono tutti guadagni.»

«Papà, per favore...» dissi.

«Per favore, cosa?»

«Papà, è una truffa. Ti rifilano tutti i loro prodotti e dopo il rischio è tuo, non loro. Non lo capisci?»

«Waverly, non potresti sostenermi una volta tanto? È una buona opportunità di investimento per il tuo vecchio.»

Mi morsi il labbro e presi fiato. «No.»

«No?» disse.

«Papà, non posso stare sempre a guardare mentre ti scavi la fossa. Non ci riesco. Se vuoi trovare un lavoro, io sono con te. Ma vendere vitamine da casa non mi sembra affatto una buona idea.»

«Vedrai» disse. «Farò grandi cose.»

Ecco che ci risiamo, pensai. «Papà, non ho intenzione di rifare per l'ennesima volta la stessa conversazione. Ti voglio bene ma adesso metto giù.»

«Ma...»

«Ciao, papà.» Chiusi lentamente il telefono, lo posai sul letto e rimisi la testa sul cuscino.

La cosa successiva di cui fui cosciente era che il mio telefono squillava di nuovo. Questa volta controllai il display ma non riconobbi il numero.

«Pronto?»

«Pronto, parlo con Waverly Bryson?»

«Sì» non riconobbi nemmeno la voce.

«Salve, Waverly. Mi chiamo Becca Bentley e lavoro per la Smithers Publishing qui a San Francisco.»

Smithers *Publishing*? Il mio cuore si fermò. Non mi ricordavo di aver spedito loro niente, ma il mio cuore si fermò.

«Salve» dissi.

«Abbiamo ricevuto le proposte dei biglietti "Dal tuo Tesoro" che ha inviato a Kara Barnett alla sezione arte.»

«Oh» dissi. Kara Barnett? Cioè la cugina di Andie? Grande Andie!

«E la chiamo per sapere se è disponibile la prossima settimana a venire qui per un colloquio.»

Cercai di non rotolare giù dal letto. «La prossima settimana? Certo, si può fare.»

«Perfetto. Resti in linea, la mia assistente le fisserà un appuntamento. Non vedo l'ora di conoscerla, Waverly.»

«Ehm, anch'io. Grazie per aver chiamato... ehm... grazie per aver chiamato.» Ops, avevo già dimenticato il suo nome.

Tre minuti dopo avevo un appuntamento con la Smithers Publishing.

Chiusi il telefono e rimasi ferma immobile, seduta sul letto.

Gesù santo.

Quella domenica io e McKenna uscimmo per una delle nostre passeggiate. Avevamo molto di cui parlare, perciò decidemmo di farlo mentre ci godevamo il sole. Ci incontrammo al solito angolo alle due del pomeriggio e ci incamminammo verso il mare. Non avendo orari avevamo deciso di fare tutto il Golden Gate Bridge e ritorno. Ma prendemmo con noi anche un cambio, nel caso avessimo deciso di abbandonare il progetto e andare a bere qualcosa.

E fu esattamente ciò che accadde.

Venti minuti dopo eravamo già distese sopra le comode sdraio dell'elegante St. Francis Yacht Club, sulle acque del Marina Green, davanti al Golden Gate Bridge. Un club privato. Viva McKenna, che lavorava in una banca d'investimento.

Sorseggiai il mio tè freddo e mi sistemai gli occhiali sopra la testa. «Okay, pensiamo al lavoro e facciamo una lista. Abbiamo la data, abbiamo il vestito, abbiamo il posto, abbiamo i musicisti, abbiamo il catering, abbiamo la damigella d'onore – che, se posso permettermi di dire, sta facendo benissimo il suo lavoro – e abbiamo la lista degli ospiti. Manca qualcosa?»

Lei mangiò un nacho. «Dobbiamo pensare agli inviti, ai fiori, alla torta e ai vestiti per te e Andie. Cavoli, ho dimenticato la cena prenuziale. Dobbiamo cercare il posto dove farla.»

«Non preoccuparti. Abbiamo pianificato miliardi di feste in ristoranti alla K.A. Marketing, ho contatti sparsi per tutta la città, perciò non sarà difficile trovare il posto perfetto. Lascia fare a me. Promettimi solo che non andrai a vivere in periferia dopo che ti sarai sposata, okay? Ehi, e per la luna di miele dove vai?»

Lei si distese sulla sua sdraio. «È compito di Hunter organizzare tutto e non mi vuole dire niente. Ha detto che non saprò dove stiamo andando finché non arriveremo in aeroporto.»

«Uh, che romantico. Non avevo idea che fosse il tipo. Anzi, no, ma che sto dicendo? Chiunque scriva: "Sposami McKenna" mentre gioca a Scarabeo vince il titolo del più romantico della terra. Ma hai indagato a sufficienza per assicurarti che ti porterà su una spiaggia, non è vero?»

Lei bevve un sorso di Diet Coke. «Ho fatto di più. Gli ho detto che metterò in valigia solo vestiti adatti al clima tropicale.»

Mi distesi anch'io sulla sdraio e chiusi gli occhi. «Perché mai una persona dovrebbe voler fare altro che starsene stesa in spiaggia con una Piña Colada, dopo tutto lo stress del matrimonio, va oltre la mia comprensione. Giri turistici? Musei? Tesoro, ma mi prendi in giro?»

«Ehi, parlando di "tesoro", sei pronta per il tuo grande incontro alla Smithers?» disse.

Aprii gli occhi e mi misi seduta. «Non riesco a pensare ad altro. Be', a parte programmare il tuo matrimonio, ovviamente. Probabilmente non se ne farà nulla, ma è già qualcosa, no?»

«Nulla è senz'altro qualcosa. Sono fiera di te Bryson.»

Io sorrisi orgogliosa. «Grazie.»

«Incrocio le dita per te» disse. «E mi aspetto un grosso regalo di matrimonio se riesci a mettere la palla in buca.»

«Cercherò di ricordarmelo. Forse potrei scriverti un biglietto personalizzato.»

«Davvero? E cosa direbbe?»

«Fammi pensare.» Sorseggiai il mio drink e chiusi gli occhi.

«Sto aspettando...»

«Ssh. Mi sto concentrando.»

«Sto ancora aspettando.»

«Ssh... non disturbare l'artista.»

«Mi sto addormentando...»

«Ssh» dissi. «Non sono brava sotto pressione.»

«Ne ho io una per te» disse.

Aprii gli occhi e la guardai. «Davvero?»

«Sì.»

«Be', sentiamo.»

«Davanti c'è scritto: *Felice che la tua migliore amica si sposi ma temi allo stesso tempo di perderla?*»

Sentii un nodo in gola. Cavolo, mi conosceva davvero.

«Lo giri e dice: *Tesoro, non preoccuparti. Non va da nessuna parte.*»

«Davvero?» dissi.

«Davvero.» si allungò verso di me e mi abbracciò. «Ho bisogno della mia Waverly.»

Risalendo Fillmore un paio d'ore più tardi, quasi mi feci investire da una macchina attraversando Union Street con il rosso. Ops. Il clacson mi tirò giù dalle nuvole e io mi misi in salvo dall'altra parte della strada, lontana dalla rabbia del conducente. Quando arrivai al marciapiede, mi voltai a guardare in direzione dello Yacht club e sorrisi. McKenna stava per sposarsi. Io stavo per incontrare un editore. Fuori c'erano diciotto gradi. Finalmente la vita guardava al futuro.

A forza di guardare, contemplando il ripido percorso che mi aspettava verso il Pacific Heights, lo vidi.

O meglio, li vidi.

Aaron e sua moglie, incinta, stavano scendendo Fillmore e puntavano verso la mia direzione.

Io mi pietrificai. Era la seconda puntata del Marina Safeway. Di nuovo in tuta e totalmente impreparata per quell'incontro.

Mi trovavo di fronte a una scelta.

Salutare... il futuro.

Scappare... dal passato.

Avrei davvero, davvero voluto essere coraggiosa. Ma le mie gambe non ne vollero sapere e rimasi nascosta nel Coffee Roastery finché non se ne furono andati.

La sera prima dell'incontro con l'editore, andai a fare una corsa al Presidio. Avevo la testa piena di domande. Come sarebbe andata? Che cosa mi avrebbero detto? Che cosa dovevo indossare? Ero talmente assorbita dai miei pensieri da non accorgermi di niente. Ma dovetti riemergere dal mio isolamento quando sentii gridare forte il mio nome alle spalle.

«Waverly! Waverly!»

Mi voltai e quando vidi Brad Cantor risalire il pendio desiderai tanto avere ancora le mie vecchie cuffie. Stava facendo jogging e indossava una fascia di spugna e una canottiera verde con la scritta KISS ME, I'M IRISH.

«Credevo che non ti saresti più voltata» disse, raggiungendomi. «Ti sto chiamando da un po'.»

«Scusa, è che ho tante cose per la testa» dissi. Cercai di non sembrare seccata, ma seriamente parlando, quel ragazzo era come il prezzemolo.

«Cose buone, spero» disse.

«Spero anch'io» risposi. «Come stai?»

«Benissimo. Ehi, sono felice di vedere che la tua gamba è guarita.»

Come faceva a sapere della mia gamba? Ero abbastanza certa di non averlo incrociato da qualche mese.

«La mia gamba?»

«Non avevi un gesso o qualcosa del genere? Ti ho vista su

Chestnut Street un po' di tempo fa con un gesso fino al ginocchio. Ti ho chiamata ma non mi hai sentito.»

Ah, sì. Avevo sentito che qualcuno mi stava chiamando, ma avevo fatto finta di niente.

«Oh, sì, mi sono rotta la caviglia l'ultimo dell'anno. Ma ora sto bene. Grazie.»

«Incidente festaiolo?»

Scossi la testa. «Niente di così eccitante. Incidente di jogging.»

Continuò a correre accanto a me, e mi domandai se avesse intenzione di seguirmi fino a casa. «Parlando di feste, ne darò una fra un paio di settimane. Il tema è il nero. Userò luci nere per decorare e comprerò anche un colorante nero per tingere il punch. Occhio all'e-mail» disse.

«Okay, Brad, grazie. Ehi, io finisco la mia corsa in quella direzione, ci vediamo.» Schizzai via cambiando strada senza dargli il tempo di rispondere. In quel momento non avevo nessuna voglia di essere importunata da Brad Cantor.

Punch nero? Non era proprio il mio genere di party. Piuttosto preferivo passare una serata a pulire il frigorifero. O spararmi un colpo in testa.

Il giorno seguente mi svegliai presto e aprii l'armadio, per scegliere cosa indossare. Un completo sarebbe stato perfetto, ma al lavoro di solito indossavo i jeans perciò non potevo presentarmi con l'aria di chi deve andare a un colloquio con un'altra agenzia; sarebbe stato troppo sospetto e Mandy di certo non si sarebbe fatta sfuggire nulla. Non avevo parlato dei miei biglietti a nessuno per la stessa ragione che mi aveva impedito di parlarne con McKenna e Andie: paura di venire ridicolizzata (più il fatto che tutti gli editori d'America tranne uno pensavano fosse un'idea stupida). Ma l'ultima cosa che volevo era che in agenzia pensassero che stavo facendo colloqui con altri, perciò decisi di parlare con Jess e Kent dei miei biglietti quel mattino stesso per evitare qualunque fraintendimento.

Alla fine scelsi una camicetta elasticizzata a righe arancioni, nere e rosse con un ampio colletto. E poi misi il mio completo preferito: una giacca di crêpe nera e pantaloni con la gamba leggermente larga. Pensavo, o perlomeno speravo, che il mio look fosse alla moda senza dar l'impressione di essere uscita dagli anni Settanta. Decisi di indossare gli occhiali e di farmi la solita coda ma con la riga da una parte. Volevo cercare di apparire intelligente ma non nerd, attenta alla moda ma anche professionale, attraente ma anche seria.

Mi guardai allo specchio prima di andare a lavorare. Potevo uscire così vestita?

Alle dodici e trenta, con la benedizione di Jess e le congratulazioni di Kent, uscii dall'ufficio e mi diressi verso la Smithers Publishing, a soli sei isolati di distanza. Ero tesissima! Stavo letteralmente tremando. Mancava poco che cadessi dai tacchi

Il mio appuntamento era all'una, ma dubitavo che mi avrebbero offerto qualcosa da mangiare perciò decisi di fermarmi da Uncle Ken's Bagle per uno spuntino. Mentre il cassiere mi stava dando il resto sentii squillare il telefono. Cercai dentro la borsa e guardai il display: Davey. Non avevo tempo per nessun aggiornamento veloce, perciò deviai la chiamata alla segreteria. «Ciao ciao, Davey» dissi, e buttai il cellulare dentro la borsa.

Uscii dal negozio e proseguii verso la Smithers Publishing. Avevo fatto dieci passi quando mi sentii colpire da qualcosa sulla nuca.

«Ma che...?» Mi toccai la testa presa dal panico. Stavo sanguinando, forse? Mi avevano sparato? Non sentivo dolore, però. Ero stata presa di mira da un piccione?

E poi abbassai lo sguardo e vidi l'oggetto che mi aveva colpita a terra sul marciapiede: un bagel al sesamo.

«Ma che...?» ripetei.

«Sei stata *beccata* alla grande, Waverly Bryson!»

Mi voltai e vidi Davey all'entrata di Uncle Ken's Bagle, teneva il cellulare in palmo di mano ridendo come un matto.

«Ops, scusa, Davey.» Gli andai incontro. «Sono di fretta e ho pensato di farti lasciare un messaggio.»

Lui mi cinse con il braccio e mi strinse a sé. «Caspita, sei piuttosto elegante questo pomeriggio. Come mai sei così bardata?»

«Ho una riunione.»

Lui socchiuse gli occhi. «Un incontro con la stampa?»

«Non proprio.»

«Cliente?»

Scossi la testa.

«Nuovo lancio promozionale?»

«Non esattamente.»

Lui indietreggiò di un passo. «Aspetta un minuto, non starai andando a un colloquio? Hai intenzione di mollarmi?»

Mi misi a ridere. «Mollarti? Mai, nemmeno fra un milione di anni.»

«Me lo giuri?»

«Giuro. Adesso però devo andare o arriverò in ritardo.» Avviandomi, mi voltai, gli mandai un bacio e scappai via.

Gli uffici della Smithers Publishing erano un ambiente davvero creativo. I pavimenti erano di legno scuro, con una sottile venatura rossa. Il soffitto alto era impreziosito da un enorme lucernario e ogni parete era dipinta di una diversa tonalità di verde o di giallo. C'erano riproduzioni di copertine di libri incorniciate ovunque. Biografie, autobiografie, narrativa, saggistica, scienza, libri di cucina, riviste di dècor. Esisteva qualcosa che non pubblicavano? Mi domandavo in che modo i miei biglietti potessero inserirsi fra i loro lavori. Non avevo trovato niente di simile nel sito della casa editrice.

Mi avvicinai alla reception. «Salve, sono Waverly Bryson. Ho un appuntamento all'una.»

La segretaria era una signora sulla cinquantina con i capelli corti e bianchi; mi sorrise. «Salve, signorina Bryson. La prego, si sieda. La riceveranno fra poco.»

Io guardai l'orologio. Erano le dodici e cinquantasei. Chissà se l'incontro sarebbe iniziato in orario. Mi alzai e chiesi alla signora dove fosse la toilette e lei mi indicò il corridoio, in fondo a sinistra. Nel tragitto osservai tutte le foto allineate alle pareti e quando arrivai al bagno delle signore lo trovai vuoto. La piacevole musica di sottofondo mi ricordò l'ufficio del mio dentista.

Dopo una rapida pipì, tirai giù l'acqua e girai la chiave. Sentii uno strano *clic* e la porta non si aprì.

Oh oh.

Riprovai.

Niente.

Oh Gesù, era rotta.

Ma che cavolo.

La riunione più importante della mia vita mi aspettava da lì a due minuti e io ero bloccata dentro un gabinetto delle signore completamente vuoto? Era uno scherzo, forse?

Non sapevo cosa fare. Scossi il pomello, presi la porta a gomitate e a pugni e provai di nuovo a scuoterla, ma non si muoveva. Poi iniziai a strattonarla, il che diede lo stesso risultato.

Dopo due minuti di imprecazioni contro la serratura, guardai l'orologio. Dovevo uscire di lì. Cercai di forzare la porta un'ultima volta, ma non ci riuscii.

Dovevo mettermi a urlare?

All'una e zero uno decisi di fare qualcosa. Chiusi gli occhi e presi un profondo respiro. E poi mi distesi sulla schiena e strisciai fuori dal bagno. Sì, strisciai fuori dal bagno. Sì, sulla schiena. Sì, con il completo. Sì, come un serpente.

Bleah.

Quando fui dall'altra parte mi alzai, mi lavai le mani, cercai di sistemare il completo, riapplicai il rossetto e mi aggiustai i capelli. Dopodiché feci un passo indietro e mi guardai allo specchio. Tutto ciò non era mai accaduto.

Mi voltai e uscii. Grazie al cielo nessuno era entrato in bagno durante la mia performance.

Quando tornai alla reception mi sedetti, presi un giornale e feci finta di mettermi a leggere. In realtà ridacchiavo sotto i baffi. Strisciare sotto la porta di un bagno? Chi altri farebbe una cosa del genere? A volte mi domandavo se non fossi spiata ventiquattr'ore al giorno dalle telecamere di un qualche genere di reality umiliante. Avrebbero potuto chiamare la trasmissione "Waverlinate".

Un paio di minuti dopo il sosia di Clay Aiken mi stringeva la mano. «Salve, sono Wyatt Clyndelle, senior editor qui alla Smithers. Grazie per essere venuta.» Sembrava avere circa la mia età, forse un paio d'anni più grande.

«È un piacere conoscerla, Wyatt. Grazie per avermi ricevuta.» Mi alzai e gli diedi la mano, cercando di non stringere troppo forte, per non sembrare troppo entusiasta, né troppo piano, per non sembrare moscia. C'erano poche cose al mondo che mi infastidivano più di una stretta di mano molle.

«Piacere nostro, Waverly. Prego, da questa parte.» Mi fece cenno di seguirlo lungo il corridoio fino a una sala riunioni con pareti di vetro. Dentro, dietro un lungo tavolo ovale di ciliegio, erano sedute altre tre persone. La moquette era color crema e probabilmente dovevano lavarla ogni sera per mantenerla così immacolata, ma di sicuro dava un'immagine di successo.

Wyatt aprì la grande porta di vetro e l'uomo e le due donne seduti al tavolo alzarono la testa.

«Buon pomeriggio a tutti. Vorrei presentarvi Waverly Bryson. Waverly, lei è Emily Walton, a capo della narrativa, Dean Paxton, direttore marketing e credo che abbia già parlato al telefono con Becca Bentley, giusto?»

Tutti si alzarono in piedi per stringermi la mano, e mentre io facevo il giro Wyatt si offrì di farmi un caffellatte.

Le mie orecchie si drizzarono. «Ha detto "fare"? Cioè avete una vera macchina per il caffè?»

Emily si mise a ridere. «Non scherziamo affatto quando si tratta di "caffeinare" i nostri dipendenti.»

«Accipicchia, potrei abituarmi facilmente a questo posto» dissi annuendo.

Dopo pochi minuti ognuno di noi aveva il proprio dolce e il proprio caffè. Chiacchierammo per un po' del meteo e poi Emily si schiarì la voce dando inizio alla riunione vera e propria.

«Waverly, vorrei ringraziarla a nome di tutti per essere venuta qui oggi» iniziò.

«Oh, è un piacere» dissi.

Prese il suo cappuccino e ne bevve un sorso. «Probabilmente si starà chiedendo di cosa vogliamo discutere, dato che la Smithers non pubblica biglietti augurali.»

Ecco perché non avevo trovato nulla su Internet. Sapevo che non ero brava a fare ricerche, ma non fino a quel punto.

«Devo ammettere che, sì, effettivamente me lo sono chiesta» dissi.

«Dunque da dove è nata l'idea per questi biglietti?» domandò.

Mi guardai le mani, rendendomi conto che era la prima volta che qualcuno mi faceva quella domanda.

«Ehm, be'...» balbettai.

Alzai lo sguardo: le persone sedute attorno al tavolo mi stavano tutte fissando, in attesa di una risposta.

Dovevo dirlo? Dirlo e basta?

Presi un profondo respiro. «Be', ecco, in verità ho iniziato a scriverli dopo che il mio fidanzato ha annullato il nostro matrimonio.» Dissi tutto d'un fiato, e rimasi sorpresa dalla sensazione liberatoria che seguì l'aver pronunciato la verità ad alta voce, sebbene davanti a un gruppo di estranei.

«Ah» fu il commento di Emily.

«Ehm, e... lui mi chiamava sempre "tesoro"» dissi, cercando di mandare giù il nodo in gola. «Perciò è nato come uno sforzo di ironia, immagino.»

Lei annuì. «Be', mi dispiace che le cose fra voi non siano andate, ma non posso dire di essere dispiaciuta per i biglietti che ne sono nati.»

Sorrisi. «Grazie.»

«La verità è che era da un po' di tempo che pensavamo di aprire un nuovo contenitore dedicato ai biglietti, ma fino a poco fa non avevamo ancora elaborato una strategia. Quando ci siamo imbattuti nei suoi, è come se fosse scattato qualcosa.» Lei indicò gli altri presenti che annuirono all'unisono.

Anch'io annuii, senza alcun motivo. Avete mai notato che i cenni d'assenso sono come gli sbadigli?

«Waverly, pensiamo che i suoi biglietti siano esattamente

ciò che serve alla nuova linea della Smithers Publishing» disse Emily.

La guardai sbattendo le palpebre. "Ehm, cosa?"

«Volete creare una linea di biglietti attorno alla mia idea?» dissi.

«Sì.»

«Oh. Credevo che questo fosse solo un incontro per conoscerci meglio.»

Tutti scoppiarono a ridere e Emily mi sorrise. «Be', dal momento che è la nostra prima riunione, possiamo chiamarla introduttiva, ma desideriamo farle sapere che siamo molto seri al riguardo. Pensiamo che i suoi biglietti siano fantastici e non sentiamo il bisogno di stare a guardarci intorno in cerca di altre proposte. Non c'è nulla del genere sul mercato e riteniamo che i suoi biglietti tocchino le corde di ogni donna, così come il motivo che l'ha spinta a crearli.»

Caspita. Davvero non aveva perso tempo a guardarsi intorno.

«Se riuscissimo ad arrivare a un accordo, ci piacerebbe lanciare la linea quest'estate.»

"Quest'estate?"

«Ehm, caspita» dissi. Non era una risposta molto professionale, ma ero in stato di shock.

«C'è anche un'altra cosa» disse.

«Un'altra cosa?» la mia voce era un sussurro.

Annuii. «Quando abbiamo visto la foto che ha inserito nella sua presentazione, abbiamo pensato che potesse essere un'idea divertente includerla nel lancio.»

«La foto che ho inserito?» dissi, guardandomi attorno. Dato che proveniva dalla collezione di Andie, potevo solo sperare di non avere un Margarita traboccante in mano... ma ne dubitavo.

Emily annuii di nuovo. «Crediamo che mettendo un vero volto dietro i biglietti, creando un'identità divertente che ne diventi il marchio di riconoscimento, potremmo riuscire a lanciare una moda e lei ha proprio il viso giusto e la giusta immagine.»

«Sì?»

Lei annuii. «E incontrarla di persona ci ha confermato che ha anche la personalità giusta.»

«Sì?» ripetei, domandandomi come diavolo fossero giunti a quella conclusione. Che c'era di tanto divertente nelle mie risposte da cavernicola? Un pelo sopra i versi delle scimmie non è certo lo stile giusto per creare una conversazione avvincente.

Sorrise. «Lei sarà la ragazza immagine dei biglietti "Dal tuo Tesoro", Waverly, che ne pensa?»

Sentii la testa leggera, fortunatamente ero a sedere. Sorseggiai il mio caffellatte e mi guardai attorno. Io una ragazza immagine? Se quelle persone mi avessero vista solo mezz'ora prima spazzare il pavimento con il mio completo comprato in saldo...

«Una campagna pubblicitaria?» dissi.

«Già» disse Dean del marketing. Stavamo pensando di stampare dei cartelloni pubblicitari, più qualcosa su giornali, tv, radio, comunità online e blog. Forse potrebbe darci qualche consiglio in merito.»

Pubblicità?

Cartelloni?

Stampa?

«Waverly, tutto bene?»

Mi resi conto che non dicevo niente da un po' e che tutti mi stavano fissando.

«C'è qualcosa che non va?» disse Dean.

«No, no, sto bene.» Sbattei le palpebre più volte e sorrisi. «Benissimo.»

A quanto pareva avevo scelto il completo giusto per l'occasione.

Uscita dagli uffici della Smithers Publishing mi sentivo come anestetizzata. Se avessi accettato quello che mi avevano appena offerto, la mia vita sarebbe cambiata... totalmente. All'improvviso mi sembrò di scivolare su uno skateboard senza riuscire a stare in equilibrio. Ero pronta per ciò che mi aspettava? E il mio lavoro? Cosa avrei detto a Jess e a Kent e a Davey? Emily mi aveva assicurato che avrebbe trovato il modo di incastrare gli appuntamenti con il fotografo e i giornalisti, ma se davvero desideravo promuovere i miei biglietti sapevo di dover dedicare un sacco di tempo all'attività. Per fare un buon lavoro avrei dovuto prendermi un'aspettativa ed essenzialmente essere uno dei miei clienti.

Un attimo...

"Per promuovere i miei biglietti avrei dovuto essenzialmente essere uno dei miei clienti."

Non avrei potuto essere io stessa un mio cliente? Potevo convincere la Smithers a ingaggiare la K.A. Marketing per pubblicizzare i biglietti.

Perché no? Se potevamo lanciare palline da tennis e mazze da hockey, perché non biglietti augurali? E tirare dentro un nuovo cliente era l'ideale per riportare la mia carriera sul binario giusto.

Da lì in poi, le cose si mossero in maniera molto veloce. Molto, molto veloce. Il team della Smithers non perse tempo, e prima ancora di rendermene conto stavo approvando grafica, font e colori per il lancio nazionale di quello che era stato per mesi solo un documento word all'interno del mio computer. E Emily Walton aveva accettato di far gestire la campagna stampa alla

K.A. Marketing, così improvvisamente mi ritrovai nella posizione di dovermi fare da PR che, ironia della sorte, faceva di me il noioso cliente di me stessa.

«Ti piacerà un sacco la campagna pubblicitaria, Mackie. È davvero carina» dissi. Stavamo camminando verso il Marina Green un venerdì mattina di inizio giugno.

«Dimmi com'è.»

«Lo slogan sarà: "Siamo tutte alla ricerca di un tesoro". L'idea è avere la mia immagine in una serie di pubblicità stampate, e in ognuna io faccio una domanda a un'amica immaginaria. La sua risposta sarà sempre: "Tesoro, la risposta è nei biglietti. Cercala." Non è grandioso?»

Lei mi guardò e sorrise. «Delizioso.»

Battei le mani. «Lo so. Sono così eccitata!»

«Allora, com'è andato il servizio fotografico?» disse.

Io la presi a braccetto. «Dio, è stato esilarante. Sono stata a un milione di servizi fotografici dei miei clienti, ma tutto quello che facevo era osservarli gironzolando attorno al tavolo del buffet. Dall'altra parte della macchina fotografica è tutto un altro mondo.»

«Un gran daffare?»

Annuii. «Esatto. Con le hairstylist, i truccatori, i costumisti, la gente che fa le luci, direttori, operatori, gente dell'agenzia, gente della Smithers, mi sembrava di essere dentro uno speciale della VH1.»

Lei si mise a ridere. «Hai preteso cento gigli bianchi in camerino?»

«No, ma ho chiesto duecento litri d'Evian per lavarmi i capelli.»

«Ottimo. Allora quando avrà inizio la grande campagna promozionale?»

«Partiamo lunedì mattina. E chiedimi che gratifica ho chiesto per il contratto che la Smithers ha firmato con la K.A. Marketing?»

«Qualcosa mi dice che me lo dirai anche se non te lo chiedo.»

«Sai pronunciare "biglietto di prima classe"?»

«Davvero? Ottimo lavoro, Bryson, ottimo lavoro.»

Mi stiracchiai. «*Gracias*... allora, andiamo alla Union Street Fair domani?» Ogni anno, il primo weekend di giugno, una decina di isolati di Union Street nella zona di Cow Hollow venivano chiusi al traffico per un paio di giorni e si riempivano di bancarelle d'artigianato, concerti gratis e gente ubriaca.

«Ma certo, non me lo perderei mai» disse. «Andie viene a prendermi all'una e poi passiamo da te.»

«Di tutte le fiere estive di San Francisco, questa è senza dubbio al numero due della top five» dissi.

«Al numero due? E qual è la prima? North Beach?»

Le diedi un pugno sulla spalla. «Prontooo? Fillmore Street Fair?»

«Ah, già. Come ho fatto a non pensarci? Forse per tutti quci Margarita o forse perché è a nemmeno mezzo isolato da casa nostra...»

«Uhm, forse entrambe le cose.»

«Perciò preferisci quella alla Union Street Fair?» chiese.

Aprii il palmo delle mani e mimai una bilancia. «Mmm, vediamo. In quanto single direi Union Street perché in genere ci sono ragazzi più carini, ma ce n'è talmente tanti sotto i venticinque che sono già fuori target.»

«Andie non sarebbe d'accordo con la tua osservazione.»

«Già» dissi. «Agganciare quelli più giovani è il suo sport preferito. Probabilmente l'unico in cui se la cava.»

«Se la cava alla grande, direi» disse McKenna.

«Già» ripetei. «Ad ogni modo, si crea un pareggio fra i due eventi.»

«Ma entrambi sono un ottimo campo di ricerca per i tuoi biglietti, no?» disse.

Mi misi a ridere. «Esatto.»

Il lunedì seguente io e Kent eravamo comodamente seduti a diecimila metri da terra ridendo della nostra buona sorte.

Lo squadrai. «Okay, signor Tanner, ricapitoliamo la situazione. No, aspetta, prima facciamo un brindisi con i nostri Mimosa gratis. Cin cin!»

«Okay, ma muoviamoci perché devo guardare un film e fare un pisolino prima di atterrare. Voglio godermi fino in fondo il mio sedile reclinabile e lo schermo personale.»

«Bene, facciamo in fretta allora.» Mi tirai su e contai sulle dita della mano. «Vediamo, siamo pagati per:

1. volare in prima classe

2. stare in un hotel di lusso

3. mangiare nei migliori ristoranti di Manhattan

4. fare del sarcasmo sull'essere single

5. promuovere un prodotto che, se funzionasse, potrebbe rendermi ricca

...non male. Devo dire, non male.»

Lui dette un colpo di tosse. «E io sono la chiave del successo di quest'ultimo punto, ragazza. Non dimenticarlo quando abbandonerai la prima classe per il tuo jet privato, okay?»

Gli sorrisi. «Okay.»

«E giusto per mettere le cose in chiaro, sei tu quella che fa del sarcasmo sull'essere single, non io» disse. «Io ti seguo e basta.»

«Touché. Ma davvero, Kent, a me sembra tutto uno scherzo. Ti rendi conto di dove siamo e cosa stiamo andando a fare?»

Lui sorseggiò il Mimosa e si mise a trafficare con il suo schermo. «Sì, *tesoro.*»

L'ultima sera che passavamo a New York, io e Kent ci vedemmo con Kristina in uno *sport bar* per seguire la partita di Shane ai playoff. Non avevo mai visto Kent tanto nervoso. Arrivammo un po' prima di lei e praticamente stava tremando.

Io appoggiai una mano sul suo braccio. «Calmati, Kent Tanner. Stai tranquillo. Kristina è una ragazza simpatica e normale, proprio come Shane al Super Show. Ti ricordi?»

«Sì, me lo ricordo, ma Shane era Shane. Shane è un uomo, un *u-o-m-o.* Non lo trovo fisicamente attraente. Mentre Kristina...»

«Ma taci!» Gli detti un pugno sulla spalla. «Tu, amico mio, sei felicemente sposato. Hai due figli iperattivi sempre luridi dalla testa ai piedi, che non la finiscono mai di urlare e ti lasciano zero tempo per te stesso. Perché mai dovresti desiderare di perdere tutto ciò per andare con una modella pediatra-campionessa-olimpica-milionaria?»

Lui buttò giù un sorso di birra e guardò oltre la mia spalla. «A che ora ha detto sarebbe arrivata?»

Diedi un'occhiata all'orologio. Erano quasi le nove e il bar era gremito. I Knicks giocavano contro gli Heat a Miami, ma a causa del pubblico della West Coast, la partita non sarebbe iniziata prima delle nove e un quarto, ora di New York.

«Da un momento all'altro, tigre. Rilassati.» Scesi dallo sgabello e mi diressi verso la toilette.

Lui alzò il bicchiere. «Non dimenticarti di portarmi un altro giro di coraggio liquido.»

Kristina arrivò tutta trafelata alle nove e quattordici direttamente dall'ospedale, ed era più bella che mai. Mentre cercava di farsi strada tra la folla, in parecchi si voltarono, ma lei non sembrò nemmeno notarlo. Arrivò al nostro tavolo e si sedette.

«Ciao, Kristina, come stai?» L'abbracciai, non ci vedevamo da più di quattro mesi. «Sei perfetta come sempre.»

«Che bello vederti, tesoro. Anche tu mi sembri parecchio in forma.» E poi si voltò verso Kent e gli tese la mano. «Salve, tu devi essere Kent.»

«Ehm, salve. Piacere di conoscerti.» Kent le strinse la mano, sorrise timidamente e tornò a rivolgere la sua attenzione al maxi schermo. "Tipicamente maschile" pensai, scuotendo la testa e ridendo fra me. Assolutamente entusiasta dentro, totalmente disinteressato all'apparenza.

«Che c'è di tanto divertente?» Kristina si tolse la giacca, indossava una canottiera nera aderente e un paio di jeans.

«Te lo dico dopo.» Presi una manciata di pretzel dalla ciotola di fronte a noi. «Cosa ti possiamo offrire da bere? E scegliamo qualcosa da mangiare. Sto morendo di fame.»

Dopo aver ordinato, Kristina mi prese la mani. «Allora, com'è andata la campagna stampa? Dimmi, dimmi, sono curiosa» disse.

Io e Kent ci guardammo. «Tu o io?» dissi.

«Prima le signore» rispose.

Mi schiarii la voce. «Be', non voglio sembrare troppo piena di me, ma è stata, be'... un successo grandioso.»

Kristina sorrise. «Davvero?»

«Davvero» disse Kent, annuendo.

«Vediamo, quali sono le frasi che andavano per la maggiore? "Unica... da morire dal ridere... era ora... le donne single ne avevano bisogno..." che altro?» dissi, guardando Kent.

«Non dimenticarti "tocca le corde". Non ne posso più di sentire quella frase» disse.

Mi misi a ridere. «Aah, sì, quella la ripetono in continuazione.»

Kristina mi strinse le mani. «Ma è fantastico, Waverly. Sembra che tu abbia davvero una cosa straordinaria per le mani.»

«Lo so, puoi crederci?»

«E ora che succede?» disse.

«Be', fra poche settimane partirà la campagna pubblicitaria vera e propria e il lancio ufficiale dei biglietti sarà alla fine del prossimo mese, a quel punto interverrà anche la pubblicità stampata. E online.»

«Caspita, così in fretta?»

Annuii. «Sì, è assurdo come sia accaduto tutto così in fretta. E se la reazione che abbiamo visto questa settimana preannuncia quella del pubblico, presto ci saranno migliaia di Waverly Bryson a fare la fila per comprare i biglietti.»

«Migliaia di Waverly Bryson? Che Dio ci aiuti!» disse Kent.

I Knicks vinsero centootto a centocinque, e Shane segnò trenta punti. La folla impazzì e più di un tifoso ubriaco venne a congratularsi con Kristina. Lei ringraziò ognuno di loro con gentilezza e li rispedì tutti al proprio posto senza che nemmeno se ne rendessero conto. Che talento.

Dopo la partita andammo a mangiare un dolce nella tavola calda più piccola che avessi mai visto. Era proprio un buco, ma Kristina andava pazza per il milkshake al doppio cioccolato che facevano lì, perciò accettammo di provare.

Alzai in aria il mio bicchiere. «Avevi ragione Kristina. Questo è il miglior milkshake che abbia mai assaggiato. Te lo giuro, lo amo.»

«Finalmente. Pensavo che non sarebbe mai successo. Brindiamo.» Kent trangugiò buona parte del suo alla banana e fece "cin cin" contro il mio bicchiere.

Kristina lo guardò. «Cosa pensavi non sarebbe mai successo?»

Lui fece un cenno con la testa verso di me. «Waverly. Innamorata.»

«Perché no?» Lei spostò lo sguardo da Kent a me. «Perché non dovresti innamorarti?»

«Grazie mille, cretino» dissi a Kent. «Per favore, possiamo cambiare argomento?»

«No, davvero, qual è lo scoop? Voglio saperlo» fece Kristina.

«Diciamo solo che Miss Bryson, qui, è la regina delle schizzinose» disse Kent.

Kristina lo guardò con aria interrogativa.

«In altre parole un ragazzo dovrebbe essere, be', *te,* per avere la sua attenzione» le disse.

«Un ragazzo dovrebbe essere me?» disse Kristina.

«Be', non proprio te, ma il tuo equivalente maschile. Sai... attraente, intelligente, atletico, gentile, tutto il malloppo.»

Io gli diedi una spinta. «Qualcuno qui ha superato la paura del palcoscenico, mi sembra.»

«Taci, Bryson.» Lui tornò a guardare Kristina. «Waverly riesce a trovare mille difetti in ogni potenziale pretendente. Chiediglielo.»

«È vero Waverly?» disse Kristina.

Io guardai Kent. «No, non è vero.»

«Verissimo» replicò lui.

«No, non lo è» risposi.

Kent bevve un altro sorso di milkshake. «Lo sai cosa dice Dave, Waverly. Devi imparare a ribattere le palle basse.»

Io alzai gli occhi al cielo. «Oddio. Se avessi un dollaro per tutte le volte che Davey tira fuori la storia delle palle basse. Non ne posso *più* di ribattere palle basse, va bene?»

«Non preoccuparti» disse Kristina, accarezzandomi la testa. «Io sono convinta che tu stia benissimo così, lo sai.»

«Grazie» dissi sorridendo. «Anch'io lo penso.»

I biglietti "Dal tuo Tesoro" uscirono nei negozi alla fine di luglio. Nutrivamo buone speranze, certo, ma nessuno di noi era preparato per ciò che accadde.

Diciamo solo che andò molto, molto bene.

Non so come o perché, ma i miei biglietti fecero impazzire tutte le single del Paese. La voce si sparse in un batter d'occhio e gli scaffali dei negozi si svuotarono rapidamente. Era come se avessi scritto una nuova serie di Harry Potter, solo che la protagonista era una donna single sessualmente frustrata, e ogni libro era lungo due pagine.

Alla K.A. Marketing ero al centro dell'attenzione, o per meglio dire, ero al centro delle prese in giro. Ma era divertente. Tutti sembravano essere sinceramente felici del mio successo. A eccezione di Mandy Edwards, ovviamente.

Un mattino ci incrociammo in cucina.

«Ciao, Waverly. I tuoi biglietti hanno fatto furore.»

Sorrisi. «Grazie Mandy.»

«Dev'essere divertente lavorare per te stessa» disse.

Io scrollai le spalle. «Non è male. Meglio dell'inserimento dati o dei sistemi operativi, immagino.»

«Dimmi, cosa ne pensa la JAG?»

La guardai. «Cosa intendi dire?»

«Be', non saranno felici che tu passi tanto tempo a lavorare su un altro cliente, no? Non credo che la Adina Energy sarebbe felice se io dedicassi troppe attenzioni a qualcun altro.»

«Per quanto ne so, la JAG è più che soddisfatta del mio lavoro» dissi, diventando tutt'a un tratto paranoica.

«Bene, felice di saperlo. Mi stavo solo domandando come fai a gestire tutto senza che nulla ti sfugga di mano.» Prese la sua tazza di caffè e uscì tranquillamente dalla cucina.

Maledetta.

Più tardi quel pomeriggio, chiamai Davey per controllare che fosse davvero tutto a posto. Lui me lo confermò.

Ma un paio di domeniche più tardi, mi lasciò un messaggio criptico in segreteria. Voleva «discutere di una cosa» e suggeriva di incontrarci per pranzo il giorno seguente al Curbside Café, un posticino tra California e Fillmore, poco distante dal mio appartamento.

Non mi andava di scarpinare fino in centro per poi dover tornare a casa poche ore dopo, per poi rifare un'altra volta il giro completo, perciò quel mattino decisi di lavorare da casa. Inoltre ero un po' in ansia, e non volevo che nessuno in ufficio se ne accorgesse.

Alle dodici e trenta, entrai al ristorante e mi guardai attorno. Lo vidi a un tavolo in fondo al locale, stava costruendo una casetta con i sottobicchieri.

«Ehilà, David Mason.» Mi tolsi la giacca e mi sedetti di fronte a lui.

«Salve a lei, signorina Bryson.»

Appoggiai le mani sul tavolo. «Bene, veniamo subito al dunque. Cos'è tutta questa segretezza? Non è da te essere così riservato.»

Lui mi fissò senza dire niente.

«Se vuoi licenziarmi, facciamola finita subito, okay?» dissi.

Lui sembrò sorpreso. «Licenziarti? Non voglio licenziarti.»

«No?»

«Nooo... perché pensi una cosa del genere?»

«È solo che Mandy ha detto... lascia stare, scusami, devo riprendermi. Allora che c'è? Perché hai voluto vedermi?»

Sorrise. «Perché ho delle novità.»

«Hai delle novità?»

«Sì, ho delle novità.»

«Be'?»

Lui prese un profondo respiro. «Okay, ci siamo. Come ti suona "mi sono sposato"?»

«Cosa? Tu? Sposato? Cosa?»

Lui ridacchiò. «Lo so. Ci credi? Io no. Tu ci credi? Io proprio no.»

«Non posso crederci.»

«Neanch'io. Puoi crederci?»

«Sposato? Tu? Davvero?»

«Davvero.»

«Be', dettagli, grazie.»

Lui fece cenno alla cameriera e ordinammo entrambi sandwich al tacchino e patatine. E poi Davey tornò a rivolgere l'attenzione a me. «Non so cosa mi sia venuto in mente, ma un paio di settimane fa – e so che ti sembrerà una cosa patetica – un paio di settimane fa stavo osservando Lindsay seduta sul divano. Se ne stava seduta lì e leggeva un giornale e un lampo mi ha attraversato. Tutt'a un tratto mi sono reso conto che era lei la persona con cui volevo passare il resto della vita, ormai era così da parecchi anni perciò... cosa diavolo avrei dovuto aspettare?»

«Caspita. Non riesco a crederci.»

Lui sorrise di nuovo. «Lo so. Nemmeno io. Comunque, dopo quest'illuminazione sono andato di corsa a comprarle l'anello. E poi ho cominciato a pensare a come chiederglielo e a quale momento scegliere. Così ho optato per venerdì scorso, perché dovevamo ridipingere l'appartamento.»

La cameriera ci portò da bere.

Io presi la mia Diet Coke e mandai giù un sorso. «Le hai chiesto di sposarti mentre ridipingevate l'appartamento?»

«Già.»

«Non capisco. Perché ti sembrava un momento romantico?»

«Perché ho dipinto la proposta sul muro» disse, incrociando le braccia tutto sorridente.

«Caspita, non male» commentai, con un cenno del capo.

«Già» annuì a sua volta.

«Sei piuttosto fiero di te stesso, eh?» gli dissi sorridendo.

«Ci puoi scommettere. Le romanticherie che invento io non le trovi su *Cosmopolitan,* cara.»

«Perciò aspetta un attimo, le hai fatto la proposta lo scorso venerdì?»

«*Yes.*»

«E siete già sposati?»

«*Yes.*»

«Dove mi sono persa?»

Lui si mise a ridere. «Abbiamo preso un volo per Las Vegas nel weekend.»

Annuii di nuovo. «Aah, eccolo il Davey che conosco e amo. Vi siete fatti sposare da Elvis?»

«Ovviamente.» Lui sfoderò una polaroid dal taschino e la fece scivolare sul tavolo. «Che cosa credevi?»

Guardai la foto. Eccoli là: Il signore e la signora Davey e Lindsay Mason, e *the King.*»

Gli ripassai la foto e sorrisi. «Davey, come sempre non mi hai deluso.»

«Magari la prossima sarai tu» disse.

Scossi la testa. «Stai scherzando? Non posso sposarmi adesso. Ora che i miei biglietti sono in commercio la mia immagine pubblica è quella di donna single e amara.»

Lui rise. «Be', allora credo di avere un'altra notizia.» Ringraziò la cameriera che ci aveva appena portato i piatti.

Io sorseggiai la mia Diet Coke. «Altre notizie? E come può battere quella che mi hai appena dato? Aspetta... Lindsay è incinta?»

«No, no.»

Lo guardai. «Allora?»

«Sei pronta?»

«Non ne sono tanto sicura» dissi. «È una brutta notizia?»

Lui scosse la testa. «Non credo proprio.»

«Be', allora spara» dissi.

«Lascio la JAG.»

«*Cosa?* Te ne vai? Cosa? Perché?»

«Io e Lindsay abbiamo entrambi deciso di lasciare il lavoro e andarcene un annetto in giro per il mondo. Partiamo il mese prossimo.»

«Non ci posso credere. Alla JAG lo sanno già?»

Lui prese una patatina e se la infilò in bocca. «Comunico la notizia questa mattina.»

«Di già?»

«Di già.»

«Caspita. Quand'è il tuo ultimo giorno?»

«Fra due settimane.»

«Cosa? Solo due settimane?»

Annuì. «Stiamo impacchettando tutto e affittando casa, perciò ho molte cose da fare prima di partire. In più devo occuparmi dei passaporti, dei visti, tutte quelle cose da giramondo.»

«Diavolo» dissi.

«Già.»

Mi appoggiai allo schienale sospirando. «Cavolo, è la fine di un'era, Davey.» Lavoravo da così tanto tempo per la JAG che a volte mi sembrava fosse Davey il mio vero capo.

«Lo so, ma sono eccitatissimo, Waverly. Ve la caverete anche senza di me, vedrai.»

«Chi prenderà il tuo posto?»

Esitò.

«Davey?»

«Ehm, credo Gabrielle Simone.» Lui si infilò un'altra patatina in bocca e fissò il soffitto.

Strabuzzai gli occhi. «Gabrielle Simone, la donna di ghiaccio? Mi prendi in giro?»

Lui annuì. «È da un po' che spinge per entrare nel marketing, perciò credo che la metteranno a capo del reparto che gestisce gli agenti pubblicitari.»

Io alzai un sopracciglio.

«Che c'è?» chiese ridendo.

«Diciamo che quella donna non mi fa certo l'effetto di un cestino di cuccioli di gatto.»

«Eh? Cuccioli di gatto?»

Alzai le spalle. «Gattini, micini, quello che è. Comunque hai capito.»

«Suvvia, non è *così* male. Te la caverai, vedrai.»

Puntai i gomiti sul tavolo e mi presi la testa fra le mani.

«Perciò mi abbandoni davvero?»

«Sì, mia signora. Davvero.»

«Sai che ti odio in questo momento, Davey Mason?»

Lui sorrise. «Anche tu mi mancherai.»

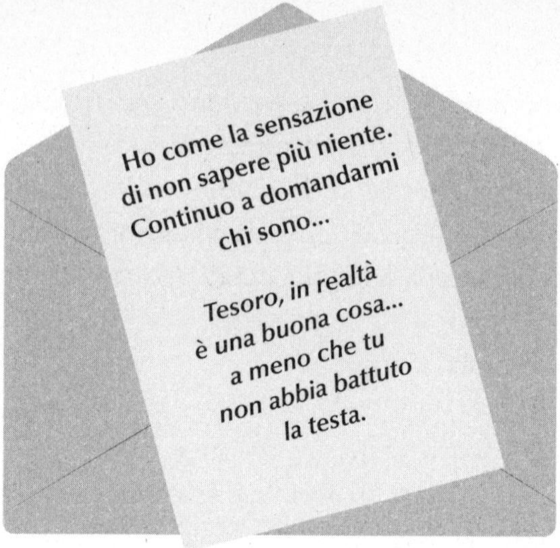

17

Davey si sbagliava. Si sbagliava di grosso.

Esattamente due settimane dopo, Jess mi convocò nel suo ufficio.

«Che c'è, Jess?» mi sedetti sulla sedia davanti alla sua scrivania e posai le mani sulle gambe.

«Be'» disse. «Non sono buone notizie.»

Il mio cuore saltò un battito. «Che c'è?»

«Gabrielle Simone ha appena chiamato.»

Mi morsi il labbro. «E...?»

«E non è contenta» disse.

«Non è contenta? Ma perché? Com'è possibile? Non abbiamo ancora iniziato a lavorare insieme.»

Lui sospirò. «A quanto pare, pensa che i tuoi biglietti stiano compromettendo la qualità del lavoro della tua squadra con il cliente JAG.»

"Cosa?"

«Stai scherzando» dissi. «E come fa a sapere che siamo noi a gestire la pubblicità dei miei biglietti?»

«Non lo so» disse.

Probabilmente l'aveva saputo da Mandy Edwards.

Guardai fuori dalla finestra e poi di nuovo Jess. «Perciò cosa facciamo?»

Non disse nulla.

«Jess?»

«Temo che dovrò toglierti il cliente.»

«*Cosa?* Non puoi farmi questo, Jess!»

«Mi spiace, ma devo farlo.»

Strinsi i pantaloni con le unghie. «Ma ho lavorato con la JAG per cinque anni. Conosco l'azienda meglio della maggior parte dei suoi dipendenti. E abbiamo sempre fatto un ottimo lavoro per loro. Lo *sai*.»

Lui sospirò di nuovo. «Lo so, credimi, lo so. Ma il cliente ha parlato e io ho le mani legate. Mi spiace.»

Ricacciai indietro le lacrime.

«Perciò finisce così?»

«Sì. Gabrielle è stata piuttosto chiara.»

«Non c'è niente che tu possa fare?»

«Mi dispiace ma... no.»

«Perciò io ora che faccio?»

Jess si mise a battere nervosamente la penna contro il tavolo. «Per adesso puoi concentrarti sul lancio dei tuoi biglietti. E poi quando tutto si sarà calmato ti assegnerò Birdie Golf come cliente.»

«E Kent e Nicole?»

«Loro restano sulla JAG.»

«E a capo della squadra?»

Lui mi fissò senza dire nulla.

Chiusi gli occhi e li riaprii lentamente. «Non dirmelo. Passi a Mandy, vero?»

Annuì.

Scossi piano la testa e cercai di rimanere composta. «Grazie mille, Jess» dissi. E poi mi alzai e uscii dalla stanza.

Appena entrai nel mio ufficio scoppiai a piangere.

Guardai fuori dalla finestra, la vista che amavo tanto, e mi domandai come mai le cose fossero precipitate in quella maniera. Aveva forse ragione Aaron, sostenendo che nemmeno mi piaceva, il mio lavoro? Ero stata poco affidabile? O semplicemente le cose erano cambiate?

Dopo il lavoro decisi di tornare a casa a piedi per la prima volta. Avevo bisogno di tempo per digerire quello che era appena successo e mi sarebbe stato difficile farlo chiusa dentro un autobus affollato.

Mi diressi verso il ripido pendio di California Street e guardai la salita del marciapiede che mi si parava davanti. Licenziata dalla JAG. Dopo cinque anni. E fra tutte le persone che potevano sostituirmi, il mio posto era toccato a Mandy Edwards. Non era giusto. Avevo sempre lavorato sodo e, a dispetto di quello che poteva pensare Gabrielle Simone, continuavo a lavorare sodo. O perlomeno così mi sembrava. Forse, in realtà non era così.

Cavolo.

Perché Davey se n'era andato? Cosa avrei dovuto fare a quel punto? Le cose non sarebbero mai più state le stesse senza di lui. E ora con Mandy trincerata nel mio reparto, tutta gongolante per la vittoria della Adina Energy prima e ora della JAG... non sapevo se avrei potuto sopportarlo.

Che schifo.

Salendo la parte più ripida di California Street mi venne il fiatone, e mi domandai perché non tornassi a casa a piedi più spesso. Chi aveva bisogno della palestra quando avevi California Street?

Quando arrivai su Powell Street mi voltai e vidi un tram stipato di turisti, di ritorno da Chinatown, che si dirigeva verso Ghirardelli Square. Eravamo a metà estate, perciò stavano tutti congelando; ciononostante sembravano entusiasti di essere a San Francisco.

Alle mie spalle California Street scendeva dolcemente verso le luci del financial district. Dietro gli alti edifici il Bay Bridge faceva da cornice allo skyline. Pur essendo il trascurato fratellastro dello splendido Golden Gate, dall'angolatura giusta il Bay Bridge era una bellezza unica nel suo genere.

Puntai le mani sui fianchi, sospirando.

«Ehi, Waverly, stai bene?»

Mi voltai e vidi Brad Cantor all'angolo, proprio accanto a me.

Sospirai di nuovo. «Oh, ciao Brad. Stavo solo ammirando il paesaggio.»

«Stai bene? Sembri turbata.»

Cercai di sorridere. «Sto bene.»

«No, davvero, tutto a posto?»

«Sì, tutto a posto» dissi, facendo un passo indietro. Come sempre mi stava appiccicato.

«Okay. Se lo dici tu.»

Mi voltai per andare via ma il suo sguardo preoccupato fece scattare qualcosa dentro di me. E invece di andarmene scoppiai a piangere.

Brad sembrò colto dal panico. «Ecco, ehm, tieni.» Frugò in tasca e ne tirò fuori un fazzoletto.

«Grazie.» Mi asciugai gli occhi. Sul serio ero scoppiata a piangere davanti a Brad Cantor, l'unica persona con meno di settant'anni che se andava in giro con un fazzoletto di stoffa?

«Vuoi parlarne?»

Scossi la testa. «No, grazie, Brad... ma no.»

«Ne sei sicura?»

Annuii e mi soffiai il naso.

«Okay» disse. E poi rimase lì, impalato.

«È per il lavoro» mi uscì di bocca. «Oggi ho perso un grosso cliente.»

All'improvviso ripensai alla Morton's Steakhouse ad Atlanta, dove avevo confessato a Shane Kennedy la mia paura di morire sola. In quel momento mi trovavo all'angolo di una strada con Brad Cantor, con cui non avevo mai scambiato più che qualche frase di circostanza, a piangere dei miei insuccessi.

«Mi spiace molto» disse Brad. «Sei nelle vendite?»

Scossi la testa e guardai il marciapiede. «Pubbliche relazioni.»

«Era un cliente importante?»

Annuii. «Già.»

«Hai fatto un grosso errore o qualcosa del genere?»

«Non credo» dissi. «Il cliente ha cambiato la persona che si interfaccia con la nostra agenzia, e immagino che abbia voluto prendere una direzione diversa rispetto al passato. O questo o mi odia.»

«Be', se le cose stanno così non ci puoi proprio fare niente, Waverly. Davvero, a volte non hai controllo sulle scelte del cliente, non importa quanto sei brava o quanto ti sforzi.»

Lo guardai. «Tu credi? Non mi avevano mai tolto un cliente prima d'ora.»

Lui si mise a ridere. «Be', allora "hai visto un bel mondo". Davvero, non ti crucciare. Ci sono molte cose più importanti che perdere un cliente. E sai come si dice, no? Quando si chiude una porta, si apre un portone.»

Io lo guardai. Da quando quell'imbranato di Brad Cantor era diventato così saggio?

«Lo credi davvero?» dissi.

«Certo. Forse questa è la tua occasione per fare qualcosa che ti piace di più. La vita è quello che ne fai, Waverly, perciò divertiti.»

Di nuovo mi asciugai gli occhi. «Grazie, Brad. Credo di iniziare a capire.» Cosa c'era in un ragazzo che conoscevo a malapena che mi spingeva a farmi aprire? E poi pensai ad Aaron e a mio padre, e a Davey, e a Kent. Forse la domanda giusta era perché non riuscivo ad aprirmi con le persone che mi erano vicine.

Guardai Brad starsene lì con la sua canottiera gialla. Non era un cattivo ragazzo, e non era nemmeno così brutto. Forse non sarebbe stato così tremendo essere più carina con lui. Forse potevamo diventare amici. Forse avrei potuto presentarlo a una delle mie amiche single... mmm... Andie lo conosceva già, e ad ogni modo se lo sarebbe mangiato vivo. Forse la mia segretaria Nicole? No, troppo giovane. Avevo altre amiche single?

«Allora puoi venire?» disse.

Io sbattei le palpebre e lo fissai. «Eh? Scusami, mi ero persa nei miei pensieri. Hai detto qualcosa?»

«Ho detto, puoi venire al mio party dei supereroi? È fra due settimane. Io mi vesto da Spider Man. Manderò gli inviti per e-mail domani.»

Un party dei supereroi?

«Ehm, controllerò l'agenda» dissi.

Forse io e Brad Cantor potevamo diventare amici.

Ma forse anche no.

Più tardi quella sera, feci un respiro profondo e sollevai il telefono. Era giunto il momento di affrontarlo.

«Pronto?»

«Ehi, papà, sono io.»

«Waverly?»

«Hai altri figli, per caso?» dissi.

Lui si mise a ridere. «Questa sì che è una sorpresa.»

«Lo so, lo so» dissi.

«Allora, che c'è bimba?»

Mi morsi il labbro. «Ehm, hai tempo per uscire a cena questa settimana? Vorrei parlarti di una cosa.»

«Cena? Vuoi uscire a cena con me?»

«Sì» dissi.

«Be', certo.» Dalla voce sembrò sinceramente sorpreso.

La sera seguente ci incontrammo in un Olive Garden tra San Francisco e Sacramento. Di solito mi rifiutavo persino di aggirarmi nei pressi di un Olive Garden, ma non era la serata giusta per fare la snob. E nemmeno il posto giusto, perché avevo una gran fame ed ero stufa delle insalate.

Mio padre spezzò un grissino. «Allora, sgancia la bomba.»

Mi guardai le mani che tenevo incrociate in grembo. «Ehm, ecco, volevo parlarti di una cosa.»

«È ancora per la storia delle vitamine? Perché ti ho detto che...»

«No, le vitamine non c'entrano» dissi. Strinsi forte le mani. «È un'altra cosa... una cosa che avrei dovuto dirti tanto tempo fa.»

Lui mi guardò con le sopracciglia alzate.

«Di Aaron» dissi.

«Aaron?»

«Ehm, sì, del matrimonio.»

Lui prese un altro grissino.

Lo guardai e mi morsi il labbro. Non potevo credere di aver

mentito a mio padre a proposito di una cosa tanto importante.

«Ehm, be', io... non sono stata io ad annullare il matrimonio.»

Lui posò il grissino. «Cosa?»

«Aaron l'ha annullato.»

«*Aaron?*» disse.

Annuii.

«Ma perché?»

Fissai la parete alle sue spalle. «Perché... perché non era innamorato di me.»

Lui si schiarì la voce.

«Perché non me l'hai detto?» mi chiese.

Lo guardai, e la mia voce iniziò a tremare. «Perché pensavo mi avresti detto: "te l'avevo detto".»

«"Te l'avevo detto"? Perché hai pensato che fossi capace di dirti una cosa del genere?»

«Perché... perché pensavo... credevo che tu pensassi che Aaron era fuori dalla mia portata.»

Lui si tolse gli occhiali e li pulì con la camicia.

«Hai pensato questo?» disse, concentrandosi sugli occhiali.

Scossi la testa. «Non so... forse... io... io ho sempre avuto la sensazione che tu pensassi che io non ero abbastanza per lui.»

Si rimise lentamente gli occhiali, e mi guardò.

A quel punto avrei voluto mi dicesse: «Come puoi dire una cosa del genere? Come puoi averlo pensato?» Volevo che mi dicesse quanto mi voleva bene, che era fiero di quello che ero diventata, anche se era stata dura tirarmi su da solo. Volevo chiedergli come mai non l'avevo mai sentito pronunciare quelle parole, perché una parte di me si domandava ancora se qualcuno avrebbe mai potuto amarmi.

Ma non disse niente di tutto ciò. Non disse niente.

«Papà?»

«Ma che razza di fesserie sono queste» disse guardando la carta dei dessert. «Allora, vogliamo ordinare un dolce o cosa?»

Sospirai e sentii le lacrime agli occhi.

Lo guardai dall'altra parte del tavolo, lo sguardo fisso sul menu.

E poi mi tornò in mente cosa aveva detto la sua vicina il giorno in cui ero andata a trovarlo e non era a casa.

"Mi parla sempre di te e del tuo lavoro importante a San Francisco."

Forse diceva quelle cose *di* me, ma non *a* me. Come io dicevo alle mie amiche tante cose *su* Aaron, ma *a* lui non le avevo mai dette.

Lo guardai di nuovo. Forse aveva semplicemente fatto del suo meglio. Il baseball era stato il suo talento, il suo futuro, e ora cercava solo di cavarsela con quel che aveva. Era chi era. E probabilmente era arrivato il momento di accettarlo per quel che era.

«Papà?» dissi.

«Sì, bimba?» rispose.

«Mi... mi dispiace per esserti stata d'intralcio con il baseball.»

Lui socchiuse gli occhi. «Piccola, non dispiacerti mai per questo, okay? Mai.»

«Ma...»

«Sono serio, Waverly, basta. Non voglio sentire questi discorsi stasera, okay?»

Annuii. «Okay.»

Tornò a fissare il menu. Avevamo detto ben poco, ma probabilmente era la conversazione più profonda che avessimo mai fatto.

Sospirai profondamente. «Ehi, papà?»

«Sì?»

«Hai mai notato quanto sia difficile dire alle persone che ami di più quello che provi davvero?»

Lui ridacchiò. «Lo sai, tua madre mi stava addosso tutto il tempo.»

«Davvero?»

«Voleva sempre discutere di qualcosa. Quella donna avrebbe potuto far cadere le orecchie agli elefanti. A me invece piace cambiare discorso, quando la faccenda si fa troppo pesante.»

Et voilà, i geni dominanti di entrambe le parti della mia equazione genetica.

«Allora, possiamo prendere un dolce?» disse. «So che non andiamo d'accordo su molte cose, ma su una non abbiamo mai discusso, mi pare.»

Sorrisi. Quando si trattava del rapporto fra me e mio padre, il dessert era senza dubbio la parte facile.

E poi gli raccontai dei miei biglietti mangiando lo schifoso tiramisù dell'Olive Garden.

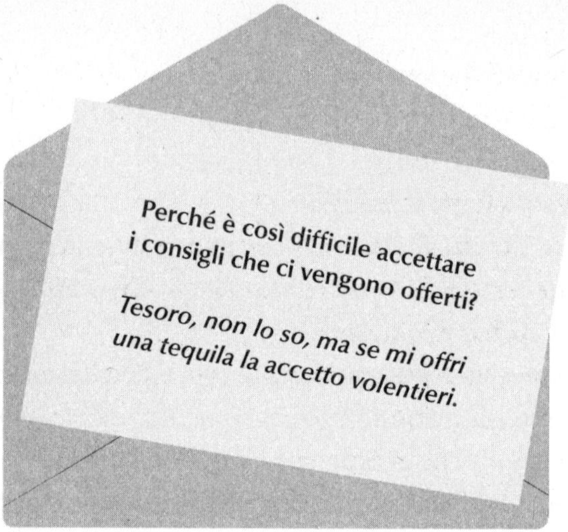

18

Una settimana dopo ero seduta in sala riunioni aspettando che l'incontro iniziasse. La nostra segretaria, Nicole, mi stava ragguagliando sulla sua ultima crisi amorosa con il fidanzato.

«Waverly, cos'ho che non va?» sospirò con le lacrime agli occhi.

«Nicole, non hai assolutamente niente che non va. E lui è davvero un idiota se ti ha lasciata in quel modo. Davvero, un deficiente.»

Lei mi guardò. «Lo pensi davvero?»

«Tesoro, *sì*. Chiunque ti lasci con un sms è un imbecille. Credimi.»

«Credi che dovrei richiamarlo?»

«No.» Aveva pianto per due giorni, poi aveva ceduto e l'aveva chiamato. Questo era accaduto la settimana prima, e lui non le aveva risposto. «Devi dimenticarti di quell'idiota. Sai, credo che ci scriverò sopra uno dei miei biglietti» dissi.

«Lo faresti davvero? Per me?»

«Certo, perché no?»

Sorrise. «Davvero?»

Questo la faceva sentire meglio? Mmm... be', forse dedicare ai "tesori" del Paese i miei biglietti poteva essere il mio contributo al benessere della società, lo zoppo che guida il cieco, due cuori spezzati con una fava.

Proprio allora Jess entrò nella sala e batté le mani. «Molto bene, gente, scambiamo velocemente due parole. Abbiamo un sacco di lavoro che ci aspetta.»

Kent fece scivolare una ciambella glassata al cioccolato fino a Nicole, ma questa non si fermò e cadde giù dal tavolo, rotolò sulla moquette e colpì la porta. Nicole la raccolse, ci soffiò sopra e l'addentò.

Noi tutti la fissammo sbalorditi.

«Che c'è? Era l'ultima con la glassa al cioccolato» disse.

Jess scosse la testa e rise. «Okay, ragazzi, cominciamo. Aggiornamento clienti, per favore?»

Mandy si alzò e io mi appoggiai allo schienale della sedia, fissandomi le scarpe.

«La Adina Energy ha appena lanciato le nuove barrette energetiche, perciò siamo sommersi di lavoro ma tutto procede secondo i piani» disse. «E anche con la JAG è tutto a posto. Domani sarò a pranzo con Gabrielle Simone, il nostro nuovo contatto dal momento che Dave Mason se n'è andato.» Sorrise e si rimise giù e io avrei tanto voluto levarle la sedia da sotto il sedere.

«Bene. Kent, come va con i biglietti?» chiese Jess.

Kent si alzò. «Be', il cliente sta andando alla grande. Questa settimana abbiamo interviste telefoniche con stazioni radio in Florida, New York e Los Angeles, più il *Boston Globe,* il *Chicago Tribune* e il *Philadelphia Inquirer.* Stiamo anche programmando un altro viaggio a New York per degli incontri con grossi giornali che inizialmente non si erano mostrati interessati ma che ora hanno cambiato idea. E abbiamo in programma parecchie interviste con blogger e curatori di siti Internet molto visitati. Il team della Smithers sembra parecchio contento del nostro lavoro.»

«Splendido» disse Jess.

Kent si sfregò le mani. «L'unica lamentela che abbiamo da fare è sul talento, cioè sulla creatrice dei biglietti, la signorina Waverly Bryson. È troppo pretenziosa, davvero una spina nel fianco quando ci si deve lavorare assieme. Si potrebbe ridurre il suo coinvolgimento nel progetto?»

«Approvo la mozione» disse Nicole. «È una pazza maniaca del controllo.»

«Il cliente dei tuoi incubi» disse Kent, annuendo.

Io incrociai le braccia e feci una smorfia. «Ma come siamo simpatici. State attenti, gente, o la Smithers potrebbe trovarsi un'altra agenzia.»

Kent mi cinse con il braccio e mi accarezzò la testa. «Ssh, bimba bella, fai la nanna...»

«Veramente anch'io avrei delle novità sul cliente dei biglietti di "tesoro" che mi piacerebbe condividere con il gruppo» disse Jess.

Mi raddrizzai sulla sedia. Novità? Cosa? Cosa? Non ne potevo più di novità.

«Questa mattina mi ha contattato la rivista *People*» disse.

«E...?» Dicemmo tutti in coro, sporgendoci in avanti. *People* era il Santo Graal degli agenti pubblicitari. La menzione più insignificante di un prodotto fra le sue pagine significava far schizzare le vendite alle stelle. Era quasi meglio di *Oprah!*

Jess mi guardò e sorrise. «Vogliono includere Waverly nella

classifica delle "50 persone più belle di *People*" di quest'anno.»

La stanza esultò ma io praticamente non li sentii. Ero completamente paralizzata.

«Ehm, cosa?»

«Non sto scherzando, Waverly» disse Jess. «Pare che ci sia stata una cancellazione dell'ultimo minuto, e qualcuno della redazione di *People* ha visto il tuo bel faccino sui biglietti e ha pensato che fossi il rimpiazzo perfetto. Se accetterai l'invito ti contatteranno questa settimana per il servizio fotografico.»

Sostituta per una delle bellezze di *People?* Probabilmente mi serviva del botox.

Nicole si alzò in piedi e iniziò a saltare. «Oh mio Dio! È così eccitante! Posso venire al servizio fotografico? Ti prego, ti prego, ti prego, posso venire?»

Kent si portò una mano al cuore e fece finta di essere commosso. «La nostra bambina, gente, la nostra bambina è diventata grande. Avete un fazzoletto?»

Mandy Edwards sfoggiò il suo miglior sorriso. «Congratulazioni, Waverly, è una bellissima notizia.»

«È davvero fantastico» disse Jess. «Il nostro executive sarà entusiasta.»

Io ero ancora ferma sulla sedia, mezzo intontita. Era semplicemente assurdo. Io? Su *People*? Insieme a Scarlett Johansson e Keira Knightley? Io?

Sperai che la loro truccatrice fosse brava. Dannatamente brava.

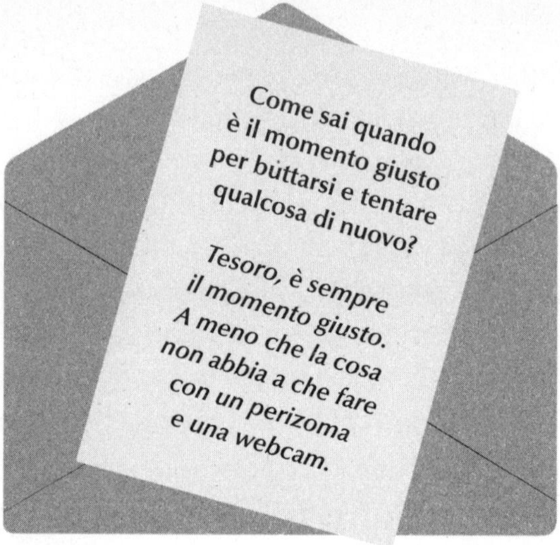

19

Ricordo bene i tre mesi che precedettero il ritrovo dei compagni di liceo per festeggiare i dieci anni dal diploma. Palestra tutte le sere dopo il lavoro. No cioccolato. No biscotti. No muffin. Un inutile sforzo per stare lontana dagli Snickers. E tutto solo per apparire al meglio a una futile serata con un gruppo di persone che non avrei visto per altri dieci anni, o forse mai più.

Non posso dire di aver avuto successo con il mio improvviso salutismo, ma almeno ci avevo provato. E quello era stato per una cena con qualche centinaio di vecchi compagni. Per rimettermi in forma per Dio solo sa quanti milioni di lettori della rivista *People,* avevo una settimana. Sei giorni, in verità.

Gesù.

Oh, be'... ad ogni modo avevo pensato molto alla classifica delle 50 persone più belle, ed ero giunta alla conclusione di essere l'eccezione alla regola. Avete mai notato che ogni tanto ci mettono dentro qualche persona normale per creare l'illusione che anche la gente vera sia bella? Di solito sono le non celebrità: un autore, un politico, uno chef, il dirigente che fa bungee-jumping del caso.

Aggiungere una donna single e amara e pungente alla lista. Già vedevo le lettere infuriate che sarebbero arrivate:

> «Cari Editor: la lista di quest'anno è davvero una fregatura. Dov'era Céline Dion? Dov'era LeAnn Rimes? Avete scelto quella scrittrice di cartoline piuttosto che loro? Mi ritengo offesa.»

> «Cari Editor: Waverly chi? Un cracker fuori produzione al posto di Taylor Swift? E dov'era Miley Cyrus? Sarei tentata di disdire il mio abbonamento. Spero che voi pagliacci riusciate a fare il vostro lavoro la prossima volta.»

> «Cari Editor: non ci posso credere. Vi fate chiamare "la voce dell'America" ma lasciate fuori Sarah Palin per quella single dei biglietti? Tirate fuori la testa dalla sabbia e cercate di azzeccare qualcosa.»

Le lettere avrebbero portato le firme delle Wilma in Nebraska, delle Mary Jean in West Virginia e delle Becky Sue in Oklahoma. Legioni di casalinghe disperate che volevano vere star, non me.

Non avevo speranze.

Il giorno prima del servizio fotografico ero seduta con McKenna sul pavimento della mia sala. Era un sabato, primo pomeriggio, e stavamo sfogliando le pagine di *Bride* e *InStyle* cercando delle acconciature per il matrimonio. I nostri vestiti erano senza spalline, aderenti e lunghi fino ai piedi. Il suo era color avorio, il mio un color argento-blu scuro.

«Che ne dici di questa?» le mostrai la foto di una modella che aveva i capelli tirati su in un concio finto spettinato di gran classe.

Lei mi guardò e annuì. «Mi piace. Mettilo nella pila degli "approvati"» Sul pavimento accanto a noi avevamo costruito una pila di foto di modelle e celebrità con i capelli tirati su, e un'altra con i capelli giù. McKenna doveva ancora scegliere quale delle due opzioni avrebbe adottato.

Mi alzai stiracchiandomi. «Sono stanca. Vuoi qualcosa da bere?» mi avviai verso la cucina.

«Cos'hai?»

Aprii il frigorifero e detti un'occhiata. «Allora... acqua, H2O e *agua*.»

«Chissà perché me l'aspettavo» disse. Potevo vederla alzare gli occhi al cielo anche se si trovava nell'altra stanza.

Tornai in salotto portando un bicchier d'acqua e un bicchier d'acqua. «Ehi, ti va di andare da Dino's per una pizza? Sto morendo di fame» dissi.

«A me sta bene.» Riunì le pile e le infilò nell'enorme raccoglitore del matrimonio. «Per oggi ne ho avuto abbastanza.»

Mezz'ora dopo stavamo mangiando la seconda fetta quando scorsi Andie dall'altra parte della strada.

«Ehi, guarda chi c'è» dissi. «Non doveva essere al lago Tahoe questo weekend?»

«È quello che pensavo» disse McKenna.

«Vado a recuperarla. Intanto tu prendi un altro piatto.» Saltai in piedi e trotterellai fuori.

Un paio di minuti dopo io e Andie rientravamo da Dino's. Mi procurai una terza sedia e mi rimisi al mio posto.

«Perciò niente Tahoe?» disse McKenna.

Andie appiccicò la sua gomma da masticare a bordo piatto e prese un pezzo di pizza. «Cambio di programma» disse.

«Sento che è in arrivo una delle tue storie» disse McKenna.

«Be'?» dissi a Andie. «C'è una storia dietro l'angolo?»

Annuì. «Certo che c'è. E se mi versate un po' di quella birra ve la racconto.»

«Andata.» Presi la caraffa di Bud Light. «Ora fuori il rospo.»

«Okay, ma questa è piuttosto pesante, venite qui» disse. Noi ci avvicinammo.

Si mise i capelli dietro le orecchie e abbassò la voce. «Okay, il fatto è questo. Ieri notte sono andata a una cena a casa della mia amica Kelly a Nob Hill. Eravamo quattro coppie in un minuscolo appartamento di due stanze e un bagno al terzo piano. Lei e la sua coinquilina, Brenda, hanno invitato sia me che la nostra amica Jill e tutte abbiamo portato qualcuno. Io ho portato questo ragazzo carino, Nick, che ho conosciuto al corso di fotografia. Gli ho chiesto di uscire giovedì, e questo è il motivo per cui ho deciso di non andare al lago.»

Io mi appoggiai allo schienale e misi le mani sul tavolo. «Aspetta un secondo. La tua amica Kelly abita con una ragazza che si chiama Brenda?»

«Già» disse Andie.

Aprii le dita delle mani. «Sono l'unica ad aver capito l'ironia?»

Loro mi guardarono con un grosso punto interrogativo.

«Brenda Walsh? Kelly Taylor? Pronto? Nessuna di voi guardava *Beverly Hills*?»

McKenna mi passò il mio bicchiere. «Bevi.» E poi si voltò verso Andie. «Va' avanti.»

«Donna... Martin... si diploma...» canticchiai fra me e sorseggiai la mia birra.

«Be', come stavo dicendo, Kelly e Brenda vivono in questo

minuscolo appartamento, perciò avevano occupato praticamente l'intera sala con un tavolo che si erano fatte prestare dal vicino. Avevano lavorato tutto il giorno per preparare una cena per otto: salmone grigliato con salsa al caramello, purè di patate e spinaci al vapore.»

«Mmm, adoro il salmone» dissi. «Ehi, Mackie, abbiamo incluso il salmone fra gli antipasti del matrimonio, vero?»

«Sì.» Continuò a tenere gli occhi fissi su Andie. «E?»

Andie bevve un sorso di birra. «Be', la cena era fantastica e io ho pulito il piatto. Spazzolato. Se fossi stata sola probabilmente l'avrei anche leccato. Per dessert avevamo mousse al cioccolato e cappuccino, e mangiando i dolci abbiamo cominciato a parlare di celebrità rifatte.»

Io le puntai un dito contro. «Oh, oh, fammi indovinare chi avete nominato...»

McKenna mi tappò la bocca con la mano. «Pensi di farcela a tenere la bocca chiusa per due secondi?»

Andie mandò giù un boccone di piazza. «Be', a quel punto tutto era perfetto e ci stavamo divertendo. E poi...»

«E poi cosa?» dicemmo in coro io e McKenna.

«Ssh. State urlando» ci ammonì.

«E poi cosa?» sussurrammo.

«Tutto era perfetto e ci stavamo divertendo... e poi... be'... il cappuccino ha fatto effetto.»

«Oh no.» McKenna si coprì la bocca con la mano e scosse la testa.

Andie annuì. «Oh sì. Un effetto piuttosto deciso. All'improvviso dovevo andare. Cioè dovevo *veramente* andare. Perciò mi sono scusata e sono entrata in bagno, che era praticamente all'altro capo del tavolo, pregando che la conversazione coprisse gli inevitabili... be'... rumori.»

Mi coprii la bocca con il tovagliolo. «Non ci credo.»

Andie annuì. «Credici. Perciò sono andata in bagno e tutto è filato liscio, ma...»

«Ma...?» disse McKenna.

«Ma era gigante. E quando dico gigante intendo *gigante*.»

McKenna incrociò le braccia e batté la fronte sul tavolo scoppiando a ridere come una matta.

«Voglio dire, era così grande che quando ho provato a tirare giù l'acqua non andava giù. Continuava a galleggiare lì» disse Andie.

«Non ci credo» ripetei.

«Credici.» Andie annuì e mandò giù un altro sorso di birra. «Ho provato a tirare l'acqua tre volte, ma quel dannato coso non voleva andar giù. E dall'altra parte del muro c'era il mio appuntamento e altre sei persone, e non volevo che sentissero tirare giù l'acqua tipo dodici volte, no?»

McKenna aveva ancora la faccia spiaccicata sul tavolo, e sussultava per le risate.

«E allora cos'hai fatto?» Anch'io stavo ridendo talmente tanto che pronunciai le parole a fatica.

Andie fece spallucce. «L'ho pescato, avvolto nella carta igienica e lanciato fuori dalla finestra.»

«*Non ci credo!*» Avevo urlato talmente forte che tutto il ristorante si era voltato a guardarmi, e mi tappai la bocca con entrambe le mani.

«Credici.» Andie annuì e dette un morso alla sua pizza.

«E a quel punto cos'hai fatto?» dissi, accarezzando nel frattempo la testa a McKenna che quasi non respirava più.

«Cosa potevo fare? Sono tornata di là come se niente fosse.»

«Aspetta, non hai detto che il loro appartamento è al terzo piano?» dissi.

«Già.»

«Be'... hai visto dov'è finito?»

Scosse la testa e mangiò un altro boccone. «Non ho guardato, non ho avuto il coraggio.»

McKenna tirò su la testa per respirare. Era paonazza e stava piangendo dal ridere; le ci volle qualche istante per riprendersi e riuscire di nuovo a parlare.

«Credo di non avere mai riso tanto in vita mia, mai» disse.

Andie si rimise la gomma in bocca e scrollò le spalle. «Ehi, se non puoi raccontare certe storie che senso ha avere delle amiche?»

Quando tornai a casa scrissi un biglietto:

Fronte: Ridere è davvero la migliore delle medicine?
Retro: Tesoro, mettici dentro anche un paio di amiche e una birra, e avrai trovato la fonte dell'eterna giovinezza.

Il martedì mattina seguente ero seduta nel mio ufficio a controllare il programma per il mio secondo giro di interviste. Pochi minuti dopo le undici mi chiamò Tracy Leiderman di *People.* Era stata lei il mio principale contatto per l'organizzazione del servizio fotografico.

Il servizio fotografico, fra parentesi, era stato divertentissimo. Una donna alta e bionda di nome Liz era venuta a prendermi a casa domenica mattina. Mi aveva portata in un lussuoso studio situato all'interno di un luminoso loft nel quartiere di South of Market. Una volta arrivate lei mi aveva sistemato i capelli e una ragazza cicciottella e rubiconda di nome Cricket mi aveva fatto il trucco. Mentre ero sotto i ferri era entrata una donna minuta e con i capelli scuri, Rita, presentandosi come la costumista.

Tra tutte e quattro in quella stanza, credo che rappresentassimo ogni tipologia di donna per colori e fisionomia. Rita mi aveva fatto indossare un paio di pantaloni di lino bianco e una canottiera di cotone sempre bianca, dopodiché Liz e Cricket avevano ritoccato capelli e trucco.

Quando fui agghindata e pronta, salimmo tutte in limousine e raggiungemmo la Half Moon Bay. Lì incontrammo il fotografo, Jan, e i suoi quattro assistenti, che avevano delimitato una zona della spiaggia con del nastro. Le ragazze mi avevano dato un ultimo ritocco e poi Jan aveva trascorso le seguenti quattro ore a scattare ottocento foto di me che scorrazzavo sulla spiaggia. Sembrava la pubblicità di un assorbente.

Mentre alzavo la cornetta, il ricordo di quella giornata mi fece ridere. «Ciao, Tracy, come stai?»

«Sto bene, grazie. Volevo solo tue notizie dopo il servizio fotografico. Mi hanno detto che è andato benissimo.»

«Sì, immagino di sì» dissi. «In realtà mi sentivo un po' stupida a dover gironzolare per la spiaggia.»

Lei si mise a ridere. «Non preoccuparti. Jan e la sua squadra sono i migliori sulla piazza, davvero. Ti garantisco che ti piacerai moltissimo nelle foto, quando uscirà il numero.»

«Lo spero. Devo ammettere che è stato tutto piuttosto intenso.»

«Goditelo e basta, Waverly. Il divertimento è appena cominciato. Ho un'altra proposta per te.»

Un'altra proposta? Che cosa poteva battere l'invito ad apparire fra le 50 persone più belle di *People,* anche rientrando nella lista b?

«Un'altra offerta?»

«Be', come sai, qui siamo tutte grandi fan dei tuoi biglietti, probabilmente perché la maggior parte di noi è single e ritroviamo molto di noi nelle tue frasi. E abbiamo anche una grossa fetta di lettrici single, perciò abbiamo pensato che sarebbe divertente ospitare un'asta di beneficenza di single.»

Sorseggiai il mio caffè. «Un'asta di single?»

«Già. Metteremo all'asta una cena con i single della classifica delle 50 persone più belle che vorranno partecipare, più un certo numero di altri single che quest'anno sono apparsi sulla rivista. Annunceremo l'asta all'interno del giornale e sul sito, e organizzeremo una grossa festa qui a New York e pubblicheremo le foto degli appuntamenti nel numero della settimana successiva. Pensiamo di riuscire a fare una buona pubblicità.»

Io sorseggiai di nuovo il mio caffè ma non dissi nulla. Asta? Foto? E se nessuno avesse fatto un'offerta per me? Mi avrebbero messa in sconto? E se la foto del numero successivo avesse avuto come didascalia: "Ancora disponibile"?»

«Sarà divertente» disse Tracy. «Vi pagheremo tutte le spese, e l'intera faccenda sarà un'ottima pubblicità per i tuoi biglietti. Il ricavato andrà all'American Cancer Society.

Io non dicevo ancora nulla

«Waverly, ci sei?»

«Sì, scusami, sono qui» risposi.

«Allora cosa ne dici?»

Mi morsi il labbro. «Okay, mettimi pure in lista.»

Chissà in cosa mi ero cacciata stavolta.

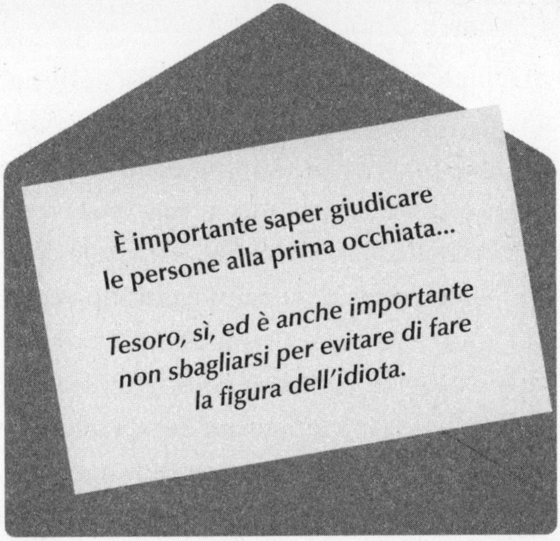

20

People uscì un paio di settimane dopo e in una sola notte la mia vita venne stravolta. Sapevo che moltissime persone leggevano la rivista ma, buon Dio, più che moltissime erano un oceano e tutti i parenti.

Oltre al miliardo di persone che saltarono fuori online e mi chiesero l'amicizia su Facebook, il mio numero di telefono, che era ancora sul buon vecchio elenco, iniziò a squillare da mattina a sera. Vecchie amicizie mi chiamavano per sapere come mai li avessi tenuti all'oscuro del progetto. Diversi stalker mi chiesero di uscire. C'era gente sull'autobus e per strada che mi fissava e mi domandava dove ci eravamo già visti. Mio padre chiamò per dirmi che era al centro dell'attenzione di tutta la comunità della Valley Pines. Brad Cantor mi telefonò per congratularsi e invitarmi a un brunch dove ognuno poteva farcire la propria crêpe.

Alla fine fui costretta a eliminare la linea fissa, che in realtà ormai usavo quanto il forno. E, fra parentesi, il forno non l'accendevo da secoli. Avevo anche pensato di nasconderci dentro i gioielli. Voglio dire, nessun ladro penserebbe mai di cercare dei gioielli dentro il *forno*.

Al lavoro iniziarono a piovermi addosso miliardi di richieste di interviste e io mi domandai quand'è che il picco d'interesse sarebbe finalmente calato. Giornali, radio, siti Internet, blog, all'improvviso chiunque era interessato a parlare della vita di una single a San Francisco. Il tecnico della sede fu costretto a deviare la mia linea su quella della receptionist per riuscire a gestire il traffico delle chiamate (e per evitare di farmi perdere tempo con tutti gli strambi e i seccatori che intasavano il mio telefono). Era diventata una cosa da pazzi.

Scotty Ryan mi chiamò, voleva che scrivessi un biglietto ispirato a lui.

«Un biglietto ispirato a te? E cosa dovrei scrivere?» dissi.

«Non potresti farne uno che abbia come tema l'innamoramento per il tuo bellissimo migliore amico gay? È il cliché del momento, sai?»

Io scoppiai a ridere. «Scotty, come fai a tirare su dal cuscino tutte le mattine quella testa di cavolo che ti ritrovi?»

«Non è semplice, mia cara. Non è semplice.»

Davey mi chiamò da Parigi per prendermi in giro.

«Che cosa vendi con quella foto, Waverly? Lavande intime?»

«Mmm, no: assorbenti.»

Davey si mise a ridere.

«Come diavolo hai fatto a vedermi su *People* se sei a Parigi?» dissi.

«Grazie a Internet, mia cara. Esci dal medioevo. Davvero, Bryson, sono fiero di te. Sono felice che tu ce la stia facendo.»

«Facendo cosa?»

«Lo sai... Quello che vuoi fare, seguire i tuoi sogni, realizzarti e tutte quelle str...»

Io sorrisi. In effetti era proprio così. «Quindi l'hai saputo?» dissi.

«Che cosa?»

«Che mi hanno tolto la JAG.»

«Cosa? Stai scherzando?»

«No, affatto.»

«Quando?»

«Il giorno dopo che te ne sei andato tu.»

«Davvero? Ti hanno detto perché? Hai sempre lavorato benissimo.»

«Pare che Gabrielle Simone non fosse contenta.»

«Non era contenta? Perché no?»

«Non c'era feeling, evidentemente.»

«Con la K.A. Marketing o con te?»

«Con me. Ho sentito che adora la sua nuova referente.»

«E davvero ti ha cacciata non appena ha preso il comando?»

«Primo giorno. Deve odiarmi.»

«Uhm, mi domando se sia per quella cosa del Super Show...»

Io mi drizzai sulla sedia. «Cosa intendi?»

Lui scoppiò a ridere. «Lo sai, la cosa del vomito.»

«Lo sapevi? Perché non me l'hai detto?»

«Perché avrei dovuto? Dov'è il problema? Eravamo tutti ubriachi a quella festa. Diavolo, era il Super Show!»

Sorrisi. «Mi manchi, Davey Mason, lo sai? Lindsay è una ragazza fortunata.»

«Be', anche tu mi manchi e, sì, lo è. Allora, adesso che sei una celebrità promettimi che non ti dimenticherai delle persone anonime che hanno fatto del loro meglio per sostenerti in passato, okay?»

«Te lo prometto.»

«Grande. Allora, *au revoir, Mademoiselle* Bryson.»

«Ciao Davey.»

Due settimane dopo ricevetti un'altra chiamata di Tracy da *People.*

«Ciao, Tracy, come va?» presi la mia pallina anti-stress e la lanciai in aria.

«Benissimo, grazie. Tu?»

«Io bene... mi gira ancora un po' la testa per tutte le attenzioni, ma bene. Che c'è?»

«Volevo solo aggiornarti sull'asta. La rimandiamo di una settimana per problemi logistici coi quali non voglio annoiarti. Ad ogni modo, si terrà al Plaza Hotel il tredici di ottobre. Perciò segnatelo sul calendario.»

Mi morsi il labbro. «Venerdì tredici?»

«Sì, è un problema? Non dirmi che sei superstiziosa?»

«Be', ehm... no, no, va bene. Lo segno in agenda.»

«Perfetto, perché siamo felicissimi che tu ci sia. Ti prenotiamo una bella stanza al Plaza per il weekend, e ti rimandiamo a casa domenica o lunedì, quando preferisci, okay?»

Io strinsi la palla. «Sì, certo, grazie Tracy.»

«Perfetto. Ci sentiamo poco prima della data. Stammi bene, Waverly.»

«Ciao Tracy.»

Misi giù il telefono e posai la pallina sulla scrivania.

Il tredici ottobre. Venerdì tredici. Dannazione.

«Hai intenzione di trascorrere il tuo trentesimo compleanno a un'asta per single? Sei matta?» Andie prese un pezzetto di cheddar e lo adagiò fra due cracker.

Era una domenica pomeriggio insolitamente calda e McKenna, Andie e io eravamo nel cortile dell'appartamento di Andie a bere tè freddo e a goderci il sole.

«Lo so, lo so, è talmente imbarazzante, ma avevo detto di sì prima che cambiassero la data. Ora che faccio?» dissi.

Andie si mise gli occhiali da sole in testa e prese un altro pezzo di formaggio. «Non puoi far chiamare dalla tua assistente e annullare tutto? O semplicemente non presentarti? Non è quello che fa di solito la gente famosa?»

«Dài, Andie, sai che non può farlo» disse McKenna.

Andie scrollò le spalle. «Okay, hai ragione. Non farsi vedere sarebbe un po' troppo da cafoni. Forse potresti chiamare all'ultimo minuto e inventarti un imprevisto?» disse.

Io la guardai. «Vuoi che dica che ho avuto un imprevisto?»

«Sì, perché no?»

«Ehm, forse perché è una delle scuse più quotate *di tutti i tempi?* Allora potrei dire che sono in punizione perché ho giocato a palla in casa e mamma non vuole...»

«Ehi, non c'era un episodio di *Seinfeld* su questo tema?» disse McKenna.

Io la guardai. «Dove citano *La famiglia Brady*?»

«No, dove si parla di andare a un primo appuntamento la sera del proprio compleanno. C'è un episodio in cui Jerry va a un appuntamento con questa ragazza super carina e a cena lei gli dice che è il suo compleanno. Ed è stata *lei* a scegliere la data del loro appuntamento. L'intero episodio ruota attorno al fatto che tutti pensano sia una sfigata, a parte Jerry.»

Io mugugnai. «Splendido.»

Andie si infilò un altro pezzo di formaggio in bocca. «Che tipo di ragazzo vola fino a New York per aggiudicarsi una ragazza a un'asta? Chiunque ti capiti sarà di certo uno psicopatico.»

«Potrebbe benissimo essere un newyorchese» disse McKenna.

«... psicopatico» ripeté Andie.

Io mugugnai di nuovo. «Comunque la giri, questa storia è appena un gradino sopra dall'apparire in un reality.»

McKenna annuì. «Così pare.»

Mi coprii gli occhi con le mani. «Ma che cavolo, mi sento già in imbarazzo.»

«Anch'io mi sento in imbarazzo per te» disse Andie, afferrando l'ennesimo pezzo di formaggio.

Io le pizzicai il braccio. «Ehi, Jerry, come va la tua dieta estiva?»

«Vai a quel paese, Wave» disse, posandolo.

«Be', in fondo è per beneficenza» disse McKenna.

«E poi ci saranno anche delle celebrità single all'asta» disse Andie. «Se sarai fortunata riuscirai a fartene uno.»

Io alzai gli occhi al cielo.

Andie scrollò le spalle e si rimise gli occhiali da sole. «Sto solo cercando di essere ottimista.»

«Non preoccuparti, Wave. Festeggeremo il tuo compleanno dopo l'asta. Probabilmente avrai bisogno di mangiare un'intera torta per superare il trauma» disse McKenna.

«Doppio cioccolato?» chiesi.

«È già tua.»

Andie si mise a ridere. «Solo il meglio per la nostra cara modella di assorbenti.»

Io e Kent stilammo il programma delle interviste per la settimana successiva all'asta. Io sarei andata a New York venerdì e Kent mi avrebbe raggiunto lunedì per le interviste. E quando Tracy scoprì che la Smithers Publishing mi pagava già il biglietto aereo, disse che *People* avrebbe pagato per un amico se volevo. Perfetto.

Chiamai McKenna al lavoro e le diedi la bella notizia.

«Stai scherzando? Non me lo perderei per niente al mondo. Viene anche Andie?» chiese.

«Be', ho solo due biglietti» risposi.

«Pronto? Lavoro in una banca d'investimenti? Ho miliardi di chilometri gratis. Da' il biglietto a lei. Al mio ci penso da sola.»

«Davvero? Sei sicura che per te vada bene quel weekend?»

«Non m'importa se va bene o no. Cancello qualunque cosa abbia già in programma. E potremmo anche festeggiare il mio addio al nubilato a New York.»

«Perfetto! Chiamiamo subito anche Andie» dissi, componendo il suo numero.

«Andrea Barnett» Andie rispose con il suo tono da lavoro, che era di due ottave sotto al suo tono di voce normale.

«Ehi, Andie, siamo io e Mackie in tripla conversazione. Vuoi venire a New York per...»

«Ci sto» disse.

«Ma non vuoi sapere per...»

«Ho detto sì.»

Io mi appoggiai allo schienale della sedia mettendomi a ridere, e poi le illustrai i dettagli.

«A parte passare i trenta ed essere messa all'asta davanti a una platea di sconosciuti, sono sicura che mi divertirò un sacco con voi» dissi.

«Sono al settimo cielo» commentò Andie. «Ho intenzione di mangiare troppo, bere troppo e fare troppi acquisti.»

«Anch'io» disse McKenna. «Adoro queste cose da abito elegante. Allora, com'è essere famosi, eh Wave?»

Io mi allungai in avanti sulla sedia. «Be', non mi definirei famosa, ma i miei quindici minuti sono stati davvero surreali. E sapete cos'ho realizzato, tra le altre cose?» aggiunsi.

«Cosa?» risposero all'unisono.

«Mi sono resa conto che l'unica foto che l'universo intero ha visto di me è stata scattata da un fotografo professionista, con luci preparate da professionisti e trucco e capelli sistemati da professioniste che hanno lavorato su di me per due ore.»

«E allora? Stai benissimo» disse McKenna.

«Lo so, ma per quanto mi possa sforzare, dal vivo non sarò mai bella come in quella foto!»

«Lo sai, è triste, ma è la verità» disse Andie.

Io scoppiai a ridere. «Lo so. La triste realtà.»

«Dovresti essere orgogliosa di te stessa, Wave» disse McKenna. «I tuoi biglietti sono fantastici. Molte persone hanno idee creative, ma realizzarle è un'altra cosa.»

Io sorrisi al telefono. «Grazie, Mackie. Sai, è assurdo ma credo di dovere tutto questo ad Aaron. Chi l'avrebbe mai immaginato?»

«Esservi lasciati è stata la cosa migliore che ti poteva capitare» disse McKenna.

«Ah, se fossimo tutte così fortunate...» disse Andie, sarcastica.

«Sto parlando sul serio» disse McKenna. «Hai finalmente smesso di vivere la vita secondo un piano prestabilito da non si sa chi. Che divertimento c'è altrimenti?»

«"*Girls just want to have fun...*"» canticchiò Andie nella sua migliore imitazione di Cindy Lauper.

Quel giovedì, ci incontrammo al Kilkenny per una birra dopo il lavoro.

«Non ci posso credere» dissi a Andie. «Davvero?»

Lei si mise i capelli dietro le orecchie e annuì. «Sì. Quando è arrivato il conto mi ha guardata dritto negli occhi e mi ha detto: "dividiamo?"»

«Non ci credo» disse McKenna.

«Credici» rispose lei, annuendo di nuovo.

Io sorseggiai la mia birra. «Ed era il primo appuntamento?»

«Già. Primo appuntamento.»

«Ed è stato lui a chiederti di uscire?»

«Già.»

Io inclinai leggermente la testa di lato. «E poi ti ha chiesto di pagare mezza cena?»

Annuì di nuovo. «Già.»

«Non capisco» dissi.

Andie fece scoppiare un pallone. «Benvenuta nel club.»

«Non potrebbe essere dell'altra sponda?» disse McKenna. A ogni ragazza di San Francisco era capitato di farsi la stessa domanda almeno una volta nella vita. «Forse esce con delle ragazze di tanto in tanto per non destare sospetti.»

Andie rifletté. «Sapete, potrebbe anche essere, ora che ci penso. Era vestito *davvero* bene. Perciò può darsi. O forse era solo maleducato.»

«Be', è stato maleducato in ogni caso» dissi. «Come l'hai conosciuto?»

«In palestra» rispose annuendo lentamente. «Sì, avrei dovuto immaginarlo. Tutti i ragazzi che conosco in palestra alla fine si rivelano gay.»

«Ma tu non vai mai in palestra.»

Lei fece scoppiare un altro pallone e sorrise. «E adesso sai perché.»

«Potrei convertirlo in un biglietto.»

«Ultimamente vedi tutto sotto forma di biglietti» osservò McKenna.

Io sorrisi. «Già, è finita l'epoca in cui andavo a un appuntamento in cerca dell'amore. Ora si tratta di ricerca scientifica.»

«L'altro giorno il mio amico Max mi ha raccontato di un appuntamento assurdo» disse Andie.

«Parli di quel ragazzo carino che ha quel bellissimo appartamento che tu chiami "Tamp-max"?» chiesi.

Lei annuì. «Mh-mh, e sentite questa. L'altra sera è uscito per la prima volta con questa ragazza e a cena lei gli ha chiesto con una gran faccia di bronzo quanti soldi avesse sul conto corrente.»

«No, non l'ha fatto» disse McKenna.

«Oh, sì invece» rispose Andie.

«Non capirò mai certa gente. E lui cos'ha detto?»

«Sentite qui» fece Andie. «Prima ancora che lui potesse rispondere, il *fidanzato* della ragazza è piombato dentro il ristorante e ha cominciato a insultarla.»

«Non ci credo» dissi.

«Credici» rispose Andie. «Ha iniziato a urlarle addosso di aver scoperto quante corna aveva e sentite questa: lei ha fatto finta di non conoscerlo!»

«Stai scherzando» disse McKenna.

Andie scosse la testa. «Tutto vero. Sosteneva di non averlo mai visto in vita sua.»

«Fantastico» dissi. «Roba da matti.»

«Roba da matti davvero» convenne Andie. «E quando alla fine il ragazzo se n'è andato, lei ha continuato a *negare* di conoscerlo. Si è inventata che era tutta una messinscena architettata dal suo ex, che aveva pagato un attore.»

«Sì, certo, come no» disse McKenna.

«Roba da non credere» dissi, buttando giù un sorso di birra. «Perciò immagino che non l'abbia portata nel famoso "Tamp-max"?»

Andie si mise a ridere. «Eh, no.»

«Parlando di appartamenti stupendi,» disse McKenna «siete pronte per guardare lo spettacolo dei Blue Angels al party annuale sulla terrazza di Davio e Alessandro?»

«Sì!» dissi. «Adoro quella festa, e adoro la Fleet Week. Gli aerei hanno sorvolato casa mia tutta la settimana facendo tremare i vetri. Fanno un gran baccano ma adoro quando...»

Improvvisamente ammutolii.

«Adori quando, cosa?» chiese Andie.

Io avevo notato una persona alle sue spalle. «Scusami. Mi sono distratta. Da' un'occhiata a quel ragazzo alto laggiù, ma fa' finta di niente. Non è il Darren del Left di Albuquerque?»

Andie e McKenna si voltarono subito a guardare.

«Ragazze, questo non è far finta di niente» dissi con un sospiro.

«Chi?» chiese McKenna.

«Dove?» le fece eco Andie.

«Quello con i capelli castani e la camicia bianca accanto al tavolo da biliardo» dissi. «Andie, ti ricordi quei ragazzi che abbiamo conosciuto quella sera al Lefty, dopo che ho incontrato Aaron al Marina Safeway? La sera dei doppi Darren?»

Andie si mise a ridere. «Ah, sì, i doppi Darren. Come potrei dimenticarlo?»

«Be', è venuto fuori che il Darren carino è il fidanzato di quell'incubo di Mandy.»

Loro mi fissarono.

«La Mandy che ti ha soffiato il lavoro?» disse Andie.

Annuì.

«Quello è il suo fidanzato?» disse.

«Già.»

McKenna si voltò di nuovo a guardare Darren. «È molto carino.»

Sospirai. «Lo so. L'ho incontrato un paio di mesi fa quando sono andata all'appuntamento terrificante con il palestrato. Ero così imbarazzata... al Lefty gli avevo lasciato il biglietto da visita sperando che mi chiedesse di uscire, ma non ha mai richiamato. E poi ho scoperto che è fidanzato con quella stronzetta.»

«Ahia» disse Andie.

«Già» risposi. «Perciò ho fatto finta di non riconoscerlo, ma non credo che se la sia bevuta. Oh be', comunque chi se ne importa. Se sposa quella cerebrolesa di sicuro non è il mio tipo.»

In quell'istante il tizio che stava di fianco a noi al bancone si voltò, scuotendo la testa accigliato. E poi mi guardò dritta negli occhi.

«Veramente, Mandy è una ragazza fantastica, al contrario di te. Be', mi assicurerò di farle avere i tuoi cari saluti» disse. Agguantò due birre e raggiunse Darren al tavolo da biliardo.

Dannazione.

Mi nascosi il viso tra le mani. «Oh mio Dio, oh mio Dio, oh mio Dio, ti prego dimmi che non è successo. Vi prego, vi prego, qualcuno mi dica che non è mai successo.»

Andie annuì. «Pare proprio di sì, invece.»

«È stato orribile» disse McKenna.

Avevo le guance in fiamme. «Buon Dio, infilatemi un cuscino in bocca...»

«Questa città è troppo piccola» disse McKenna. «Non sai mai chi ti puoi ritrovare vicino.»

«Lo so» dissi. «Ma di solito è Brad Cantor, non l'amico di quella che mi ha rubato il lavoro e mi odia.»

McKenna mi cinse con il braccio. «Andrà tutto bene, Wave, forse non le dirà niente.»

«E comunque, se già ti odia, a te cosa importa?» disse Andie.

Scossi la testa, mi veniva da piangere. «Non posso credere di averlo fatto. Io e la mia stupida boccaccia.»

In quell'istante il cellulare di Andie squillò.

«Pronto? Ehi... sì... sì... sì... mh-mh... sì... sto venendo. Ciao.» Chiuse il telefono e lo rimise in borsa.

«Chi era?» disse McKenna.

Andie sorrise e si alzò in piedi. «Sesso telefonico.»

Io mi asciugai una lacrima e scoppiai a ridere. «Non ci posso credere, sei proprio scema. E tutto quel parlare di quanto sia difficile trovare qualcuno con cui uscire?»

Lei fece un'altro pallone con il chewing-gum e lo fece scoppiare. «E chi ha detto che sto andando a un appuntamento? Devo scappare. Ciao tesori. Tieni duro, Waverly.»

Anche McKenna si alzò. «Anch'io devo andare, sfortunatamente domattina ho una videoconferenza alle sette. Il nostro ufficio della East Coast non ha pietà.»

«Vengo con voi, ragazze.» Mi alzai, dando le spalle a Darren e al suo amico. «Voglio solo uscire di qui.»

«Domani sembrerebbe una buona giornata per darti malata» disse Andie.

Finii la mia birra e appoggiai il bicchiere sul bancone. «Dopo questa, sarebbe meglio che mi dessi per morta.»

Il lunedì sera seguente, mi incontrai con McKenna dopo una lezione di yoga. Uscendo dalla palestra mi fermai di colpo, toccandomi i fianchi.

«Cacchio, ho lasciato la borsa in ufficio» dissi. «Proprio la ciliegina sulla torta.» Ero già spazientita perché alla lezione mi ero trovata vicina a uno di quei tizi che ti rovinano l'ora. Quelli che fanno tutti quei versi e quegli sbuffi e quei grugniti, avrei voluto picchiarlo; e quando durante il rilassamento finale – *l'unica* ragione per la quale vado a yoga – si era messo a russare, l'avrei davvero strangolato.

«Non puoi recuperarla domani?» disse.

«No, dentro ci sono le chiavi di casa.»

Lei mi accarezzò la testa. «Ora sai perché sono anni che ti prego di affidarmi una copia delle tue chiavi.»

La guardai e le tesi la mano. «Salve, ci conosciamo? Sono Waverly Bryson, un'adulta totalmente irresponsabile.»

«Va bene, va bene. Andiamo.»

«Non ci vorrà molto. La guardia mi conosce, ci farà entrare.»

Cinque minuti dopo eravamo negli uffici bui della K.A. Marketing, l'unica fonte di luce proveniva dai neon delle insegne per le uscite di sicurezza e dalla stanza adibita a cucina, che per qualche ragione era sempre illuminata.

«Mi fa venire i brividi» disse McKenna. «Vado a prendere dell'acqua. Ci vediamo all'ascensore?»

«Sì. Arrivo fra un minuto.» Percorsi il lungo corridoio fino al mio ufficio e presi la borsa. Stavo per uscire quando sentii qualcuno che piangeva. Rimasi in ascolto.»

Un pianto?

Poi notai una luce accesa nel corridoio opposto. Mi avvicinai lentamente alla fonte del rumore.

«Ehi? C'è qualcuno?» dissi.

Il pianto si fermò. Mi avvicinai alla luce e sbirciai dentro.

Mandy Edwards era seduta alla sua scrivania, e si asciugava le lacrime dal viso.

«Mandy, stai bene?» chiesi.

Si scostò una ciocca di capelli dal viso e annuì. «Sì, sto bene.»

«Sei sicura?»

«Sì, per quanto sia possibile.»

Io mi guardai le mani e poi di nuovo i suoi occhi verdi e lucidi.

«Mmm, cos'è successo?» chiesi.

Lei tirò su col naso. «Non so cosa fare.»

«Di cosa parli?»

Silenzio.

«Mandy?»

Si coprì il viso con le mani e ricominciò a piangere. «Ho scoperto che il mio fidanzato mi tradisce.»

Le sue parole furono così inaspettate che per un attimo rimasi lì impalata, senza sapere cosa dire.

«Oh Dio, mi dispiace, Mandy» dissi infine.

Lei tossì e le lacrime presero a rigarle le guance.

Non sapevo cos'altro aggiungere, ma non mi sembrava bello lasciarla lì sola, perciò mi sedetti sulla sedia dall'altra parte della scrivania e la lasciai piangere.

E piangere.

Dopo trenta secondi decisi di parlare. «Posso fare qualcosa? Mi sembravate così felici quando vi ho visti insieme.»

Lei tossì di nuovo. «Lo amo, Waverly. Dio, lo amo così tanto. Pensavo che fosse perfetto, sai?»

Annuii. Diavolo, se lo sapevo.

«Ma una parte di me ha sempre intuito che non era chi credevo che fosse. O chi speravo che fosse.»

Era davvero Mandy Edwards quella seduta davanti a me?

Le porsi un fazzoletto. «Be', almeno l'hai scoperto ora e non dopo il matrimonio, no?»

Lei si soffiò il naso. «Lo so, lo so. E so che devo lasciarlo. Solo è molto più difficile di quello che credevo. Io... io non voglio essere di nuovo single.»

La fissai. Per un attimo fu come se mi stessi guardando in uno specchio.

Feci un profondo respiro. «Mandy, credimi, so come ti senti. *Davvero.* Ma non puoi stare con qualcuno che non va bene per te solo perché hai paura di rimanere da sola.»

«È facile per te parlare così» disse.

«Cosa intendi dire?»

«Voglio dire che tu sei di qui, sei andata al college qui. Non sei sola, ma io sì. A parte Darren e la mia compagna di stanza non ho amici a San Francisco. E per quanto ci provi sembra che non riesca a farmene, specialmente al lavoro.»

Io mi morsi il labbro.

«Lo so che non mi comporto bene a volte e da quando mi sono trasferita, tutto quello che ho desiderato è stato integrarmi. Ma non importa quanto ci provi, la gente mi odia» disse.

«La gente non ti odia, Mandy» dissi piano.

«Dài, Waverly, ogni volta che ho provato a parlare con te tu non vedevi l'ora di scappare via. E so che cosa pensi di me.» Le lacrime scorrevano sul suo viso.

Io e la mia boccaccia.

«E so anche quello che pensano gli altri. So che ce l'hanno tutti con me perché ho preso la JAG.»

Io rigirai l'orecchino. «Be', le cose non stanno esattamente così.»

«Ti prego, non sono stupida.»

Non sapevo cosa dire, perciò semplicemente mi fissai le mani.

Lei si soffiò il naso di nuovo. «Quando Jess mi ha offerto il cliente ho pensato che ce l'avrei fatta. Ho pensato che forse avrei potuto dimostrare a tutti di essere capace e di trovare il mio posto qui dentro. Ma mi sbagliavo.»

Io continuai a fissarmi le mani.

«Non lo volevo neanche, sai» aggiunse.

La guardai. «Non lo volevi?»

Lei si asciugò gli occhi. «Waverly, ero già talmente incasinata con la Adina Energy che proprio non mi serviva altra carne al fuoco.»

«Ma come?»

Annuì. «E se ben ricordi, ho provato a chiedere il tuo aiuto, ma non credo ci sia bisogno di ricordarti qual è stata la tua reazione.»

«Io... io...» io non sapevo cosa dire. Mi aveva veramente chiesto un *aiuto?*

«Perciò credimi, prendere un altro cliente era l'ultima cosa che desideravo» disse.

Le allungai un altro fazzoletto. «Ma io credevo...»

«Be', credevi male.»

«E allora perché hai accettato anche la JAG?»

Lei si asciugò gli occhi. «Cosa avrei dovuto fare? Dire a Jess che non ce la facevo?»

Io inspirai profondamente. «Cavolo, onestamente non avevo idea che tu ti sentissi così. Pensavo che fossi felice di gestire entrambi i clienti.»

«Be', non lo sono. Sto affogando, okay? Grazie a Dio Kent e Nicole conoscono la JAG come le loro tasche, altrimenti sarei in guai seri.»

Le allungai un altro fazzoletto. «Perché non hai detto niente?»

«Cosa potevo dire? Ti avevo già chiesto aiuto più di una volta. Perché mi odi così? Cosa ti ho fatto?»

Non potevo negarlo. «Be', immagino che sia solo perché non mi fido di te.»

«Perché no?»

Io sospirai profondamente. «Be', se vuoi saperlo, è per quella cosa del Super Show.»

«Quale cosa del Super Show?»

«Lo sai, quello che hai detto a Jess dopo il party della JAG.»

Lei mi guardò. «Cosa?»

«Dài, Mandy, so che sei stata tu.»

«Sai che sono stata io? A fare cosa?»

«Ho incontrato la sorella della tua coinquilina. So cosa ti ha detto.»

«La sorella della mia coinquilina? Cosa? Ti giuro che non ho idea di cosa tu stia parlando.»

Io la guardai dritto negli occhi.

«Non sei stata tu a dirlo a Jess?»

«Dire a Jess cosa?»

«Davvero non gliel'hai detto?»

Lei continuava a fissarmi con gli occhi sgranati.

Cavolo. Non potevo credere quanto la mia prima impressione di lei avesse deformato tutto ciò che aveva detto o fatto in seguito. Vale a dire, non giudicare un libro prima di aver letto il finale.

«Mandy, credo di doverti delle scuse» dissi.

«Per cosa?»

Andai a prenderla dietro la scrivania e la tirai su dalla sedia. «Per essermi comportata come un'idiota. Andiamo, vieni via di qui.»

Quando uscimmo in corridoio, quasi andai a sbattere contro McKenna.

«Oh, ciao. Non volevo disturbarvi ma non sapevo dove andare» disse.

«Non preoccuparti» risposi, e guardai Mandy. «Mackie lei è Mandy. E ha bisogno di un Margarita.»

Mentre ci dirigevamo verso l'ascensore, annotai mentalmente un biglietto.

Fronte: Ti sei mai chiesta perché la collega nuova sembra odiarti tanto?
Retro: Tesoro, ricordi l'angoscia della mensa al liceo? Bene, ora falle spazio al tuo tavolo.

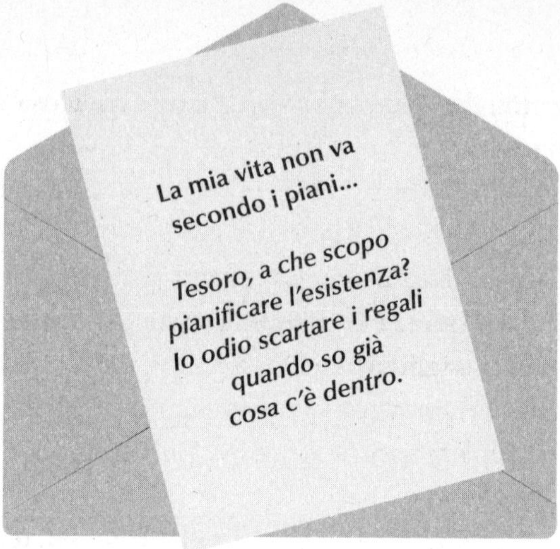

21

A tre settimane dall'asta, la pianificazione del matrimonio di McKenna marciava a pieno regime. Avevamo preparato quasi tutto e quando arrivò il giorno di spedire gli inviti uscimmo a passeggiare per fare una chiacchierata a cuore aperto.

«Allora ci siamo, mia cara. Il grande giorno» dissi, mentre scendevamo la parte più ripida di Fillmore verso il mare. «Una volta che quei "malefici" inviti saranno nella cassetta della posta, non c'è ritorno.»

«Non riesco ancora a crederci» disse. «Sono già nervosissima.»

«Di cosa parli?» mi stiracchiai. «Perché sei nervosa? Siete perfetti l'uno per l'altra. E stavo scherzando sul "non ritorno".»

«Lo so che stavi scherzando, e lo so che siamo perfetti, ma sono lo stesso nervosa, Wave. Davvero, nervosissima.»

«Sul serio? Ma perché?» dissi.

Lei si grattò la guancia. «Amo Hunter da morire, lo amo. Ma a me piace anche fare le cose per conto mio. E mi piace stare con le mie amiche. Non voglio che cambi qualcosa dopo che mi sarò sposata.»

«Lo so, lo so.» Annuii. «Ho capito che vale lo stesso per me, grazie a Dio.»

«Spero di non essere una moglie terribile» disse.

Io scoppiai a ridere e le detti una spinta. «Mackie, fammi il piacere. Sei meravigliosa con Hunter. Credimi, ci ho fatto caso. E inoltre Hunter non vuole una mogliettina perfetta, vuole te. Sa chi sei e ti ama proprio per questo. Non si aspetta che cambi perché vi sposate.»

«Lo credi? Anche se siamo insieme da una vita, temo che le cose potrebbero cambiare dopo aver ufficializzato l'unione. Ha senso o sto delirando?»

Le misi un braccio attorno alle spalle e la strinsi. «Non preoccuparti, Mackie, sarai perfetta.»

«Davvero?»

Io mi misi a ridere. «Sì, davvero. Lo sai, devo dire che mi sto proprio godendo il mio momento.»

«Quale momento?»

«Il primo momento *da quando ci conosciamo* in cui sono *io* a calmare te e non viceversa.»

Lei si mise a ridere. «Sono contenta che il mio stress ti renda felice.»

«Davvero, Mackie, fatti una sola domanda: vuoi davvero stare con Hunter?»

Lei annuì.

«Per sempre?»

Lei annuì di nuovo.

«Ne sei sicura?»

Lei non disse nulla per qualche istante e poi sorrise. «Sì, ne sono sicura.»

«E allora andrà tutto bene. Se si fa quello che realmente si vuole fare, allora si è felici. È semplice.»

«Tu pensi?»

Annuii. «Non preoccuparti di come la tua vita "dovrebbe" essere. Fa' in modo che sia come la vuoi tu.»

Quando quelle parole uscirono dalla mia bocca, mi resi conto che finalmente ci credevo anch'io.

Più tardi quella sera, sperando che fosse già uscito dall'ufficio, chiamai Aaron. Avevo notato che gli avvocati tendono a vivere in ufficio, perciò non ero sicura che non avrebbe risposto lui, nel caso avrei dovuto riagganciare o camuffare la voce e fingere di aver sbagliato numero (fortunatamente il telefono del suo ufficio non registrava sul display il numero della chiamata entrante). Ma ebbi fortuna e mi rispose la segreteria, perciò gli lasciai un messaggio in cui gli auguravo tutto il bene per il bambino, il suo matrimonio e la sua vita in generale. Non avevo il fegato di parlargli direttamente, ma davvero credevo alle parole che avevo registrato e volevo fargli sapere che finalmente avevo voltato pagina.

Non gli dissi della faccenda del nascondino dietro la macchina, però. Ero maturata, non impazzita.

Riagganciai e mi infilai a letto contenta, avvertendo la sensazione di aver finalmente chiuso davvero, una volta per tutte.

E il giorno dopo feci quello che avrei dovuto fare molto tempo prima.

Mi licenziai.

Il martedì sera prima dell'asta, stavo camminando su Union Street nella zona di Cow Hollow, guardando le vetrine in cerca di un vestito e chiacchierando contemporaneamente con Andie al cellulare.

«Perciò dopo il prossimo giro promozionale per i tuoi biglietti è finita? Hai chiuso per sempre con la K.A. Marketing?» disse.

«Già» risposi. «Chiuso per sempre.»

«Non riesco ancora a credere che ti licenzi.»

«Davvero?»

«Già. Credevo che non avresti mai lasciato quel posto» disse.

«No?»

«No. A parte quella Mandy e i clienti scocciatori, credevo ti piacesse stare lì.»

Mi pettinai la coda con le dita. «Sì, be', ci ho messo un po' per capirlo e ammetterlo a me stessa, ma era un lavoro che non amavo e onestamente non mi divertiva nemmeno più.»

«Davvero?»

«Già, voglio dire, era un buon lavoro e per un po' mi è piaciuto farlo, ma ho sempre pensato di doverlo *adorare* perché, be', tutti mi dicevano che era un lavoro bellissimo, capisci?»

«Sembrava perfetto, ma anche quello su carta da zucchero» disse.

Io mi misi ridere. «Potrei dire la stessa cosa della mia relazione con Aaron. Comunque, era un lavoro che non sentivo più. Credo sia per questo che ho giudicato male Mandy, perché lei metteva più impegno di me in quello che stava facendo. Ed è venuto fuori che mi sbagliavo sul suo conto, sai? È una persona molto carina.»

«Allora cos'è stato a farti decidere di andar via?»

«Niente in particolare. Solo la sensazione che fosse ora di cambiare e provare qualcosa di diverso, capisci? E che non c'era nessuna vergogna nell'ammettere che fare la PR non era la carriera giusta per me, o perlomeno non più.»

«E il tuo capo cos'ha detto quando hai consegnato le dimissioni?»

«Non ha fatto i salti di gioia, ma ha capito. In parte credo anche di avergli tolto un peso, non ero più molto concentrata sul lavoro ultimamente. Non è stato certo il mio anno migliore. E ora posso concentrarmi solo sui miei biglietti, che sono l'unica cosa che voglio davvero fare in questo momento. Ho anche pensato di fare del nome "Tesoro" un marchio di prodotti per donne single.»

«Davvero? Per esempio cosa?»

«Tesoro, aspetta e vedrai» dissi, ridacchiando.

«Forte. Perlomeno sarai libera da tutti quei clienti rompiscatole.»

Sorrisi. «Loro non mi mancheranno di certo. Da ora in avanti, l'unico cliente che comanderà Waverly Bryson è Waverly Bryson.»

«Perciò che succede adesso?» disse.

«Be', dopo il matrimonio di Mackie credo che andrò in Messico per pensarci su.»

«Messico? Stupendo. Con chi?»

«Nessuno, sola.»

«Davvero?»

«*Yes,* ho già prenotato tutto. Dieci giorni al nuovo Playa del Sol resort a Cabo San Lucas, tutta da sola.»

«Cavoli, complimenti, Wave. Per andare in vacanza da soli ci vuole del fegato.»

Mi sedetti su una panchina fuori dal Coffee Roastery all'angolo tra Fillmore e Union. «Lo sai, non vedo l'ora di partire. Con tutto.»

«Davvero, sono molto fiera di te. Sei cresciuta tantissimo» disse.

«Io? Cresciuta? Cresciuta nel senso di "grande"?»

«Stai scherzando? Certo. Guarda cosa sei riuscita a fare della tua vita.»

Sorrisi. «Immagino di non avere mai pensato alle cose da questo punto di vista. Perciò puoi essere una persona adulta e continuare a mangiare cereali per cena?»

Lei si mise a ridere. «Pare di sì.»

«Forte» dissi.

«Be', sono molto colpita.»

«Grazie» dissi. «Volevo dire, *gracias.* Immagino di dover iniziare a ripassare lo spagnolo.»

In quell'istante vidi Brad Cantor che attraversava le strisce pedonali.

«Oh, cavolo» sussurrai al telefono.

«Cosa?»

«Niente, solo un avvistamento di Brad Cantor...»

La visione di Mandy Edwards seduta sola al tavolo della scrivania che piangeva mi folgorò.

«Andie, ti richiamo.»

«Cosa? Perché?»

«Ti spiego dopo. Ciao, Andie.»

Chiusi il telefono e feci un cenno con la mano. «Ehi, Brad!»

Il giorno dell'asta dei single, mi svegliai con lo squillo del cellulare. Mi girai su un fianco e guardai l'ora sull'orologio del comodino. Le cinque e trenta.

«Ma che...?» Il sole era ancora sottocoperta, così come tutte le persone normali sul versante del Pacifico. Non sapevo nemmeno che alle cinque e trenta fosse ancora così buio fuori. Mi ero mai svegliata alle cinque e trenta prima?

Scesi dal letto e guardai il numero sul display. Era pieno di zeri.

«Pronto?» dissi.

«Tanti auguri, signorina Bryson!»

Dovetti allontanare il telefono dall'orecchio. «Davey?»

«Raggio di sole, come stai? Sei sveglia?»

«Adesso sì. Perché mi chiami alle cinque e trenta del mattino?»

«Sono le cinque e trenta? Ops, scusami. Non riesco a tenere i conti dei fusi orari.»

«Dove sei?» dissi, tornando a sedermi sul letto e stropicciandomi gli occhi.

«Bali. Lindsay e io stiamo bevendo un cocktail nel lounge dell'hotel, ma non potevo dimenticare il tuo trentesimo compleanno.»

«Caspita, Davey, sono commossa. Davvero.»

«Ehi, la nostra amicizia non finisce con il lavoro, giusto?»

«Giusto. E indovina un po'? Mi sono licenziata anch'io.»

«Ti sei licenziata? Per Gabrielle?»

Scossi la testa. «No. Credo fosse più perché mi piaceva l'idea del lavoro che facevo e non tanto il lavoro in sé. Mi ci è voluto un po' per rendermene conto.»

«Caspita, be', sono sicuro che tutti sentiranno la tua mancanza» disse. «Eri molto brava, comunque.»

«Grazie, anche loro mi mancheranno, ma volendo potremo sempre vederci fuori dall'agenzia, no?» dissi. «Come farò con te non appena tornerai...»

«Certo» disse lui. «Allora, parlando di te, ci sono uomini in campo di questi tempi?»

Io mi accoccolai di nuovo sotto le coperte. «Niente di nuovo sul fronte, signore. E non mi dispiace affatto.»

«Continui a calpestare cuori?»

Io mi misi a ridere.«Mai fatto.»

«Mi ucciderai, Bryson.»

«Sai, c'è una cosa che non ti ho mai detto al riguardo» dissi.

«A proposito di cosa?»

«A proposito del mio matrimonio e di tutta la faccenda del "calpestare cuori" e del mito che perpetui.»

«Il tuo matrimonio?» disse. «Parliamo dello stesso matrimonio che hai annullato o sono via dal Paese da più tempo di quel che credo?»

«Quello che ho annullato, scemo. O che *non* ho annullato.»

«Mi sono perso.»

«Non l'ho annullato» dissi.

«Non l'hai annullato?»

«No.»

«Perciò sei sposata?»

Mi misi a ridere. «No, testa di cavolo, lui l'ha annullato.»

«Lui? Davvero?»

«*Davvero*» dissi.

«Oh, cavolo. Mi dispiace Waverly.»

«Tutto a posto, ora l'ho superata» dissi. «Finalmente.»

«Perché non me l'hai mai detto?»

«Perché ero una scema?»

«Perché eri una *scema*?»

«Be', per quello e per mille altre ragioni. Ma soprattutto ero una lagna, spaventatissima da quello che la gente avrebbe potuto pensare di me.»

«Bryson, ti ho dato il tormento per due anni. Chi è lo scemo adesso?»

«Non voglio discuterne, okay Davey? Avrei dovuto dirtelo, ma non l'ho fatto. Fine della storia, okay?»

«Okay, okay. Allora questo significa che non posso più romperti le scatole sull'essere ancora single?»

Mi misi a ridere. «No, certo che no. Significa solo che non me la prenderò più quando lo farai.»

«Te la sei presa molto?»

«Un po', ma adesso non mi preoccupo più di quello che pensa la gente di me. Ora sto solo cercando di concentrarmi su quello che penso *io.*»

«Aspetta un secondo. Chi sei tu, e cosa ne hai fatto di Waverly? Ehi, sono in onda?»

«Davey, sto per mettere giù.»

«Buon compleanno, signorina Bryson.»

Poche ore dopo, McKenna, Andie e io stavamo viaggiando sui lussuosi sedili del volo 24 dell'American Airlines dirette al John F. Kennedy International Airport di New York. Stavamo chiacchierando del weekend a venire e gustandoci una colazione di prima classe composta di uova alla Benedict, croissant, frutta fresca e cappuccino.

Andie era tutta un sorriso. «Non vedo l'ora di andare a vedere le boutique del West Village. È da un secolo che desidero un paio di... oh Signore, è Princeton Hopper.» Indicò un tizio che stava uscendo dalla toilette della prima classe e si metteva a sedere a tre file di distanza da noi.

Mi tirai su, guardandomi attorno. «Chi?»

«Princeton Hopper. L'ho conosciuto al Kilkenny insieme ad alcuni amici lo scorso gennaio.»

«E...?» disse McKenna.

«E abbiamo finito col fare colazione insieme, se capite cosa intendo.»

«Ottimo» disse McKenna ridendo.

Andie abbassò la voce. «Ma sentite questa: un paio di settimane fa ci siamo incrociati allo Starbucks su Montgomery Street in centro e non mi ha riconosciuta.»

McKenna tossì. «Stai scherzando.»

Andie scosse la testa. «No. L'ho guardato dritto negli occhi e zero, *zilch, nada*. Non un accenno di ricordo! Voglio dire... ti sembro facile da dimenticare?»

«Credi che ti avrebbe riconosciuta se ti fossi spogliata?» chiesi.

«Waverly!» McKenna mi colpì alla spalla.

«Stavo solo chiedendo.»

Sei ore dopo eravamo al nastro trasportatore del JFK. Fortunatamente non dovemmo aspettare a lungo perché lo staff del volo aveva segnato le valigie della prima classe e le aveva portate fuori in anticipo rispetto a quelle della plebaglia. Pochi minuti ed eravamo già in fila per il taxi.

Guardai l'orologio. Erano le cinque e trenta. Avevamo due ore e mezza per arrivare all'hotel, lavarci e cambiarci per l'asta. La fila per il taxi era lunga e con il traffico del venerdì eravamo già in ritardo.

«Che stupida che sono» dissi. «Perché non ho prenotato un volo che arrivasse prima? Se non avrò il tempo di farmi una doccia mi presenterò all'asta con i capelli sporchi. Ragazze, mi promettete di fare un'offerta per me se nessuno mi vuole?»

«Non hanno uno staff di truccatori per farvi tutti bellissimi?» chiese Andie.

Scossi la testa. «Magari. Credo che tutte le vere celebrità si portino dietro il loro entourage. Per noi impostori c'è lo shampoo dell'hotel.»

Il traffico fu clemente e riuscimmo ad arrivare all'hotel appena in tempo per prepararci. Anche lo shampoo dell'hotel fu gentile, molto più gentile del mio shampoo normale. E la nostra stanza non era una stanza. Era una suite ed era... assurda.

«Cristo santo» sussurrai entrando.

Il salotto era enorme, con soffitti alti e luminose pareti bianche. Le porte finestre si aprivano su un ampio balcone con piante di bambù e cespugli di rose rosa ai lati. I pavimenti erano di marmo e il mobilio di noce scuro. Su una parete c'erano uno stereo, un gigantesco schermo ultrapiatto, un lettore dvd e tre scaffali di film. Di fronte era posizionato un ampio divano che poteva comodamente contenere quattro persone addormentate. Dall'altra parte della stanza c'era un'ampia scrivania con un computer, un bar attrezzato di tutto punto, con tanto di macchina per il caffè, e un altro divanetto con poltroncine coordinate. Un raffinatissimo tappeto orientale riempiva il centro della stanza e un immenso lampadario di cristallo pendeva sopra di esso.

Il bagno della camera principale era il più grande che avessi mai visto. Oltre a due lavandini e a un'ampia doccia con telefoni da entrambe le parti e fori per i massaggi di vapore, conteneva un'enorme Jacuzzi in cui avrebbero potuto fare il bagno sei persone contemporaneamente. La stanza, anch'essa immensa, conteneva due letti *king-size*, un altro schermo piatto e un'altra scrivania con computer. E poi, in un'altra stanza, c'erano tapis roulant e step, entrambi dotati di cuffie e collegate a un'unità tv/dvd agganciata alla parete.

«Wow. *People* non scherza affatto» disse McKenna entrando in sala.

Io diedi la mancia al fattorino, che mi ringraziò con un cenno del capo e svanì all'istante. «Pare proprio di no» dissi.

«Questo posto sembra uscito da un film» commentò Andie.

Un grosso cesto pieno di fiori, frutta e snack era stato depositato sul tavolino di vetro accanto a uno dei divani. Mi avvicinai e presi il biglietto.

Waverly,

benvenuta a New York! Speriamo davvero che ti goda questa permanenza. Qualsiasi cosa ti faccia servire in camera o nei ristoranti dell'hotel è offerto dalla casa. Come speciale regalo di compleanno, lo staff della spa ti aspetta domani a mezzogiorno per prendersi cura di te e delle tue amiche.

Pensiamo a tutto noi, perciò divertitevi!

Non vedo l'ora di incontrarti al party di stasera. Hai il mio numero, perciò se ti serve altro non esitare a chiamare.

Tracy Leiderman e lo staff di *People*

La spa attendeva me *e* le mie due amiche? E come faceva lei a sapere che era il mio compleanno?

«Caspita. Tracy di sicuro farebbe la gioia di Penelope French alla JAG» dissi.

«Cosa?» McKenna stava frugando nel cesto e tirò fuori un Twix.

«Oh, niente, parlo da sola.» Le passai il biglietto. «Da' un'occhiata a questo. Domani ci aspetta la spa! Ora però diamoci una mossa o faremo tardi alla festa.»

Alle otto precise eravamo tutte e tre di fronte all'enorme specchio della camera da letto. Il mio vestito era rosso scuro senza spalline, stretto al seno, con una fila di roselline nere di seta cucite in vita. Il taglio era stretto sul busto e svasato in fondo, e lungo cinque centimetri sopra il ginocchio. Anche l'orlo era bordato di roselline nere. Avevo raccolto i capelli in uno chignon alto e tirato. Non indossavo gioielli eccetto i miei piccoli orecchini di diamante. I tacchi neri mi elevavano all'altezza di uno e settantotto.

McKenna indossava un semplicissimo vestito di crêpe nero,

aderente e senza spalline, che le arrivava fino alle ginocchia. Aveva raccolto i capelli in uno chignon lento e come unico gioiello un sottile braccialetto d'argento. I tacchi neri la elevavano a un'altezza di uno e ottantaquattro.

Andie indossava un top dorato e pantaloni neri, rossetto rosa scuro e grossi orecchini d'oro. Aveva i capelli corti sistemati dietro le orecchie. I tacchi neri la elevavano all'altezza di uno e sessantatré.

«Sembriamo Papà Orso, Mamma Orsa e Orsetto» dissi.

«A me sembra che stiamo molto bene» disse McKenna.

Annuii. «Concordo, non siamo affatto male.»

«*Molto bene? Affatto male?* Siete pazze? Siamo delle *sventole*» disse Andie.

«Ehi, forse potremmo incontrare anche Princeton Hopper» dissi. «Pagherei per vedere *la* riunione.»

«Grazie mille, miss "stronzettini"» disse Andie, fingendo di schiaffeggiarmi.

«Ehi, lascia in pace il mio trucco!» dissi ridendo.

«Siete tremende» commentò McKenna.

«Scusa, Papà Orso» dissi, chinando il capo.

Andammo all'ascensore e mentre lo aspettavamo, Andie si voltò verso di me. «Ehi, Waverly, non ci hai detto come funziona l'asta. Devi sfilare su una passerella come la bella del paese?»

Cercai delle mentine nella borsa, le stessa carinissima e inutilissima micro borsa nera che avevo messo al matrimonio di Cynthia. «Oddio, spero di no. Non ho avuto il coraggio di chiedere i dettagli. Tutto quello che so è che dopo l'asta dovrò sedere a cena con chiunque abbia fatto un'offerta per me, e anche ballarci un po', come se fosse un vero appuntamento.»

«Come un vero appuntamento?» disse Andie. «Quand'è stata l'ultima volta che qualcuno vi ha portate a cena e a ballare?»

«Giusta osservazione» dissi.

«Ad Hunter piace ballare» disse McKenna, accennando un sorriso.

«Hunter è troppo perfetto per i miei gusti» commentai.

Quando le porte dell'ascensore si aprirono, McKenna mi posò la mano sulla testa. «Già, ma almeno avrai l'assicurazione medica garantita, finché non ti trovi un altro lavoro. Okay, andiamo. Non vedo l'ora di vedere com'è.»

Andie alzò le braccia in aria e fece una specie di balletto. «E io non vedo l'ora di vedere l'open bar, festeggiata. È tutto perfetto... evviva!»

Io la spinsi dentro l'ascensore e scendemmo di gran carriera.

L'asta poteva anche essere di beneficenza, ma di sicuro qualcuno aveva speso una fortuna per organizzarla. Non era la metà del matrimonio di Cynthia, ma l'avevano allestita con la stessa classe. Ed era valsa la pena del viaggio anche solo per vedere tutte quelle celebrità. Da quello che mi aveva preannunciato Tracy Leiderman, ci sarebbero stati tredici uomini e donne, me inclusa, dalla classifica delle 50 persone più belle, quasi tutti attori. Dodici di loro erano più belli di me. C'erano anche altri venti single che erano stati selezionati per essere apparsi sul giornale, ma non sapevo chi fossero perché la stanza era gremita di McKenne e Andie venute a supportare (o a deridere) i loro amici.

Ci dirigemmo verso il bar e ordinammo tre bicchieri di vino osservando la folla.

«Caspita, tutte queste persone sono single?» McKenna passò in rassegna la stanza. Guardò il suo anello di fidanzamento e poi me. «Ricordami di nuovo perché mi sposo fra due settimane?»

«Oh, sì, come se il tuo fidanzato chirurgo non fosse uno

schianto. Ora chiudi il becco e non rompere le scatole» disse Andie.

«Touché» rispose McKenna.

Bicchieri alla mano, decidemmo di cercare Tracy.

«Che aspetto ha?» disse McKenna.

«Uh, non saprei» risposi.

«Non lo sai?»

«Be', non ci siamo mai viste prima» dissi.

«E secondo te come la troviamo in mezzo a tutta questa gente?»

Scrollai le spalle. «Non ci avevo pensato.»

McKenna si mise a ridere. «Non ci avevi pensato?»

Io le tesi la mano. «Salve, ci conosciamo? Sono Waverly Bryson.»

In quel momento notammo una signora bassa e cicciottella che si avvicinava al microfono di un palchetto sopraelevato in fondo alla stanza.

La band smise di suonare e tutti rivolsero a lei la propria attenzione.

«Signore e signori, benvenuti. Io sono Tracy Leidermann, capo delle comunicazioni di *People*.»

«Immagino che questo risponda alla tua domanda» sussurrai a McKenna posando il mio drink sul tavolino accanto.

«Be', meglio così» sussurrò lei.

Tracy sorrise alla folla. «A nome dello staff, vorrei ringraziare tutti voi per essere venuti. Sappiamo che avete agende fitte di impegni ed essere qui non è facile, per questo vi ringraziamo molto. Gustatevi i cocktail e gli stuzzichini. Fra pochi minuti faremo salire i single sul palco e apriremo le porte agli offerenti. Abbiamo trentatré single, ma l'asta procederà piuttosto rapidamente, perciò non ci vorranno più di tre quarti d'ora.

Riuniremo tutti qui sul palco in modo che il pubblico possa dare un'occhiata e scegliere il preferito, dopodiché procederemo con l'asta individuale.»

«Oh Dio, prendimi ora» sussurrai, stringendo le mani di McKenna e Andie.

«Andrà tutto bene» bisbigliò McKenna.

«Ho bisogno di un altro drink» aggiunse Andie.

Tracy stava ancora parlando. «... e quando l'asta sarà terminata sarete presentati ai vostri offerenti. Si uniranno a noi per un cocktail che durerà circa mezz'ora e poi ci sposteremo a cena nell'altra stanza, dove si potrà anche ballare un po' di musica dance. Dovremo scattare alcune foto per il giornale, ma vi promettiamo di non essere troppo invadenti. E vi garantisco che per le undici sarà tutto finito.»

Le mie orecchie si drizzarono. «Musica dance? Pensate che suoneranno canzoni anni Ottanta?»

«Se sì, ti prego, promettimi che non cercherai di convincerli a suonare YMCA come al matrimonio di Whitney, okay?» disse McKenna.

Io scrollai le spalle. «Okay, okay. Ma sono sempre convinta che quegli invitati erano a un passo dalla bara prima che io prendessi il comando.»

Andie dette un sorso al suo vino e si guardò attorno. «Mi domando quanti soldi offriranno per questa gente. Alcuni sono davvero carini.»

«Stai forse pensando di fare un'offerta?» disse McKenna.

«Ehi, una ragazza ha le sue necessità» rispose Andie.

Tracy tornò sul palco e fece cenno ai single di unirsi a lei.

Presi un profondo respiro. «Auguratemi buona fortuna.»

«Buona fortuna» disse McKenna.

«Non inciampare» aggiunse Andie.

Io salii sul palco, dove Tracy stava parlando con quella che sembrava la sua assistente. Quando mi vide avvicinarmi, si voltò e mi tese la mano.

«Waverly Bryson! Che piacere conoscerti finalmente di persona.»

«Salve Tracy» dissi, stringendole la mano.

Probabilmente il mio sguardo fu piuttosto eloquente, perché mi appoggiò una mano alla spalla e si mise a ridere. «Non preoccuparti, ti divertirai. Te l'assicuro.»

«Me l'assicuri?»

Annuì. «Forse potrà essere una sofferenza per certi aspetti, ma è anche spassoso. Ed è per una buona causa, no?»

«Chi non risica non rosica, non è così?» dissi.

Lei mi strizzò l'occhio e fece cenno di avvicinarsi a lei. «Qualcosa del genere.»

Dieci minuti dopo eravamo nel backstage. Sentivo il rumore della folla dall'altra parte del sipario e mi domandavo quante persone ci sarebbero state ad assistere. Guardai giù, al grosso numero sette che avevo appuntato sul petto e poi guardai tutte le altre single allineate accanto a me. Tutte ridevano e chiacchieravano, ma con un'energia nervosa che mi diceva che non ero l'unica a sentirmi un po' stupida. Riconobbi poche persone della classifica, la maggior parte non le avevo mai viste.

«Sei pronta numero sette?» disse il ragazzo dietro di me.

Io risi. «Come sempre, numero otto.»

«Credo di stare per vomitare» disse il numero sei.

Sentivo la voce smorzata dell'annunciatore che presentava l'asta.

E poi ci fu il conto alla rovescia. «Dieci, nove, otto, sette, sei, cinque, quattro, tre, due, uno...»

Mi morsi il labbro.

«Signore e signori, ecco qua i single di *People*!»

Il sipario si alzò e per un secondo credetti di stare guardando dritto verso il sole. Le luci erano ovunque e la folla era impazzita. Sentii Tracy gridare: «Ora!» e la nostra fila iniziò a muoversi. Non riuscivo a vedere niente a più di un metro di distanza, perciò semplicemente seguii il numero sei. Attraversammo il palco e mentre tendevo la bocca in un falso sorriso mi domandai perché non avessi bevuto di più prima di salire.

«... Numero sette, Waverly! Numero otto, Jason! Numero nove, Brady!»

Facemmo la nostra sfilata e tornammo dietro le quinte, tutti accecati dai riflettori e sorridenti. Grazie a Dio ero la numero sette e non la numero ventisette. Non vedevo l'ora che la numero uno avesse finito e tornasse indietro a raccontare cosa dovevamo aspettarci.

Il problema fu che la numero uno non tornò. E così anche la numero due e il tre.

«Ma che cavolo» dissi, mentre il numero quattro usciva. «È un buco nero.»

«Sei nervosa, numero sette?» mi chiese il numero otto. Mi sembrava di conoscerlo, ma non riuscivo a collocarlo.

Annuii. «Un po', e tu?»

«No, a me piacciono queste cose.»

«Ti piace essere messo all'asta?» dissi.

Rise. «No, mi piace stare sul palco. Sono un cantante.»

Improvvisamente mi ricordai dove l'avevo visto. «Ehi, aspetta un secondo, non eri ad *American Idol* un paio di stagioni fa?» chiesi.

Lui sorrise.

«Adoro quel programma!»

«Anch'io» disse. «Ero un meccanico e guardami adesso. Molto meglio che cambiare una batteria, te l'assicuro.»

Anch'io mi sentivo così. Tutto quello era molto meglio che scrivere comunicati stampa, nonostante la sensazione di nausea costante.

«E *tu* cosa fai?» chiese.

«Oh, eh, io ho inventato una linea di biglietti umoristici per le single. Si chiamano "Dal tuo Tesoro".»

«Forte» disse. «Azzeccato.» Ovviamente non aveva mai sentito parlare dei miei biglietti o di me, ma non m'importava. Era tanto tempo che desideravo rispondere in maniera diversa a quella domanda.

Sorrisi. «Grazie, lo penso anch'io.»

La porta si aprì e Tracy fece capolino. «Waverly, tocca a te.»

Io mi alzai e mi sistemai il vestito. «Gesù santo» dissi.

«Buona fortuna, numero sette» disse il numero otto.

«Grazie, numero otto.»

Seguii Tracy fuori dalla stanza lungo un corridoio buio verso il rumore e le luci. Lei mi indicò dritto davanti a noi. «Okay, Waverly, quando il banditore ti chiama entra da lì, sta' dentro il cerchio bianco e sorridi.»

«Tutto qui?» dissi. «Stare nel cerchio bianco e sorridere?»

Rise. «Ti aspettavi una corsa a ostacoli?»

«Qualcosa del genere» dissi.

Lei mi appoggiò la mano sulla spalla. «Non siamo così cattivi. Non preoccuparti, andrai benissimo.»

«Ho del rossetto sui denti?» chiesi.

Lei scosse la testa. «Sei bellissima. Okay, ci siamo quasi.»

Sentivo la vendita della numero sei che toccava il punto massimo di concitazione, la voce del banditore riempiva la stanza.

«*Tremila e otto,* abbiamo tremila e otto dal signore laggiù in fondo. Ho sentito *quattromila*?»

«Tremilaottocento dollari?» dissi. «È una rata di mutuo!»

«La numero due è stata venduta per diecimila» disse Tracy.

I miei occhi si spalancavano sempre di più. «Diecimila dollari? Stai scherzando? Chi è la numero due?»

«Una modella di Victoria's Secret.»

Chiusi gli occhi e cercai di non entrare nel panico.

«Aggiudicata! Per tremilaottocento dollari!» disse il banditore. La folla esultò e la numero sei uscì dal palco e ci incrociammo.

«Ottimo lavoro» dissi.

«Grazie» rispose lei. «Anche se sono quasi certa che sia stato un amico a fare l'offerta per me.»

Ero più che sicura che McKenna e Andie non avrebbero sborsato tremilaottocento dollari per venire a cena con me.»

«Okay, è il tuo turno, Waverly» mi disse Tracy.

La voce del banditore echeggiò. «Signore e signori, accogliamo con un bell'applauso la single numero sette!»

«Buona fortuna!» Tracy mi dette una lieve spinta e io iniziai a camminare verso il palco. "Sorridi e non cadere" ripetei a me stessa. "Sorridi e non cadere. Sorridi e non cadere."

Avvicinandomi al palco il chiasso della folla aumentava. Mi fermai un istante, presi un profondo respiro e uscii sotto i riflettori.

La voce del banditore era più forte di quanto mi aspettassi, o meglio, *più forte di quanto mi aspettassi!*

«La numero sette è Waverly Bryson, apparsa fra le 50 persone più belle di *People*!»

Vidi il cerchio bianco e mi diressi verso il centro cercando di sorridere, improvvisamente semi-inconsapevole di quello che il banditore stava dicendo, o meglio, urlando.

«... viene da *San Francisco...*»

Arrivai al cerchio senza cadere o inciampare e mi voltai verso la folla.

«... *biglietti* quest'anno...»

Scorsi un viso familiare, ma i riflettori mi impedivano di vedere chiaramente. L'unica persona di cui riuscivo a distinguere il viso era un tizio basso e pelato in prima fila. Sembrava amichevole, così gli sorrisi.

L'annunciatore proseguì. «Allora, cominciamo con le offerte. Ho sentito duemila dollari?»

Non riuscivo nemmeno a deglutire dall'ansia. Ti prego, ti prego, ti prego, fa' che qualcuno, chiunque, faccia un'offerta per me.

Il banditore gridò: «Duemila dollari dal signore nell'angolo! Ho sentito *duemila e due?*»

Spostai il peso da una gamba all'altra.

«Duemila e due, abbiamo *duemila e due*. Ho sentito *due e cinque*?»

La folla gridava e applaudiva.

L'annunciatore urlò di nuovo: «*Duemilacinquecento* dollari! Abbiamo duemilacinquecento dollari dalla donna con il cappello bianco. Ho sentito *duemila e sette*?»

La *donna* con il cappello bianco? McKenna e Andie non portavano cappelli. Mmm. Be', nel caso, di sicuro avrei potuto scriverci su un biglietto.

«È tremila dollari che ho sentito?» disse il banditore. «Sì! Abbiamo un'offerta di *tremila* dollari dal signore laggiù in fondo.»

La folla impazzì. Tremila dollari? Qualcuno aveva portato l'offerta a tremila dollari? Strizzai gli occhi per cercare di scorgere chi ci fosse in fondo, ma non riuscivo a vedere oltre il pelato della prima fila. Continuava a sorridermi, ma non offriva niente.

«*Tre e cinque!*» Il banditore puntò il martelletto a destra della platea. «Ho *tre e cinque* dalla signora alta e bionda alla mia destra.»

La donna alta e bionda? Mackie, forse? Quanto vino aveva bevuto?

«Abbiamo *tremila e cinque*» disse il banditore. «Ho sentito *quattromila*?»

Niente.

Strinsi le mani e sorrisi. Era finita? Tremila e cinque non era affatto male, dopotutto.

«*Cinquemila!*» gridò all'improvviso il banditore. «*Cinquemila* dal signore in fondo!» Il brusio della folla si specchiò nell'improvviso balzo di prezzo e crebbe di diversi decibel.

Cinquemila dollari? Per venire a cena con me?

«*Cinquemila* dollari» disse il banditore. «Abbiamo cinquemila... cinquemila e uno... cinquemila e due... *aggiudicata!* Aggiudicata per *cinquemila* dollari!»

Le grida del pubblico crebbero ulteriormente, io continuavo a non riuscire a vedere nulla. Sorrisi ai riflettori, accennai un inchino e uscii a sinistra del palco. Non sapevo se ero più felice di essere stata venduta per cinquemila dollari o di non essere caduta per terra.

Quando l'asta giunse al termine, Tracy ci richiamò in backstage. I nostri acquirenti sarebbero venuti a prenderci nel salotto dietro il palco, e poi saremmo andati tutti a cena. Morivo dalla curiosità di vedere chi mi avesse scelta. La modella di Victoria's Secret aveva ricevuto l'offerta più alta ma, ehi, io avevo preso la metà! Immaginai che fosse una cosa buona, dato che anche la mia taglia di reggiseno era la metà della sua.

Mentre mi dirigevo verso il salotto, sentii la voce di Tracy. «Ehi, Waverly, posso parlarti un secondo?»

Mi voltai e le andai incontro. «Certo, che c'è?»

Lei tese le labbra. «Be', c'è stato un piccolo intoppo nella tua asta.»

Oh cacchio, il mio offerente aveva cambiato idea. Ero la ragazza senza acquirente.

«Oh, ah, fa lo stesso» dissi. «Me lo sentivo che sarebbe andata così.»

Tracy rise. «Non è come pensi. È solo che il tuo offerente ha avuto un'emergenza ed è dovuto scappare.»

Grazie a Dio! Però, pensandoci bene, forse non era una gran cosa. Che cosa sarebbe successo?

«E ora che succede?» dissi.

«Be', di questo volevo parlarti. Se per te va bene, vorrei chiederti di cenare con lui domani sera. So che non rientrava nei nostri accordi, ma se volessi farlo lo apprezzerei molto.»

Mmm. Sabato doveva essere la serata dell'addio al nubilato di McKenna. «Dovrò trascorrere con lui tutta la sera? Avevo già altri progetti» dissi.

«No, no, certo che no. Verrà a prenderti all'hotel alle sette e trenta e alle dieci sarai libera. Tutto quello che devi fare è cenare con lui; pagheremo noi per qualsiasi cosa vogliate fare.»

Annuii, riluttante. «Okay, va bene. Sarò felice di farlo.»

«Oh, grazie mille, Waverly. Te ne sono grata. Mi hai appena evitato un sacco di complicazioni.»

«Nessun problema. Dimmi, chi è questo tizio?»

Lei guardò la sua cartellina e scorse le pagine.

«Feldman. Wendall P. Feldman, da Dallas, Texas.»

Wendall P. Feldman? Qualcuno che si chiamava Wendall P. Feldman aveva sborsato cinquemila dollari per cenare con me?

«Posso farti una domanda?» dissi.

«Certo.»

«Questo tizio ci vede bene?»

Lei mi dette un buffetto sulla spalla con la cartellina. «Ma cosa mi tocca sentire. Ora esci di qui e goditi la tua serata con le amiche.»

«Ehi, Tracy, come facevi a sapere che era il mio compleanno?»

Lei mi fece l'occhietto. «Me l'ha detto un uccellino.»

La festa fu fantastica. McKenna, Andie e io facemmo amicizia con il barista e ci scatenammo sulla pista da ballo. Non ballavo così da quando andavo in discoteca al college. Oltre ai miei amati classici anni Ottanta, la band suonò hip hop e brani delle prime quaranta posizioni in classifica, perciò non ci fu un secondo di tregua.

La maggior parte dei vincitori dell'asta erano dei nerd fatti e finiti, ma erano tutte persone carine e soprattutto entusiaste. E anche le poche celebrità presenti erano persone gradevoli. All'inizio l'atmosfera era un po' tesa, ma dopo aver buttato giù un paio di bicchieri tutti iniziarono a divertirsi. Ballammo con chiunque, e mi dispiacque molto di non essere riuscita a infilare la macchina fotografica nella mia micro borsetta. Alla fine del party, noi tre andammo in un piccolo jazz club del Greenwich Village. Aprendoci un varco tra la folla andammo a sederci in fondo. «Okay, signore, che prendiamo da bere?» disse Andie. «Lemon drop? Kamikaze? Jägermeister?»

«Jägermeister?» dissi. «Quella roba esiste ancora? Avete mai notato, ruttando, che quell'intruglio vi resta nel fiato per giorni?»

«Che oscenità» disse McKenna.

«Sì, è vero» dissi. «Ed ecco perché ordinerò un vodka tonic.»

«Insieme a un Lemon drop» disse Andie. «Non te la caverai con così poco la sera del tuo compleanno, ragazza.»

«Per me va bene.» Odiavo gli shots, ma diavolo, era il mio compleanno. Okay, era già passata la mezzanotte, e tecnicamente non era più il mio compleanno, ma tant'era...

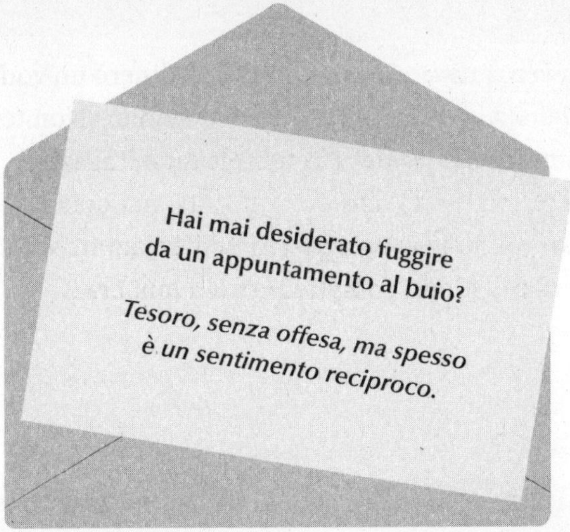

22

Il giorno seguente ci alzammo non prima delle undici, ma non fu un'esperienza gradevole. Chiamai il servizio in camera e ordinai tre piatti di uova strapazzate al formaggio, due di patatine fritte, tre bottiglie di Gatorade al limone, aspirina e tre Diet Coke. Nulla di tutto ciò sarebbe servito a rimetterci davvero in sesto, ma ci avremmo provato comunque. Quando arrivò il cibo, detti la mancia al cameriere e spinsi il grosso carrello fin dentro la stanza di Andie e McKenna. Avevano ancora la faccia affondata dentro il cuscino.

«Buondì, stelle del mattino, alzatevi e splendete, è ora di darsi una mossa» dissi.

«Non voglio niente, grazie» disse Andie, come se fosse rivolta a un venditore porta a porta.

McKenna emise un lamento e si tirò su, incrociando le braccia per coprirsi il viso. «Aspirina, ho bisogno di un'aspirina.»

A mezzogiorno eravamo dirette alla spa al secondo piano, tutte e tre con grandi occhiali da sole, shorts, maglietta e infradito. Diedi il mio nome alla receptionist, lei sorrise e guardò l'agenda. «Benvenuta alla Plaza spa, signorina Bryson. Qui abbiamo prenotato una sauna, un massaggio svedese e una pulizia del viso. Dopodiché vi serviremo un pranzo leggero in veranda seguito da una manicure deluxe e una pedicure alla paraffina. Concluderemo il trattamento portandovi un vassoio con caffè e cioccolatini, tutto offerto dal giornale *People,* con i migliori auguri da parte di Tracy Leiderman.

Io e Andie ci togliemmo gli occhiali da sole e ci scambiammo uno sguardo.

«Potrei abituarmici, credo» dissi.

Annuì. «Oh, a chi lo dici.»

La receptionist ci fece strada verso lo spogliatoio, dove ci aspettavano pesanti vestaglie e ciabattine. Mi guardai attorno. Su ogni superficie erano sistemati vasi di fiori freschi.

Ci venne offerto del tè fumante dentro tazze a fiorellini verdi. «Le estetiste arriveranno fra poco. Nel frattempo rilassatevi pure sulle poltrone reclinabili del nostro lounge» disse.

Io sorseggiai il mio tè. «Okay, grazie mille.» Non avevo ancora iniziato i trattamenti che già mi sentivo una principessa. Mentre la receptionist usciva abbassai la voce e mi avvicinai a Andie e McKenna. «È incredibile come un salto a una spa ti riesca a far sentire così speciale, ti sembra quasi che le persone che stai pagando per toglierti i calli lo facciano volentieri, avete presente?»

«Benissimo» disse Andie.

Ore dopo, uscimmo dalla spa quasi volando, completamente rigenerate. Un migliaio di dollari in coccole può fare miracoli per i postumi di una sbornia. Ci avevano fatto mani e piedi, eravamo state massaggiate ed esfoliate, oliate e viziate, nutrite e ancora nutrite. Ringraziammo gentilmente lo staff e tornammo in camera.

Aprii la porta della nostra suite ed entrai in camera da letto. «Bene, ora sono pronta per vestirmi e iniziare la giornata» dissi.

«Vuoi dire vestirti e iniziare il pomeriggio» commentò McKenna. «Sono le quattro.»

Mi lasciai cadere sul letto. «Sono già le quattro? Buon Dio. Ecco come sprecare una giornata intera. Non abbiamo quasi più tempo per lo shopping!»

Andie si sedette accanto a me.« Stai scherzando? Stare quattro ore in una spa come quella, *gratis,* ti sembra uno spreco di tempo?»

Mi misi a ridere. «Sì, immagino che tu abbia ragione. Guardami, parlo già come una principessa.» Tirai fuori il cellulare dal mio zaino e stavo per infilarlo dentro la borsa quando vidi che avevo un nuovo messaggio.

«Ciao Waverly, sono Kristina, buon compleanno! Com'è andata la festa ieri sera? Mi spiace non averti chiamata prima ma ero bloccata in ospedale. Io e Shane siamo liberi stasera, e ci chiedevamo se vi andrebbe di vederci per cena. Fammi uno squillo quando senti questo messaggio, okay? Ciao.»

«Dannazione» dissi. Avevo chiamato Kristina pochi giorni prima per avvisarla che sarei andata in città.

«Qual è il problema?» disse McKenna.

«Era Kristina. Lei e Shane ci hanno invitate a cena stasera, ma non posso andare. Perché ho detto di sì a Tracy?»

«Perché sei una brava ragazza, ecco perché» disse McKenna.

Io borbottai e misi la testa fra le ginocchia. «Hai ragione, hai ragione. Ma lo stesso cacchio, cacchio e ancora cacchio.»

«Che peccato, però» disse McKenna. «Hunter sarebbe morto d'invidia se fossi andata a cena con Shane Kennedy.»

Io mi alzai e puntai le mani sui fianchi. «Okay, andiamo, o ci perderemo anche quel che resta della nostra splendida giornata. Chiamerò Kristina per strada.»

Uscimmo nel freddo sole di ottobre e decidemmo di fare un giro nel quartiere. Nell'ubriachezza della notte prima avevamo visto dei negozi in cui ci sarebbe piaciuto fare shopping.

Due isolati e desistemmo, fermandoci nel primo bar sulla strada. Ne approfittai per chiamare Kristina; con una mano tenevo il telefono appoggiato all'orecchio, con l'altra reggevo la grossa tazza di caffellatte. «Hai mai notato che sei come un raggio traente per le persone con i postumi?» dissi alla mia tazza.

«Ehi, Waverly, come va?» rispose.

«Ciao, Kristina. Benissimo. Tu come stai?»

«Bene, solo curiosa di sapere dell'asta assurda di cui mi hai parlato. È stato divertente? E sei libera stasera? Shane non vede l'ora di vederti.»

Io mi morsi il labbro. «Magari potessi, ma sembra che il tizio che mi ha comprata ieri sera abbia avuto un imprevisto ed è andato via, perciò stasera sono *inchiodata* con lui. Potremmo fare domani a pranzo o a cena?» Suonava tutto così ridicolo.

«Mmm... per domani avevamo già altri programmi» disse. «A che ora devi andare all'appuntamento? Forse potremmo vederci prima per un drink? Dove siete alloggiate?»

«Mi viene a prendere alle sette e mezza, perciò direi che può andare. Siamo al Plaza. A voi andrebbe bene incontrarci qui alle sei e mezza?»

«Fammi sentire Shane. Aspetta un secondo.»

Guardai l'orologio, erano già quasi le quattro e trenta.

Kristina tornò al telefono. «Okay, va bene. Ci vediamo nel bar della Oak Room alle sei e trenta. Può andare?»

«Perfetto, a dopo.»

Chiusi il telefono e mi voltai verso McKenna e Andie. «Avete sentito?»

«Sei e trenta» disse McKenna.

«All'hotel» disse Andie.

Annuii. «Sì, ma immagino che questo rovini il nostro shopping» dissi.

«Nessun problema. Abbiamo ancora domani e comunque adesso non ho voglia di mettermi a provare dei vestiti» disse Andie.

«Vi va di andare a Central Park e stare un po' stese al sole prima della grande serata?» disse McKenna.

«Mi sembra perfetto. Andiamo.»

Un'ora e mezza dopo eravamo di nuovo nella nostra suite. Io ero in accappatoio con i capelli bagnati, inginocchiata davanti alla mia valigia cercando qualcosa di adatto da indossare. Avevo portato solo un vestito elegante, quello della sera prima, e tutto il resto erano completi casual per le interviste della settimana successiva e super casual per andare in giro a fare shopping. Avevo completamente dimenticato di mettere in borsa qualcosa di carino per la serata con le ragazze. Ma cos'avevo sempre in testa?

Tracy aveva detto che il mio "compratore" sarebbe venuto a prendermi in limousine, perciò era chiaro che jeans e infradito non erano per nulla adatte all'occasione. E inoltre avrebbero scattato le foto da mettere sul prossimo numero di *People*. L'avevo fatta grossa.

«Non ho niente da mettere! *N-a-d-a!*» urlai dalla mia camera.

McKenna e Andie erano stravaccate sul divano a guardare *Save the last dance*, mangiando le Pringles del minibar.

«Scusa, non c'è niente che possa fare per te nanerottola!» gridò McKenna.

«Scusa, non c'è niente che possa fare per te valchiria!» gridò Andie.

Eravamo proprio i Tre Orsi della favola, il che era una gran fregatura, perché entrambe avevano portato vestiti davvero carini che mi stavano o troppo grandi o troppo piccoli.

Dopo diverse combinazioni fallite, entrai in salotto indossando un paio di pinocchietti, una camicia rossa senza maniche e un paio di ballerine nere con i pedalini. Avevo lasciato i capelli sciolti con una una spessa fascia nera.

«Che ne pensate?» dissi.

Andie mise in pausa il film e mi squadrò dalla testa ai piedi. «Sembri Skipper, la sorella di Barbie.»

Aggrottai le sopracciglia. «Bell'amica.»

«Hai chiesto...» Si mise a ridere e si girò a guardare la tv.

Tornai in camera da letto e mi svestii, lanciando i pantaloni e la camicia sulla pila che giaceva a terra accanto alla valigia. Guardai l'orologio. Erano le sei e un quarto, ed ero ancora in mutande. Dannazione. Cosa potevo mettermi?

E poi mi ricordai della canottiera di cotone che avevo infilato insieme alla lingerie nella tasca della valigia. Corsi a prenderla. Era semplice e nera, con spalline sottilissime e reggiseno cucito dentro. Estremamente versatile. Tornai a frugare nella pila dei vestiti scartati. Mi sembrava di avere una gonna che poteva andare... dov'era... dài, tesoro... fatti trovare... bingo!

Tirai fuori una gonna rosa scuro, con un alto bordo nero sull'orlo. Era svasata e tagliata un paio di centimetri sopra il ginocchio. L'avevo scartata perché non mi sembrava di non avere niente da abbinare, ma con la canottiera forse... Li indossai e mi guardai allo specchio. "Non male." Poi frugai fra le scarpe e trovai un paio di scarpe aperte nere, con tacco di sei centimetri. Le infilai e mi guardai di nuovo allo specchio. "Non male davvero." tutto quello che mi serviva era un accessorio. Corsi nell'altro bagno e frugai nel sacchetto dei preziosi di McKenna. Lei non potava quasi mai gioielli, ma aveva dei pezzi molto belli. Trovai una sottile catenina d'argento con un piccolo diamante. La indossai insieme ai miei orecchini. Mi guardai nel grande specchio. *Sì!* Era ancora tutto spiegazzato ma era un look molto carino.

Tornai in salotto e allargai le braccia. «Okay, Joan e Melissa, così può andare?»

Andie mise in pausa il film e di nuovo mi squadrò.

«Ottimo lavoro. Brava la mia ragazza!» Si mise a sedere e mi dedicò un applauso.

«Stai benissimo» disse McKenna.

«Grazie, grazie mille.» feci una riverenza e mi spogliai. «Ehi, Mackie, ho preso in prestito la tua collana con il diamante. E una di voi due potrebbe dare una passata di ferro a questa roba mentre mi trucco e mi pettino? Grazie tesori miei, siete due zuccherini.» Lanciai la gonna e il top sul divano e corsi in camera.

Alle sei e quaranta scendemmo al piano di sotto per incontrare Shane e Kristina. Hunter aveva implorato McKenna di chiamarlo al telefono e appoggiarlo sul tavolo in mezzo a noi, così poteva far finta di essere presente. Lei gli aveva risposto che il matrimonio era annullato.

Il bar era semideserto perciò li vedemmo subito. Kristina si alzò e ci venne incontro felice. «Ehi cara, che bello vederti!» Mi abbracciò. I suoi capelli neri e lucenti erano raccolti in uno chignon basso.

«Ciao, Kristina, anche io sono felice di vederti! Loro sono le mie amiche di San Francisco, Andie e McKenna.»

«Aah, le famose Mackie e Andie. È un piacere conoscervi di persona finalmente. Ho sentito un sacco di racconti su di voi.» Si avvicinò e le abbracciò entrambe. «Okay, signore, voglio presentarvi mio marito. Le sette e mezza arrivano in fretta.» Andammo da Shane, che era seduto al bar.

Lui scese dallo sgabello. «Ciao, Waverly, come stai?» Si abbassò per darmi un abbraccio.

Anch'io lo abbracciai, stando in punta di piedi. «Ciao, Shane. È bello vederti. Sei sempre stato così alto?»

«Sì, il problema devi essere tu. Sei per caso caduta dentro un buco?» E poi si chinò e mi bisbigliò all'orecchio: «Hai trovato altri capelli bianchi?»

«Attento a lei, signor Kennedy» gli sussurrai. E poi gli detti una spinta affettuosa e lo presentai a McKenna e Andie.

«Posso offrirvi qualcosa da bere?» disse Shane.

Vidi che lui e Kristina avevano già preso due bicchieri di vino bianco. Guardai l'orologio. Erano appena le sei e quarantacinque. Mmm.

«Ma sì, io prendo un bicchiere di Merlot» dissi.

McKenna mi guardò e si mise a ridere. «Credi che un bicchiere di *Merlot* aiuterà i tuoi postumi?»

Io le tesi la mano. «Salve, ci conosciamo? Sono Waverly Bryson.»

«Fai due bicchieri» disse Andie.

McKenna la guardò e si mise a ridere. «Anche tu!»

«Chiodo scaccia chiodo, lo sai» disse Andie alzando le spalle.

«Va bene, facciamo tre» disse McKenna.

«Ecco la mia ragazza» commentai.

«Brutta sbornia ieri notte?» chiese Kristina.

Annuimmo tutte e tre all'unisono.

«Oh, sì» disse McKenna.

«Quei baristi continuavano a servirci da bere» dissi io.

«Non è stata colpa nostra» commentò Andie.

Shane ci passò i nostri bicchieri e si sedette. «Allora, cos'è questa storia dell'asta e dell'appuntamento? È una specie di reality show?»

Quasi mi strozzai con il vino. «Oh, Dio no, è solo un'asta di single per beneficenza. Sarei dovuta uscire a cena con il compratore ieri sera, dopo l'asta, ma ha avuto un imprevisto perciò mi tocca stasera.»

«E chi sarebbe? Ti hanno dato qualche anticipazione?» disse Kristina.

«*Nada.* Tutto quello che so è che si chiama Wendall P. Feldman ed è di Dallas» dissi.

«Wendall Feldman?» disse Kristina. «Davvero?»

«Davvero» risposi. «E non dimenticare la "pi"»

«Io devo fare pipì» disse Andie alzandosi. «Torno subito.»

«E com'è fatto?» disse Kristina.

Scossi la testa. «Non ne ho idea. Non riuscivo a vedere niente in sala per colpa dei riflettori, e nemmeno Andie e McKenna l'hanno visto, c'era troppa gente. E poi se n'è andato subito.»

«L'hai cercato su google?» chiese Shane.

«È su facebook?» gli fece eco Kristina.

Feci finta di battere il pugno sul bancone del bar. «Dannazione. Non ci ho neanche pensato. E abbiamo anche la connessione wi-fi gratis, e l'I-Phone di Andie...»

«Siamo un disastro» disse McKenna.

«Dove andrete stasera?» chiese Kristina.

«Non ne ho idea. A essere onesta non so niente.»

Kristina mi guardò stupita. «Davvero? Mmm... dev'essere

molto interessato a te per spendere tutti quei soldi» disse.

McKenna rise. «O è molto interessato ad apparire su *People.*»

«Touché.»

Alle sette e trentacinque un signore basso con i capelli grigi e un cappello da autista entrò nel bar. Si avvicinò a noi con un sorriso gentile.

«Scusate, una di voi è la signorina Waverly Bryson?» disse.

«Sì, signore, sono io» risposi facendo il saluto militare.

Lui chinò lievemente il capo. «Mi chiamo Malcolm e sarò il suo chauffeur per la serata. La limousine è qui fuori che l'attende. Se vuol essere così gentile da seguirmi, possiamo andare.»

Posai il mio drink e feci un respiro profondo. «Allora, ci vediamo dopo l'appuntamento?» dissi alle mie amiche.

«Sì, chiamami» disse McKenna. Lei e Andie erano subito andate d'accordo con Kristina e Shane, perciò i quattro avevano deciso di uscire a cena insieme.

«Okay.» Mi passai velocemente il rossetto sulle labbra e mi alzai, sistemando la gonna.

«Questa devo vederla» disse McKenna, alzandosi.

«Diavolo, non possiamo perdercela» confermò Andie, seguendola.

«Anch'io, anch'io.» Kristina afferrò Shane e lo trascinò giù dallo sgabello.

Shane alzò gli occhi al cielo. «Donne.»

Tutte e cinque seguimmo l'autista fuori dal bar e attraversammo la hall. Poi io mi voltai e puntai loro il dito contro. «Okay, potete guardare ma non fate delle scenette o cose del genere, okay? Me lo promettete?»

«Non preoccuparti, saremo silenziose come topi. Vogliamo solo dare un'occhiata» disse McKenna.

«Spero per te che non sia un cesso» disse Andie.

Alzai gli occhi al cielo. «Grazie, Andie. Ora vattene e tieni il cellulare con la vibrazione, così non corri il rischio di perdere la chiamata che ti farò due secondi dopo aver finito il dolce. Abbiamo ancora un addio al nubilato che ci aspetta.»

«Addio al nubilato? Cosa?» disse Shane. «Mi è concesso di stare con voi?»

«Tesoro, se sei fortunato ti faremo fare lo spogliarellista. Adesso via di qui, via tutti.» Li spinsi via in massa e mi voltai verso Malcolm; sospirai e mi morsi il labbro.

«Okay, gentile signore, mi faccia strada.» cercai di sorridere.

«Dopo di lei, signorina Bryson.» Lui indicò l'entrata dell'hotel.

«Ci siamo» dissi sottovoce.

Malcolm mi tenne la porta aperta e vidi una bellissima limousine parcheggiata accanto al marciapiede. Camminammo sotto la tettoia dell'hotel percorrendo il tappeto rosso fino al marciapiede. Io mi voltai e vidi le mie amiche che sbirciavano da una finestra della hall, sorridendo e salutandomi con la mano.

«Sfigate» mimai con la bocca rivolta verso di loro.

Scossi la testa e mi voltai verso la limousine, ma inciampai e il tacco scivolò sul tappeto. Persi l'equilibrio e cercai di rimanere in piedi aggrappandomi a Malcolm, ma non riuscii ad afferrarlo e caddi come un sacco di patate, sbattendo il sedere per terra.

Gesù Cristo.

«Signorina Bryson, tutto bene?» Malcolm e due portieri vennero a soccorrermi.

Mi rialzai e mi sistemai la gonna. «Sto bene, sto bene. Mortificata, ma sopravviverò» dissi.

Mi voltai verso l'hotel e vidi le Quattro Marmittone ridere a crepapelle ancora incollate alla finestra. Io feci una riverenza e le salutai con un sorriso. Le avrei sistemate più tardi.

«È sicura di stare bene, signorina Bryson?» disse Malcolm.

«Sì, lo giuro, sto bene, grazie. Davvero, tutto a posto.» Avevo una scorticatura enorme sul gomito sinistro che bruciava da morire, ma ero troppo in imbarazzo per confessarlo. Il cerotto avrebbe aspettato.

«Bene, se lo dice lei. Ma ha fatto una brutta caduta. Perciò se le serve qualcosa non esiti a chiedere, d'accordo?»

«Quello che mi servirebbe è uno shot di tequila» dissi sottovoce.

«Prego?»

«Ehm, ho detto che quello che mi servirebbe è un resort ad Anguilla.»

«Ah, a chi non servirebbe, signorina Bryson...» Si toccò il cappello e mi fece l'occhiolino, poi mi porse il braccio. Malcolm era un tipo a posto.

Lo presi a braccetto e ci dirigemmo verso la limousine. Io pregai che Wendall P. Feldman non avesse assistito alla mia caduta, in modo da preservargli l'illusione di avere acquistato qualcosa che valesse cinquemila dollari. Cavolo, lo aspettava una bella sorpresa.

Malcolm aprì la porta del passeggero, io mi abbassai e infilai dentro la testa.

«Ciao, Waverly, sono felice che tu ce l'abbia fatta. E sei bellissima, come sempre.»

La voce era familiare. Poteva forse essere...?

Vidi la persona che mi aspettava sul sedile posteriore e strabuzzai gli occhi.

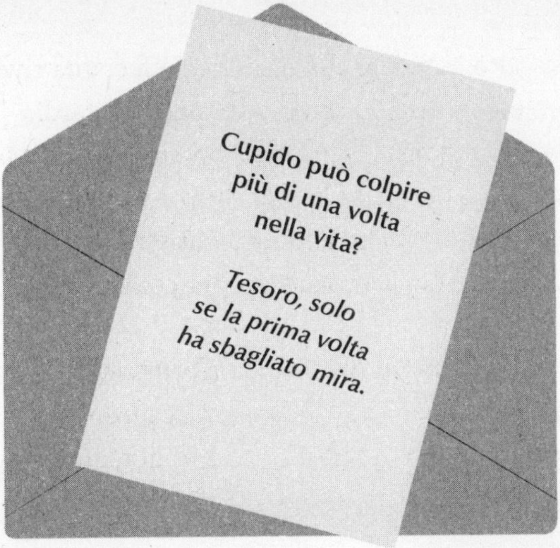

23

Mi sedetti dentro la limousine e mi sistemai la gonna. L'auto partì, ma io avevo lo stomaco talmente scombussolato che mi sembrava di stare in barca.

«Ciao Waverly» ripeté.

Lo fissai sbigottita.

«Scotty?» Scotty Ryan... da... Dallas.

Ero sconcertata. "Cosa diavolo...?"

Lui si avvicinò e mi posò la mano sul braccio: «Tutto okay? Sembri un po' sorpresa.»

Sorpresa? Prontooo? Sai fare lo spelling di *eufemismo?*

Non riuscivo quasi a parlare. «No, sto bene, davvero. Ma tu cosa...?» Dalla mia bocca uscì una specie di squittio.

«A proposito, è bello vederti. E... davvero stai bene? Hai fatto un bel volo» disse.

E io che speravo non mi avesse vista.

«Oh, sto bene. Un po' imbarazzata, ma sto bene.»

«Bene, perché ho bisogno che tu sia al top della forma per il nostro appuntamento di stasera. È da tanto che aspetto questo momento e non voglio che tu mi faccia sfigurare.»

Iniziai a tormentare l'orecchino sinistro. «Ma Scotty, non capisco.»

«Cosa non capisci? Ehi, ti va un po' di champagne?» Tirò fuori una bottiglia da un secchiello e una flûte.

Scossi la testa. «No, grazie.»

«Sei sicura? È Dom Perignon.»

A pensarci bene lo champagne era una buona idea. «Okay, perché no?» presi il bicchiere.

«Scotty?» dissi piano.

«Sì, Waverly?»

«Ehm, ma tu non sei... eh, be'... lo sai.»

«Non sono cosa?»

«Lo sai...»

Sorrise. «Più basso di te?»

Mi misi a ridere. «No, lo sai... gay.»

Il suo sorriso si allargò ancora di più. E poi mi fece l'occhiolino.

Io non sapevo più cosa dire.

Mi sfiorò la gamba. «Ti spiegherò tutto. Aspetta solo un secondo.»

Premette un pulsante per abbassare il divisorio nero tra noi e l'autista.

«Malcolm, fra un minuto può accostare fra la Park e la sessantaduesima. Ho bisogno di prendere un cosa» disse.

«Certo, signore.»

«Grazie» e tirò su il divisorio.

Io posai la mia flûte in un porta bicchieri e incrociai le braccia. «Scotty, cosa stai tramando?»

Sorrise. «Tesoro, voglio solo assicurarmi che questa serata sia perfetta. E c'è qualcosa che devo passare a prendere per far sì che questo accada.»

«Sono piuttosto confusa. Perché non mi hai mai detto niente?» dissi.

«Niente su cosa?»

Sussurrai: «Sul fatto che non sei veramente gay...»

In quel momento la limousine si fermò e sentimmo Malcolm uscire dall'auto. Non appena ebbe aperto lo sportello, Scotty si precipitò fuori.

«Dammi solo un minuto, Waverly. Torno subito.» Posò il suo bicchiere di champagne e uscì dalla limousine, sbattendo la portiera dietro di sé.

Io mi appoggiai allo schienale in pelle e chiusi gli occhi. Stavo forse sognando? Che stava succedendo?

Cinque minuti dopo la portiera si riaprì e Scotty riprese posto tenendo una scatolina di velluto fra le mani.

Mi guardò e sorrise. «Tutto pronto.»

Io gettai uno sguardo alla scatolina. «E ora che succede?»

«Andiamo a un favoloso ristorantino italiano, mia dolce donzella. Lì ci attende una cenetta romantica a lume di candela che spero ti conquisti come tu hai conquistato me.»

Io posai il mio bicchiere di champagne e lo guardai dritto negli occhi.

«Scotty, non hai ancora risposto alla mia domanda.»

«Quale domanda, tesoro?»

«Siamo amici da anni. Perché non mi hai mai detto che non eri gay?»

Lui mi posò la mano sul braccio.

«Tesorino, ma chi ha detto che non sono gay?»

"Cosa?"

«Cosa?» dissi.

«*Cosa*, cosa?»

«Non sei etero?»

«No. Non sono etero.»

«Perciò sei sempre gay.»

Lui rise. «Sì, sono sempre gay.»

«E allora perché...»

Mi coprii la bocca con la mano. «Oh mio Dio.»

«Cosa?» disse.

«Sei qui mosso a pietà.»

«Cosa stai dicendo?»

«Hai fatto un'offerta per me perché nessun altro l'aveva fatta.»

«Waverly...»

«Per evitare che la cosa ferisse i miei sentimenti, vero? Lo sapevo. Oh mio Dio, sono proprio una sfig..»

Lui mi afferrò la mano. «Waverly, calmati.»

Lo guardai.

«Non ho fatto un'offerta per te perché nessun altro l'ha fatta» disse.

«No?»

Scosse la testa. «No.»

«Sei sicuro?»

Si mise a ridere. «Sì, amore mio, sono sicuro.»

«E allora perché hai fatto un'offerta per me?»

Lui si allungò sul sedile di pelle e sorseggiò il suo champagne. «E chi ha detto che sono stato io?»

"Cosa?"

«Non sei stato tu a fare un'offerta?»

Lui scosse la testa. «No, non sono stato io.»

«E allora perché sto uscendo con te?»

«Chi ha detto che stai uscendo con me?»

"Cosa?"

«Scotty, falla finita. Sono seria. Cosa sta succedendo?»

«Bellezza, non ti ho detto che volevo che questa serata fosse perfetta... *per te*?»

Annuii. «Sì, l'hai detto.»

«E non ho detto che dovevo fermarmi a prendere una cosa per far sì che fosse perfetta, *per te*?»

Annuii di nuovo e gettai un'occhiata alla scatolina posata sul sedile di fianco a lui. «Sì, l'hai detto.»

«E ti ho mai mentito prima d'ora?»

«Non che io sappia.»

«Be', non l'ho mai fatto, e non ho intenzione di cominciare ora.» Di nuovo si allungò per abbassare il divisorio. «Allora cosa ne pensi? Posso dire al nostro bravo autista, qui, dov'è il ristorante, in modo da arrivare a destinazione, finalmente?»

Guardai la scatolina e poi il divisorio, che si stava lentamente abbassando. Dal finestrino vidi l'insegna del Plaza. Perché eravamo tornati al Plaza?

E poi l'autista si voltò.

Rimasi senza fiato.

La persona che sedeva al posto del conducente non era Malcolm.

«Ciao, Waverly» disse.

«Ciao, Jake» sussurrai.

Mentre cercavo di raccapezzarmi, sentii bussare al finestrino. Scotty aprì la portiera e spuntarono le facce sorridenti di Shane e Kristina.

«Ehilà, Scott» disse Shane.

Kristina sorrise. «Ciao, Waverly.»

«Salve a tutti» disse Jake, spostandosi sul sedile posteriore per venire a sedersi accanto a me.

Io guardai Jake e Scotty e poi di nuovo Shane e Kristina.

«Come...?» sussurrai, rivolta a nessuno in particolare.

«Ti spiegherò tutto» disse Jake.

«Ti spiegherà tutto lui» disse Shane indicando Jake.

«Ti spiegherà tutto lui.» Scotty mi strinse affettuosamente il ginocchio e indicò Jake.

E poi spuntarono anche McKenna e Andie. «Ti è piaciuto il giretto?» disse Andie.

«Mackie? Andie? Ma che...» dissi.

McKenna scosse la testa. «Non chiedere a me, sei tu quella con gli amici famosi fuori di testa.»

«Ehi, modera il linguaggio» disse Kristina.

Scotty uscì dalla limousine. «Bene, gente, io ho fatto quello che dovevo.» Si allungò verso di me e mi dette un bacio sulla guancia. «Si diverta alla cena, Miss Bryson. Signor McIntyre, la prego, si prenda cura di lei.»

«Farò del mio meglio» disse Jake.

«Ehi, aspetta un minuto.» Afferrai il braccio di Scotty e lo tirai verso di me.

«Che c'è amore?»

«Cosa c'è nella scatolina?» gli sussurrai.

Lui la tirò fuori dalla tasca e la tenne in palmo di mano. «Questa?»

Annuii.

«È la chiave dell'appartamento di Tad. È fuori città fino a domani, ma mi ha lasciato la chiave in portineria per stanotte.»

«Allora è deciso?»

Lui sorrise. «È deciso.»

Io gli puntai un dito contro e mi misi a ridere. «Signor Ryan, me l'ha fatta.»

«Ed è per questo che ricevo proposte di matrimonio da tutte le donne di questo Paese, mia cara. Ora vi lascio.» Mi baciò la mano e chiuse la portiera.

E il mio vero appuntamento ebbe inizio.

Venti minuti dopo io e Jake eravamo seduti a un tavolino tranquillo di Cacio e Pepe, un pittoresco ristorantino nell'East Village.

Mi versò un bicchiere di vino rosso. «E così ci incontriamo di nuovo.»

«Ci incontriamo di nuovo» dissi, ancora intontita.

«Un brindisi a *People*.» Alzò il bicchiere.

Io dovetti reggere saldamente il mio, quando il vetro del suo calice lo toccò. «Perciò sei tu Wendall P. Feldman?»

Lui rise. «Oh, già, quel nome. Wendall Feldman è il mio vicino di casa di quando avevo cinque anni.»

«Perciò esiste davvero?»

Annuì. «Esiste, sì.»

«Per cosa sta la "P"?»

«Poindexter.»

«Wendall Poindexter Feldman? Poverino. Ma perché hai dato un nome falso?»

Sorrise. «Avevo paura che se avessi sentito il mio nome ti saresti data alla macchia.»

Io diventai tutta rossa e abbassai lo sguardo. Darmi alla macchia? Sì, certo. Se solo avesse saputo quante volte avevo sognato di essere con lui e accarezzargli i capelli.

«E comunque ho sempre creduto che fossi fidanzata» disse.

Io lo guardai stupita. «Fidanzata? Cosa?»

«Sì, in verità, credevo che Scott fosse il tuo fidanzato. Che usciste insieme, insomma»

«Scotty?» dissi. «Davvero?»

Annuì. «Voi due sembravate pappa e ciccia, specialmente al matrimonio di Dale, e poi ti ho vista baciarlo alla partita dei Giants.»

Il cameriere ci portò i piatti.

Io iniziai a giocherellare con la mia pasta, scuotendo il capo.

«Jake, Scotty non è mai stato il mio ragazzo.»

Lui mi guardò e sorrise. «*Ora* lo so» disse, e io sentii il battito accelerare.

«Come l'hai conosciuto?» dissi.

«Ad un barbecue a casa di Shane qualche settimana fa. Quando mi ha presentato al suo ragazzo, ho iniziato a capire.»

«Hai conosciuto Scotty a un barbecue da Shane?» dissi.

Annuì, i capelli castani e scompigliati quasi gli sfioravano gli occhi. «Il suo fidanzato lavora nella stessa agenzia dell'agente di Shane. Ad ogni modo, gli ho raccontato che mi avevi consegnato il premio Heisman tutte le volte che ci eravamo incontrati.» Lui si mise nella posizione del modellino del Trofeo Heisman, una mano dietro la testa e l'altra tesa davanti al corpo, a spingere via la palla.

Sorrisi e gli puntai un dito contro. «Non ti ho dato nessun premio Heisman.»

Anche lui mi puntò il dito contro. «L'hai fatto, ma Scott mi ha spiegato tutto, e Kristina ha confermato.» Sorrise e mi fissò. Con quei suoi occhi blu.

«Oh» dissi, ringraziando il Signore di essere seduta, perché sentivo le ginocchia deboli e per quel giorno ero già caduta a sufficienza.

«E poi Scott disse che sapeva come farci incontrare, ed eccoci qui» disse.

«Perciò è stata tutta una sua idea?»

«Sì, per la maggior parte. Mi ha detto anche che ti doveva un favore, o qualcosa del genere.»

Mi doveva qualcosa? Ah, già, farsi perdonare il concerto degli U2 al quale non mi aveva portata. Quando si dice mantenere la parola...

«Ma come avete fatto a organizzare tutto? Voglio dire, e se ti avessi visto all'asta?»

Lui rise. «Ho delle conoscenze.»

«Conoscenze?»

«Già, io non ero all'asta. Il banditore sapeva che doveva lasciar fare l'offerta più alta al signore in fondo.»

«Ma... ma se...?»

«Ma se, cosa?»

«Be', voglio dire, so che sembra una cosa impossibile, ma se qualcuno avesse puntato un sacco di soldi su di me?»

Lui scoppiò a ridere. «Be', è in questi casi che fa comodo avere come amico una stella dell'NBA. Shane e Kristina mi avevano detto che se le offerte avessero superato le mie possibilità, ci avrebbero pensato loro.»

«Davvero?»

«Be', sì, Kristina soprattutto» disse. «Ha detto che secondo lei ci saremmo divertiti.» E poi abbassò la voce e sorrise. «E credo che avesse ragione.»

Un altro di quei sorrisi sexy e sarei morta. Dovetti bere un sorso d'acqua per evitare di prendere fuoco.

«Ehm, ma come mai non hai semplicemente partecipato all'asta e al party? Eri impegnato ieri?»

Lui scosse la testa. «Volevo un vero appuntamento con te... da soli.»

«Oh» sussurrai, per poco non caddi dalla sedia.

«Allora, dimmi, Scotty e Kristina avevano ragione?» disse.

«Riguardo cosa?»

«Che saresti stata felice di scoprire che l'appuntamento segreto era con me?»

Io sentii il sangue affluire alle guance. Mi guardai attorno, fissai il soffitto. «Ehm, be', sì, ma, ehm...»

Sorrise. «Ma cosa?»

Non riuscivo a credere che stesse succedendo davvero.

Chiusi gli occhi e sospirai.

«Waverly, stai bene?»

Aprii gli occhi e scossi la testa per cercare di mettere a fuoco il suo viso. «Scusami. Stavo solo... stavo solo pensando...»

«Waverly?»

«Sì?»

«Basta pensare.»

«Okay» sussurrai.

In quell'istante apparve il cameriere con un pezzo di torta al cioccolato e una candelina sopra.

Guardai la torta e poi Jake. «Come facevi a saperlo?»

«Ehi, da' un po' di credito a questo ragazzo. Ora, avanti, esprimi un desiderio.»

Mi misi a ridere. «Vuoi che esprima un desiderio?»

«Già.»

«Davvero?»

Annuì.

«Sei sicuro di non essere parente di Scotty?»

«Cosa?» disse.

«Voglio dire, sei sicuro che il tuo cognome non sia Ryan?»

«Ryan?» ripeté.

Sollevai le sopracciglia. «Sai come Jake Ryan, di *Un compleanno da ricordare?*»

«Eh?»

Scrollai le spalle. «È una cosa da donne.» Spensi la mia candelina, lo guardai e sorrisi.

«Buon compleanno, Waverly» disse.

«Grazie, Jake McIntyre» sussurrai.

Lui si schiarì la voce.

«Allora...» disse.

«Allora...»

«Allora, non hai ancora risposto alla mia domanda.»

«Ehm, qual era?»

Sorrise. «Mi ucciderai.»

«Mi spiace» dissi. «Hai mai notato che tendo a cambiare discorso quando divento nervosa?»

Lui si mise ridere. «L'ho notato. Okay, ti faccio un'altra domanda. Ti ricordi cosa mi hai chiesto la prima volta che ci siamo conosciuti?»

Non avevo idea di cosa stesse parlando. Cosa gli avevo chiesto? Quella sera per me era un enorme buco nero.

«Ehm, se ti piace l'ananas sulla pizza? Se hai cd di Barry Manilow? Se hai mai mangiato un tacchino intero?»

Lui rise di nuovo. «No.»

«Puoi darmi un indizio?» iniziai a tamburellare con le dita sul tavolo.

«Mi hai chiesto cos'è che non mi piace del mio lavoro nell'NBA. Ti ricordi?»

Annuii. «È vero, ora mi ricordo.»

Lui si grattò un sopracciglio e fece un profondo respiro, si allungò sul tavolo e mi prese le mani. Il contatto con le sue dita provocò una scarica elettrica che mi attraversò tutto il corpo, dalla punta delle mani a quella dei piedi.

«Posso risponderti adesso?» disse.

Annuii di nuovo. Avevo perso completamente l'uso della parola.

«Waverly, ci sono tantissime donne stupende al mondo, e tu sei certamente una di loro. Ma le apparenze possono ingannare e quella sera avrei voluto dirti quanto era difficile per me trovare una persona vera, una ragazza intelligente e sveglia e indipendente e con i piedi per terra.»

La mia vista era leggermente annebbiata.

«Lo è?» dissi piano.

Lui si avvicinò ancora e sorrise. «Sì. Volevo conoscere una persona che fosse tutte quelle cose, una persona bella dentro quanto fuori, ma la cui vera bellezza non fosse catturata da una fotografia.»

Io quasi non respiravo. «Sì?»

Lui mi accarezzò il palmo delle mani con i pollici. «Volevo conoscere una come te.»

La mia voce ne uscì strozzata. «Io sono così?»

Lui fece cenno di sì con la testa. «L'ho capito dal primo momento in cui ho parlato con te. Sei diversa da tutte, Waverly. Non so cosa sia, ma tu hai qualcosa di diverso.»

«Sì?»

«Forse è il tuo sarcasmo. O le tue ridicole e adorabili osservazioni. O il fatto che tu non abbia mai paura di dire ciò che pensi. O come ti brillano gli occhi quando ridi.»

Io rimasi lì, pietrificata.

«O forse nessuna di queste cose.» Lui mi strinse forte le mani. «Forse è che quando sono con te, non riesco a pensare ad altro che a baciarti.»

«Baciarmi?» sussurrai.

Lui si protese verso di me. «Sì, baciarti. Hai qualcosa di speciale, qualcosa di veramente, veramente speciale, e sono determinato a scoprire cos'è.»

«Lo sei?»

Lui mi si avvicinò ancora di più e abbassò la voce. «Sì.»

Io lo guardai, e sospirai.

«Jake?»

«Sì?» Era a un centimetro dal mio viso.

«Posso chiederti una cosa?»

Annuì.

«Hai mai notato che mi piaci?» sussurrai.

Lui mi posò un dito sulle labbra e sorrise. «Ssh.»

In quel momento fu come se mi stessi sciogliendo. Mi sentii... "sdilinquire".

Sorrisi e chiusi gli occhi.

E Wendall P. Feldman mi baciò.

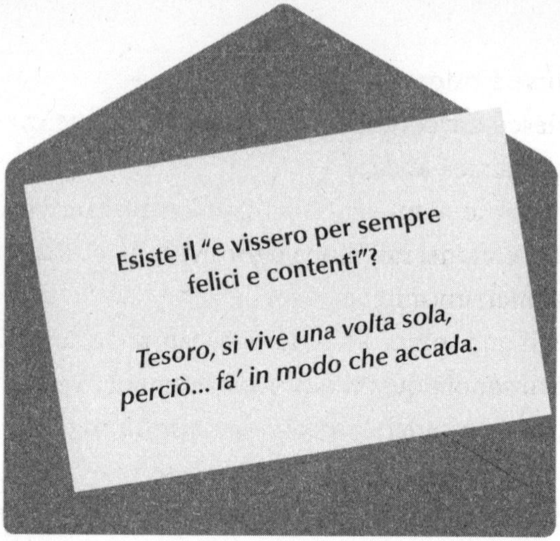

24

Il giorno del matrimonio faceva insolitamente caldo, perciò McKenna e io decidemmo di uscire a fare un'ultima passeggiata prima di quella importante lungo il tappeto, che ci attendeva il pomeriggio. Ci incontrammo davanti al Peet's Coffee alle dieci. L'appuntamento con estetista e parrucchiera era alle due, perciò avevamo tempo a sufficienza. Dopo dozzine di prove avevamo deciso di lasciare i suoi capelli sciolti e di acconciare i miei in uno chignon mosso.

Oh, e avrei indossato una tiara.

Sto scherzando.

Scendendo dal pendio, guardai le barche a vela in lontananza e poi mi voltai a guardare lei. «Ehi, Mackie, quante passeggiate avremo fatto come questa?»

«Oh Dio, miliardi» disse. «Non lo so, forse duecento?»

«Cavolo, sono un sacco di passeggiate. Credi che si noti dai miei polpacci?» dissi, guardandomi le gambe.

Lei si mise a ridere. «Sì, certo, come no.»

«Non riesco a ricordare com'era la mia vita senza di te e le nostre passeggiate» le dissi.

Lei si puntò le mani sui fianchi. «Non ti azzardare a fare la sentimentale con me, sai? Non voglio avere gli occhi gonfi come una rana al matrimonio.»

Io le diedi una spinta. «Chiudi il becco, sono seria. Davvero, voglio che tu sappia quanto sei importante per me.»

«Lo so, lo so. Neanche io riesco a ricordarmi com'era la mia vita senza di te, o come potrebbe essere se tu non ci fossi.»

«Ti posso assicurare che non dovrai preoccupartene, specialmente se tutta questa cosa del "mollo il lavoro" andrà male e finirò a dormire sul tuo divano» dissi.

«Oh, ti prego, te la caverai benissimo.»

«Parlando seriamente, senza di te credo che mi seccherei e andrei in frantumi come un vecchio guscio di lumaca morta» dissi.

Lei mi cinse con il braccio, camminando. «Che magnifica visione. Hai intenzione di usarla per uno dei tuoi biglietti?»

«Mmm, sai che non è una cattiva idea?»

«Lo sai, sto ancora aspettando le royalties per tutti i biglietti che la mia vicinanza ti ha ispirato» disse.

Io le tesi la mano. «Salve, ci conosciamo? Sono Waverly Bryson. E da me non avrà un soldo.»

Dopo la passeggiata ci fermammo di fronte al mio appartamento, ci abbracciammo commosse e ognuna andò a casa propria a farsi la doccia. Il programma era ricongiungersi dopo un'ora in un bed and breakfast giù nel Marina, che avevamo affittato come luogo designato ai "preparativi" delle ragazze. Dopo la cena prenuziale entrambe avevamo dormito all'hotel, ma avevamo deciso di fare la doccia a casa per comodità.

Arrivata nel mio appartamento entrai in camera da letto, gettai i vestiti nel cesto dei panni sporchi e indossai accappatoio e ciabatte. E poi ascoltai la segreteria telefonica. C'era un messaggio di Jake:

«Ehi tu, volevo solo darti il buongiorno e dirti che muoio dalla voglia di incontrarti stasera. Divertiti oggi, ci vediamo al matrimonio.»

Sentire la sua voce mi faceva ancora venire la pelle d'oca.

Salvai il messaggio e mi infilai sotto la doccia.

Alle cinque io e McKenna eravamo davanti alla sala da ballo del St. Francis Yacht Club, dall'ingresso usciva musica classica suonata dal quartetto d'archi. Stavamo sbirciando dietro le tende, osservando gli ospiti che riempivano la sala. Il profumo di centinaia di rose bianche addolciva l'aria.

«Non riesco a credere che questo giorno sia arrivato. E non riesco a credere quante persone siano sedute su quelle sedie bianche» dissi, fissando le schiene degli invitati.

«Cosa ti aspettavi con una lista degli invitati del genere?» disse McKenna. «Ehi, puoi venire qui un attimo e darmi un'occhiata? Mi stringe troppo il seno? Non voglio fare un matrimonio a luci rosse.» Si aggiustò il bustino del vestito e posò le mani sui fianchi.

«Sei bellissima, ma devo dire che hai delle poppe gigantesche» dissi.

Lei rise. «Vantaggi dell'allattamento.»

In quel momento arrivò anche Andie. «Siete pronte ragazze? È ora di andare.» Si sistemò il vestito, da damigella, nero e senza spalline.

«Sì, pronta» disse McKenna.

Annuii. «Anch'io.»

McKenna mi sfiorò la guancia. «Waverly, sei bellissima. Credo che mi metterò a piangere.»

«Grazie» dissi piano, con il timore di perdere il controllo anch'io.

Andie batté le mani. «Okay gente, andiamo a toglierci il pensiero. C'è un open bar che ci aspetta al ricevimento.»

Il brusio della folla si calmò e mio padre venne verso di noi e ci mise le braccia intorno alle spalle. «Pronte ragazze?» disse. Noi tre ci stringemmo le mani e ci scambiammo un cenno d'assenso.

Il quartetto smise di suonare e le porte si aprirono. E poi la musica ripartì e le damigelle sfilarono lungo il corridoio centrale.

E poi toccò a me.

Sospirai profondamente e guardai mio padre.

«Cerca di non cadere» disse.

«Papà!»

Si mise a ridere. «È stata Andie a dirmi di dirtelo.»

Sorrisi. «Ti voglio bene papà.»

«Anch'io, bimba.»

Feci un altro respiro profondo e lo presi a braccetto. Mi sentivo intontita, come se tutto procedesse al rallentatore. Gli invitati si alzarono e io ero a malapena consapevole di avere trecento paia di occhi sorridenti puntati addosso. Andie e McKenna, Davey e Lindsay, Kent e sua moglie, Beth, Hunter e il piccolino, Justin, Kristina e il testimone Shane, Cynthia e Dale, Scotty e Tad, e anche Brad Cantor e Mandy Edwards (lo so, sono un'ingenua, ma insieme farebbero una bella coppia).

Stava succedendo davvero e tutte le persone che amavo erano lì, a condividere quel momento insieme a me.

Feci i primi passi e guardai dritto. Gli occhi di tutti erano puntati su di me, ma gli unici che vedevo erano quelli blu di Jake, che mi stava aspettando in fondo al tappeto.

Fine...?

Stavo scherzando. Prontooo? Dopo tutto quel parlare e straparlare di stare bene con se stessi e non preoccuparsi di quello che fanno gli altri, secondo voi sarei corsa a sposarmi tanto in fretta? Tesori, non credo proprio. Datemi un po' di credito!

Ecco ciò che accadde davvero dopo la nostra passeggiata quel giorno:

Alle cinque io e McKenna stavamo aspettando l'inizio della cerimonia, ma era lei quella con l'abito bianco. L'unica cosa vera è che io avevo i capelli raccolti in uno chignon mosso. Eravamo al Tiburon Golf Club del Marina e ammiravamo le collinette verdi e rigogliose e le cascatelle del parco. C'erano circa duecento invitati accomodati su sedie bianche e scintillanti, tutti in attesa che McKenna e Hunter tagliassero il nodo. Il clima era mite e la temperatura perfetta, ventidue gradi.

La cerimonia, tenutasi all'aperto, fu semplice e commovente. McKenna e Hunter avevano scritto i loro voti a proposito di un episodio che coinvolgeva dei pancakes di IHOP una domenica mattina, ed erano riusciti a mescolare romanticismo e humor facendo ridere e piangere tutti quanti. Io ero una fontana.

Mi accompagnava Jake. Ci vedevamo solo da un paio di settimane, e pochi giorni dopo il matrimonio sarei partita per la mia prima vera vacanza in solitaria, ma andavamo alla grande. Solo il tempo avrebbe potuto dire ciò che sarebbe accaduto, ma fino a quel momento era stato tutto straordinario e io mi godevo ogni istante. È questo che importa, no?

Shane e Kristina parteciparono al matrimonio. La sera

dell'asta, dopo l'appuntamento con il mio "compratore", eravamo andati tutti a ballare e per completare l'addio al nubilato di McKenna, avevamo deciso di passare anche per uno strip club. Avevamo supplicato Shane di salire sul palco e unirsi ai ballerini, ma aveva troppa paura che le foto potessero girare su Internet. Sai che sei davvero famoso quando non puoi più permetterti di ubriacarti e comportarti come un'idiota davanti a gente che non conosci.

Probabilmente Hunter era più nervoso all'idea di conoscere Shane che di legare per sempre la propria vita a quella di un'altra persona. E quando in ospedale si era sparsa la voce che Shane avrebbe partecipato al matrimonio, gli amici di Hunter furono tentati di scambiare un invito a fronte del pagamento del debito universitario dello sposo. Uomini!

Quando fu ora di andare a cena io presi posto accanto a McKenna al tavolo nuziale. Il centrotavola di rose bianche era alto solo pochi centimetri, studiato appositamente per non ostacolare la nostra visuale. Lei sorseggiò il suo champagne e mi si avvicinò. «Riesci a credere che sono sposata?» sussurrò.

Io le posai la mano sulla spalla. «Congratulazioni, *tesoro,* ce l'hai fatta.»

«Che "Tesoro" mi protegga.» Si mise a ridere scuotendo la testa.

Proprio in quel momento, dietro di noi arrivò Hunter, che posò le mani sulle spalle nude di McKenna.

«Cosa state confabulando?»

«Sto solo dicendo quanto sono fortunata, amore.» Lei gli prese le mani e lo strinse a sé.

«Bugiarda.» Lui rise e si mise a sedere accanto a sua moglie.

Come si dice, la cena fu servita. Il salmone era delizioso e quelli che scelsero la costoletta furono altrettanto soddisfatti.

Il vino che io e McKenna avevamo scelto per accompagnare le portate ebbe un successone, ma d'altronde chi è che rifiuta un bicchiere di vino gratis?

L'unica pecca della serata fu la torta. O meglio, il taglio della torta, perché io ero in bagno. Cacchio. Be', perlomeno non rimasi di nuovo chiusa dentro. E poi si aprirono le danze. Per il cocktail e la cena avevamo scelto un quartetto d'archi, ma per scatenarsi a fine festeggiamenti avevamo assoldato un dj specializzato – ovviamente – in musica anni Ottanta. Durante il primo set mise "Bizarre Love Triangle" dei New Order.

«Oh mio Dio, questa è la canzone dance più bella di tutti i tempi!» Balzai letteralmente dal tavolo e guardai Jake. «Sei pronto a muovere il didietro?»

Lui rise. «Hai appena detto "muovere il didietro"?»

Annuii. «Sì, sì, hai sentito bene.»

Lui si alzò e mi cinse con il braccio. «Non sono sicuro di voler assistere a quello che sta per accadere.»

McKenna e Hunter erano già sulla pista da ballo, a scatenarsi insieme a Andy. Mi videro e mi chiamarono fra loro. Io zigzagai velocissima per farmi strada tra la gente. Ma misi il piede su qualcosa e avvertii subito la sensazione anche troppo familiare di aver perso l'equilibrio.

«Oh, ca...» gridai, cadendo all'indietro, preparandomi ad atterrare.

Ma non toccai terra.

«Non preoccuparti, ti ho presa.» Jake mi aveva afferrata al volo e mi aiutò a rimettermi in piedi.

Gli misi le braccia attorno al collo e lo guardai negli occhi.

Quei bellissimi occhi blu.

Sorrisi. «Sì, mi hai presa, Jake McIntyre.»

Quando la canzone finì, ci dirigemmo tutti verso il tavolo, io volevo un'altra fetta di torta. Ma poi il dj mise su "Who's crying now?" dei Journey.

Guardai Jake.

Jake guardò me.

«Be'?» disse.

«Be', cosa?» io inclinai di lato la testa e sorrisi.

«Se ti chiedo di nuovo di ballare questa canzone, scappi un'altra volta?»

Scossi la testa. «No.»

«Me lo prometti?»

Io annuii lentamente, continuando a sorridergli. «Te lo prometto.»

Tornammo verso la pista e lui posò la sua mano sulla mia schiena, come aveva fatto alla festa in cui ci eravamo conosciuti. Di nuovo, al suo tocco, mi parve di stare per prendere fuoco. Mi guidò fra la folla e delicatamente mi strinse a sé.

Mentre ci dondolavamo a tempo di musica, lui mi guardava. «Grazie per avermi chiesto di uscire con te stasera, Waverly Bryson.»

Io gli sorrisi. «Grazie per aver accettato, Jake McIntyre.»

Anche lui sorrise.

«Ehi, Jake?»

«Sì?»

«"Sdilinquito" è una parola? Esiste, vero?»

«Cosa?»

«Mi stavo solo chiedendo questa cosa, perché sai, ho notato che...»

«Waverly?» disse.

«Cosa?»

«Taci, ora balliamo, okay?»

Io ridacchiai. «Okay.»

Mi strinse forte a sé e chiusi gli occhi.

E questa volta la vertigine che provai fu la sensazione di essermi finalmente gettata il passato alle spalle, e di essere pronta a lanciarmi di nuovo a capofitto nel futuro.

La vera fine.

Ringraziamenti

Un grazie sentito a tutti quanti hanno dato una mano grande o piccola a questo libro, nato come un sogno dalle innumerevoli camminate mattutine con la mia cara amica Alison Marquiss e alla fine diventato realtà con l'aiuto del mio straordinario padre (nonché assistente amministrativo fortemente sottopagato), Mike Murnane. Lungo la strada ho ricevuto il sostegno estremamente prezioso di queste splendide persone: Flo Murnane, Mark Murnane, Icha Murnane, Monica Morey, Luke Morey, Michele Sharkey, Brett Sharkey, Terri Sharkey, Lindsay Barnett, Lucinda Bowman, Caitlin "Kiwi" Flanagan, Mary Huck, Kat Woody, Mary Scouffas, Bridget Serchak, Tami McMillan, Christine Paul, Sean Sullivan, Jen Jasper, Doug Massa, Sarita Bhargava, Doretta Bonner, Bobby Davidorf, Sunita Rao, Billy Burkoth e Jennifer Livingstone (meglio conosciuti come "BLi"), Debbie Bolzan, Andreá Maxwell, Annie Flaig, Michele Breen, Somill Hwang, Mary Karlton, Anh Vazquez, Danny Stoian, Jenn van der Kleut, Meg Russell, Leslie Harris, Nelle Sacknoff, Max Chang, Patti O'Connell, Alex Carr, e Lori "Bosenwasser" Rosenwasser.

Ognuno a suo modo mi ha aiutato a trasformare la mia immaginazione in una realtà che mi ha cambiato la vita, e di questo vi sarò sempre grata.

MISTO
Carta da fonti gestite
in maniera responsabile
FSC® C023532

Stampato presso Giunti Industrie Grafiche S.p.A.
Stabilimento di Prato